Playing with FIRE

L.J. SHEN

Playing with FIRE

ROMAN

Traduit de l'anglais (États-Unis) par
TIPHAINE SCHEUER

&H

Titre original :
PLAYING WITH FIRE

Ce livre est publié avec l'aimable autorisation de Brower Literary Agency.

HARPERCOLLINS FRANCE
83-85, boulevard Vincent-Auriol, 75646 PARIS CEDEX 13.

www.harlequin.fr

ISBN 978-2-2804-6095-8 — ISSN 2271-0256

À Chele et Lulu

Il n'est jamais trop tard pour devenir ce que nous aurions pu être – George Eliot

Playlist ♫

My Chemical Romance, *Helena*

Bikini Kill – *Rebel Girl*

Blondie, *Atomic*

Sufjan Stevens, *Mystery of Love*

Rag'n'Bone Man, *Human*

Healy, *Reckless*

Powfu, *Death Bed*

Prologue

Grace

La bague flamme de maman était la seule chose qui avait survécu à l'incendie. C'était une bague bon marché. Du genre que vous avez pour un dollar dans un œuf en plastique à la machine du centre commercial. D'après Mamie Savvy, maman avait toujours voulu me la léguer.

Le feu évoquait la beauté, la passion et la renaissance, expliquait-elle. Dommage que, dans mon cas, elle ne symbolisait que ma descente aux enfers.

Le soir, Mamie me racontait des histoires de phénix qui renaissaient de leurs cendres. Elle disait que c'était ce que ma mère avait voulu – se sortir de sa condition et reprendre le dessus.

Ma mère avait voulu mourir et recommencer à zéro.

Elle n'avait accompli qu'un objectif sur deux.

Moi ? J'avais eu les deux.

17 novembre 2015
Seize ans.

La première fois que je m'étais réveillée dans un lit d'hôpital, j'avais demandé à l'infirmière de m'aider à remettre la bague à mon doigt. Je l'avais portée à mes lèvres pour y murmurer un vœu, comme Mamie me l'avait appris.

Je ne souhaitai pas toucher rapidement l'argent de l'assurance, ni mettre fin à la pauvreté dans le monde.

Je demandai à récupérer ma beauté.

Je m'évanouis peu après, épuisée par le simple fait d'exister. Dans mon sommeil, je captais des bribes de conversations des visiteurs qui défilaient dans ma chambre.

« … la plus jolie fille de Sheridan. Petit nez élégant. De jolies lèvres. Blonde aux yeux bleus. Un véritable gâchis, Heather. »

« Elle aurait pu être mannequin. »

« La pauvre petite ne sait pas ce qui l'attend à son réveil. »

« Ce ne sera plus jamais pareil pour elle. »

Je sortis lentement de mon coma artificiel, sans trop savoir à quoi à m'attendre. J'avais l'impression de nager dans du verre brisé. Le moindre mouvement me faisait mal. Les visiteurs – mes camarades de classe, ma meilleure amie Karlie et mon petit ami Tucker – allaient et venaient, me caressaient, murmuraient des paroles apaisantes et s'apitoyaient sur mon sort alors que je gardais les yeux fermés.

Ils n'avaient aucune idée de ce dont j'avais conscience, et je les entendais pleurer, pousser des cris et bredouiller.

Mon ancienne vie – les pièces de théâtre de l'école, les entraînements de pom-pom girl et les baisers volés sous les gradins avec Tucker – me paraissait hors de portée, irréelle. Un sort à la fois doux et cruel sous lequel j'avais été et dont l'emprise disparaissait.

Refusant d'affronter la réalité, je gardai les yeux fermés même une fois que j'étais de nouveau en mesure de les ouvrir.

Jusqu'au tout dernier moment.

Jusqu'à ce que Tucker entre dans ma chambre et glisse une lettre entre mes doigts lâchement posés sur le drap.

— Désolé, dit-il d'une voix rauque.

C'était la première fois qu'il avait l'air à bout, en proie au doute.

— Je ne peux pas continuer comme ça, et je ne sais pas quand tu te réveilleras. Ce n'est pas juste pour moi. Je suis trop jeune pour…

Il s'interrompit et se leva, faisant grincer sa chaise sur le sol.

— Je suis désolé, d'accord ?

J'avais envie de lui dire de se taire.

De lui avouer que j'étais réveillée.

Vivante.

Enfin…

Si on veut.

Que je cherchais à gagner du temps parce que je n'avais pas envie d'affronter mon nouveau moi.

Au final, je gardai les yeux fermés et je l'entendis partir.

Plusieurs minutes après que la porte se fut refermée, j'ouvris les yeux et laissai couler mes larmes.

Le lendemain du jour où Tucker m'avait quittée par lettre, je décidai de faire face aux conséquences. Une infirmière entra furtivement dans ma chambre comme une petite souris, ses mouvements étaient rapides et efficaces. Elle m'observa avec un mélange de circonspection et de curiosité, comme si j'étais un monstre enchaîné à son lit. À en juger par la promptitude avec laquelle elle était apparue, j'en avais conclu qu'ils avaient guetté le moment où j'allais ouvrir les yeux.

— Bonjour, Grace. On vous attendait. Bien dormi ?

J'essayai de hocher la tête et regrettai aussitôt ce mouvement ambitieux. J'avais l'impression que ma tête flottait. Elle me semblait gonflée, fiévreuse. Mon visage était entièrement enveloppé et bandé, comme je l'avais déjà remarqué la première fois que j'avais repris connaissance. Il y avait de minuscules trous dans les bandages au niveau de mes narines, de mes yeux et de ma bouche. Je devais ressembler à une momie.

— Bien, je vais prendre ce petit mouvement pour un oui ! Auriez-vous faim par hasard ? On serait ravis de vous retirer ce tube et de vous nourrir. Je peux envoyer quelqu'un vous chercher de la nourriture solide. Je crois bien qu'on sert des steaks hachés avec du riz et du gâteau à la banane. Ça vous dirait, ma petite ?

Bien décidée à renaître de mes cendres, je rassemblai toutes mes forces physiques et mentales pour répondre :

— Ce serait vraiment sympa, madame.

— Je reviens très vite. Et j'ai d'autres bonnes nouvelles pour vous. Aujourd'hui, c'est le grand jour. Le Dr Sheffield va enfin retirer vos bandages ! chantonna-t-elle en essayant d'insuffler un enthousiasme forcé à ses paroles.

Je fis distraitement tourner la bague autour de mon doigt. Je n'étais absolument pas prête à voir mon nouveau visage. Pourtant, l'heure était arrivée. J'étais consciente, lucide, et je devais affronter la réalité.

L'infirmière compléta son dossier et fila. Une heure plus tard, le Dr Sheffield et Mamie débarquaient. Mamie avait une tête abominable. Émaciée, ridée et marquée par le manque de sommeil malgré sa robe du dimanche. Je savais qu'elle vivait à l'hôtel depuis l'incendie et avait déclaré la guerre à notre compagnie d'assurances. Je détestais qu'elle ait à traverser cette épreuve seule. C'était généralement moi qui me chargeais des négociations quand il fallait en passer par là.

Mamie me prit la main et la posa contre sa poitrine. Son cœur battait à tout rompre.

— Quoi qu'il arrive (elle essuya ses larmes de ses doigts tannés et tremblants), je suis là pour toi. Tu m'entends, Gracie-Mae ?

Ses doigts se figèrent sur ma bague.

— Tu l'as remise, constata-t-elle, bouche bée.

Je me contentai de hocher la tête. J'avais peur, si j'ouvrais la bouche, de me mettre à pleurer.

— Pourquoi ?

— Renaître, répondis-je simplement.

Je n'étais pas morte comme ma mère, mais j'avais bel et bien besoin de renaître de mes cendres.

Le Dr Sheffield s'éclaircit la voix et s'approcha.

— Prête ?

Il afficha un sourire confus.

D'un signe, je lui donnai mon accord.

C'est parti pour le début du reste de ma vie…

Il retira lentement les bandages. Méthodiquement. Je sentais son souffle sur mon visage, un mélange de café, de bacon, de bonbon à la menthe et cette odeur aseptisée de gants d'hôpital et de désinfectant. Son expression ne trahissait aucune émotion, et je doutais d'ailleurs qu'il en éprouvait. À ses yeux, je n'étais qu'une patiente parmi d'autres.

Il ne m'adressa aucun mot d'encouragement tandis que le long ruban couleur crème, de plus en plus long, tournoyait devant mes yeux. Le Dr Sheffield m'ôtait mes rêves et mes espoirs en même temps que le tissu. Je sentais ma respiration se raccourcir avec chaque mouvement de sa main.

Je m'efforçais de ravaler le nœud dans ma gorge et laissai mon regard glisser vers Mamie pour chercher du réconfort. Elle était à côté de moi et me tenait la main, le dos droit comme un i, le menton levé.

Je sondai son regard en quête d'indices.

À mesure que le bandage s'amoncelait au sol, son expression virait à l'horreur, la souffrance, la pitié. Au moment où mon visage se retrouva au grand jour, on aurait dit qu'elle aurait voulu se ratatiner sur elle-même et disparaître. J'avais envie de faire la même chose. Les larmes me brûlaient les yeux. Je les refoulai instinctivement, en me convaincant que ça n'avait aucune importance. La beauté était un allié temporaire ; il finissait toujours par disparaître – et ne revenait jamais quand on en avait vraiment besoin.

— Dis quelque chose. (Ma voix était grave, rauque.) S'il te plaît Mamie. Dis-moi.

Je tirais avantage de mon physique depuis ma naissance. Le lycée Sheridan High ne parlait que de Grace Shaw. Nous avions été contactées par des chasseurs de mannequins, Mamie et moi, un jour où nous visitions Austin. J'étais l'actrice la plus remarquable des pièces du lycée et je faisais partie de l'équipe de pom-pom girls. Il était évident que mon avenir reposait sur ma beauté. Avec une chevelure abondante et blonde comme le soleil de Toscane, un nez mutin, des lèvres pulpeuses, je savais que mon physique était mon ticket pour quitter cette ville.

« Sa mère ne valait pas un pet de lapin, mais heureusement Grace a hérité de sa beauté, avais-je un jour entendu dire Mme Phillips à Mme Contreras à l'épicerie. Espérons seulement qu'elle s'en sortira mieux que cette petite garce. »

Mamie détourna les yeux. Était-ce vraiment si terrible ? Les bandages étaient complètement retirés à présent. Le Dr Sheffield pencha la tête pour inspecter mon visage.

— Je tiens tout d'abord à vous dire que vous avez vraiment

eu beaucoup de chance, mademoiselle Shaw. Ce que vous avez traversé il y a deux semaines… peu de gens y auraient survécu. En réalité, je suis stupéfait que vous soyez encore parmi nous.

Deux semaines ? Je suis dans ce lit depuis quatorze jours ?

Je l'avisai d'un regard vide, ne sachant trop ce qu'il était en train de regarder.

— Les zones touchées sont toujours à vif. Gardez à l'esprit qu'à mesure que votre peau cicatrisera, elle deviendra moins inégale, et il existe tout un éventail de possibilités que nous pourrons explorer par la suite en termes de chirurgie esthétique ; alors, je vous en prie, ne soyez pas découragée. Bon, vous voulez voir votre visage ?

Je lui adressai un petit signe de tête. Il fallait en finir. Voir ce à quoi j'allais devoir faire face.

Il se leva et traversa la pièce pour prendre un petit miroir dans un meuble tandis que ma grand-mère s'effondrait sur ma poitrine, ses épaules maigrichonnes secouées par un sanglot. Sa main moite agrippa la mienne.

— Qu'est-ce que je vais faire, Gracie-Mae ? Oh, mon Dieu.

Pour la première fois depuis ma naissance, je fus submergée par une vague de colère. C'était ma tragédie, ma vie. *Mon visage.* C'était *moi* qui avais besoin d'être réconfortée. Pas elle.

À chaque pas du Dr Sheffield, mon cœur sombrait un peu plus. Au moment où ce dernier atteignit mon lit, mon cœur se trouvait quelque part près de mes pieds, battant mollement.

Il me tendit le miroir.

Je le levai face à moi, fermai les yeux, comptai jusqu'à trois puis laissai mes paupières se rouvrir.

Je ne criai pas.

Je ne versai pas une larme.

En fait, je n'émis pas le moindre son.

Je me contentai de dévisager la personne en face de moi – une inconnue, quelqu'un qui, franchement, ne deviendrait probablement jamais mon amie – et de regarder le destin me rire au nez.

Telle était la vérité crue et pénible : ma mère était morte d'une overdose quand j'avais trois ans.

Elle n'avait pas eu la renaissance qu'elle aurait voulue. Elle ne s'était jamais relevée de ses cendres.

Et, en voyant mon nouveau visage, je sus avec certitude que ce ne serait pas mon cas non plus.

West
17 novembre 2015
Dix-sept ans.

La plus belle occasion de me tuer se présenta sur cette route sombre.

Il faisait nuit noire. La route était recouverte d'une fine couche de glace. Je rentrais de chez ma tante Carrie, un bâton de sucre d'orge vert dans la bouche. Tante Carrie nous envoyait toutes les semaines de la nourriture et quelques courses, accompagnées de ses prières. C'était moche à admettre, mais avec ou sans prières, mes parents étaient incapables de sortir du lit.

La route sinueuse menant à notre ferme était bordée de pins et serpentait sur une colline escarpée qui faisait vrombir le moteur.

Je savais que ça passerait pour l'accident parfait.

Personne ne soupçonnerait quoi que ce soit d'autre.

Rien qu'une terrible coïncidence, si rapprochée de la tragédie qui avait frappé le foyer des St Claire.

Collision d'un garçon de dix-sept ans avec un cerf sur Willow Pass Road. Mort immédiate.

Le cerf se tenait juste là, au milieu de la route, tourné distraitement vers mon véhicule qui approchait à une vitesse croissante.

Je ne fis aucun appel de phare. Je n'appuyai pas sur la pédale de frein.

Le cerf garda son regard braqué sur moi tandis que j'appuyais sur le champignon, les doigts agrippés au volant.

La voiture glissa si rapidement sur le verglas qu'elle trembla sous l'effet de la vitesse et dérapa vers l'avant. Je n'avais plus le moindre contrôle. Le volant n'était plus synchronisé avec les roues.

Allez, allez, allez.

Je fermai les yeux et me préparai à la suite, les dents serrées. La voiture se mit à vrombir alors même que j'écrasais de plus belle la pédale d'accélérateur. Je rouvris les yeux.

Non.

La voiture ralentissait de mètre en mètre.

Non, non, non, non, non.

Le pick-up rendit l'âme à moins d'un mètre du cerf et s'arrêta totalement. Le stupide animal se décida enfin à cligner des yeux et s'éloigna tranquillement de la route dans un doux claquement de sabots.

Putain de cerf.

Putain de voiture.

Putain de moi pour ne pas m'être éjecté de ce foutu pick-up quand j'en avais encore l'occasion, afin de me jeter de la falaise.

Tout fut silencieux quelques minutes ; j'étais seul avec le pick-up en rade et mon cœur battant, jusqu'à ce qu'un cri me déchire la gorge.

— *Putaaaaaaain !*

Je frappai le volant. Une fois, deux fois… trois fois avant que les jointures de mes doigts se mettent à saigner. Je posai le pied sur le tableau de bord et arrachai le volant avant de le jeter sur le siège passager et de me griffer le visage.

Les poumons en feu, je me mis à détruire tout ce qui se trouvait dans l'habitacle, répandant des gouttes de sang partout sur les sièges. J'arrachai la radio et la jetai par la fenêtre. Je fis exploser le pare-brise d'un coup de pied, détruisis la boîte à gants. Je démolis le pick-up comme le cerf n'avait pas réussi à le faire.

Et pourtant, j'étais toujours en vie.

Mon cœur battait toujours.

La sonnerie joyeuse de mon téléphone retentit, comme pour me narguer.

Et les putain de sonneries s'enchaînèrent.

Je sortis brutalement l'appareil de ma poche pour vérifier le numéro. Un miracle ? Une intervention divine ? Un sauveur improbable qui en aurait quelque chose à foutre de moi ? Qui ça pouvait être ?

Arnaque probable

Bien sûr.

Personne n'en avait rien à foutre, même quand ils prétendaient le contraire. Je balançai mon téléphone dans les bois puis je sortis du véhicule et entamai à pied les quinze kilomètres qui me séparaient de la ferme de mes parents.

En croisant mes putain de doigts pour tomber sur un ours qui finirait le foutu travail.

1

Présent.
Grace

— La meilleure invention des années quatre-vingt-dix : la frange rideau ou les bracelets à claquer. Tu as cinq secondes pour décider. *Cinq.*

Karlie sirotait sa margarita glacée en regardant son téléphone. Des nuages orageux glissaient dans le ciel étouffant au-dessus du toit du *food truck*. Mon pull à capuche rose était imbibé de transpiration. Nous étions en pleine canicule texane alors qu'il restait plusieurs mois avant l'arrivée de l'été.

Des gouttes orange de mon épaisse couche de maquillage dégoulinaient sur mes baskets Fila. Heureusement qu'on fermait dans cinq minutes. Je détestais me retrouver à l'extérieur de la maison sans deux bonnes grosses couches de fond de teint tartinées sur mon visage.

J'avais envie de prendre une douche froide, d'avaler un repas chaud et de pousser la clim à fond.

— *Quatre*, compta Karlie tandis que je griffonnais une offre d'emploi.

J'étais penchée vers la fenêtre au cas où des clients tardifs arriveraient.

Karlie réduisait officiellement ses heures, ce qui était loin d'enchanter sa mère, Mme Contreras, la propriétaire du *food truck*. Évidemment, j'étais triste de ne plus travailler avec elle aussi souvent qu'avant. Karlie était ma meilleure amie depuis qu'on déambulait en couches-culottes dans les jardins l'une de l'autre. Il existait même une photo de nous quelque part – sûrement dans le salon de Mme Contreras – où on était assises sur des pots violets identiques, les fesses nues, souriant à l'objectif comme si on avait déchiffré les plus grands secrets de l'univers.

Je craignais un peu que la personne qui allait remplacer Karlie – Karl, comme je l'appelais – n'apprécie pas mon naturel sarcastique et la morosité avec laquelle j'abordais la vie. Je comprenais en revanche très bien pourquoi Karl devait réduire ses heures. Sa charge de travail était démente. Sans parler de tous les stages qu'elle avait choisis pour agrémenter son CV afin d'avoir de l'expérience dans le journalisme.

— *Trois*. Il n'y a qu'*une* seule bonne réponse, et c'est notre amitié qui est en jeu, Shaw.

Je rebouchai le marqueur avec les dents et me penchai par la fenêtre pour coller l'annonce sur le côté extérieur.

That Taco Truck embauche !
Cherche personnel.
Quatre jours par semaine.
Week-ends inclus.
16$ de l'heure plus les pourboires.
Si intéressé, s'adresser au gérant.

Je relevai les yeux en m'apprêtant à répondre à Karlie quand je me figeai, traversée d'un mélange de crainte et d'alerte.

Merde.

Un troupeau de VIP de l'université de Sheridan approchait du camion. Ils étaient huit en tout. Ce qui craignait, ce n'était pas le fait qu'ils aillent à la même fac que moi. Non, j'avais l'habitude de servir mes camarades. Ce qui me donna des sueurs froides, c'était de *qui* il s'agissait.

Ces types étaient des troisièmes années de haute voltige. La crème de la promotion, en termes de popularité.

Easton Braun, le quarterback de l'université de Sheridan, plus brûlant que l'enfer, passait ses doigts au ralenti dans ses cheveux couleur blé, comme dans une pub pour un shampooing anti-pelliculaire. Il était d'une beauté écœurante. Comme ces types sculptés avec des veines aux bras aussi épaisses que des hot-dogs qui peuplaient le royaume de Pinterest.

Reign De La Salle, le linebacker aux boucles noires soyeuses comme du goudron et aux lèvres pulpeuses. Membre de Sig Ep, il avait la réputation de coucher avec tout ce qui bouge (et encore, cette condition n'était même pas requise s'il était suffisamment bourré).

Et puis West St Claire, une espèce totalement différente de Braun et De La Salle. Un mythe, sur le campus. Un cas à part.

Ce n'était pas un sportif, mais il était de loin le plus célèbre. Plus connu comme brute impulsive et champion incontesté de l'arène de combat clandestine du coin. Vulgaire, rustre, et carrément indifférent à quiconque n'appartenait pas à son cercle restreint.

Même moi, qui n'étais plus particulièrement au courant des ragots, je savais que *personne* ne cherchait les embrouilles à West St Claire.

Ni ses pairs.

Ni les habitants de la ville.

Ni ses professeurs, ou ses amis.

Et pour compliquer encore les choses, West St Claire incarnait tous les clichés du *sex symbole*.

Ses cheveux noirs étaient toujours en bataille, la lueur dangereuse qui brillait dans ses yeux émeraude promettait de chambouler votre vie après vous avoir fait faire un tour sur sa moto. Plus d'un mètre quatre-vingt-dix de peau dorée et de muscles nerveux. Athlétique, bien bâti et d'une beauté à se damner, il avait d'épais sourcils, des cils pour lesquels les starlettes auraient été prêtes à tuer, et des lèvres fines qui formaient une ligne dure et redoutable. Il portait un jean Diesel sale, un T-shirt délavé et usé, des bottines Blundstone poussiéreuses et il avait toujours un bâton de sucre d'orge vert calé au coin des lèvres comme une cigarette. C'était incontestablement le plus beau parti de la fac de Sheridan, sauf que personne n'avait jamais réussi à lui mettre le grappin dessus – ce n'était pourtant pas faute d'essayer.

Je connaissais aussi les filles qui les accompagnaient. L'une d'elles était même presque une amie à moi – Tess, une beauté aux cheveux de jais avec plus de courbes qu'un tonneau rempli de serpents. Elle étudiait les arts dramatiques, comme moi.

— *Deux !* J'aimerais avoir ta réponse maintenant, Shaw.

Karlie agita un micro imaginaire sous mon nez, mais je restai muette, bloquée dans une espèce de transe.

— *Un*. La bonne réponse était la frange rideau, Grace. *La frange. Rideau.* Enfin quoi, Kate Moss en 1998. Une icône de la mode.

Ils venaient tous en direction du camion depuis Sheridan Plaza, un centre commercial abandonné situé de l'autre côté de la rue. Le prétendu centre commercial était une structure en ciment dépouillée dont une bande de gros bonnets avait entamé la construction cinq ans plus tôt avant de se rendre compte qu'ils ne gagneraient jamais d'argent. Tout le monde faisait son shopping en ligne, surtout les étudiants. Les deux raffineries qui étaient censées ouvrir à côté avaient décidé de se relocaliser en Asie, et l'immigration massive sur laquelle ils avaient compté ne s'était jamais produite.

Le centre-ville était désormais flanqué de cette monstrueuse structure complètement vide.

Enfin, techniquement, elle n'était pas vide. Les étudiants de l'université s'en servaient pour leurs raves, mais aussi comme arène de combat clandestine et lieu de rendez-vous, le tout gratuitement.

Le groupe revenait probablement d'un combat.

Tess éclata de rire en rejetant ses cheveux sur une épaule, puis elle sauta sur le dos de Reign et passa les bras autour de son cou.

— Des petits oursons ? Dans un granité ? C'est dingue.

— C'est surtout *orgasmique*, répliqua Easton, la main enfoncée dans la poche arrière d'une espèce de blonde à la Daisy Duke. Je n'arrive pas à croire que je ne me sois jamais arrêté ici avant.

— Les gens du coin ne jurent que par ça. Même Bradley vient ici, alors que c'est un puriste du taco, renchérit une autre fille.

Je rentrai le menton et portai ma bague à mes lèvres pour y murmurer une prière.

Je détestais quand les gens me regardaient bien en face.

Surtout les gens de mon âge.

Surtout les gens comme Easton Braun, Reign De La Salle et West St Claire.

Surtout quand je savais qu'ils ne pouvaient avoir que deux réactions : le dégoût que leur inspirait la cicatrice sanglante sous mon maquillage, ou pire… la pitié.

Ce serait certainement un mélange des deux.

J'enfonçai ma casquette de base-ball sur mes yeux. Leurs voix s'intensifièrent. L'air autour de moi se mit à vibrer de rires rouillés et de cris de fille perçants. Les poils fins sur ma nuque se hérissèrent.

Reign hissa Tess sur son dos sans le moindre effort.

— Au fait, avant que j'oublie : quand on arrivera au camion, matez la fille qui prend les commandes. Gail ou Gill, un truc comme ça. Elle a tout le côté gauche du visage défiguré. Complètement violet. Elle se tape un joli teint de Rice Krispy aussi. Genre, on ne voit pas *vraiment* tout parce qu'elle met la dose de maquillage, mais c'est bien là. Apparemment, les gens du coin l'appellent Pain-grillé.

Reign n'avait pas l'intention de parler aussi fort. Il était clairement bourré. Mais aucune importance. La bile me remonta dans la gorge et le goût aigre envahit ma bouche. C'était comme revivre le moment où on m'avait enlevé les bandages, et je n'étais pas préparée.

Tess lui donna une claque à l'arrière du crâne.

— Elle s'appelle Grace, ducon, et elle est super sympa.

Easton fusilla Reign du regard.

— Sérieux ? C'est quoi ton problème, abruti ?

— Cela dit, il a raison. (Tess baissa la voix, inconsciente de l'écho créé par l'espace entièrement vide autour de nous.) On a les mêmes cours et je la vois tout le temps. C'est triste, parce que sinon, elle est *trop* belle. Imaginez un peu ce que ça fait d'avoir eu presque tout. Elle a tellement honte de son visage qu'elle ne peut même plus monter sur scène au théâtre.

Tess faisait référence à la fois où j'étais arrivée à une audition, la première année, et que je m'étais effondrée quand le metteur en scène m'avait demandé de réciter mon texte. Tout ça en public ; je m'étais sentie humiliée, et toute la ville n'avait parlé que de ça pendant le reste du semestre.

— Ohh, fit Blondie, à côté d'Easton, en posant une main sur son cœur. C'est tellement triste, Tessy. Tu me donnes la chair de poule.

— Je me demande ce qui lui est arrivé, murmura une autre fille.

— Tour de contrôle au Major Shaw ? Tu es avec moi ?

Karlie passa la tête derrière mon épaule pour voir ce qui m'avait transformée en statue de sel.

Ils s'arrêtèrent devant nous. Je me composai un air calme, blasé, mais mon cœur battait si violemment dans ma poitrine que j'avais l'impression qu'il allait traverser mes côtes et faire exploser ma cage thoracique.

Je pinçai le poignet de Karlie sous la fenêtre pour lui signaler qu'ils arrivaient trop tard, en priant pour qu'elle me laisse les renvoyer.

Karlie plaqua une main sur sa bouche, comme si le clan Kardashian tout entier venait d'arriver.

— Meuf, on les sert. Il nous reste plein d'ingrédients. Tu sais que Mama Contreras ne rigole pas avec les restes. En plus… (Elle me pinça à son tour.) Regarde qui c'est !

Nous vivions dans une petite ville étudiante, où tout le monde se connaissait, où notre équipe de football de D1 était vénérée comme une religion et où les jours de match étaient comme un jour d'église, où Easton Braun et Reign De La Salle étaient les saints des saints, et West St Claire, Dieu en personne. Nous ne pouvions pas refuser de les servir, même s'ils débarquaient à 3 heures du matin et payaient en poils humains.

— Salut, Grace !

Tess descendit du dos de Reign et pianota contre le camion couleur turquoise fluo tout en parcourant le menu sous la vitre.

— Salut Tess. Vous passez une bonne soirée ?

— Génial, merci. Reign nous a parlé de margaritas glacées avec des oursons dedans. C'est vrai ?

Tant de clients étaient déçus quand ils apprenaient qu'on appelait ça des margaritas alors qu'il n'y avait pas de tequila dedans !

— Bien sûr. Mais ce sont des *virgin* margaritas.

— On ne s'attendait pas à autre chose de ta part, lança Reign d'un ton pince-sans-rire, secoué d'un hoquet.

Les filles éclatèrent de rire. Pour garder mon travail – et éviter la prison –, je dus ignorer sa pique.

Tess lui donna un coup dans le bras.

— Ne fais pas attention à lui. On peut en avoir dix à emporter ? Et vingt tacos, *por favor.* (Elle rejeta une nouvelle fois en arrière ses cheveux soyeux.) Oh ! salut, Charlie.

Karlie adressa un signe à Tess sans prendre la peine de la corriger. Je détestais devoir prendre les commandes, mais Mme Contreras et Karlie insistaient sur ce point. Elles voulaient que je sorte de ma coquille, que j'affronte le monde, blablabla.

— Classiques ou croustillants ? demandai-je.

— Moitié moitié.

— C'est parti.

J'enfilai une paire de gants en plastique noir pour me mettre à la tâche. Je commençai par les croustillants. Ils étaient plus difficiles à manipuler. Ils ne cessaient de se casser en deux, alors j'aimais m'en débarrasser en premier. Mamie disait toujours que les gens étaient comme les tacos : plus ils étaient durs, plus ils cassaient facilement. Être plus malléable signifiait être plus flexible, avoir une capacité à s'adapter.

Quand on est plus souple, on peut davantage se contenir. Et quand on se contient davantage, le monde ne peut pas nous briser.

Tous les regards posés sur moi, je fourrai la salade, le *cream cheese* et le guacamole maison de Mme Contreras dans les minuscules ouvertures des tacos. Karlie faisait griller le poisson en oscillant sur ses pieds avec excitation.

Du coin de l'œil, je vis Reign donner un coup de coude à l'une des filles en faisant un signe du menton dans ma direction.

— *Psst.* Violence domestique ?

— Incendie volontaire, suggéra la fille, essayant de deviner comment j'avais pu me faire cette cicatrice.

— Chirurgie esthétique ratée, marmonna un troisième dans son poing.

Tout le monde ricana.

Une bouffée de chaleur irradia mon cou.

Plus que cinq minutes et c'est terminé. Tu as traversé plusieurs opérations, des séances de rééducation et de kiné. Tu peux survivre à ces idiots.

Alors que je pensais que les choses ne pouvaient empirer, West St Claire décida enfin de se rendre compte par lui-même de ce dont ils parlaient tous. Il s'approcha du camion. Son regard se concentra sur le côté gauche de mon visage, comme s'il remarquait mon existence pour la première fois depuis les deux ans qu'on fréquentait la même université, alors qu'on partageait trois cours. Je déglutis pour essayer de faire passer la boule de bile de la taille d'une balle de base-ball qui s'était logée dans ma gorge.

Après avoir terminé les tacos croustillants, je me lançai sur les classiques. West s'approcha encore d'un pas sans prendre la peine de dissimuler sa fascination pour ma cicatrice. Je me sentais complètement nue sous son regard et je faillis pousser un soupir de soulagement lorsqu'il détourna les yeux de ma joue pour les poser sur la petite annonce. Je risquai un rapide coup d'œil vers lui. S'il s'était battu, ce soir, rien ne l'indiquait. Il semblait calme et détendu. Presque tranquille.

— Tu cherches du boulot ? railla Reign.

— Sérieusement, Reign, ferme-la, aboya Easton, qui était probablement le plus gentil des trois.

West arracha le papier du camion et le froissa avant de le fourrer dans la poche arrière de son jean.

— Dur, désapprouva Reign en reculant avec un gloussement, le visage levé vers le ciel.

— T'abuses, West, fit Tess, dont le ton manquait du mordant vindicatif qu'elle réservait à Reign. Pourquoi tu fais ça ?

West ne leur prêta aucune attention et tourna la tête directement vers moi. Il fit rouler le sucre d'orge dans sa bouche comme un cure-dents et m'adressa un regard qui semblait contenir une question piège.

Qu'est-ce que tu vas faire, Pain-grillé ?

Je servis les margaritas glacées en un temps record et préparai l'addition pour Tess pendant que Reign, Easton et les autres filles détalaient vers le parking pour commencer à manger. West resta à côté de Tess, les yeux toujours rivés sur ma cicatrice.

Préparée à recevoir une insulte, ma coquille se mit à durcir comme un taco.

— Je voulais te demander, roucoula Tess en saisissant son poignet pour tourner son bras et exposer l'intérieur de son biceps. Il signifie quoi, ton tatouage ? Ça veut dire quoi, le A ?

Sans pouvoir m'en empêcher, je jetai un rapide regard pour voir de quoi elle parlait. Un simple A tatoué. Ni police ni motif spéciaux. Rien qu'une lettre, en Time New Roman.

— Sûrement *abruti*, murmurai-je pour moi-même.

Leurs deux regards se relevèrent subitement vers moi.

Seigneur. J'avais parlé trop fort. J'étais morte. Qu'est-ce qui m'avait pris ?

Il t'a pris que tu le prends pour un abruti. Parce que c'en est un.

— Grace. (Tess plaqua la main sur sa bouche.) Ça craint !

West cracha son sucre d'orge par terre sans me quitter des yeux. Avec tout le sang qui affluait, ma tête était dangereusement sur le point d'exploser. Après un long silence, il finit par faire claquer deux billets de cent dans la paume ouverte de Tess, pivota et s'éloigna avec une grâce féline, ayant payé la totalité de l'addition. Tess leva les yeux au ciel et me tendit l'argent.

— Désolée pour l'annonce. West a un petit fond de méchanceté. J'y travaille.

— Ce n'est pas ta faute.

Je retirai les gants en plastique et tendis la monnaie à Tess. Elle me saisit la main et hoqueta. Le contact inattendu de nos peaux me fit frissonner. Je n'avais pas l'habitude qu'on me touche.

— Sympa, ta bague ! Tu l'as eue où ?

— C'était à ma mère. Tiens, ta monnaie.

— Garde-la.

Je haussai un sourcil sceptique. Ça faisait un sacré pourboire.

— Tu es sûre ?

Elle hocha la tête.

— Avec son attitude, il peut aller se faire voir. Tu sais, West a vraiment mauvaise réputation, mais honnêtement, c'est un grand sentimental. Il peut être vraiment gentil quand il veut.

J'avais du mal à imaginer West autrement qu'en psychopathe débridé, mais ce n'était pas une conversation que j'avais envie de poursuivre. Je voulais m'en aller d'ici, effacer cette soirée de ma mémoire et me refaire l'intégrale de *Friends* jusqu'à retrouver suffisamment foi en l'humanité.

— Très bien, dis-je comme un robot. Merci d'être passé chez That Taco Truck.

Tess m'adressa un grand sourire et tourna les talons pour rejoindre ses amis.

Je la suivis des yeux. Elle coupa à travers les dunes dorées qui bordaient le parking, en direction de ses amis si populaires. Ils trinquèrent en riant, et mangèrent en bavardant. Mes tripes se nouèrent.

J'aurais pu être Tess.

Correction : *j'étais* Tess.

Il faut croire que c'était ce que je détestais le plus dans ma vie. J'étais une Tess, autrefois. J'exhibais mes jambes dans des mini-shorts. Je traînais avec des West, des Easton, des Reign. Je montais sur leurs motos pendant qu'ils roulaient sur les roues arrière sur la vieille route près du château d'eau. J'expliquais aux simples mortels comment fonctionnaient les West St Claire, comme si je les initiais à un secret intéressant.

Je fermai la vitre du *food truck*. Lorsque je me retournai, Karlie poussa un couinement, contenant à grand-peine son excitation. Elle me topa dans la main. Dans ses bons jours, ma meilleure amie faisait un mètre cinquante-deux. Pulpeuse avec la peau mate, elle avait un sublime visage rond parsemé d'une constellation de taches de rousseur. Il fut un temps, quand j'étais la star de notre lycée, je l'avais introduite dans le cercle des élèves les plus cool. Mais c'était quatre ans auparavant. Je n'étais désormais plus en mesure de lui faire profiter de ce petit avantage.

— Easton Braun et Reign De La Salle, meuf. J'aimerais être le pastrami entre leurs tranches de pain. (Elle s'éventa.) Mais West

St Claire, c'est le cheddar sur le taco. Je pense qu'il a participé à un combat aujourd'hui.

— Il n'avait pas l'air très amoché.

J'éteignis le grill avant de sortir les produits d'entretien du placard à côté du frigo.

— C'est parce qu'il ne fait qu'une bouchée de ses adversaires. Mais j'ai entendu dire qu'il les laisse lui mettre un coup ou deux de temps en temps, juste pour que les gens parient sur d'autres que lui. Bonté divine, ses *yeux* ! (Karlie aspira ce qui restait de son granité avant de le jeter à la poubelle.) Ils sont d'un vert presque radioactif, on dirait. Et on pourrait aiguiser des couteaux avec ses pommettes. Sérieux, il pourrait détruire ma vie que je lui dirais littéralement merci.

Je grognai en aspergeant d'eau le grill, qui recracha de la vapeur.

— Allez, raconte un peu. Le grill faisait trop de bruit pour que j'entende quoi que ce soit. Ils ont dit quelque chose d'intéressant ? Des potins ? demanda-t-elle en me donnant un petit coup de coude.

Ils ont dit que j'étais un monstre.

— Ils étaient pas mal éméchés, alors pas grand-chose de cohérent. Mais ils étaient dingues des margaritas glacées.

Je me mis à frotter le grill.

— Waouh. Fascinant. (Elle leva les yeux au ciel.) Tu penses que Tess et West couchent ensemble ?

— Sûrement. Ils feraient un couple bien cucul. Leurs noms riment, bon sang !

— Un couple ? Tess peut toujours rêver. West n'a que des coups d'un soir. C'est bien connu.

Je haussai les épaules. Karlie me répondit en me poussant d'un air exaspéré.

— Mon Dieu, tu es la pire commère du monde. Je ne sais même pas pourquoi je te parle de ça. Dernière question : thérapeutiquement parlant, tu préférerais rechercher sur Internet tous les figurants du clip de « Black and White » de Michael Jackson et flipper sur l'âge qu'ils ont aujourd'hui, ou coller à Barbie le mulet de Joe Exotic ?

— Le deuxième, murmurai-je avec un sourire fatigué, en réalisant à quel point elle allait me manquer une fois qu'elle aurait trouvé un nouvel employé pour la remplacer. Je ferais un mulet à Barbie, je l'habillerais comme une cow-girl, je la mettrais dans son Cabriolet Rose et je ferais une vidéo d'elle sur TikTok en train de chanter Les Bratz Dolls Ont Mangé Mon Chien.

Karlie rejeta la tête en arrière pour éclater de rire. Je jetai un œil dans son miroir de poche, posé sur le rebord de la fenêtre, pour vérifier mon maquillage.

La cicatrice était presque entièrement dissimulée.

Je poussai un soupir de soulagement.

Le taco croustillant a survécu à une nouvelle journée. Fissuré, mais pas cassé.

Je rentrai chez moi à 23 heures. Mamie était assise à la table de la cuisine, dans sa robe de chambre tricolore en piteux état, Willie Nelson passant à la radio à plein tube à côté d'elle.

Mamie Savvy avait toujours été une femme excentrique. C'était celle qui se donnait à fond avec ses costumes d'Halloween pour accueillir les enfants venus réclamer « des bonbons ou des farces » à sa porte. Celle qui peignait des dessins rigolos – et souvent inappropriés – sur les pots de fleurs à l'avant de son jardin, et qui, aux mariages, dansait comme si elle était seule au monde, celle qui pleurait devant les publicités qui passaient pendant le Super Bowl.

Mamie avait toujours été une originale, mais récemment, elle était également désorientée.

Trop désorientée pour rester toute seule plus de dix minutes, le laps de temps entre le départ de son aide-soignante et mon retour.

J'avais trois ans quand ma mère, Courtney Shaw, était morte d'une overdose, allongée sur un banc du centre-ville de Sheridan. C'était un écolier qui l'avait trouvée. Il avait essayé de la toucher du bout d'une branche. Voyant qu'elle ne se réveillait pas, il s'était mis à hurler comme un damné, ameutant la moitié des écoliers de la ville et quelques-uns de leurs parents.

La nouvelle s'était répandue, des photos avaient circulé, et les Shaw étaient officiellement devenus le mouton noir de Sheridan. À partir de là, Mamie fut la seule mère que je connus. Courtney avait joué au jeu des chaises musicales avec une série de toxicos. Je supposais que l'un d'eux était mon père, mais je ne l'avais jamais rencontré.

Mamie n'avait jamais demandé son identité. Elle devait se méfier d'ouvrir la boîte de Pandore et de devoir se battre contre Dieu savait qui pour obtenir ma garde. Les chances étaient très faibles pour que mon père soit un type respectable, un gros bosseur ou un fidèle de la paroisse.

Mamie m'avait élevée comme sa propre fille. Ce n'était donc que justice que je prenne soin d'elle maintenant qu'elle perdait son indépendance. Et puis, ce n'était pas comme si les propositions affluaient d'Hollywood et que je passais à côté d'une immense carrière.

Reign De La Salle était cruel, mais il n'avait pas tort. Avec un visage comme le mien, les seuls rôles que je pouvais dénicher étaient ceux d'un monstre.

J'entrai dans la cuisine, déposai un baiser sur le nuage de cheveux blancs qui me faisait penser à une barbe à papa. Elle m'attrapa le bras et m'attira contre elle. Je laissai échapper un soupir reconnaissant.

— Coucou Mamie.

— Gracie-Mae. J'ai fait une tarte.

Elle prit appui sur la table pour se relever avec un grognement. Mamie se souvenait de mon prénom. C'était toujours bon signe, et c'était sûrement la raison pour laquelle Marla s'était permis de la laisser seule jusqu'à mon retour.

Notre maison ressemblait à un cimetière des années soixante-dix composé de toutes les atrocités de décoration intérieure que l'on pouvait trouver à cette époque : des comptoirs de cuisine en carrelage vert, du lambris, du rotin à foison, et des appareils électroménagers qui pesaient aussi lourd qu'une voiture familiale.

Même après avoir reconstruit une grande partie de notre maison de style ranch après l'incendie, Mamie était allée à l'Armée du Salut acheter les meubles les plus anciens et les plus dépareillés qu'elle avait pu trouver. On aurait dit qu'elle était allergique au bon goût, mais comme en toute excentricité, lorsqu'elle appartenait à un être aimé, on apprenait à y trouver une certaine beauté.

— Je n'ai pas très faim, mentis-je.

— C'est une nouvelle recette. Je l'ai trouvée dans un magazine chez le dentiste. Marla a chopé une cochonnerie, la pauvre. Elle n'a même pas pu goûter la moindre bouchée. Ça lui faisait tellement envie pourtant.

Je m'installai docilement à table tandis qu'elle faisait glisser une part de tarte aux cerises et une fourchette dans ma direction. Elle me caressa le dos de la main.

— Allez, ne sois pas timide, Courtney. Pas avec ta maman. Mange.

Courtney.

Bon, ça n'avait pas duré. Mamie m'appelait fréquemment Courtney. Les premières fois que c'était arrivé, je l'avais emmenée passer quelques examens pour connaître les causes de ces étourderies. Le médecin avait conclu que ce n'était pas Alzheimer, mais avait tout de même conseillé de revenir l'année suivante si ça empirait.

C'était deux ans plus tôt. Elle avait refusé d'y retourner depuis.

Je fourrai un morceau de tarte aux cerises dans ma bouche. Dès que la bouchée se logea dans ma gorge, cette dernière s'obstrua et envoya un message à mon cerveau :

Abandonnez la mission.

Elle avait recommencé.

Elle avait confondu le sel et le sucre. Les cerises et les pruneaux. Et, qui sait ? peut-être la mort-aux-rats et la farine, aussi.

— C'est délicieux, hein ?

Elle se pencha en avant et posa son menton sur sa main. Je hochai la tête et attrapai mon verre d'eau pour faire passer le tout d'un coup. Je jetai un coup d'œil à mon téléphone sur la table. J'avais reçu un message.

Marla : Avertissement : la tarte de ta grand-mère est particulièrement atroce aujourd'hui.

Mes yeux s'embuèrent.

— Je savais que ça te plairait. C'est ta préférée, la tarte aux cerises.

Ce n'était pas le cas. C'était la préférée de Courtney, mais je n'avais pas le cœur à la reprendre.

J'avalai chaque gorgée sans y goûter, jusqu'à la dernière miette. Puis je jouai à un jeu de société avec elle en lui donnant des nouvelles qu'elle demandait sur des connaissances de Courtney dont je n'avais jamais entendu parler ; j'allai ensuite la border et lui souhaitai une bonne nuit. Elle me retint par le poignet au moment où je me redressai pour partir, ses yeux brillants comme des lucioles dans l'obscurité.

— Courtney. Mon enfant chéri.

La seule personne qui m'aimait me prenait pour quelqu'un d'autre.

2

Grace

Le lendemain matin, j'arrivai tôt au *food truck* afin de tout préparer avant l'ouverture. Le marché fermier de Sheridan se tenait le samedi, ce qui impliquait davantage de compétition, davantage de *food trucks*, davantage d'interactions humaines et leurs conséquences : davantage de peinture de guerre. Le samedi, je mettais une telle couche de maquillage que je rivalisais avec les meilleurs clowns de cirque…

Heureusement, ce n'était pas un jour de rodéo. Je refusais de travailler ces jours-là depuis qu'un client avait comparé mon visage à un cheval et expliqué que l'étalon aurait gagné dans la catégorie beauté.

Karlie était en retard, ce qui n'était pas inhabituel. Elle avait beau être un bourreau de travail et l'une des personnes les plus consciencieuses que je connaissais, elle avait un sommeil de plomb et une guerre sur le pas de sa porte ne l'aurait même pas réveillée. Ce manque de rigueur aurait pu me gêner, mais les Contreras me payaient bien, m'accordaient des horaires flexibles et, au cours des quatre dernières années, Karlie s'était révélée une amie formidable.

Je lavai et découpai le poisson, émincai les légumes, préparai les margaritas glacées et rédigeai à nouveau l'offre d'emploi que je collai ensuite sur le camion. Ma meilleure amie débarqua à neuf heures moins le quart. Elle portait un gros casque audio rose et un débardeur à l'effigie de Bart Simpson.

— *Hola*. Tout va bien ?

Elle fit éclater une bulle de son chewing-gum à la pastèque en retirant son casque. « Rebel Girl » de Bikini Kill résonna brièvement avant qu'elle quitte son application de musique. Je lui fourrai les pinces dans les mains.

— Je me suis réveillée avec le pressentiment que quelque chose d'horrible allait arriver aujourd'hui.

Ce n'était pas un mensonge. En me levant ce matin, j'avais remarqué que la bague flamme à mon pouce avait fini par succomber à son grand âge et la moitié de la flamme s'était cassée.

Il faisait plus de 40° à l'extérieur – à tel point qu'on aurait pu faire frire un œuf sur le béton – et probablement 10° de plus à l'intérieur du camion. Quelque chose, aujourd'hui, me semblait différent. Quelque chose de monumental qui se tramait. Comme si mon avenir se trouvait suspendu au-dessus de ma tête et menaçait de s'abattre sur moi.

— Cette journée va très bien se passer. (Elle posa son sac à dos par terre en faisant claquer les pinces sous mon nez.) Mais elle va être chargée ; il y a déjà la queue à l'extérieur. Tu ferais mieux de te mettre à la fenêtre, Juliette.

— Si Roméo mange du poisson à 9 heures du matin, je préfère rester célibataire.

Je ris ; je commençais enfin à redevenir un peu moi-même et à oublier la fille pitoyable que West St Claire m'avait donné l'impression d'être la veille.

Mme Contreras insistait pour qu'on ne serve qu'une recette spéciale de tacos au poisson. Pas de Tex Mex dans ce *food truck*. On ne faisait qu'un seul type de taco, mais on faisait les meilleurs.

— Ah, c'est un aspect que Shakespeare n'a pas développé. Romeo est mort à cause de l'haleine de poisson de Juliette, pas à cause du poison.

— Et le poignard de Juliette ? fis-je en jetant un regard amusé à Karlie.

Elle fit mine de plonger les pinces dans ses entrailles comme une épée, tout en se tenant le cou pour faire semblant de s'étouffer.

— Les pinces aussi peuvent être mortelles.

J'ouvris la fenêtre du camion avec un sourire, décidée à effacer la veille au soir de ma mémoire.

— Bonjour et bienvenue chez That Taco Truck ! Que puis-je…

Les derniers mots restèrent coincés dans ma gorge quand je le vis. Une file de personnes attendait derrière lui.

West St Claire.

Mon sourire s'évanouit.

Qu'est-ce qu'il venait faire ici ?

— C'est à cause du pourboire que Tess a laissé hier ? Parce que tu peux le récupérer. Peut-être pour t'acheter des bonnes manières.

Mon ventre se noua ; ma bouche était plus rapide que mon cerveau.

Pourquoi insistais-je pour me faire socialement assassiner ? Étais-je inconsciemment suicidaire ? Cela dit, je ne regrettais pas mes paroles. Je doutais que West veuille un taco ou une conversation civilisée. Je savais que c'était une mauvaise idée d'affronter un type comme lui, mais il s'était montré froid et méchant, la veille, et je ne pouvais pas m'empêcher de lui en vouloir.

West semblait avoir passé une nuit blanche. Il portait le même jean et la même chemise, et son regard inébranlable et blasé me donnait l'impression d'être une plaie.

Sans un mot, il me tendit une boule de papier. Je la reconnus immédiatement. Je la dépliai, et mon visage s'assombrit. C'était la petite annonce qu'il avait arrachée du camion la veille.

— J'en ai déjà fait une nouvelle, lançai-je en jetant le papier à la poubelle à mes pieds. Je peux faire autre chose pour toi ?

— Va me chercher le gérant, répliqua-t-il aussi sèchement.

Il me prit par surprise. Tout d'abord, parce qu'il parlait. Je ne l'avais jamais entendu jusque-là. Sa voix allait avec son apparence. Grave, éraillée et dépravée. Ensuite, je fus choquée qu'il me parle, à *moi*. Mais par-dessus tout, je fus surprise par son audace à me donner un ordre.

— Je te demande pardon ? demandai-je en haussant un sourcil.

Le bon sourcil, le droit. Le gauche n'existait plus. Cela dit, je le dessinais au crayon, et puisque je portais en permanence ma casquette de base-ball grise, les gens ne devaient pas s'en rendre compte. Les clients derrière lui perdaient patience, secouaient la tête, piétinaient. Mais bien sûr, personne n'alla jusqu'à *dire* quelque chose à West St Claire. Que le ciel protège celui qui oserait critiquer son attitude.

— Le gérant. À savoir la personne responsable de ce camion. T'es attardée ?

— Non, dégoûtée.

— Alors dépêche-toi, ça te débarrassera de moi. Appelle ton responsable.

Il me fixait. De près, ses yeux n'étaient pas exactement verts. C'était un mélange de sauge et de bleu, bordé d'un jade foncé.

Ses amis et lui s'étaient bien amusés à deviner ce qui était arrivé à mon visage la veille. West m'avait examinée comme si j'étais une bête de foire. J'avais eu l'impression d'être un animal à trois têtes enfermé dans une cage. Un animal qui cherchait désespérément à tordre les barreaux, à bondir et à les déchiqueter de mes griffes acérées.

De retour à la réalité, j'entrepris de lisser les films qui recouvraient le récipient de guacamole dans le bar à garnitures.

— Excuse-moi si je suis directe, mais il y a autant de chances pour que tu veuilles travailler dans ce *food truck* que moi de rejoindre le ballet du Bolchoï. Alors maintenant, passe ta commande ou circule. J'ai des clients qui attendent.

— *Le manager. Tout de suite,* répéta-t-il comme si je n'avais rien dit.

Je sentis mes narines frémir de frustration. J'avais entendu parler de son intensité, mais en faire personnellement l'expérience me donnait l'impression qu'on avait mis mon cœur dans un mixeur et qu'on me forçait à le regarder se faire réduire en purée.

Le visage de Karlie apparut derrière moi. Elle glapit de surprise en l'apercevant.

— Oh, mon Dieu. Je veux dire : salut. West, c'est ça ?

Bravo. Elle l'aurait reconnu même dans le costume de crabe de la mascotte de l'université de Sheridan.

Il la regarda sans prendre la peine de confirmer son identité. Karlie tendit la main par la fenêtre. Il fit mine de ne pas le remarquer.

Elle la retira en ricanant.

— Je suis Karlie. On est à la fac ensemble. C'est moi la manager. Enfin, sa fille, plutôt. Qu'est-ce que je peux faire pour toi ?

— Je suis là pour l'offre d'emploi.

— Sérieux ?

— Aussi sérieux qu'une crise cardiaque.

Et tout aussi fatal. Renvoie-le, Karl.

— Génial. Tu es engagé, chantonna-t-elle.

Un rire hystérique et perçant m'échappa involontairement. Karlie et West se tournèrent vers moi comme si j'étais devenue folle. *Attendez… ils sont sérieux ?* Je les observai tour à tour, un frisson remontant le long de ma colonne. Une femme âgée derrière West se racla la gorge en me faisant signe, comme si c'était ma faute si tout le monde patientait.

— Tu plaisantes, n'est-ce pas ? demandai-je à Karlie.

Elle fit la grimace.

— Eh bien, on a *vraiment* besoin de quelqu'un…

West, désormais concentré sur ma meilleure amie, indiqua l'intérieur du camion d'un signe du menton.

— Continuons cette conversation en privé.

— Monte.

Pendant les minutes qui suivirent, le temps s'étira. Karlie et West filèrent à l'arrière du camion tandis que je restais à la fenêtre pour servir les clients. Dix minutes plus tard, Karlie sortit du camion, retira l'annonce et remonta à l'intérieur.

— Félicitations ! Tu as un nouveau collègue, chantonna-t-elle en rejoignant le grill, où elle retourna un morceau de poisson carbonisé depuis dix minutes.

Je m'efforçai de l'ignorer, préparant des tacos le plus vite possible tout en me convaincant intérieurement que ma vie n'était pas finie et que West St Claire n'allait pas me tuer pour relever je ne sais quel pari élaboré et tordu.

— Shaw, tu m'as entendue ?

Le poisson à chair blanche que Karlie retournait ne cessait de se décomposer en petits morceaux. J'avais chaud, j'étais en sueur et furieuse, envahie d'une amertume sordide. Si je me coupais avec le couteau que je tenais pour ouvrir le sachet de fromage râpé, j'étais sûre de voir une matière noire et visqueuse s'écouler de mes veines.

— Parfaitement bien. Je pensais seulement que tu me laisserais donner mon avis, étant donné que c'est moi qui vais travailler avec ton remplaçant.

— Je t'explique : c'est le canon le plus célèbre de Sheridan. Il va nous ramener une tonne de clients. Je ne pouvais pas refuser, et je savais que tu n'aurais pas été pour.

— Exactement.

Je me penchai en avant pour tendre à un client son taco au poisson brûlé avec un sourire forcé. À la fin du lycée, j'avais beaucoup tergiversé avant de m'inscrire à l'université. Mon instinct me disait de me cacher du monde, de me tapir dans l'ombre et de vivre dans la solitude. Mais j'avais vite compris que je n'avais pas vraiment le choix. Il fallait que je m'en aille d'ici et que je gagne de l'argent. Étant donné que je me tapais déjà le désagrément de devoir montrer mon visage aux gens, je m'étais dit que l'université était une solution réaliste, quoique cruelle, pour m'assurer un travail correct.

— Il cherche du boulot, c'est ça ? (J'étais lancée.) C'est sûr qu'avec ce que lui rapporte le Plaza, il doit avoir désespérément besoin d'argent.

Je savais que West St Claire gagnait gros avec ses combats. D'après les rumeurs, il avait remporté quatre-vingt mille dollars l'année précédente au Plaza, entre la vente de billets, les paris et les bières coupées à l'eau qu'il vendait une fortune.

— Je lui ai posé la question. Il a dit qu'il avait besoin d'arrondir ses fins de mois.

— C'est ses bonnes manières qu'il a besoin d'arrondir, répliquai-je.

— Pourquoi ? Il a été méchant avec toi ? demanda Karlie en fronçant les sourcils.

J'étais furieuse rien qu'en repensant à la soirée de la veille. Je détournai les yeux et changeai de sujet.

— Et puis comment ça, tu savais que je ne serais pas pour ?

— Allez !

Elle leva les bras en l'air comme si nous connaissions toutes les deux la réponse à cette question.

— Allez *quoi* ?

— Vraiment ? D'accord. Je vais te le dire. Mais promets-moi de ne pas t'énerver.

— Je ne m'énerverai pas.

J'étais *déjà* énervée.

— Eh bien, disons que tu as tendance à être intimidée par les gens, Shaw. Et tu te fais une opinion d'eux en te basant sur ce que tu *penses* qu'ils sont.

— Pas du tout !

— Regarde-toi. Tu es furax parce que j'ai engagé quelqu'un que tu ne connais même pas uniquement parce qu'il a une certaine réputation. Devine quoi ? On a tous une réputation. Désolée, Grace, mais c'est la vérité. Je suis la surdouée Madame je-sais-tout obsédée par les années quatre-vingt-dix, tu es la fille torturée à la cicatrice. On est tous catégorisés. Stéréotypés en fonction de nos défauts et de nos faiblesses. Bienvenue dans la vie. C'est la merde et à la fin on meurt.

Je serrai les dents, craignant de dire quelque chose que je regretterais ensuite. Karlie cessa de retourner son poisson extra-mort, pivota sur ses talons et me saisit par les épaules pour me forcer à lui faire face. Elle massa mes deltoïdes à travers mon sweat à capuche rose.

— Regarde-moi, Shaw. Tu m'écoutes ?

Je répondis par un grognement.

— Il est peut-être sympa.

— Il y a plus de chances qu'il soit horrible.

J'avais conscience de laisser mes angoisses prendre le dessus, mais à en juger par son apparence, sa réputation et son statut social, West St Claire était le parfait candidat pour ruiner ma vie.

— S'il est horrible après son premier service, tu me préviens et je le vire. Sans poser de question. Même pas une seule. (Karlie me força à lui serrer la main, scellant un marché à sens unique.) Tu as ma parole. Je sais que tu penses que je suis en admiration devant les gens populaires, mais ce n'est qu'un étudiant qui cherche à se faire de l'argent. Je croule sous le travail et mes stages vont me prendre tout mon temps une fois qu'on aura fini l'année. J'en ai besoin. Tu veux bien arrêter de faire la tête maintenant ?

Malheureusement, Karlie avait raison. Techniquement, West ne m'avait fait aucun mal. On pouvait même dire qu'il m'avait donné un sacré pourboire et n'avait pas demandé à le récupérer.

— D'accord.

Elle sourit et me tourna de nouveau vers la file de personnes qui attendaient leur commande.

— Je préfère ça. Vite, dis-moi si tu le vois sur le parking. Je lui ai demandé s'il pouvait commencer aujourd'hui pour me regarder faire au grill, mais il a dit qu'il avait des projets. Il est toujours dans les parages ?

Je tendis le cou pour lui faire plaisir, à contrecœur. Je le repérai aussitôt étant donné qu'il faisait une tête de plus que le reste de l'humanité. Il était appuyé contre sa Ducati rouge M900 Monster de 2016, ses Wayfarer intactes.

Je reconnus la fille à ses côtés, même de dos. Des cheveux

noirs, d'interminables jambes bronzées, et le même minishort qui n'aurait pas recouvert un stylo. Tess. Elle lui parlait avec animation en faisant voler ses cheveux. Ils avaient sûrement passé la nuit ensemble. West ne répondait pas à ce qu'elle lui racontait. Il se retourna, lui enfila un casque sur la tête d'un geste brusque, l'attacha autour de son menton, et monta sur la moto. Elle se glissa derrière lui et passa les bras autour de son torse.

Il lui prit une main et la plaça sur son entrejambe.

— Beurk. Il est avec Tess Davis. Soit ils vont se faire une balade au soleil couchant soit ils vont rendre visite à un vénérologue.

J'écrasai accidentellement un taco croustillant en les voyant traverser en flèche le parking, leurs silhouettes brouillées par un nuage de poussière.

Karlie fit une moue.

— Elle attire toujours les plus beaux. Je me demande qui sera la prochaine.

Sa main, j'espère. On ne veut pas de mini-West pour peupler notre planète.

Je passai les cinq heures suivantes à écouter Karlie conjecturer sur les goûts de West en matière de femmes, à servir des clients et à faire une fixation sur le tour désastreux que prenait ma vie.

Au moment d'ouvrir la porte du camion pour partir, je trouvai une paire de chaussons de danse sur les marches. Je les ramassai, les sourcils froncés. Ils étaient à peu près à ma taille, flambant neufs, mais hors de leur boîte. Un mot y était attaché, griffonné d'une écriture peu soignée.

Mieux vaut commencer à t'entraîner.

— Qu'est-ce que… ?

Mes paroles de ce matin me revinrent en tête.

« Il y a autant de chances pour que tu veuilles travailler dans ce food truck que moi de rejoindre le ballet du Bolchoï. »

West St Claire avait de l'humour.

Malheureusement, j'avais la sensation que j'allais devenir son sujet de plaisanterie préféré.

3

West

Bzzz.

Bzzzzz.

Bzzzzzzzzzz.

Mon téléphone vibrait sur ma table de nuit. Il tomba par terre et se mit à décrire un cercle saccadé comme un insecte retourné sur le dos.

Je me penchai pour le ramasser et balayai l'écran du doigt pour arrêter l'alarme. Un cri étouffé me perça les tympans.

— Chéri ? C'est toi ? Larry ! Viens ! Il a décroché.

Putain. De. Merde.

J'avais été dans les vapes depuis dix heures et je n'avais pas percuté que le son monotone était le même que ma sonnerie.

L'espace d'une seconde, j'envisageai de raccrocher avant de me dire que j'avais déjà atteint mon quota de conneries pour la semaine, la veille, en mangeant toute la bouffe de sportif pré-préparée d'East. Je me mordis le poing jusqu'à faire affluer le sang et pressai mon téléphone contre mon oreille.

Bonjour Néant et son putain d'enfoiré de cousin, Désastre.

— Maman.

— Salut ! Coucou ! s'écria ma mère d'un ton désespéré. Westie, je n'arrive pas à croire que tu aies répondu.

Bienvenue au putain de club.

— Comment ça va ?

Je roulai sur le matelas pour m'asseoir au bord du lit. Le réveil sur ma table de nuit indiquait 2 heures de l'après-midi. Il indiquait aussi que j'étais un sale con qui ne s'était encore une fois pas réveillé. La remise de diplôme approchait, et je savais que j'allais quitter l'université de Sheridan avec le mien en poche, mais ça aurait été pas mal de faire au moins semblant d'en avoir quelque chose à foutre.

— Rien, mon chéri ! Enfin, tout va bien. Ça va. On voulait prendre de tes nouvelles. Voir comment ça allait. Easton nous en a donné, mais on adore entendre ta voix.

— C'est lui ? demanda mon père dans le fond.

Je perçus du mouvement. Des objets sur une table. Ils étaient tout excités. Je fus pris d'un élan de culpabilité, suivi par son fidèle ami, le remords.

— Laisse-moi lui parler. Westie ? Tu es là ?

— Papa. Salut.

— Ça fait plaisir d'entendre ta voix, fiston.

J'enfonçai mes pieds dans mes Blundstone sous le lit et me traînai jusqu'à la salle de bains. Je fis la vidange et me brossai les dents pendant que mon père se lançait dans une tirade à propos du type qui lui avait promis de l'aider à fertiliser ses terres et qui n'était toujours pas revenu du Wyoming et, m'expliqua-t-il, par conséquent, il avait perdu un autre contrat. Je saisis le sous-entendu : il fallait que je leur envoie plus d'argent avant qu'on leur coupe l'électricité.

La culpabilité cuisante que j'avais éprouvée une seconde plus tôt se transforma en une sorte de torpeur.

— J'imagine que les banquiers ne sont pas vos plus grands fans.

Je crachai le dentifrice et l'eau dans le lavabo et m'aspergeai le visage. Je ne jetai pas un coup d'œil dans le miroir. Je ne m'étais pas regardé en face depuis des années – pourquoi commencer maintenant ?

— Oh ! eh bien, disons… la situation n'est pas terrible, je crois. Mais…

Je ne le laissai pas finir.

— Je vous enverrai de l'argent avant ce soir. On se reparle bientôt. Bye.

Je raccrochai tout juste quand il allait ajouter quelque chose. J'attrapai mes clés, montai sur ma Ducati et me tirai à l'école. Huit minutes plus tard, je pénétrai dans Lawrence Hall pour mon cours de management sportif de 14 h 30.

Encore en retard, sans surprise.

Heureusement, le professeur Addams (avec deux D, comme son bonnet de nichons de mec) était occupé à essayer de faire fonctionner cet objet magique qu'on appelait un iPad. Il avait la tête baissée sur l'écran qu'il frappait de ses doigts graisseux pour faire apparaître sa présentation sur l'écran blanc derrière lui. Je me faufilai à l'arrière de la salle et me glissai à une place entre Reign et Easton. La présentation d'Addams finit par apparaître et il poussa un gloussement de soulagement.

— Ça va ou quoi ?

Reign tapa son poing contre le mien. Il était en train de peloter une fille sortie de nulle part. Elle était accrochée à son cou pendant qu'il avait la main fourrée sous sa jupe.

East me donna une tape à l'arrière du crâne.

— Encore en retard. Au fait, merci d'avoir mangé toute ma bouffe.

— Le plaisir était pour moi.

C'était le cas, véritablement.

— Refais ça et tu verras.

— Tu sais que j'accepte tous les défis.

Tout le monde avait sorti un ordinateur ou un carnet. Pas moi. Je n'avais pas emmené de sac à dos non plus. Je me pointais de temps en temps chaque fois que la menace d'échouer à un semestre semblait réelle. La voix du professeur Addams s'éleva des tréfonds de la salle de conférences.

— Monsieur St Claire, je vois que vous avez décidé de nous honorer de votre présence.

Je le fixai d'un regard froid, refusant de lui tendre une perche.

La fille à côté de Reign eut le bon sens de donner une tape sur la main de Reign sous sa jupe lorsque tous les regards se tournèrent vers nous.

Addams pencha son épaisse silhouette au-dessus de son bureau et repoussa ses lunettes sur son nez avec un grognement.

— Dites-moi, monsieur St Claire, êtes-vous un tant soit peu intéressé par le fait d'élever votre niveau d'éducation ?

Honnêtement, non. Mais ce trou à rats était suffisamment éloigné du Maine pour me permettre de garder profil bas et de faire ce qu'il fallait pour empêcher ma famille de finir à la rue.

— Utilisez des mots, ordonna-t-il avec dédain. Vous savez parler, non ?

Je ricanai. On ne m'embarrassait pas facilement. C'était l'avantage d'être indifférent à tout. Les gens ne pouvaient rien contre moi malgré leurs efforts.

Et ils en faisaient.

Souvent.

— Obtenir un diplôme me semblait être un super prétexte pour quitter le trou où je vivais, et Sheridan est plutôt abordable pour une université publique. Cela dit, il y a toujours des lacunes au niveau du corps professoral.

Je me radossai en croisant les bras.

— Cassé ! gloussa quelqu'un.

— Oh, putain ! beugla un autre étudiant. St Claire ne met pas des raclées que sur le ring.

Les rires fusèrent des quatre coins de la salle. La mâchoire du professeur Addams tomba et ses joues prirent une couleur rose flamant. Il lui fallut une bonne minute pour se ressaisir.

— Donnez-moi une seule bonne raison de vous laisser vous en tirer après ce que vous venez de me dire.

— Vous avez été transféré ici d'une université de l'Ivy League dans des circonstances mystérieuses, et dont tout le monde se fout. Devinez quoi ? (J'écartai les bras d'un geste théâtral.) J'ai tout le temps du monde. Ça vous va comme phrase, professeur Addams ?

— *Pfft.*

Reign leva le bras en ouvrant la paume, comme s'il lâchait un micro.

— Le sauvage, pouffa East.

— Vous vous trouvez malin, n'est-ce pas, West St Claire ? souffla Addams.

— Punissez-moi ou laissez tomber. Vous prolongez le truc.

Je bâillai.

Il se retourna face à sa présentation en secouant la tête. *Idiot.*

Je quittai le cours une demi-heure plus tard. Reign avait le bras sur les épaules de la fille sans nom et East était sur son téléphone, cherchant sûrement quelle fille il avait envie de voir ce soir. Je décidai de lâcher la bombe. Le moment était aussi mal choisi qu'un autre.

— Je commence à bosser chez That Taco Truck demain.

Techniquement, je commençais aujourd'hui. Cette Karlie était censée m'apprendre à utiliser le grill cet après-midi.

Au début, il n'y eut aucune réaction. Puis, voyant que je ne développais pas, parce que j'estimais que c'était suffisamment explicite en soi, Reign se mit à ricaner.

— Hum, et pourquoi ?

— Pour les tunes.

— Tu ne gagnes pas assez avec les combats ?

Il fronça le nez. Reign n'avait aucun problème financier. Quand il ne jouait pas à la balle, il cherchait des plans cul. La fac, pour lui, c'était une série de fêtes et de matchs, avec des coups d'un soir et des frayeurs de grossesses entre les deux pour donner à l'ensemble un relief dramatique. Moi, de mon côté, je remboursais les dettes de mes parents, je finançais ma propre éducation *et* j'économisais pour ne pas avoir à retourner à la maison après avoir obtenu mon diplôme à la fin de l'année.

La fille sans nom hoqueta.

— Ça n'a aucun sens. Tout le monde dit que tu es blindé.

Je ne répondis pas. Se faire sauter par l'un de mes meilleurs ennemis ne faisait pas d'elle une expert-comptable.

— Fais ce que t'as à faire, mec. Dis-moi si je peux t'aider, lança East en hissant son sac de sport sur son épaule, mettant un terme au débat.

— Il en pince peut-être pour Pain-grillé, dit Reign. Et il cherche une entrée. Enfin quoi, elle est canon une fois que tu lui as mis un sac sur la tête.

— La victime de l'incendie ? (La fille sans nom posa une main sur sa poitrine.) C'est tragique, non ? L'une de mes sœurs de la sororité la connaît du lycée. Apparemment, elle était pom-pom girl et faisait du théâtre avant de devenir comme ça. Et elle était très jolie.

Je savais d'ores et déjà qu'à un moment de ma vie, j'allais faire sauter les dents de Reign. C'était un sale con qui s'en prenait constamment aux autres. Tout était bon pour faire rire ses crétins de potes. Ses choix de compagnes féminines étaient tout aussi pathétiques.

Reign gloussa.

— Sérieux, mec, ferme-la.

Easton l'attrapa par le collet et fit balancer son corps en faisant mine de l'écraser contre le mur.

On se sépara aux portes battantes. Reign et East avaient entraînement et la fille sortie de nulle part disparut, retournant probablement nulle part. J'étais sur le point de sortir quand j'entendis des cris par la porte entrebâillée située à côté de la sortie.

— Au feu ! Au feu !

Ça venait de l'auditorium improvisé où les étudiants en art dramatique répétaient ces jours-ci pendant qu'on construisait un théâtre sur le campus.

Je poussai vivement les portes.

Ils répétaient. *Ouf.*

La porte entrouverte était comme une invitation à jeter un œil. Ce n'était pas comme si j'avais mieux à faire. Il me restait une demi-heure à tuer avant de retrouver Karlie au *food truck*.

J'appuyai une épaule contre le montant de la porte et croisai les bras. Tess était sur scène et portait une chemise de nuit par-dessus une prothèse de ventre de femme enceinte, les cheveux relevés.

Elle courait vers l'opposé de la scène en émettant un hurlement qui aurait rendu sourde une baleine.

Une espèce de frimeur de la troupe la poursuivait, vêtu d'un marcel, une cigarette pendue au coin de sa bouche pincée. Il essayait d'adopter l'accent du Sud, mais on aurait juste dit qu'il avait des aphtes de la taille de mes couilles sur la langue. Je n'y connaissais rien au théâtre, mais je savais reconnaître un acteur foireux quand j'en voyais un. Sans vouloir être méchant avec Tess, c'était un très bon coup, mais j'étais plus convaincu par la théorie du complot qui disait qu'Hitler était encore vivant et habitait avec 2PAC – pourquoi s'encombrer de toute forme de bon sens – que par son jeu d'actrice.

Mon regard balaya l'auditorium. La blonde du *food truck* était là. Greer ou Gail ou je ne sais quoi. *Pain-grillé.* Je repérai l'arrière de son crâne. Elle était assise dans un rang du fond. Elle avait posé ses Fila blanches sur le dossier du siège devant elle. Elle portait un jean moulant et délavé sur ses longues jambes, et le même sweat capuche rose et la même casquette de base-ball que la dernière fois. Ses longs cheveux blonds couvraient son dos et ses épaules, lui donnant l'air d'un ange gothique.

Reign avait autant de jugeote qu'une boîte de pâté, mais il avait vu juste. Greer-Gail était grave baisable. Même si je n'avais aucune intention de la toucher. Ça n'avait rien à voir avec son visage. Les cicatrices ne m'avaient jamais dérangé – mon cœur n'était composé que de ça. Mais elle avait des grands airs, aussi grands que le Mississippi, et je suivais une règle stricte de ne pas me taper de garce.

Je lui avais déposé les chaussons de danse en guise d'affront. Honnêtement, je n'avais aucune idée de ce que j'essayais de lui dire avec ces chaussons. Je m'étais senti con en les achetant, et pire encore après les avoir déposés sur les marches du camion. Bref. On s'en foutait que mon geste soit minable. Je n'essayais pas de la draguer.

Le metteur en scène de la pièce, Cruz Finlay – encore un étudiant qui pensait que porter un béret et une écharpe au Texas lui donnait l'air d'un artiste, plutôt qu'un crétin fini – demanda aux comédiens de recommencer la scène du début. J'avançai encore dans la salle pour pouvoir observer le visage de Greer-Gail-je-ne-sais-quoi sans entrave. Toute cette histoire au sujet de sa cicatrice alors que je la voyais à peine, mais elle en était tellement complexée que j'avais tendance à penser qu'elle devait être impressionnante.

Je ne vis que le côté droit de son visage. Le côté soi-disant « normal ». Elle avait les yeux rivés sur la scène. Elle murmurait le texte en même temps que les acteurs, à la fois celui de Tess et celui du type. Ce qui était dingue, c'était qu'eux les lisaient sur leur feuille alors qu'elle, elle les connaissait par cœur.

Il paraissait plutôt évident que Greer-Gail kiffait le théâtre, mais je doutais qu'elle en fasse. Pas besoin d'être un génie pour se rendre compte qu'elle était coincée dans son propre rôle de victime.

— *Je ne veux pas de réalisme, je veux de la magie*, mima Greer-Gail en faisant écho à une troisième actrice sur scène, et j'eus la sensation que la réplique résonnait en elle de manière personnelle.

Sa propre réalité semblait vraiment la rendre amère.

J'étais tellement fasciné par le fait que Greer-Gail soit en train de réciter une foutue pièce tout entière sans que personne le remarque, ou remarque seulement sa présence dans la salle, qu'il me fallut une seconde pour me rendre compte que la répétition était terminée.

— Première répétition et c'est un désastre absolu. Demain.

Même heure. Même endroit. Seigneur. (Finlay jeta ses mains en l'air en regardant le plafond comme si le Seigneur Tout-Puissant n'avait pas autre chose à foutre que de regarder cette merde.) Donnez-moi des acteurs, par pitié.

Ou un poing dans la gueule, songeai-je. *Tu peux lui filer un poing dans la gueule aussi et personne ne t'en voudra, même pas ses parents.*

— West ! s'écria Tess en sautant à bas de la scène pour courir en direction des portes.

Elle jeta son faux ventre dans un fauteuil sans ralentir. Je gardai ma position, décontracte, nonchalante, imperturbable. Tous les yeux se tournèrent vers moi. À entendre Tess, on aurait dit que je revenais d'un voyage en Iraq. Greer-Gail tourna la tête. Nos regards se croisèrent au moment où Tess jeta ses bras autour de mon cou en me bombardant de baisers.

J'avais prévenu Tess que la seule chose possible entre nous, c'était un coup d'un soir, et notre premier et dernier tour de piste avait eu lieu le week-end précédent. Elle avait affirmé qu'elle comprenait, mais c'était rarement le cas avec les femmes. Je l'écartai de moi en notant mentalement de lui rappeler qu'on n'était pas ensemble.

Greer-Gail ne montra aucune réaction, mais elle ne détourna pas les yeux non plus. Son visage était vide. La nuance de ses yeux était d'un bleu que je n'avais jamais vu en dehors de peintures psychédéliques. Pâle, polaire, comme un flocon de neige. J'eus la sensation qu'elle s'autorisait à regarder parce qu'elle n'avait pas l'habitude qu'on la remarque.

Pourtant, moi, si.

Je m'aperçus qu'elle me fixait d'un regard noir.

Mes yeux lui demandaient : *Tu as reçu les chaussons de danse ?*

Les siens répondaient : *Dégage, connard.*

Peut-être que je paraphrasais, mais c'était certain, son regard transmettait des obscénités.

Greer-Gail tourna la tête vers la scène déserte en reposant ses pieds dans le fauteuil devant elle. Je m'apprêtais à aller la rejoindre pour lui demander quel était son problème quand mon téléphone se mit à vibrer dans ma poche et que Tess essaya de me traîner dans l'auditorium en jacassant sur son rôle dans la pièce.

Je sortis mon portable de ma poche arrière.

Maman.

Sérieusement ? Deux fois dans la même journée ? J'appuyai sur Refuser, tournai les talons et repris la direction de ma moto sans un mot. Tess se garda bien de me suivre. Je lançai l'application de ma banque et transférai directement l'argent que j'avais sur mon compte avant de me mettre en route pour retrouver Karlie.

Je mangerais des pâtes pendant les deux semaines suivantes. Ce ne serait ni la première ni la dernière fois.

Je passai le trajet à blâmer mes parents et Tess et Reign et le professeur Addams et même Greer-Gail-Geneviève.

Et à chaque virage, la tentation de me pencher sur le côté, de me jeter de ma moto, de passer par-dessus la falaise, était plus forte et me rongeait de l'intérieur.

Une partie de moi avait toujours envie de mourir.

De cesser d'exister.

D'arrêter de m'occuper de mes parents.

D'arrêter de faire comme si quelque chose dans cette expérience universitaire avait la moindre importance.

J'étais devenu très bon pour le cacher.

Quel que soit le prix à payer.

4

Grace

— Ma chère Grace, il faut qu'on parle.

Le professeur McGraw but une gorgée de café dans sa tasse *Manger. Dormir. Théâtre.* Je pénétrai dans son bureau après notre première répétition, tête basse, les épaules voûtées, prête pour le verdict. Je déposai mon sac Jansport sur le thème du phénix sous son bureau en affichant mon sourire le plus innocent qui signifiait je-ne-sais-pas-ce-que-je-fais-là.

Je savais *pertinemment* ce que je faisais là.

— Asseyez-vous.

Elle m'indiqua la chaise devant elle et je m'exécutai.

Le professeur McGraw était une rousse élancée d'une cinquantaine d'années avec des lunettes de lecture à pois et qui portait des robes des années cinquante. Je l'adorais et j'avais envie de croire qu'elle m'aimait bien aussi. Je faisais définitivement partie de ses étudiants les plus dévoués. Mes notes théoriques étaient très bonnes, j'étais toujours ravie de faire des heures supplémentaires pour ranger après les répétitions, et mon amour pour le théâtre était authentique.

Elle se mit à feuilleter une pile de documents étalés sur son bureau en humectant son pouce avec sa langue pour séparer les feuilles. Son bureau était rempli d'affiches des productions de l'université de Sheridan. Cette dernière était connue pour ses pièces classiques et attiraient les spectateurs des villes voisines. Les bénéfices allaient à la ville et permettaient d'améliorer les équipements de la fac. J'éprouvai une pointe de jalousie en parcourant les affiches tandis qu'elle cherchait ce qu'elle voulait me montrer.

Le fantôme de l'Opéra.

Chicago.

Ne tirez pas sur l'oiseau moqueur.

Je bavais d'envie en regardant les photos des acteurs et actrices, souriant à l'horizon. Ils paraissaient électrisés. Radieux. *Heureux.*

La voix du professeur McGraw transperça le brouillard de convoitise qui m'enveloppait. Elle tapota une feuille du bout de son ongle.

— La voilà. J'avais regardé la liste des acteurs d'*Un tramway nommé Désir.* J'ai remarqué l'absence notable de votre nom. Vous m'expliquez ?

— Oh. Oui. Bien sûr. (Je remuai sur ma chaise. Les comédiens sur les affiches me fixaient des yeux. Leurs regards qui semblaient me juger me donnèrent une bouffée de chaleur.) Lauren a obtenu le rôle de Blanche et Tess, celui de Stella. Les autres petits rôles ont été distribués pendant les jours où j'ai dû emmener ma grand-mère à Austin faire un ECG. Mais je me suis inscrite pour les décors et la mise en scène. Ça fait deux rôles.

Je brandis deux doigts, comme si elle ne savait pas compter.

Le professeur McGraw retira ses lunettes, ferma les yeux et se pinça l'arête du nez.

— On en a déjà discuté, Grace. Je ne peux plus faire d'exception à la règle pour vous. Tous les étudiants doivent monter sur cette scène et me montrer ce qu'ils ont dans le ventre.

— Oui madame. Mais j'espérais…

— Je comprends votre situation et j'ai essayé de m'y adapter pendant deux ans, mais pour valider une licence en arts dramatiques, il y a une partie *pratique*. Vous n'êtes pas montée sur scène depuis que vous avez commencé à étudier ici. La démonstration de vos capacités à jouer est obligatoire, pas optionnelle. Personne ne s'attend à ce que vous soyez la nouvelle Meryl Streep, mais vous devez nous montrer quelque chose. Je ne veux pas vous voir échouer à ce semestre, mais je pense que si vous n'acceptez pas de véritable rôle, c'est bien parti pour.

— Mais les rôles ont déjà tous été distribués.

— Demandez à M. Finlay de vous inclure.

— Alors quelqu'un d'autre perdra son rôle, rétorquai-je.

— Cette autre personne ne risque pas d'échouer au dernier semestre de cette année, répliqua-t-elle.

Je savais que le professeur McGraw avait raison. Tous les autres étudiants de deuxième année de ma section avaient déjà présenté leur technique de jeu. Pas moi. J'allais passer en troisième année et je n'avais pas mis un pied sur une scène. Le jour des auditions, mes jambes avaient refusé de me faire passer le seuil. J'avais essayé, mais j'avais toujours fini par vomir tripes et boyaux aux toilettes ou par m'effondrer lamentablement.

Cette nouvelle pièce ne faisait aucune différence. J'avais envie d'y participer. Vraiment. Mais physiquement, j'en étais incapable.

Ce n'était pas mon jeu qui était en question. J'étais la vedette de chaque pièce au lycée jusqu'à cette nuit atroce qui avait tout changé. La scène me rechargeait à bloc et m'électrisait. Mais remonter sur les planches après ce qui s'était passé, c'était comme accepter mon nouveau visage et l'afficher face au reste du monde, et je n'en étais pas encore là. Je ne pensais pas y arriver un jour. Mais cela n'avait aucune importance ; je ne voulais plus devenir actrice. Ce rêve avait fini à la poubelle en même temps qu'un morceau de mon visage la nuit où on m'avait emmenée à l'hôpital. Je voulais travailler dans le théâtre, faire quelque chose qui me permettrait de me dissimuler dans l'ombre.

Metteure en scène, productrice, décoratrice. Merde, j'aurais été ravie de travailler à la billetterie si c'était le prix à payer pour rester à proximité de la scène tous les jours.

— S'il vous plaît, professeur McGraw. (J'essayai de prendre une inspiration mais je ne parvenais pas à remplir mes poumons.) Ce n'est pas que mon visage. J'ai d'autres soucis.

Mamie n'allait pas bien depuis deux semaines, mais je n'avais pas envie de me servir de cette excuse pour justifier que je ne m'étais pas inscrite dans la pièce. J'étais trop occupée à essayer de m'assurer de la bonne santé de Mamie pour me concentrer sur les cours.

— Lesquels ?

Le professeur McGraw se pencha en avant en entrelaçant ses doigts.

— C'est… personnel.

— La vie, c'est personnel. (Elle sourit.) Si vous voulez un nouveau délai pour votre note pratique, il va me falloir une explication.

Je ne pouvais me résoudre à lui parler de Mamie. De sa paranoïa, de sa mémoire défaillante et des soins constants dont elle avait besoin. Admettre que Mamie avait un problème, c'était s'exposer à recevoir des conseils indésirables, et je ne voulais pas la mettre en maison de retraite. En plus, je me refusais à décrire la femme qui m'avait élevée comme une entrave.

Je secouai la tête en enfonçant les poings dans les poches de mon sweat.

— Peu importe. Je n'aurais rien dû dire. Désolée. (Je me levai et le grincement de la chaise sur le sol me hérissa les poils.) Je comprends que vous ne puissiez rien faire pour moi ce semestre, professeur McGraw. C'est évident. Je respecterai votre verdict quoi qu'il en soit, mais j'espère que j'obtiendrai un délai et que je pourrai participer à la prochaine pièce, l'année prochaine. Vous me tiendrez au courant ?

Elle me dévisagea avec une lueur de pitié dans le regard. J'avais conscience que je l'avais déçue. Qu'elle aurait voulu que cette conversation me donne un coup de pied aux fesses.

— Bien sûr. C'est *si* grave que ça ? demanda-t-elle dans un murmure.

Vous n'avez pas idée.

Je secouai la tête en fermant les yeux. Je hissai mon sac à dos sur mon épaule et pivotai pour partir.

— Oh ! Grace ?

Je m'arrêtai sans me retourner.

— Quel que soit votre parcours, assurez-vous d'avoir quelqu'un sur qui compter quand les choses se compliquent. Parce que ça arrive toujours à un moment ou à un autre. Quelqu'un d'autre que votre grand-mère. Quelqu'un que vous aurez choisi, pas un membre de votre famille. Quelqu'un qui traverserait les flammes pour vous.

Je souris avec amertume. Je ne connaissais qu'une seule personne qui ferait une chose pareille.

Moi.

West arriva au *food truck* avec cinq minutes d'avance.

J'étais surprise qu'il vienne tout court. J'étais encore convaincue qu'il s'agissait d'une sorte de piège.

Je refusai d'accepter la réalité de cet arrangement. De croire qu'il n'avait aucune idée derrière la tête.

À présent que j'étais plus près de lui que vendredi soir, lorsqu'il faisait nuit, je remarquai qu'il n'était pas complètement indemne. Il avait une lèvre fendue, un bleu sur le point de passer du violet au vert, et une vilaine entaille dans le cou. Il semblait ne pas avoir dormi depuis des années. Je faillis rire des différences qui nous séparaient.

J'aurais tout donné pour récupérer mon visage intact, pendant que lui se battait toutes les semaines, conduisait une moto, et défiait le destin de lui enlever sa beauté.

Entre Mamie et le professeur McGraw qui occupaient mes pensées, je n'avais pas eu le temps de flipper comme il fallait au sujet de ma collaboration avec St Claire ce soir. J'avais même oublié l'histoire des chaussons de danse. À l'instant où le visage de West apparut entre les portes ouvertes du camion, je relevai la manche droite de mon sweat et désignai d'un geste du menton une pile de cartons qui attendaient dehors tout en émincant des poivrons en fines lamelles.

— Tu veux bien les rentrer et les vider ? lui demandai-je sans prendre la peine de le regarder.

Plutôt que de faire une remarque sur mes mauvaises manières ou de relever le niveau en se présentant correctement, West souleva les lourds cartons empilés les uns sur les autres comme s'ils ne contenaient que de l'air et non pas vingt kilos de guacamole, de citrons et de poisson. Il rangea le tout dans le frigo sous la vitre.

La préparation de la nourriture se fit en silence et il suivit les directives que je lui donnais sèchement.

Par la suite, West alluma le grill et commença à faire rôtir le poisson et les poivrons comme s'il avait fait ça toute sa vie. Ses mouvements étaient détendus, nonchalants, comme ceux d'une panthère. Malgré sa taille, il était à l'aise à l'intérieur de ce petit *food truck*. Je m'efforçai d'être aussi invisible que possible en restant dans mon coin du camion. Je me rendis compte que je ne m'étais pas retrouvée seule dans un espace confiné avec un garçon séduisant depuis mes seize ans, et que le courant doux et délicat qui imprégnait l'air dans ces moments-là m'avait manqué.

West occupait tout l'espace. Il était partout, même quand il se trouvait à l'autre bout du camion.

Si l'on se fiait au déroulement des préparations, il ne semblait pas projeter de me faire traverser les neuf cercles de l'Enfer de Dante ou alors, si c'était le cas, il s'y prenait vraiment mal.

À l'ouverture, on servit les vagues de clients, principalement des lycéens et des étudiants qui rentraient de cours ou de leurs entraînements de l'après-midi, et quelques mères actives qui avaient choisi de ne pas faire à dîner. Nous n'échangeâmes pas un mot, si ce n'est, de mon côté, pour lui indiquer de faire certaines choses, ou du sien, pour me demander où se trouvaient certains ingrédients, avec le ton le plus sec et le plus antipathique possible.

West travaillait dur, ne se plaignait jamais et, en dehors de Karlie et de ses questions sur les années quatre-vingt-dix qui me manquaient, travailler avec lui s'avérait relativement indolore.

— Ça existe, la mort par excès de transpiration ? demanda West d'une voix traînante au bout de plusieurs heures de silence radio.

Il saisit le bord de son T-shirt pour s'éponger le front. Le son de sa voix fit tressauter mon corps entier, comme s'il m'avait frappée. J'étais tellement habituée à porter mon immense sweat à capuche rose par cette chaleur que je ne m'en rendais même plus compte.

— Ce serait possible, répondis-je en réfléchissant à sa question. Si on prend en compte la déshydratation.

— Il y a pas de clim ?

Il retourna une rangée de poissons sur le grill, sans les abîmer, et la coloration était parfaite.

Je secouai la tête.

— La réparation de l'ancienne coûtait des centaines de dollars et Mme Contreras dit que ça ne vaut pas le coup puisque la vitre est constamment ouverte. Elle préfère nous payer plus.

— Ouais, eh ben, je préférerais ne pas mourir. On n'a qu'à réduire nos salaires.

Sérieux ? Il était là depuis deux minutes et il essayait déjà d'apporter des changements ?

— Il y a un dicton au Texas, St Claire : ne jamais perdre une occasion de la fermer. Je te suggère de t'en inspirer maintenant.

— Merci pour le conseil. Je m'assurerai de le balancer à la poubelle en sortant. Et toi, tu portes un *sweat*. (Il se tourna pour me regarder en face pour la première fois depuis son arrivée.) Tu es folle ou quoi ?

— Je n'ai pas chaud.

— Menteuse en plus d'être susceptible. Tu as un forfait, non ?

Y avait-il une seule parole qui sortait de sa bouche qui ne soit pas déplacée ? Si je lui posais la question, je craignais qu'il réponde quelque chose de choquant par principe.

— OK. D'accord. J'ai un peu chaud, mais je porte des sweats depuis des années et ça n'a jamais affecté mon travail ici. C'est pas ma faute si je suis douée, soufflai-je.

— Je suis doué aussi. (Il haussa un sourcil et, avec un petit sourire railleur, cala au coin de sa bouche un sucre d'orge à la pomme qu'il avait sorti de nulle part.) Mais pas pour des choses dont on se vante sur un CV.

Il me tendit un autre sucre d'orge de sa poche arrière. Je secouai la tête, qui, d'ailleurs, était à deux doigts d'exploser à cause de son allusion sexuelle.

Il essayait de m'atteindre exprès en se moquant de Pain-grillé comme si elle avait la moindre chance avec lui. *Faire croire à la victime de l'incendie qu'elle est sexy… ça devrait être marrant.* Je les entendais d'ici, De La Salle et lui, en train de comploter comme les deux gros méchants d'un film dans leur vaisseau spatial, un chat noir sur les genoux.

— Habitue-toi à la chaleur. Ça empire progressivement. En juin, on se tamponnera le visage avec des poches de glace. Juillet et août, c'est un enchaînement confus de migraines et de pensées suicidaires. Je te conseille de te tirer d'ici avant les vacances d'été.

— Désolé de te décevoir, mais je vais rester là cet été. Autant commencer à faire des réserves de pains de glace et à noter le numéro de SOS prévention suicide.

Il avait l'air sérieux, son ton était sec. Mais il ne semblait pas avoir envie de m'assassiner, ce qui aurait dû me rassurer, je suppose.

— C'est dommage.

— Pas pour moi. (Il fit rouler le sucre d'orge dans sa bouche en passant un torchon sur son poste, qui, comme je l'avais remarqué, était toujours nickel.) Chez moi, ça craint.

— C'est où ? demandai-je en avalant une gorgée de mon granité.

— Dans le Maine.

— Pourquoi tu n'y retournes pas ?

— Pas beaucoup de travail dans la Vallée du Trou Perdu.

— Pitié, dis-moi que ce n'est pas le vrai nom de ta région.

— J'aurais préféré. (Il se frotta la mâchoire et posa son torchon sur le comptoir.) Ça aurait été le seul truc sympa de cet endroit.

Je détournai de nouveau les yeux ; je me sentais nulle d'avoir supposé qu'il gagnait suffisamment d'argent aux combats quand il avait postulé pour le job la première fois. Qui étais-je pour faire des suppositions au sujet de sa situation financière ? J'avais pris sa réputation de petit con privilégié pour argent comptant alors que j'étais la première à enrager quand les gens se basaient sur des rumeurs pour me juger.

Ce fut bientôt l'heure creuse, celle entre l'heure du dîner et les petits creux post-fêtes de fraternité. La règle de Mme Contreras, c'était « interdiction d'utiliser nos téléphones, sauf en cas d'urgence » ; il nous était donc difficile de nous ignorer étant donné que nous représentions chacun la seule source de divertissement de l'autre.

West reprit la parole quelques minutes plus tard.

— Ça t'embête si je fais tomber le haut ?

— Hmm, *quoi* ?

Je fis volte-face pour le fusiller du regard.

— Je vais me transformer en putain de flaque. Je serai pas d'une grande aide, liquéfié.

— Heu… (Mon regard erra dans le camion.) Je ne suis pas sûre que ce soit très indiqué. D'abord, ce n'est pas du tout hygiénique.

— Je ne compte pas tenir les pinces avec mes tétons, répliqua-t-il avec ironie. À moins que ça nous rapporte plus de pourboires. Dans ce cas, je suis prêt à essayer.

Je laissai échapper un rire stupéfait et hystérique. Je n'avais pas envie de voir ses tétons, ni aucune autre partie de lui. En fait, je n'avais pas envie d'admettre qu'il avait plus de muscles et de peau bronzée sous ses vêtements. C'était déjà suffisamment dur d'avoir toute cette perfection sous les yeux tout au long du service.

— Je faisais référence à tes poils de torse.

Arrête de parler de son torse. Arrête de parler tout court, Grace.

— J'en ai pas un seul, dit-il avec un faux accent du Texas que j'aurais trouvé insultant s'il n'avait pas été aussi fidèle.

Il souleva le bord de son T-shirt délavé et laissa apparaître ses tétons bruns. Son corps était lisse, hâlé et imberbe. Ses abdos sortaient tout droit d'une publicité pour les sous-vêtements Armani. Je fus prise de l'envie de passer mon index sur les arêtes de ses muscles, ce qui était à la fois extrêmement inattendu et totalement risible.

Je ne craquais pas sur les gens.

Je ne craquais plus, tout du moins.

— Verdict ?

Il remit son T-shirt dans l'attente d'une réponse.

Je sentis mon visage devenir écarlate. Je n'avais pas envie de passer pour une coincée ou une prude.

— Non.

— Laisse-moi rectifier : c'était pour être poli. Je retire ce putain de T-shirt et franchement, tu devrais faire la même chose.

Une seconde plus tard, le haut de West avait disparu et ses abdos s'accompagnaient de pecs bien dessinés et du genre de dos qu'on avait envie d'épouser. Il se retourna vers le grill et se remit au travail. Il avait une marque jaune-violet pâle au bas de son dos.

— Regardez ça, la Vierge Marie est toujours vivante.

Il afficha un sourire en coin en me surprenant en train de le fixer.

Je me raclai la gorge et détournai les yeux.

Il passa à côté de moi et m'attrapa l'épaule d'un geste désinvolte.

— Ne t'inquiète pas, chérie. Pour que tu tombes enceinte, faudrait au moins qu'on se tienne la main. Tu ne risques rien avec moi.

West St Claire m'avait touchée. *Volontairement.*

Ma gorge se noua de manière inattendue ; la normalité de son geste me donna, pendant une fraction de seconde, l'impression de redevenir celle que j'étais avant. Et pas qu'on m'avait harcelée à cause de cette cicatrice. Pas directement.

D'une certaine manière, les réactions des gens étaient bien pires. Les filles étaient sympas, mais leur attitude sonnait faux et semblait plutôt vouloir dire « on est cool mais ne t'approche pas trop quand même ». Il était évident que je n'étais plus une rivale pour elles désormais. Les garçons m'ignoraient tout bonnement. Je les perturbais. J'avais toujours le même corps de pom-pom girl et de longs cheveux blonds, mais j'avais aussi les cicatrices, et ils savaient que ce que j'avais sur le côté gauche du visage s'étendait sous mes vêtements, sur le reste de mon torse.

Au début, après l'incendie, j'avais eu l'audace d'essayer de faire comme si tout était normal. De faire éclore le phénix de son œuf à coup de marteau. Je participais aux mêmes fêtes, je traînais avec les mêmes personnes. Mes camarades m'avaient remis les pendules à l'heure à la vitesse de la lumière. Par des murmures, des gloussements, des grimaces et des rumeurs. Mon petit ami de l'époque, Tucker, avec qui j'avais perdu ma virginité, avait cimenté le fait que je n'étais plus la même en me remplaçant rapidement avec Rachelle Muir, une *flyer*[1] comme moi. Tout le monde s'était évaporé de ma vie comme la sueur sous mon sweat. Les seules à être restées, c'était Karlie et Mamie Savvy.

— *Helloooo* ? retentit une voix féminine de l'autre côté de la vitre. Il y a quelqu'un là-dedans ?

Oui, moi et mon esprit de préado dérangé.

Je me retournai. Quatre lycéennes en minishorts, bottes de

1 En *cheerleading*, les *flyers* sont celles qui exécutent les figures et acrobaties en l'air. (N.d.T)

cow-boy et chapeaux assortis se tenaient devant le comptoir. Elles gloussaient et se donnaient des coups de coude, leurs téléphones serrés contre leur poitrine. L'une d'elles commanda une margarita glacée pendant que les autres tendaient le cou pour essayer de voir derrière moi.

— Il est là ? murmura l'une d'elles pendant que je préparais le granité.

— Oui, je le vois. Oh, mon Dieu. *Ohmondieu*, Kelly. Il est carrément canon.

Je tendis sa monnaie et sa boisson à la fille au granité, mais les adolescentes ne bougèrent pas.

— Il est torse nu, glapit la plus jolie, Kelly, qui avait de longs cheveux couleur miel et un piercing au téton qu'on apercevait sous son T-shirt blanc coupé court.

— Ouaip.

— Demande-lui.

— Non, *toi*, demande-lui.

— Tu te fiches de moi ? À toi.

— On a fait un pari.

— La ferme, tu as dit que tu n'avais pas peur !

Mon regard rebondissait entre elles comme une balle de ping-pong. La rumeur selon laquelle West St Claire travaillait ici s'était répandue comme une traînée de poudre. Je m'attendais à ce que cette situation devienne la norme à partir de maintenant. Tout un tas de groupies en train de frapper à notre vitre avec leur grand numéro du : « *Oh ! ça ? Ce n'est que moi dans mon minuscule bikini qui achète un taco après être allée chez le coiffeur, c'est pas grand-chose.* »

Toute cette fréquentation supplémentaire ne me plaisait pas, mais je ne pouvais pas y faire grand-chose et, techniquement, ce n'était pas la faute de West.

— Je peux vous aider ?

J'attrapai mon torchon pour nettoyer mon comptoir.

Elles se poussaient les unes les autres, comme des chiots qui apprenaient à jouer. L'une d'elles finit par se décider.

— On pourrait parler à West, s'il vous plaît ?

— Bien sûr. West ?

Je me tournai et lui fis signe d'approcher. Il fronça les sourcils, mais accepta. Un sentiment déplacé de possessivité s'empara de moi lorsqu'il posa les coudes sur le bord de la fenêtre et se pencha en avant, m'offrant un nouvel aperçu de son corps et de cette lettre A tatouée à l'intérieur de son bras. Je me demandai comment Tess trouvait la force de quitter son lit.

En fait, je me demandais à quoi pouvait bien ressembler le sexe avec West St Claire, de manière générale.

Et c'était bien ce qui m'agaçait au plus haut point, car je ne pouvais pas trouver West St Claire séduisant. Il représentait tout ce que j'enviais. La popularité, la beauté, un avenir brillant. Ce n'était pas parce qu'il était fauché qu'on avait quoi que ce soit en commun. Il allait s'envoler et exploser comme une supernova dès qu'il serait sorti de cette petite ville du Texas, et je resterais les cendres qu'il laissait derrière lui – la poussière qui redescendait lentement sur la terre dans son sillage.

— Saluuuut West.

Kelly fit éclater une bulle de chewing-gum en tortillant une mèche de cheveux autour de son doigt. Elle devait être en seconde au lycée. Largement mineure. Je me retranchai dans les profondeurs du camion, une sensation d'oppression dans mon sternum. West avait peut-être prouvé qu'il était une personne décente au travail, mais je savais qu'il restait un enfoiré.

Il lui lança un regard blasé, prêt à entendre la suite.

— C'est ma sœur qui m'a dit que tu travaillais ici. Tu as quelque chose à nous recommander ? demanda-t-elle en tapotant la carte de son ongle rose.

— Oui. De la lire.

Ses amies éclatèrent de rire. Elle rougit et pinça les lèvres en s'efforçant d'encaisser l'humiliation. West passa une main dans ses cheveux humides. Le moindre de ses mouvements faisait bander ses muscles.

— *Ouille.* Tu as un combat ce soir ?

Il la dévisagea comme s'il venait de lui pousser une deuxième tête et une paire d'ailes multicolores.

— Je plaisante. On n'est pas vendredi ! (Elle fit une moue et se mordilla la lèvre inférieure.) Max dit que tu vas passer pro l'année prochaine. C'est vrai ?

Il ne répondit pas. Je l'aurais parié. Il n'était pas du genre loquace. West s'empara de mon granité, cracha son bonbon et aspira la paille comme si c'était le sien, puis commença à retourner vers le grill.

— Je… heu…

La jolie fille fit glisser une main dans ses boucles. La pression sur mon sternum augmenta. La tentative suivie de l'échec, c'était l'essence de la désillusion. C'était exactement pour ça que je ne voulais pas participer à *Un tramway nommé Désir.* Et elle était en train de la vivre en ce moment.

— On a fait un pari, avec mes amies. J'ai parié que je pouvais te convaincre de me faire faire un tour sur ta Ducati, lâcha-t-elle d'un coup, tressaillant, prête à se faire rembarrer.

West se figea et se retourna lentement.

— C'est stupide, comme pari, ricana-t-il.

Son ton changea soudain, prenant une inflexion prédatrice. Comme si elle venait de faire un faux pas et qu'il était temps pour lui de la remettre à sa place. Il allait savourer chaque seconde.

— Je me disais seulement… enfin, *j'espérais* peut-être…

Ses amis se mirent à glousser.

— Il serait ravi de le faire ! intervins-je en lui souriant.

Je ne pouvais pas me résoudre à la voir traverser cette épreuve.

J'espérais qu'elle retiendrait la leçon et qu'elle ne se remettrait plus jamais dans cette situation, mais je n'avais pas envie de la voir repartir la queue entre les jambes.

West tourna brusquement la tête vers moi, fulminant.

Il haussa un épais sourcil. Je pouvais pratiquement l'entendre penser : *Qu'est-ce que tu fous, bordel ?*

J'essayai de lui communiquer, par le pouvoir de la télépathie, qu'il devait le faire. Pour elle. Pour *lui-même*. Sa mâchoire carrée se crispa. Son regard s'assombrit. Il n'appréciait pas mon intervention – *ou* mes capacités télépathiques.

— Je savais pas que t'étais mon maque, Casquette Grise.

Il n'arrêtait pas de m'appeler La Vierge Marie et Casquette Grise parce qu'il n'avait aucune idée de mon prénom. Cette pensée me déprimait, mais je soutins son regard.

Je ne savais pas pourquoi, mais ce regard n'était finalement plus aussi terrifiant. Peut-être parce qu'il me fixait droit dans les yeux sans se laisser distraire par ma cicatrice.

— Allez, elle a besoin de se sauver la face, murmurai-je.

L'association de « sauver » et « face » me souleva l'estomac.

West se tourna vers la fille. On aurait dit qu'elle retenait son souffle.

— La réponse est non. La leçon d'humilité, c'est pour la maison, tout comme le granité.

Il lui tendit *mon* granité. Je serrai les dents. La fille l'accepta et baissa la tête d'un air abattu.

— C'est parce que j'ai dix-sept ans ? demanda-t-elle en s'efforçant de garder un ton nonchalant et séducteur.

— *Seize*, toussa son amie dans son poing.

— Non, c'est parce que si je cède à une petite mineure comme toi, cinquante gamines vont débarquer ici demain. Trop d'essence, de dérangement et de papas prêts à me tomber dessus. Sans parler que moi, je ne retire rien de tout ça, puisque je ne fréquente pas de mineures. On n'est pas sur Netflix. Je ne suis pas là pour ton divertissement. Maintenant, bouge.

— Tu dispenses des leçons de vie pendant ton temps libre ? grognai-je en appuyant la tête contre la paroi du camion et en fermant les yeux.

West donna un coup de pied dans un carton pour l'écarter de son chemin.

— Ça dépend. Tu es preneuse ?

Je secouai la tête.

— Tu as été carrément odieux avec elle, St Claire.

— Je suis le pire cauchemar de leurs parents, la raison qui pousse leurs pères à acheter des battes de base-ball et à poser des verrous supplémentaires. Ils me voient comme un animal exotique, une phase rebelle. Je ne suis pas un poney sur lequel on monte chacun son tour, cracha-t-il avec une véhémence étonnante.

— Ce n'est pas ce que disent les rumeurs, marmonnai-je sans rouvrir les yeux.

C'était mon tour maintenant de faire des insinuations sexuelles ?

Qu'est-ce que je racontais et *pourquoi* ? Sa réputation ne me regardait pas. Et même moi, je commençais à comprendre ce que voulait dire Karlie. Je dépassais carrément les bornes.

— Tu veux savoir ce que les rumeurs disent de toi ? railla-t-il, mais je sentais qu'il n'y mettait pas de cœur.

Son ton était glacial. Dénué d'émotion.

— Non.

— Tant mieux, parce que tu n'es pas suffisamment intéressante pour qu'on parle de toi.

Je tournai la tête vers la vitre pour qu'il ne me voie pas rougir et décidai de laisser tomber. Il avait raison. On le traitait comme un objet. S'il avait été une femme, je me serais indignée pour lui. Mais parce que c'était un mec, je partais du principe qu'il appréciait cette attention. Je lui devais aussi des excuses pour lui avoir donné des ordres. Pour beaucoup de choses, en réalité.

— J'ai peut-être été trop loin, dis-je après avoir nettoyé d'un air absent le rebord de la fenêtre pendant plusieurs minutes.

Il ne répondit pas. Je pensais qu'il ne m'avait peut-être pas entendue, ou qu'il avait choisi de refuser mes excuses, lorsqu'il reprit la parole.

— J'ai peut-être été un connard avec cette petite annonce. Je voulais la place, c'est tout.

Je me retournai au moment où il me lançait un petit sourire narquois par-dessus son épaule.

C'était effrayant de penser que Karlie avait vu juste.

Que je m'étais opposée à travailler avec lui parce que j'étais intimidée.

Que le monde me terrifiait au point de refuser de faire le moindre pas en dehors de ma zone de confort.

— En fait, je ne connais pas ton prénom.

Il éteignit le grill en jetant le torchon sur son épaule.

— Grace. (Je me raclai la gorge.) Et toi c'est Warren, c'est ça ?

On pouffa tous les deux.

— Wallace, rectifia-t-il.

— Cool.

Il y eut un moment de silence, puis…

— On fait une trêve, Grace ?

Il me tendit son petit doigt. Sa voix rauque provoquait des vagues de frissons le long de ma colonne vertébrale. Mon corps entier frémit. Ça n'était jamais bon signe.

Je crochetai mon petit doigt avec le sien ; je me sentis idiote mais pas mécontente, ce qui était plutôt inquiétant.

— D'accord.

Lorsque je remontai dans mon pick-up à la fin de mon service, un message de Karlie m'attendait.

Karlie : Alors ? Est-ce que je dois le virer ?

Moi : Il peut rester.

Karlie : J'EN ÉTAIS SÛRE. AVOUE. IL EST SYMPA. JE LE SAVAIS.

Je repensai à son échange avec les lycéennes. Je n'aurais pas qualifié West de sympa. Merde, je n'aurais même pas utilisé le mot « civilisé ». « Convenable », peut-être.

Moi : Oui, c'est bon.

Karlie : Chérie, il EST très sympa. Essaie de ne pas tomber amoureuse. Ce serait le cliché total, et c'est le genre à te briser le cœur.

Moi : Tu n'as pas à t'inquiéter, à moins de recevoir un coup de massue sur la tête suivi d'une longue commotion cérébrale. Comment ça va, les cours ?

Karlie : On s'en fiche. Comment va ta mamie ?

Moi : Elle survit.

Tout juste.

Je posai mon téléphone sur le siège passager et fermai les yeux.

En les rouvrant, je vis West de l'autre côté du parking. Il était seul sur le trottoir à côté de sa moto, sa silhouette encadrée par les nuances orange, rouge et dorée du crépuscule. Il mâchait son horrible sucre d'orge, le regard dans le vide, l'air perdu dans ses pensées.

En l'observant, à ce moment-là, je ne voyais pas le mec le plus populaire de la fac.

Le sex-symbol.

Le champion de combats illégaux.

Je voyais le garçon le plus solitaire que j'avais jamais rencontré.

Doux, désorienté, perdu.

Et je songeai amèrement qu'il n'avait pas conscience que, de l'autre côté du parking, se trouvait une fille dans le même état que lui.

5

Grace

Les deux semaines suivantes passèrent à toute allure. Entre les examens, les cours et les révisions dont j'essayais de tenir le rythme, j'avais à peine le temps de souffler.

J'avais ignoré la demande du professeur McGraw de m'assurer un rôle dans *Un tramway nommé Désir* et je me rongeais les ongles jusqu'aux cuticules en l'imaginant débouler dans l'amphithéâtre pour me virer du cours publiquement. Ce qui, évidemment, n'arriva jamais. La réalité, c'était que le professeur McGraw ne m'avait pas donné de réponse au sujet du nouveau délai qu'elle pouvait ou non m'accorder pour la partie performance, ce qui signifiait qu'elle attendait de ma part que je contacte Cruz Finlay pour le rôle.

Chose que je n'avais pas faite.

J'avais l'impression d'être suspendue dans les airs, les pieds au bord d'une falaise, prête à tomber.

La complication que représentait Mamie n'arrangeait rien. D'après Marla, sa mémoire était de plus en plus défaillante. Elle ne la reconnaissait presque plus jamais et était de plus en plus acerbe.

Étonnamment, la seule chose qui n'était *pas* un désastre absolu, c'était ma collaboration avec West. Bon, on n'était pas non plus devenus potes ou quoi que ce soit. Des flots et des flots de nouveaux clients étaient venus frapper à notre vitre depuis qu'il avait commencé à travailler chez That Taco Truck. Au point qu'on avait dû installer un écriteau précisant qu'il fallait consommer pour obtenir un selfie avec le Tout-Puissant St Claire.

Mais Karlie avait raison. Ils le *faisaient*.

Par deux fois, j'avais dû appeler Mme Contreras pour obtenir davantage d'ingrédients car nous étions à court et, la plupart des jours, nous avions à peine le temps de souffler, encore moins d'engager la moindre conversation. Mais les heures s'enchaînaient rapidement et, au moment de rentrer chez moi, j'avais mal partout.

La première semaine, West avait travaillé torse nu. La deuxième, il avait apporté une clim portative. Elle avait l'air flambant neuve, et très chère. Il prétendit que ce n'était pas grand-chose et qu'il avait seulement acheté (*volé ?*) une climatisation qui allait probablement nous sauver la vie. Il l'avait installée entre nous deux, allumée à fond, et se plaçait nonchalamment à côté. Ce jour-là, je compris que tous les héros ne portaient pas de cape. Certains étaient vêtus d'un jean Diesel sale, de bottines Blundstone et de T-shirts qui avaient vu des jours meilleurs.

Malgré mon besoin inexplicable de ne pas l'aimer, je fus bien obligée de lui murmurer un rapide merci.

— Pardon ?

Il mit sa main en coupe derrière son oreille, une lueur malicieuse dans les yeux.

Bon sang, St Claire.

— J'ai dit merci, marmonnai-je tout bas.

— Eh bien, c'est avec plaisir. Maintenant, arrête de me mater. Je me sens déjà suffisamment chosifié comme ça.

J'eus envie de rire si fort que je laissai échapper un grognement terrifiant. Nous savions tous les deux que j'avais évité de regarder directement son torse nu.

Seigneur. J'avais *grogné*. Devant West St Claire. La mort par humiliation ne m'avait jamais paru aussi enviable.

— Désolée. J'ai fait un bruit de cochon.

Je me couvris le visage à deux mains.

Il me jeta un morceau de poisson.

— Si tu étais un animal, lequel tu serais ?

— Un phénix, répondis-je sans même y réfléchir.

Ma main vola sur ma bague flamme cassée que je fis tourner sous mon pouce. West hocha la tête. Sans savoir pourquoi, j'eus la sensation qu'il savait exactement de quoi je parlais.

— Et toi ?

— Un koala. Je pourrais dormir toute la journée, mais je serais toujours mignon comme pas deux et j'aurais toujours aucun problème pour m'envoyer en l'air.

— J'ai entendu dire qu'en fait, les koalas étaient plutôt vicieux. Et qu'ils puaient. Et qu'ils avaient tendance à faire caca sur les gens.

Voilà que je lui déballais mes connaissances inutiles de la faune. Heureusement que je n'essayais pas de flirter. Parler avec des mecs canons, ce n'était vraiment pas mon fort.

Il considéra mes précisions.

— Ouais, ben ça me conforte dans mon choix.

En dehors de cette conversation, nous étions polis, mais professionnels. Je m'étais faite à l'idée de coexister avec lui comme on marche d'un pas prudent dans un sous-sol sombre et inconnu. Il n'y avait aucune raison de penser qu'il allait m'arriver malheur, mais j'avais peur quand même.

Je ne pouvais m'empêcher de regarder chaque fois qu'il avait une nouvelle marque ou un nouveau bleu sur le corps. Je ne faisais jamais aucun commentaire, cela dit. Et les rares fois où je le croisais en dehors du camion, à la cafétéria de la fac ou sur la pelouse près de la fontaine, ou à l'épicerie, on se contentait de s'adresser un signe de tête avant de détourner le regard.

Deux semaines et demie après qu'on eut commencé à travailler ensemble, ma vie s'effondra de manière spectaculaire, me rappelant que la normalité n'était simplement pas pour moi.

Il était tard. Un service mort inattendu après le Westival (Le West Festival) des dernières semaines. Une fête foraine de printemps avait lieu à quelques villes d'ici, et tous les citoyens de Sheridan et leur mère semblaient s'être rendus à Foothill pour profiter du rodéo, du pop-corn rassis, de la barbe à papa, des attractions et des lupins en fleurs.

Les feux d'artifice explosaient au-delà des dunes jaunes plongées dans l'obscurité. West et moi, on l'observa ensemble depuis la fenêtre du camion comme deux gamins, épaule contre épaule. Mon téléphone sonna dans la poche de mon sweat. Je consultai l'écran. *Marla.* Je décrochai, sachant pertinemment qu'elle n'était pas du genre à me déranger au travail à moins que ce soit important. Je tournai le dos aux feux d'artifice et remontai dans le camion en me bouchant une oreille pour mieux l'entendre.

— Coucou Marla.

— Chérie, je ne veux pas t'inquiéter, mais je n'arrive pas à trouver la vieille bique. Dix minutes que je la cherche, mais je crois qu'elle n'est pas à la maison.

Marla parlait de Mamie avec un mépris non dissimulé dont je ne me formalisais plus.

Mon souffle se bloqua dans ma gorge. Je m'appuyai contre le

frigo. Mon angoisse remonta de mes pieds jusque dans le reste de mon corps, comme des fourmis.

— Est-ce qu'elle avait l'air lucide la dernière fois que tu l'as vue ?

— Elle a passé beaucoup de temps dans sa chambre aujourd'hui, à se pomponner. J'ai pensé qu'elle voulait peut-être aller à la fête foraine, alors je l'ai laissée à ses affaires pendant que je nettoyais la cuisine, en attendant qu'elle redescende. La radio était allumée – tu connais son ouïe – et je n'ai pas dû entendre la porte d'entrée. Ma voiture est toujours dans le garage, alors elle n'a pas pu aller bien loin. Je vais partir à sa recherche. Je voulais seulement te prévenir.

— Merci.

Ma voix se brisa. La panique me submergea et mon sang se glaça.

— Tiens-moi au courant, s'il te plaît.

Je raccrochai et fis claquer mon téléphone sur le comptoir en baissant la tête. J'avais envie de crier. De casser quelque chose. De péter les plombs.

Pas encore, Mamie. On a déjà vécu ça des dizaines de fois.

Cette routine, la chercher partout, la retrouver chez des voisins ou au centre-ville – en train de jacasser de manière incohérente – et lui faire quitter les lieux tout en m'excusant platement, m'épuisait à chaque fois.

Je sentais le regard acéré de West dans mon dos. Il ne dit rien, mais je savais qu'il m'observait. Deux clients apparurent, commandèrent des tacos, des nachos et des granités, et West les servit, gérant nos deux postes sans se plaindre.

J'écrivis à Marla.

Grace : Où peut-elle être ?

Grace : Tu peux vérifier l'abri de jardin, s'il te plaît ?

Grace : Je vais appeler le shérif Jones. Il sait peut-être quelque chose.

Je composai le numéro du shérif Jones en faisant les cent pas.

— Grace ?

À en juger par le fond sonore, il profitait de la fête foraine en famille.

— Shérif Jones ? Désolée de vous appeler si tard. Mamie Savvy a de nouveau disparu.

— Depuis combien de temps ?

— Quelques heures.

Probablement moins, mais je savais qu'il n'allait pas me prendre au sérieux. Mamie disparaissait souvent et on la retrouvait toujours à deux kilomètres de la maison.

— Je vais appeler mes gars, Grace. (Il hésita, avant de soupirer.) Essaie de ne pas trop t'inquiéter. C'est toujours comme ça, non ? On la retrouvera avant la fin de la nuit.

— Oui, monsieur. Merci pour votre aide.

Je raccrochai, les larmes aux yeux. Comme d'habitude, je ne les laissai pas couler. Je détestais ça, quand je devais supplier les gens de m'aider. Je ne pouvais pas en vouloir à Marla. Mamie s'était faufilée à l'extérieur de nombreuses fois lorsqu'elle était avec moi.

Je me laissai tomber sur un carton renversé et me pris la tête entre les mains.

— C'est un problème de la catégorie « J'ai envie d'en parler » ou « mêle-toi de tes affaires » ? grogna West au-dessus de ma tête, l'air plus agacé qu'inquiet.

Le premier.

— Le deuxième.

— Putain ouf.

— Connard.

— Dis-moi si tu changes d'avis.

— Sur le fait que tu sois un connard ? Aucune chance.

— Ne t'en prends pas à la chance, elle n'a rien à voir là-dedans.

Il essuya sa sueur avec le bas de son T-shirt sans me quitter du coin de l'œil. J'étais une créature étrange et détonnante, et il ne savait pas quoi faire de ça. Une femme mécontente.

— Ce n'est pas à la chance que je m'en prends. C'est à *toi.*

— Toujours ce sarcasme. C'est bon signe.

Il fallait que je parte d'ici pour me mettre à la recherche de Mamie, mais toute la famille Contreras était à la fête foraine et le temps que l'un d'entre eux puisse venir me remplacer, ce serait la fin de mon service.

Trente minutes s'écoulèrent sans nouvelles de Mamie. J'étais complètement ailleurs quand West posa une main sur mon épaule. Elle était lourde, chaude et étrangement rassurante. Comme si je flottais dans les airs, que mes pieds ne touchaient plus terre, et qu'il me ramenait aux lois de la gravité.

— Ça suffit, cette gueule. Donne-moi les clés. Je fermerai et je les déposerai dans la boîte aux lettres. Je ne sais pas ce qui te ronge, mais tu devrais aller t'en occuper au lieu de perdre ton temps ici.

Je secouai la tête. Tout ce dont j'avais besoin pour éclater en sanglots pour la première fois depuis mon séjour à l'hôpital, c'était que West se rende compte que quelque chose n'allait pas. Les gens avaient cessé de s'en préoccuper. À Sheridan, je n'étais qu'une statistique parmi d'autres. Une grand-mère cinglée, une mère junkie. C'était pour ça que le shérif Jones n'avait même pas essayé de prétendre qu'il allait quitter la fête foraine et m'aider à chercher Mamie.

Tout le monde s'en fichait.

De grosses larmes chaudes coulèrent sur mon visage. Je m'essuyai les joues avec mes manches, horrifiée de me retrouver à pleurer devant lui, et plus bouleversée encore à l'idée d'étaler mon maquillage.

West m'observait avec une calme curiosité. Quelque chose au fond de moi me disait qu'il n'avait pas l'habitude de réconforter des femmes. Il savait plutôt s'en occuper quand elles étaient commodément joyeuses et disposées à lui faire plaisir.

Je secouai la tête.

— Ça va. Vraiment. Il ne reste qu'une demi-heure.

— Exactement, répliqua-t-il. Une demi-heure, ce n'est rien. Depuis ce coup de fil, tu es aussi utile qu'une nonne dans un bordel. Épargne-moi cette gueule et dégage.

Je lui jetai un coup d'œil depuis mon carton. Était-ce irresponsable de ma part d'envisager d'accepter sa proposition ? Je savais que si Karlie et Mme Contreras étaient au courant de la situation, elles me diraient de lui confier les clés du *food truck*, sans aucun doute, mais si quelque chose se passait mal…

West lut dans mes pensées et grogna.

— Je ne ferai rien de chelou. Donne-moi ton adresse.

Je continuai de le fixer.

Il se mordit l'intérieur de la joue, bouillonnant.

— Je ne vais pas venir te harceler au milieu de la nuit non plus.

— Pourquoi je te ferais confiance ?

— Tu ne devrais pas, répondit-il sans détour. La confiance, c'est placer son optimisme dans quelqu'un d'autre, ce qui est la définition exacte de la connerie. Tu devrais me *croire* parce que ce n'est pas avec ce qu'il y a dans la caisse que j'irais loin. Et parce qu'on est au Texas et qu'il y a sûrement au moins un enfoiré dans ta baraque avec un flingue chargé prêt à m'exploser le crâne si je décide de grimper à ta fenêtre sans y avoir été invité.

Ça me semblait dingue de lui confier les clés. Il travaillait ici depuis moins d'un mois. Mais aux grands maux les grands remèdes.

Je devais retrouver Mamie. J'avais déjà pris du retard, et plus le temps passait, plus elle pouvait s'éloigner. Marla avait officiellement terminé son service, et tourner en rond en voiture au milieu de la nuit pour chercher Mamie dépassait largement ses fonctions.

— D'accord. (J'attrapai un bout de papier et griffonnai mon adresse.) Dépose le liquide dans la boîte de Karlie, puis ramène-moi les clés. Je te revaudrai ça.

Il accepta le papier, le fourra dans la poche arrière de son jean et ouvrit la porte en me poussant dehors sans ménagement.

Je trébuchai jusqu'à ma Chevy en m'efforçant de contrôler mes jambes flageolantes.

Ce ne fut qu'en entrant dans mon garage que je réalisai quel jour on était.

Grand-père Freddie était mort il y a dix ans aujourd'hui.

Mamie savait exactement ce qu'elle faisait.

Où elle allait.

Elle voulait le retrouver.

Lors de mon cinquième tour du quartier, quelqu'un fit des appels de phares répétés derrière moi pour me faire signe de m'arrêter. Je continuai de marcher, les bras croisés autour de mon ventre.

J'avais cherché Mamie dans tout Sheridan. Je m'étais d'abord rendue au cimetière en pensant qu'elle visiterait peut-être la tombe de grand-père Freddie. Puis j'étais allée en centre-ville, j'avais vérifié le parc du coin et appelé Mme Serle depuis l'épicerie pour savoir si Mamie lui avait rendu visite. J'étais passée chez tous nos voisins et amis. C'était comme si la terre s'était ouverte et avait avalé ma grand-mère.

J'entendis un moteur gronder derrière moi. Quelques secondes plus tard, West apparut sur ma gauche, sur sa moto, et ralentit pour s'adapter à mon allure.

— J'ai déposé les clés dans ta boîte aux lettres.

Sa voix était étouffée par son casque noir orné des deux côtés par des flammes rouges ; j'agrippai la bague à mon pouce en formulant un vœu comme me l'avait appris ma grand-mère.

Faites que je la retrouve.

L'air chaud me brûla les poumons. Je mourais d'envie de m'effondrer sur le trottoir et d'oublier tous mes problèmes.

— J'apprécie. Bonne nuit, St Claire.

Il ne s'éloigna pas et continua de me regarder de sa manière désinvolte et nonchalante.

— Le problème est toujours d'actualité ?

Le rythme lent qu'imposait West à sa moto faisait protester le moteur. Il était dix heures et demie. J'étais sûre qu'il avait d'autres endroits où aller et d'autres personnes à voir. Des personnes comme Tess. Amusantes, pas compliquées, sans la quantité de modalités avec lesquelles j'étais servie.

— Je m'en occupe.

— Ce n'était pas ma question.

— C'est quand même ma réponse.

— Tu es toujours aussi bornée, merde ?

— Seulement les jours qui finissent en i.

Il freina et bondit à bas de sa moto tel un tigre puis retira son casque. Ses cheveux trop longs étaient humides et en bataille. Je m'arrêtai par politesse.

Une partie de moi se disait que, peut-être, ce soir allait être différent. Peut-être que je ne la retrouverais pas. Je ne l'avais jamais cherchée aussi longtemps. Elle n'était jamais restée introuvable dans tout Sheridan.

— C'est ça. Allez parle-moi, Texas.

— *Texas ?*

Venait-il de me donner un surnom ou étais-je officiellement devenue folle ?

Il haussa les épaules.

— Tu dis tout un tas d'expressions texanes. Tu prononces tes *g* comme si la langue anglaise t'avait personnellement fait du mal.

— Je rends hommage à mes origines, et alors ?

— Tu es une fille d'une petite ville qui dépèce sûrement des écureuils pendant son temps libre, qui se balance sur son rocking-chair sous le porche devant chez elle en chiquant du tabac. Avoue, Texas, tu es… le *Texas.*

— Je n'aime pas les surnoms.

— Dommage. C'est adopté. Maintenant, dis-moi ce qui te fout dans cet état.

Je soupirai, le souffle court.

— Ma grand-mère a disparu. Elle a quitté la maison sans prévenir son aide-soignante. Elle n'est pas très lucide, et… (*Elle va finir par me provoquer une crise cardiaque.*) sujette aux accidents. J'essaie de la retrouver.

— Tu vois ?

— Quoi ?

— Cet accent, là.

— C'est tout ce que tu as retenu de ce que je viens de te dire ?

Je plissai les yeux pour m'empêcher de pleurer. J'avais vraiment, *vraiment* envie de pleurer. C'était le premier élément sur ma liste de choses à faire, en fait, dès que j'aurais retrouvé Mamie.

Il cala son casque sous son bras.

— Où peut-elle être ? Précise.

— Ça fait pile dix ans que mon grand-père est mort, alors j'ai pensé que je vérifierais les endroits habituels. La cafétéria où ils travaillaient, le cimetière où il est enterré, leurs anciens amis… (Je m'interrompis et sentis mes yeux s'écarquiller lorsque le déclic se fit.) Oh.

— *Oh ?*

Il scruta mon visage en quête d'indices.

— Le *diner* près de l'autoroute. Elle a pu y aller. C'est là qu'ils se sont rencontrés. Elle était à la caisse. Grand-père Freddie travaillait au grill.

— Pas torse nu, j'imagine.

Il fit claquer sa langue. Mais j'étais tellement absorbée par ma nouvelle idée que je ne prêtai pas attention à la coïncidence. Je claquai des doigts.

— C'est le lieu de leur premier rendez-vous. *Oui.*

Je hochai la tête. Elle m'avait tout raconté en détail. Qu'ils étaient restés après la fin de leur service. Qu'elle l'avait attiré derrière le comptoir pour lui sauter dessus.

— Elle est là-bas. J'en suis sûre.

— Faut se magner le cul alors.

— Bonne idée.

Je pivotai pour reprendre la direction de chez moi et récupérer ma Chevy, mais je m'arrêtai net, le dos toujours tourné vers West.

— *Merde.*

— Hmm ?

Je pouvais pratiquement entendre le sourire contenu dans sa voix. Il n'avait pas bougé d'un centimètre, sachant qu'il m'avait dans la poche.

— C'est à l'extérieur de Sheridan, à environ quinze kilomètres. Ils ont fermé la route pour la fête foraine ce soir. Le seul moyen d'y parvenir, c'est la vieille route en terre, et je ne peux pas y aller avec mon pick-up.

Ma Chevy avait mon âge et, tout comme moi, elle n'était pas en très bon état. Et puis, c'était plus un chemin qu'une route. Je n'étais pas sûre que le pick-up tienne là-dessus de toute façon.

Marcher sur ce sentier n'était pas une bonne idée non plus. Il était pris en sandwich entre deux champs de maïs. Des lynx, des coyotes et toutes sortes d'animaux y rôdaient.

— On va prendre la moto.

West réapparut dans ma périphérie.

— Depuis quand on est un « on » collectif ?

Je pivotai sur les talons pour lui faire face en haussant un sourcil.

— Tu sais conduire une moto ?

— Non.

— Voilà ce qui fait de nous un « on » collectif. Putain, Tex, pour une fille intelligente, t'es un peu lente.

Il me fourra son casque dans les mains. J'attrapai le lourd objet mais ne fis pas un geste pour le mettre sur ma tête. Je le fixai des yeux, éberluée. J'ouvris la bouche pour décliner sa proposition, dingue quoique gentille, mais il leva la paume vers moi pour m'arrêter.

— Épargne-moi tes conneries. Tu n'es pas en position de refuser et je ne suis pas suffisamment gentleman pour insister.

— Je suis sûre que tu as mieux à faire de ton temps.

— Non, j'ai plus *marrant* à faire de mon temps. (Il fit de nouveau claquer sa langue.) Mais rien ne vaut d'aider une amie dans le besoin.

Une amie.

Quelque chose dans sa façon de dire cette phrase me déboussola complètement.

Je me sentais faible. Vulnérable. J'étais mal à l'aise à l'idée de recevoir son aide.

Mais si je comptais accepter, il fallait que je le mette en garde.

— Ma grand-mère est… un personnage, le prévins-je avec prudence.

— Putain, merci. Tout le monde est chiant dans cette ville. Monte, dit-il en tapant le siège en cuir de sa moto.

— Tu as un autre casque ? Pour toi ?

West me prit brusquement le casque des mains, jeta ma casquette de base-ball par terre et m'enfonça le casque sur la tête d'un geste fluide. Il le ferma sous mon menton et tira sur la boucle.

Il monta sur la moto et me fit un signe du menton.

— *Dépêche-toi.*

Je ramassai ma casquette que je fourrai rapidement dans ma poche arrière en baissant la tête. Le casque était étonnamment lourd et me pressait les joues.

— Je ne veux pas que tu conduises sans casque.

Je ne voulais pas qu'il risque sa vie pour moi. Entre les combats illégaux et la moto, il avait l'air de tout faire pour essayer de mourir par ses propres moyens. Il n'avait pas besoin de mon aide.

Il m'ignora et enfonça les doigts dans ses yeux en secouant la tête, clairement exaspéré.

— Monte avant que ce soit moi qui pose ton cul là-dessus comme un sac à patates. Et je te préviens : je ne serai pas tendre.

Je fis un pas dans sa direction, sentant ma volonté se fissurer.

— Et fais attention à la peinture de Christina, grommela-t-il.

— Christina ?

— Pour Christina Hendricks. (Il tapota le cadre rouge et brillant de la moto avec sa main calleuse.) C'est ma rousse préférée.

— Heureusement qu'il n'y en a qu'une qui soit suffisamment stupide pour te laisser la monter. Et c'est même pas un être vivant, raillai-je.

Il me fixa un instant avant de rejeter la tête en arrière et d'éclater d'un rire de joie pure et électrisante qui vibra à travers moi et fit bouillonner mon sang. Et la rangée de dents nacrées qui apparut confirma mes doutes : il avait un sourire qui devait mettre les femmes à genoux.

Les hommes aussi, probablement.

Je glissai ma jambe sur le siège derrière lui. Mon corps entier frémit d'angoisse et d'adrénaline. Je n'avais jamais eu aussi peur, je ne m'étais jamais sentie aussi vivante.

— Plus vers l'avant, aboya-t-il.

J'obéis. Le moteur gronda sous moi comme un animal féroce.

— Maintenant serre-toi contre moi.

— Pour moi, ce sera après le troisième rendez-vous.

West rit de nouveau. Son rire était rauque, voilé, presque étranger, comme s'il n'avait pas l'habitude d'être heureux.

— Soit tu te blottis contre le connard du campus, soit tu voles au vent comme un ballon qui se dégonfle. À toi de voir, Tex. Je vais prendre mon pied quel que soit le scénario.

West St Claire avait l'étonnante capacité de faire des trucs sympas tout en se comportant comme un enfoiré.

Je me pressai contre lui à contrecœur, la tête nichée entre

ses omoplates. Je fermai les yeux et inspirai, en songeant que je n'avais pas le luxe de jouer les prudes pour le moment.

— Passe tes bras autour de moi et accroche-toi.

Je glissai mes bras autour de son corps. Je sentais chacune des arêtes de ses abdos et mon cœur se mit à battre si fort que je craignais qu'il l'entende à travers son T-shirt.

Nous fendîmes l'air calme, filant sur la route comme une flèche. West était penché en avant. Je m'accrochai plus fort, surprise par la manière dont l'équilibre se faisait sur sa moto, même quand le béton sous les roues se transforma en gravier et, au bout d'un moment, en terre inégale. Son T-shirt battait au vent comme un drapeau et le mordant de l'air sur ma peau me coupa le souffle. La chair de poule recouvrait chaque centimètre de mon corps.

— Arrête de te torturer, Texas. Ça te mènera à rien là tout de suite.

Le vent déformait ses paroles. Heureusement, on roulait assez lentement pour que je puisse saisir quelque chose quand même.

— Si seulement j'avais remarqué la date, ma grand-mère serait en sécurité à la maison, murmurai-je dans son casque.

J'étais submergée par son odeur. Virile, propre, douce et enivrante. Si je me laissais aller, j'aurais pu me perdre dans cette odeur. Je me demandai si c'était ce qu'avait ressenti Mamie avec grand-père Freddie. Si sa présence la rendait délicieusement ivre et euphorique.

— Tu es toujours aussi dure avec toi-même ? Ne réponds pas « seulement les jours en i ».

— C'est mon boulot de m'occuper d'elle. Elle m'a élevée.

— Tu peux t'occuper de quelqu'un sans te sentir responsable de tous ses problèmes.

— Tu ne t'es manifestement jamais occupé de personne.

— Y a manifestement que des conneries qui sortent de ta bouche, rétorqua West d'une voix devenue glaciale et mordante.

J'avais visiblement touché un point sensible.

— Elles sortiraient de mon cul qu'elles seraient toujours plus sensées que ce qui sort de ta bouche, grognai-je.

Et, avec la même facilité, il se remit à rire de ma riposte. Du fait que j'avais répliqué.

— Ça je n'en sais rien, chérie, mais c'est un super cul, alors ça me plairait d'écouter.

Il était tellement différent de ce que je croyais… Comme s'il planquait cette personnalité amusante et légère là où les gens ne pouvaient pas la trouver, afin de les tenir à distance.

— Marche arrière, cow-boy. Si c'est pour ça que tu m'aides, tu peux me déposer ici et repartir. Je ne suis pas ce genre de fille.

— Et de quel genre on parle ?

Son ton était devenu sensuel, railleur.

— Le genre à se retrouver en dessous de toi parce que tu lui as accordé une miette de ton attention.

— Ça fonctionne aussi au-dessus de moi.

— Continue comme ça et tout ce que tu sentiras sur toi, c'est les roues de mon pick-up.

— Je m'amuse, Texas. Je ne te draguerais jamais. Je ne mélange pas travail et plaisir. En plus, je ne reste jamais plus d'une nuit et, ne le prends pas mal, mais avec toi, il y a l'air d'y avoir beaucoup de boulot. C'est un service purement altruiste que je rends à une amie.

Encore ce mot. *Amie.* C'était la deuxième fois qu'il m'appelait comme ça.

— Vraiment ?

— Parole de scout. Je n'attends rien en retour, autre que ton admiration sans bornes.

— Pourquoi tu es aussi gentil avec moi ?

J'en savais assez sur West pour avoir compris qu'il n'était pas du genre tendre et serviable, et ce que je voyais là n'avait rien à voir avec les rumeurs. Sur le campus, c'était un homme des cavernes à l'air aigri.

— Gentil, c'est un bien grand mot.

Nous approchions de l'intersection qui avait été bloquée. Je regardais de tous les côtés pour essayer de repérer Mamie.

— C'est juste que je ne me comporte pas comme une merde avec toi. Faut croire que tu n'as pas l'habitude.

— Les gens ne se comportent pas comme des merdes avec moi, protestai-je.

— Permets-moi d'en douter.

— Si tu parles de Reign et des filles avec qui tu étais l'autre fois, c'est leur faute, pas la mienne.

— C'est leur faute parce que ce sont des enfoirés. C'est aussi la tienne parce que tu te roules en boule et que tu fais la morte.

— Je n'ai pas le souvenir que tu aies été très cordial non plus.

— Non, reconnut-il sans l'ombre d'un remords dans la voix. La prochaine fois, tu as l'autorisation de me verser ton granité sur la tête et de frapper Reign dans les couilles.

Je m'apprêtais à lui répondre quand je repérai Mamie. Il aurait été difficile de la manquer avec sa robe de soirée à sequins bleu et rouge, son rouge à lèvres rose vif et ses talons.

Elle s'était crêpé les cheveux et avait mis de la laque – *Plus les cheveux sont hauts, plus on s'approche de Dieu* – et elle tenait la petite pochette qu'elle emmenait à l'église chaque dimanche à l'époque où elle y allait encore. Elle traversait la route, en direction du *diner*.

— Stop ! m'écriai-je.

Il s'arrêta sans même ralentir. La boue gicla autour de nous et je fus projetée en avant contre son dos. West glissa maladroitement son bras autour de moi pour me rattraper par la taille.

— Je l'ai trouvée, dis-je le souffle court en descendant de moto. (Mes jambes tremblaient.) Merci. C'est elle là-bas, de l'autre côté de la route, en robe Diana Ross. Je vais la ramener à la maison.

Je retirai le casque, consciente que j'avais dû laisser des traces de fond de teint à l'intérieur, et le lui plantai dans les mains. Puis je vissai ma casquette de base-ball sur ma tête.

— Bonne nuit, West.

Je traversai la route en courant et faillis tacler Mamie à bras-le-corps. Elle se retourna lentement en entendant mes pas et le sourire sur son visage se transforma en froncement de sourcils lorsqu'elle me repéra.

— Ben ça alors ! Qu'est-ce tu fais ici, Gracie-Mae ? Tu devrais être au lit. Demain, y a école.

Mamie frappa son sac contre sa cuisse. Elle avait le front humide après ce long trajet à pied sur la route poussiéreuse, et ses chaussures étaient pleines de boue.

Quel âge croit-elle que j'ai ?

— Je voulais seulement te suivre.

Je m'arrêtai, un sourire angélique plaqué sur le visage.

— Chérie, j'ai rendez-vous avec ton grand-père. On ne peut pas faire quelque chose demain plutôt ?

Je secouai violemment la tête. Le sourire sur mon visage était aussi douloureux qu'une plaie. Elle pensait que grand-père était toujours vivant.

— S'il te plaît. J'ai *vraiment* envie d'être avec toi, Mamie.

Elle ouvrit la bouche pour me réprimander de nouveau, mais

ses yeux s'agrandirent et s'illuminèrent en fixant un point dans mon dos. Je pivotai sur moi-même. Je me décomposai.

Oh, pitié, non.

— Bonsoir, madame Shaw. Comment ça va ce soir ?

West approchait, torse bombé, un sucre d'orge calé entre ses dents parfaites, un petit sourire insolent aux lèvres. Les plis aux coins de ses yeux verts me firent penser à Scott Eastwood.

Je me demandai ce que c'était son délire avec ce bonbon à l'ancienne. Il semblait n'aimer que le goût pomme.

— On a beau temps, non ?

— Charmant. (Elle ébouriffa sa mise en pli, qui resta aussi raide qu'un roc.) Je ne crois pas qu'on ait été présentés ?

Mamie Savvy tendit la main en direction de West. Il la saisit, inclina la tête et effleura ses doigts de ses lèvres, retirant temporairement le sucre d'orge de sa bouche.

— En effet, à mon grand désarroi. West St Claire. Je travaille avec Grace.

— Eh bien, je crains qu'elle n'ait pas parlé de vous.

Le regard qu'il me jeta faillit m'arracher un rire. Il semblait sincèrement surpris. J'avais le sentiment que c'était la première fois qu'une femme de sa connaissance ne faisait pas de lui le centre de son univers.

— Ah non ?

Il plissa les yeux en calant de nouveau le bâton de sucre dans sa bouche, et le mordit jusqu'à le casser en deux. Je haussai les épaules.

— Est-ce que Gracie-Mae et vous aimeriez vous joindre à Freddie et moi pour manger un morceau ? demanda Mamie.

Il était onze heures et demie et elle était dans un état abominable. Elle devait avoir mal aux pieds ; elle n'avait pas l'habitude de marcher autant. En plus, je n'avais vraiment pas envie que le *bad boy* de l'université de Sheridan passe un moment en tête à tête avec ma grand-mère chaotique, même si ça me donnait l'air superficielle et odieuse.

— Non ! m'écriai-je en même temps que West répondait naturellement : Eh bien, quelle bonne idée.

Mamie nous regarda tour à tour en haussant un sourcil.

— Vous avez besoin que je vous laisse une minute pour décider ?

Mes joues étaient tellement brûlantes que je fus surprise de ne pas voir ma tête prendre feu. Mourir d'embarras, ce serait cruel, mais aussi bienvenu à cet instant.

— West vient de quitter le travail. Je suis sûre qu'il veut rentrer chez lui.

— West est capable de penser par lui-même et ce qu'il veut, c'est un steak et de la bonne compagnie.

West me poussa sans ménagement sur le côté en faisant rouler son bâton dans sa bouche d'un air séducteur, et jeta un sourire canaille bien rôdé en direction de ma grand-mère.

— Où sont passées tes bonnes manières, Gracie-Mae ? Ce garçon a faim et il demande de la compagnie, tout simplement. Je l'ai élevée mieux que ça, je le jure.

— Je n'en doute pas une seconde, madame.

West ouvrit la porte du *diner* pour nous. Mamie entra fièrement la première. Il haussa les sourcils à mon attention, un petit rictus moqueur aux lèvres.

— Les dames d'abord.

— C'est quoi ton problème ? grognai-je les dents serrées.

Il laissa échapper un soupir d'une patience à toute épreuve.

— Tu as du temps devant toi, petite ?

Je lui donnai un coup de poing dans le bras en passant le seuil.

Il rigola.

Il rigola !

Comme si l'idée que je puisse lui infliger la moindre douleur était ridicule.

— Tu as perdu un pari ? murmurai-je en me contenant.

— Tu as perdu la tête ou quoi ? rétorqua-t-il, vibrant d'un danger contenu qui échappait complètement à Mamie. Ce n'est qu'un repas, et ton cul n'est même pas au menu.

— Ne me dis pas qu'il n'y a rien de bizarre à vouloir passer du temps avec ma grand-mère et moi.

J'étais Pain-grillé, et elle était loin d'être de la tarte. Tout le monde savait qu'elle était à moitié folle. Et même si ce n'était pas le cas, il avait bien eu le temps de s'en rendre compte au cours des dix dernières minutes, sans aucun doute. Pourquoi se donnait-il tout ce mal pour se lier d'amitié avec moi ?

— Tout ne tourne pas autour de toi, Texas. En fait, il n'y a même pas grand-chose. C'est une bénédiction et une malédiction. De savoir que le monde ne tourne pas autour de ton petit cul. Il y a des fois où un mec a juste envie d'un steak.

— Je…

Il m'interrompit brutalement.

— J'ai faim. Bouge. *Tout de suite.*

Il fit un mouvement du menton pour me faire signe d'avancer.

Mamie se glissa sur une banquette en forme de fer à cheval et nous l'imitâmes. Une serveuse d'âge moyen se matérialisa pour prendre nos commandes. Elle portait un uniforme rose au col à damier noir et blanc, et avait les cheveux peroxydés.

Ronda's Roost était un restaurant ouvert vingt-quatre heures sur vingt-quatre qui accueillait principalement des routiers. Seule une poignée de clients buvaient du café filtre et mangeaient de la tarte aux fruits. Mamie commanda un thé glacé et du chili, West opta pour le club sandwich Rajun Cajun avec frites et milkshake, ainsi qu'un steak extra-saignant dont j'apprendrais, plus tard, qu'il était coupé dans une demi-vache. Pour ma part, je demandai du Pepsi light et un miracle. La serveuse fit claquer une bulle de son chewing-gum en gloussant.

— La soirée a été difficile, petite ?

— On peut dire ça, marmonnai-je en plissant les yeux en direction de West en face de moi.

Il me sourit d'un air naturel ; la lueur têtue dans ses yeux semblait signifier que mon hostilité ne le dérangeait pas le moins du monde.

On aurait dit qu'on lui avait transplanté une nouvelle personnalité pendant la nuit. Il faisait peut-être une dépression nerveuse ou quelque chose dans le genre, car il ne ressemblait pas au garçon que je voyais sur le campus depuis deux ans.

Renfrogné, silencieux, grave. Avec quelque chose de noir. Il arpentait les halls, le Bureau des Étudiants, la bibliothèque et les fraternités comme un homme prêt à se faire frapper par la foudre.

Ce type violent, intimidant, ténébreux ? Le West qui se trouvait devant moi n'avait *rien* en commun avec lui.

Mamie ne faisait pas comme si grand-père Freddie était avec nous, on pouvait donc dire que j'avais bel et bien eu mon petit miracle, après tout. Elle se pencha, inséra une pièce dans le jukebox et choisit « At Last » d'Etta James. Il était évident qu'elle appréciait l'attention masculine lorsqu'elle raconta à West qu'elle travaillait ici dans le temps.

— Laissez-moi vous dire qu'on ne chômait pas à l'époque. Mais je ne changerais rien pour tout l'or du monde. C'est ici que j'ai rencontré mon mari.

— Il devait être spécial.

West lui sourit, et j'essayai de me rappeler l'avoir vu sourire à la fac. On avait un cours de multimédia ensemble, je le voyais donc souvent. Et je ne pus me rappeler une seule fois, ce qui m'alarma.

— Mazette… (Elle se pencha en avant et lui tapota le dos de la main.) Il était malin comme un singe, dangereux comme un démon et deux fois plus beau.

La voir heureuse *me* rendait heureuse, alors je finis par me détendre sur la banquette en vinyle grinçante et les laissai papoter.

— Alors, monsieur St Claire, courtisez-vous ma petite Gracie-Mae ? demanda-t-elle au bout d'un moment, baissant le menton pour l'examiner au-dessus de ses lunettes de lecture.

Je m'étouffai avec mon soda et en recrachai sur la table.

West ricana et se pencha vers ma grand-mère en baissant la voix.

— Je peux être honnête ?

— L'honnêteté est de rigueur.

— Je ne suis pas du genre à m'engager, madame Shaw. Grace mérite carrément mieux, alors ça ne fait pas partie de mes ambitions. En plus, votre fille n'est pas vraiment ma plus grande fan.

— Ma fille ? (Mamie posa une main sur sa poitrine en gloussant.) Mon cher, vous faites fausse route. Je suis la *grand-mère* de Grace.

— Ça alors… (Il me jeta un regard espiègle. J'avais envie de le tuer. Il savait pertinemment que c'était ma grand-mère.) J'ai du mal à y croire. J'aurais même cru que vous étiez sa sœur.

— Sa petite sœur, j'imagine, grommelai-je avant d'aspirer une gorgée avec ma paille.

Il rit de bon cœur.

Ce type en rajoutait tellement que j'aurais aimé qu'il s'occupe de mon maquillage.

Mamie et West se mirent à manger en continuant leur discussion.

Ils parlèrent du temps qu'il faisait dans le Maine (qui craignait, d'après lui), de la nourriture typique du Maine (pareille, à l'exception des fruits de mer), de sa famille (West eut l'élégance de ne pas dire qu'elle *craignait*, mais à en juger par la brièveté de ses réponses, j'en déduisis qu'il n'était pas proche de ses parents). À la fin du repas, West promit à Mamie de l'emmener de nouveau dîner et, bientôt, elle lui promettait de lui préparer l'une de ses fameuses tartes. N'étant pas inclue dans leur conversation, je pris congé pour aller me remettre une couche de fond de teint aux toilettes. Une fois de retour à table, je constatai que West avait réglé l'addition et se préparait à partir. Mamie était lancée dans une conversation animée avec notre serveuse, évoquant avec elle l'époque où elle travaillait ici.

Je fis la grimace.

— Tu n'aurais pas dû payer. Merci.

Il rangea son portefeuille dans la poche arrière de son jean et tira sur la chaîne qui l'y accrochait. Ses deux assiettes étaient vides et étincelantes, et il avait également terminé les restes de Mamie. Il devait être affamé.

— Je t'ai commandé un taxi. (Il parut ignorer ma gratitude et il était redevenu bourru et grincheux.) Verrouille ta porte d'entrée et range la clé à un endroit où elle ne pourra pas la trouver.

— Elle a le droit de se balader autour de la maison, protestai-je pour le principe.

Je n'aimais pas qu'il me dise quoi faire, même si je savais qu'il avait raison.

Il me jeta un regard.

— Cache-la à un endroit où personne n'aura envie d'aller.

— Et c'est quel genre d'endroit, ça ?

Je croisai les bras sur la poitrine en le foudroyant du regard.

— Pourquoi pas ton lit ?

Il attrapa son casque posé sur la banquette et le cala sous son bras. Il déposa un baiser sur la joue de ma grand-mère et fila sans m'épargner un regard. Je l'observai à travers la baie vitrée. Il passa une jambe par-dessus sa moto et démarra le moteur. Mamie apparut à mes côtés. Nous suivîmes des yeux la lumière rouge de son phare rapetisser jusqu'à se fondre dans l'obscurité.

— Fais attention avec celui-là, ma chérie. Il est plus dangereux qu'un nid de serpents.

Elle passa son bras autour du mien et me tapota l'avant-bras. Elle était redevenue elle-même et j'aurais aimé avoir un peu plus de temps pour lui raconter ma vie, mes doutes et mes relations.

Afin d'avoir son avis tranché de femme indépendante du Sud.

Je songeai aux filles qui fréquentaient notre *food truck*. À la règle du « jamais plus d'un soir » de West. À sa réputation et à ses doigts abîmés, à ses sourires malicieux et rusés, à ses yeux verts et insondables, ses yeux dans lesquels il s'assurait de ne rien laisser transparaître chaque fois qu'il les posait sur quelqu'un.

Mamie avait raison.

Je ne pouvais pas me permettre d'ouvrir mon cœur à West St Claire.

Et j'allais devoir m'assurer que le reste de mon corps suive la même voie.

6

West

— West, mon pote, quoi de neuf ?

Max entra dans le café avec moi en s'efforçant de suivre ma foulée. Il haletait comme ces chiens aux allures de rats qui n'arrivaient même pas à courir de la table de la cuisine à celle de la salle à manger. C'était un type petit et corpulent, aux joues rongées par l'acné, avec des boucles rousses et rêches qu'il insistait pour imbiber de produits capillaires.

Le combo le rendait laid aux yeux de la plupart des gens dotés d'une bonne vue, c'est-à-dire, malheureusement pour lui, à peu près quatre-vingt-dix-neuf pour cent de la population.

Cet idiot était surtout connu pour son rôle d'organisateur des combats au Sheridan Plaza – et pour récupérer les restes qu'East, Reign et moi laissions au rayon nanas les soirs de combat. Max empochait une belle part pour l'organisation de mon arène de Reservoir Dogs. Il gérait le travail « de terrain » tandis que moi, je gérais le travail sur le ring.

Chaque semaine, il ramenait tous ses amis de Pike, Beta Theta Pi et Sig Ep à l'arène, et leur faisait cracher l'argent pour les paris, les billets et la bière.

Ça me convenait à merveille puisque c'était moi qui en profitais à la fin de chaque nuit.

— Va au but, Max. J'ai autre chose à foutre que de papoter, lâchai-je sèchement.

Je devais rejoindre East à la cafétéria. Mon téléphone tressautait dans ma poche, comme trop souvent. Je l'ignorai. Inutile de regarder qui m'appelait – ma mère – ni de savoir ce qu'elle voulait – de l'argent.

Max frappa dans ses mains, presque sautillant. Il portait des Jordan Air vintage, une ceinture de créateur et une quantité de produits capillaires suffisante pour sculpter une statue. Les émanations arrivaient presque à me faire planer.

— Ouaip. Droit au but, OK. (J'entrai dans la cafétéria avec lui qui me collait au cul comme un pet.) J'ai un nouveau truc pour toi. Ça pourrait être génial. Un truc de dingue qui ne se présente pas tous les jours. Hyper lucratif, mais de dernière minute.

— Tu vas cracher le morceau ?

Je cherchai East des yeux. Mon meilleur ami me préparait des sandwichs chaque matin comme un gentil papa poule et me les apportait. À mon avis, il devait avoir peur que je meurs de faim s'il ne s'occupait pas de moi. Peut-être parce qu'il me connaissait suffisamment pour savoir qu'il y aurait toujours une petite partie de moi qui se fichait pas mal de mourir.

Qui aurait accueilli à bras ouverts le néant post mortem. Avec mes habitudes actuelles, je ne faisais véritablement aucune tentative volontaire pour rester en vie.

— Du lourd. Kade Appleton, ça te dit quelque chose ? demanda Max.

Appleton était un combattant de la MMA, originaire de Sheridan, qui s'était installé à Las Vegas cinq ans auparavant. Il était célèbre pour son jeu déloyal qui l'amenait régulièrement à se faire suspendre. De l'avis général, il méritait bien de se faire matraquer pour gagner sa vie. Les habitants de Sheridan qui l'avaient connu enfant avaient tous une anecdote sanglante à raconter sur les animaux qu'il avait tués, les gens qu'il avait braqués d'une arme ou ceux qu'il avait envoyés aux urgences à coups de poing.

Aussi plouc qu'il fût, Kade Appleton était une figure emblématique. J'aurais été surpris qu'il possède une seule paire de chaussures.

— Il se trouve qu'il est en ville et qu'il est prêt à t'affronter ce soir si tu es partant. On a encore le type de Penn State en lice, mais on peut le remettre à plus tard. Si tu choisis le combat contre Appleton, les probabilités sont contre toi. J'ai déjà fait le calcul.

Max sortit son téléphone et me fourra un tableau Excel sous le nez. Je m'arrêtai et je sifflai tout bas en apercevant les chiffres.

L'un des principaux problèmes que je rencontrais depuis que j'avais commencé à assommer des gens pour gagner ma vie, c'était que je fumais tous ceux que j'affrontais. Même quand je les laissais me mettre un coup ou deux pour attiser l'intérêt du public, j'avais trop l'esprit de compétition pour faire exprès de perdre, et il me restait un semblant d'intégrité. Résultat : les cotes étaient merdiques et l'argent s'épuisait étant donné que tout le monde connaissait le vainqueur à l'avance.

Kade Appleton était un combattant professionnel et entraîné, avec quelques championnats à son actif. Ce qui faisait de lui une occasion en or de gagner un paquet de fric.

Une banane vola dans l'air, heurta le torse de Max et tomba à mes pieds. Je relevai les yeux du téléphone de Max pour voir de quelle direction elle venait, et je repérai East et Reign dans la cafétéria, affalés à une table. Ils me firent signe d'approcher.

Je les rejoignis.

— Alors ? (Max me suivit.) Qu'est-ce que t'en dis ?

— Compte sur moi.

Je me glissai sur le banc en face d'East, qui me tendit un sandwich aux œufs tout mou. J'espérais que ses rencards étaient aussi humides que ses omelettes. Il fallait qu'il arrête avec l'huile.

— Pour quoi ? demanda East.

Reign était au téléphone et nous tournait le dos.

— Il affronte Kade Appleton ce soir, répondit Max, des étoiles dans les yeux.

East secoua la tête en fronçant les sourcils.

— Putain, non. Ce connard ne se bat pas à la loyale et tout le monde le sait. Tout son entourage est véreux. Ça ne vaut pas le coup, Westie.

Je détestais quand il m'appelait comme ça. *Westie.* Mais j'avais également conscience qu'East était l'une des seules personnes sur cette planète que je supportais et, plus important, qui me supportait, *moi.* On avait quitté ensemble notre petite ville du Maine pour nous inscrire à l'université de Sheridan. Après tout ce qu'on avait vécu, il nous avait paru inconcevable de nous séparer.

On vivait ensemble. On partageait tout : le passé, le présent, l'avenir.

Il n'y avait pas de séparation possible à ce point.

On était toujours East et West : les petits génies.

Du moins jusqu'au jour où moi, je cessai de l'être.

Je ne lui prêtai pas attention, mordis dans mon sandwich et pointai Max du doigt.

— Organise le combat.

— Mec. (East écarquilla les yeux. Reign raccrocha, balança son téléphone sur la table et arracha un morceau de fromage grillé avec les dents.) Salut les filles. Puis-je vous demander ce qui vous chagrine autant ?

— West accepte un combat contre Kade Appleton ce soir, répondit East en pointant un pouce dans ma direction, d'un air de dire « Vise-moi ce débile ».

Reign haussa les sourcils jusqu'à la racine des cheveux.

— Merde alors. Personnellement, si j'avais des envies suicidaires, je choisirais des drogues psychédéliques, mais c'est toi qui vois, mec.

— Si jamais tu changes d'avis, je serai ravi de te donner un coup de main.

J'avalai une nouvelle bouchée de mon sandwich humide à l'omelette en essayant de ne pas penser aux petits plats italiens de ma mère. Malgré tous ses défauts, c'était une sacrée cuistot. En dehors de l'incident du *diner* cette semaine, je n'avais pas mangé de plat maison depuis des années.

— West n'est pas suicidaire, intervint East, plus pour lui-même que pour quiconque autour de la table.

Il me jeta un regard. Je secouai la tête. Je n'avais aucune intention de me tuer, mais si je mourais, eh bien, le rebondissement ne serait pas si fâcheux que ça.

Reign rit.

— Non mais, sérieusement. Tu envisages vraiment de monter sur le ring avec Appleton ? Tu pourras me léguer tes AirPods ? Il y a tellement de cire sur les miens que je pourrais remplir un pot de moutarde.

East lui donna un coup de pied sous la table avant de frapper mon mollet.

— East… je ne veux rien entendre, dis-je. Reign… je ne veux

pas t'entendre, *toi.* Max… va voir ailleurs si j'y suis. Je serai là ce soir. Annonce la nouvelle. Fais en sorte que ça en vaille la peine.

Quand j'avais pris le job au *food truck*, j'avais dit à Karlie que je voulais garder mes vendredis. Elle connaissait la chanson. C'était l'une des seules filles de Sheridan, avec Texas, à ne pas assister aux combats. J'aimais l'idée de pouvoir séparer le *food truck* de mes séances de pétage de gueule.

Max fila. Le silence régna quelques secondes avant que Reign se racle la gorge.

— Blague à part, ce n'est pas pour rien qu'Appleton est suspendu de la *MAF league*. Il a été arrêté l'année dernière pour avoir agressé sa petite amie. La mère de son enfant. Je te promets que t'as pas envie de voir les photos de son visage après les faits pendant ton repas. Je dis ça comme ça.

— Et son manager est connu pour organiser des combats de chiens. Il est allé genre trois ans en prison pour ça, ajouta East.

— C'est vrai. Shaun Picker. À eux deux, ils ont un casier plus long que *Guerre et Paix.* (Reign pointa son sandwich vers moi.) Que je n'ai jamais lu, pour info, mais on m'a dit qu'il était comme moi, bien épais et difficile à avaler.

— Je ne compte pas l'épouser, je vais l'étaler. (Je me renfrognai.) Écoutez, ma décision est prise, alors vous feriez mieux de changer de sujet.

Je parcourus des yeux la cafétéria sans plus leur prêter attention, sans savoir exactement ce que je cherchais.

J'avais besoin de cet argent.

Désespérément.

C'était bien la plus cruelle des ironies.

Petit, je m'étais toujours promis que je ne serais pas ce genre de connard qui vivait pour travailler au lieu de travailler pour vivre. Mais là encore, je n'avais jamais été très doué pour tenir mes promesses.

J'avais grandi, j'avais merdé, fait des erreurs, et je devais payer.

Aujourd'hui, je courais après les salaires comme tous les crétins que je plaignais quand j'étais gamin, et ce n'était même pas pour moi-même que je gagnais cet argent.

Appleton, c'était un match que je ne pouvais pas refuser. J'allais gagner. Même si je devais tuer cet enfoiré pour me ramasser une bonne part.

Mon téléphone vibra dans ma poche pour la centième fois de la journée. Je le sortis, je rejetai l'appel et j'écrivis à ma mère.

West : Je renvoie plus lundi. Lâche-moi.

Une notification de message vocal apparut à l'écran. Je le supprimai avant d'être tenté de l'écouter. Je relevai les yeux. Le visage de mes potes exprimait un mélange de préoccupation et de perplexité.

— *Laissez tomber.*

— Si tu étales Appleton, tu risques de t'attirer des ennuis, prévint East. Ce type fait presque partie d'un gang. Il fonctionne comme la mafia.

— Si ça devient trop chaud, vous savez où est la porte. (Je croisai fermement le regard d'Easton, la mâchoire serrée sous l'effet d'une colère à peine contenue.) Quoi qu'il en soit, j'accepte le combat.

Reign se leva et s'étira paresseusement.

— Bon, je m'arrache. East, je te retrouve à l'entraînement. West… c'était sympa de te connaître. Je ferai en sorte de déposer des fleurs sur ta tombe et de réconforter tes amies filles, qui auront certainement besoin qu'on réchauffe leur lit, la nuit.

Il pencha la tête, attrapa son sac de sport et disparut.

East le suivit des yeux un moment avant de les fixer sur moi.

— Ça va si mal que ça à la maison ?

Il savait exactement pourquoi je montais sur le ring chaque vendredi, et ce n'était ni par fierté ni pour la gloire. Oui, j'avais l'esprit de compétition – j'avais ça dans le sang. Dès qu'un défi se présentait, je voulais le relever, mais les combats n'auraient jamais été mon choix dans la vie sans ce qui s'était passé.

Je fourrai le reste de mon sandwich dans ma bouche.

— Tu connais mon père. Il ne saurait pas gérer une entreprise pour sauver sa vie. Je ne peux pas les laisser perdre la ferme. Ils n'auraient plus rien.

East hocha la tête.

— Je suis là si tu as besoin.

C'était peut-être le cliché le plus faux du monde, je savais qu'il le pensait sincèrement et, même si je savais qu'il ne *pouvait pas* m'aider, ça contribuait quand même à me sentir un peu mieux.

— Tu étais où hier soir ? demanda-t-il, changeant de sujet.

— Grace, tu sais, du *food truck*, elle a eu un problème. Elle est partie plus tôt, alors j'ai dû fermer.

Je ne comptais pas raconter les histoires de Grace à East. Pas par décence, Dieu m'en garde, mais parce que je ne voulais pas participer aux commérages de la ville. En plus, à sa place, si quelqu'un balançait sur ma grand-mère timbrée, je le pulvériserais et je me servirais des restes comme décorations pour le sapin de Noël.

Texas n'avait pas la vie facile, ça, c'était sûr.

— Ouais, à d'autres. Tu es rentré à une heure et demie. Je ne dormais pas.

East pianota des doigts sur la table en me jetant un regard entendu.

— J'ai été dîner après. Je n'avais pas compris que tu voulais que je te borde.

— Toi ? Tu ne manges jamais à l'extérieur. Tu es trop radin pour t'offrir une putain de paire de chaussettes.

Il avait raison. L'addition de tacos et de granités que j'avais réglée pour tout le monde quelques semaines plus tôt, c'était exceptionnel. L'une des filles qui nous accompagnaient était la sœur d'un type que j'avais envoyé aux soins intensifs après un combat. Il menaçait de me poursuivre et il fallait que je lui passe de la pommade pour le convaincre de laisser tomber. Ça avait fonctionné.

— Disons seulement que j'ai passé un peu de temps avec la fille Shaw. (Je baillai d'un air provocant.) Et alors ? J'ai bouffé un steak, pas sa chatte.

— Tu bouffes jamais de chatte, souligna East.

C'était vrai également. Lécher les parties intimes d'une personne, pour moi, c'était comme lécher des toilettes publiques. Je n'avais aucune idée d'où elles avaient traîné, mais étant donné qu'on était à la fac, et pas forcément la meilleure, j'étais tenté de dire : *partout*.

— Tu ne sors jamais avec personne non plus, insista encore East lourdement. Un dîner, ça ressemble vraiment *beaucoup* à un rencard.

— Je ne l'ai pas emmenée en rencard. Je l'ai *aidée*.

— C'est marrant, je me rappelais pas que t'avais le complexe de Superman.

— À chaque pleine lune, je me sens d'humeur charitable. Tu vas faire quoi, Braun ?

— N'importe quoi, St Claire. Tu as jeté ton dévolu sur cette nana, et on sait tous les deux pourquoi.

C'était la limite. J'abattis mon poing sur la table.

— Tu as un truc à dire ? Si oui, viens-en au but avant la fin du siècle.

Ce n'était qu'un putain de repas. Texas en avait passé la moitié à me fusiller de son regard bleu arctique et à prier en silence pour qu'une bombe pulvérise le *diner*.

— Je pense qu'elle t'intéresse. (Il affichait son rictus suffisant.) Dis-moi qu'elle ne te fait pas bander.

— Elle ne me fait pas bander, répondis-je avec désinvolture. Et même si c'était le cas, je ne la toucherais jamais.

Texas était attirante, mais c'était aussi le cas de quatre-vingts pour cent des filles du campus. Et celles-ci n'étaient pas servies avec le drame, les complications et un amour-propre inexistant. Points bonus : ça ne fonctionnait pas pour moi. Sortir avec une fille que je devais voir quatre fois par semaine, c'était *niet*.

Sans parler qu'elle devait sûrement être nulle au lit.

— C'est bien ce qui m'inquiète. (East frotta ses joues lisses.) Ne lui donne pas de faux espoirs si c'est ensuite pour les regarder exploser en vol. Si tu commences à lui accorder un traitement spécial, elle va se faire des idées. Tu vois ce que je veux dire ?

Texas était trop bousillée par ses cicatrices pour envisager de s'envoyer en l'air. Ça, au moins, c'était évident. Il n'avait pas à s'en faire. C'était peut-être bien la seule femme du campus que je ne pourrais pas mettre dans mon lit et, malgré ma nature compétitive, l'idée me convenait.

C'était ça le truc, quand on était indécis avec cette histoire de vie. J'avais arrêté d'éprouver de l'intérêt pour des choses qui, autrement, m'auraient donné envie, ou après lesquelles j'aurais couru. La vie n'avait plus de saveur, plus de couleurs.

Plus rien ne comptait désormais, et le plaisir et la souffrance étaient remplacés par un engourdissement général.

— Tout est sous contrôle. (Je m'essuyai la bouche du revers du bras.) Elle n'est pas mon genre.

— Tu n'as pas de genre. Tu détestes tout le monde.

East froissa l'emballage de son sandwich et me le jeta au visage. Je le rattrapai au vol. *Réflexe.* Je le lui renvoyai et le touchai à l'œil.

— *Exactement.*

— St Claire. Attends, couina une petite voix derrière moi.

Des pas féminins retentirent. Je ne ralentis pas ni ne me retournai pour voir de qui il s'agissait. J'étais en route pour le gymnase du campus. On ne m'avait jamais mis de raclée sur le ring, et j'avais bien l'intention de rester le champion incontesté.

Malgré la défiance d'East et Reign, je travaillais dur et j'étais tout à fait capable d'écraser Appleton avec un bras dans le dos.

— Merde, qu'est-ce qui ne va pas chez toi ? souffla la voix dans mon dos.

Texas ne m'avait jamais approché sur le campus auparavant. Elle n'était pas du genre à vouloir me fréquenter uniquement parce qu'on travaillait ensemble, et c'était agréable de voir une fille qui n'était pas éblouie par mon statut, mes cicatrices de combat ou mes accès de colère.

Elle m'emboîta le pas, les poings enfoncés dans les poches de son sweat à capuche. Sa tenue hivernale était complètement décalée dans le paysage de minishorts et minijupes. Elle portait toujours la même casquette de base-ball en loques, et ses cheveux blonds descendaient en cascade jusqu'au bas de son dos.

— Tu m'ignores, fit-elle, les yeux plissés.

Je ne répondis pas et poursuivis mon chemin. Il était important de bien souligner qu'on n'était pas des *BFF*. Ce n'était pas parce que je lui avais rendu service la veille que j'en avais quelque chose à faire d'elle. J'étais disposé à lui donner un coup de main quand elle en avait besoin, mais on n'allait pas non plus chanter « Kumbaya » au coin du feu ou s'offrir des bracelets Taylor Swift assortis. East avait raison. Je devais m'assurer qu'elle sache que je n'étais pas intéressé, au cas improbable où elle se ferait des idées.

— Tu ne veux pas t'arrêter ? s'exclama-t-elle en levant les bras en l'air.

— Si, à un moment, répondis-je d'un ton mordant. Quand j'aurai atteint ma destination.

— Où ça ? En enfer, j'espère.

— Pourquoi aller en enfer quand je peux profiter du même temps agréable au *food truck*, avec en bonus ton petit cul de pleurnicharde ?

La clim que j'avais apportée ne faisait pas grande différence, mais j'avais arrêté de travailler torse nu parce que Texas était incapable de me regarder quand je n'avais pas de T-shirt, et j'en avais assez qu'elle fixe mes chaussures chaque fois qu'elle devait m'adresser la parole.

Ce n'était pas mon délire de bavarder, surtout avec les nanas – *surtout* avec les nanas que je n'avais pas l'intention de voir prendre ma bite dans leur bouche –, mais pour une raison inconnue, cette fille faisait ressortir le lycéen en moi. Elle n'était jamais à court d'une petite remarque immature et sarcastique, toujours partante pour quelques joutes verbales et il fallait croire qu'aucun de nous n'avait la moindre envie d'impressionner l'autre.

— Parce que là-bas tu serais un invité d'honneur, siffla-t-elle.

Qu'est-ce que je disais ? Sarcastique avec un S majuscule.

Puis, sorti de nulle part, un petit coude pointu s'enfonça dans mes côtes, à l'endroit exact d'un bleu que j'avais récolté lors du combat du vendredi précédent. Je m'arrêtai d'instinct, non pas à cause de la douleur – même si, bon sang, ça faisait mal – mais parce que je savais qu'elle savait exactement ce qu'elle faisait, et c'était bas. Surtout après que je lui avais sauvé les miches la veille.

Elle me donna un autre coup dans les reins, où elle savait *aussi* que j'avais un hématome. Puis elle se jeta devant moi pour me bloquer le chemin.

— Qu'est-ce que tu fous ? m'enquis-je sèchement en la regardant comme un objet qu'il aurait fallu jeter dans la poubelle de recyclage mais que j'étais trop fainéant pour ramasser.

Elle pinça les lèvres, le regard noir. On aurait dit une gamine de cinq ans qui essayait de jouer les dures. J'espérais presque qu'elle retire son horrible casquette de base-ball et montre son visage.

Ça ne pouvait pas être aussi horrible que ça ?

En même temps, pour qu'on la surnomme Pain-grillé…

Elle examina mon torse par-dessus mon T-shirt, puis visa mon bras, qu'elle frappa.

— Arrête.

Elle frappa mon autre bras.

Puis mes abdos.

Cette petite merde essayait de se *battre* avec moi.

Au milieu du campus, avec des tas d'élèves éparpillés sur les bancs et la pelouse qui nous regardaient. Les occupants du bâtiment du Bureau des Étudiants nous fixaient à travers les grandes baies vitrées.

Elle me tapa de nouveau dans la poitrine et le ventre. Sarcastique *et* cinglée. Le deuxième, c'était nouveau, et plutôt fâcheux.

Je l'attrapai par l'arrière de son sweat, comme une souris par la queue, jusqu'à ce que ses pieds ne touchent plus le sol. Elle était aussi légère qu'une plume et presque aussi menaçante. Elle agita les bras pour essayer – en vain – de me frapper au visage.

C'était comique de la voir essayer de m'atteindre de toute sa volonté sans pour autant parvenir à m'effleurer.

Une foule de curieux grandit autour de nous comme une tache de liquide pré-séminal dans des sous-vêtements d'adolescent. Je détestais qu'on me regarde. Je ne le tolérais que si les gens payaient pour le plaisir de me voir sur le ring. Mais elle venait de faire de nous l'événement principal du vendredi après-midi.

Je retirai tout ce que j'avais dit de sympa sur Texas.

C'était une grosse emmerdeuse.

— Repose-moi, siffla-t-elle en agitant ses poings vers mon visage.

— Et tu arrêteras de te comporter comme un animal sauvage ? demandai-je lentement d'un ton condescendant, un sourcil haussé, histoire de l'énerver encore plus.

— Sale con !

— Mauvaise réponse.

— Enfoiré !

— Bzzz. Essaie encore.

— Va te faire foutre !

Je commençais à m'impatienter et à m'agacer.

— C'est une proposition, Texas ? Pas besoin d'être aussi agressive. Il suffisait de demander.

Texas, c'était comme la ville de Troie. Ses murs étaient élevés, épais, protégés, et elle n'en valait pas la peine. Il n'était pas envisageable de me battre pour pouvoir coucher, c'était vraiment contre mes principes.

— Tu ne m'auras *jamais*, St Claire.

— Attends, je vais essayer de m'en remettre. (Je levai un doigt et laissai passer un bref silence.) Ça y est. Maintenant, si je te repose, tu m'expliqueras clairement pourquoi tu te comportes comme un blaireau sous amphètes ?

Elle croisa les bras sur sa poitrine, mais hocha la tête. Je la reposai. Tout le monde nous observait d'une distance respectable. Ils se gardaient bien d'approcher pour écouter ouvertement. Je m'abstins de lui faire remarquer qu'on était le centre de l'attention. Si, moi, je détestais avoir un public, Texas, elle, ça la répugnait carrément.

Ce qui était la raison pour laquelle il me paraissait tout simplement dingue qu'elle ait choisi de passer un diplôme en arts dramatiques.

Dans tous les cas, je ne pouvais pas me permettre qu'elle s'évanouisse. Quelque chose me disait que je ne résisterais pas à l'envie de l'enjamber et d'entrer dans le gymnase sans me retourner.

— Écoute. (Elle souffla.) Je ne veux pas paraître ingrate…

— Mais tu t'apprêtes à le faire…

Elle grogna.

— Je te jure, St Claire, si tu parles d'hier soir à quelqu'un… de ma grand-mère…

— Pas un mot de plus, l'interrompis-je de nouveau. Je ne dirai rien.

Elle me jeta un regard sceptique.

— Promis ?

— Je ne promets rien du tout. Jamais. C'est un principe, répondis-je fermement. Je n'ai aucune intention d'étaler ton linge sale. Mais je ne vais pas me graver une promesse sur le cul juste pour te rassurer.

— Sympa, comme image. (Elle se mordit l'intérieur de la lèvre.) Tu es sûr que ça ne te dit pas ?

Je retins un sourire. Elle était bizarre. Et curieusement exaspérante, en plus. Avec un cul digne d'un poème du plus fin des poètes du vingt et unième siècle, Lil' Wayne.

— Ton secret est en sécurité avec moi.

Un silence s'installa. Du genre chargé. Je jetai un regard autour de moi, prêt à en terminer avec cette conversation.

— Tu es encore là. Pourquoi ?

Elle prit une profonde inspiration et releva le menton. Le soleil donnait directement sur son visage, et sa silhouette brûlait comme un feu de forêt sous le soleil, m'offrant l'occasion d'en voir autant que possible de sa cicatrice. Sa peau n'était pas seulement plus sombre sur cette zone – entre le rose et le pourpre – mais la texture aussi était différente. Grossière et bosselée. La couche de chair semblait plus fine et avoir du mal à rester unie.

Elle avait raison. Cette partie d'elle n'était pas très jolie.

— Je suis tout ouïe, dis-je en m'appuyant contre le mur en brique de la bibliothèque.

— Arrête de m'aider. Je ne veux pas de ta pitié.

— Il n'est pas question de pitié, répliquai-je.

— Il n'y a aucune raison que tu te mettes en quatre pour être sympa avec moi.

— Encore une fois, je ne suis pas *sympa* avec toi. Qu'est-ce qui te fait croire que j'aurais agi différemment si Tess ou Hailey ou Lara avaient été dans ta situation hier soir ?

J'avais inventé les deux derniers noms. Je ne connaissais pas de Hailey ni de Lara, même s'il devait y en avoir un paquet à la fac de Sheridan.

Me souvenir du nom des filles qui passaient dans mon lit, ce n'était pas mon point fort. De leur visage peut-être. De leur cul, assurément.

— Tu es horrible avec tout le monde. (Son regard brûlait avec intensité.) Je veux que tu sois aussi horrible avec moi. Sinon, je n'ai pas l'impression d'être ton égale.

Ce fut comme si elle m'avait pris à la gorge. Non pas parce que j'étais horrible avec tout le monde – ça, je le savais – mais son besoin constant d'être normale me prenait au dépourvu.

À ce moment précis, j'aurais voulu la gifler pour lui mettre un peu de plomb dans la cervelle. Mais il existait une ligne rouge absolument infranchissable. Car Grace Shaw avait bien besoin de quelques bonnes fessées.

Je me penchai vers son visage avec mon plus beau rictus signifiant : « Regarde ce que ça peut bien me foutre. »

— Mets-toi ça dans le crâne, Texas : je ne suis pas un type bien. Je ne suis pas là pour te sauver. Je ne suis pas dans une espèce de quête pour te faire sortir de ta coquille et ressortir de cette expérience plus forte ou je ne sais quelle connerie de psy. Ce n'est pas parce que je ne te mets pas des coups quand tu es déjà à terre que je suis quelqu'un de fiable sur qui on peut compter, et tu ferais bien de t'en souvenir. C'est assez horrible pour toi ?

Elle me dévisagea avec une expression de dégoût. Rien que je n'avais pas déjà vu des centaines de fois sur le visage de mes parents. Un vendredi comme un autre. Ce qui me rappela que j'avais un combat aujourd'hui et il fallait que je m'active. Je l'attrapai par les bras, la soulevai, l'ôtai de mon chemin comme s'il s'agissait d'un cône de signalisation, et me dirigeai vers la salle de sport.

— Tu n'es qu'un monstre ! hurla-t-elle derrière moi d'une voix rageuse.

J'ouvris en grand les portes du gymnase, en l'ignorant.

Elle n'avait pas tort.

Kade Appleton n'était pas une putain de promenade de santé, ça c'était sûr.

Sauf si cette promenade se faisait à Tchernobyl.

Il ne cessait d'enfreindre les règles qui s'appliquaient sur le ring histoire d'être certain de ne pas se prendre une raclée ; résultat, j'étais plus abîmé que jamais en trois ans de combats sur le ring.

Ce serait mentir de prétendre que ça me dérangeait. La salle était bondée et les gens compressés comme des vers dans un bout de viande pourrie. La bière débordait des gobelets sur le sol en béton, qui était couvert de sang, de poussière et de foutre. L'endroit n'avait pas été aussi blindé depuis que j'étais entré à Sheridan. Les acclamations, les cris, les sifflets retentissaient. Les filles montaient sur les épaules des gars pour mieux voir le spectacle.

Au bout d'un moment, les mecs qui vendaient les billets se retrouvèrent à court d'encre qui servait à marquer ceux qui avaient payé. Ils durent se mettre à faire des gribouillages au marqueur sur la main des clients. Max était aux anges. Je voyais d'ici les images de lui en peignoir Hugh Hefner défiler dans son esprit infesté par Pornhub.

Sur le ring, c'était un bain de sang. J'avais cassé le nez de Kade dans les dix premières secondes avec un méchant uppercut histoire d'exciter le public, puis je lui avais enfoncé le genou dans le visage pour faire péter tous les vaisseaux de sa bouche comme une fontaine à fondue. Il avait réussi à m'ouvrir la lèvre et le sourcil en deux coups bien solides quelques minutes après. Le tapis sous nos pieds était glissant et grinçait à chacun de nos mouvements.

Derrière moi, Reign et East me hurlaient des conseils que je ne leur avais pas demandés. Le sang et la sueur me brûlaient les yeux et j'étais presque sûr d'avoir craché une dent dix minutes après le début du combat. Je vacillai et heurtai l'une des boîtes en carton qui délimitaient le ring.

Kade et moi nous tournions autour. On entamait notre cinquième round. Je n'avais jamais été jusqu'au cinquième round de toute ma carrière d'amateur, mais Appleton n'était plus tout jeune. Ni sa taille ni sa technique ne semblait représenter un défi particulier. J'étais un aussi bon lutteur et boxeur que lui, et il s'en rendit compte quand je lui fêlai les côtes avant même la fin du premier round d'un coup de pied qui l'envoya voler comme un cerf-volant.

C'était donc ce qui expliquait les doigts dans les yeux, les coups sous la ceinture et autres conneries de maternelle pour essayer de me ralentir.

Blessé ou non, je pouvais encore massacrer cet enfoiré.

— *St Claire ! St Claire ! St Claire !*

Les chants faisaient vibrer les tapis sous mes pieds. Kade visa mon visage, ses yeux arborant déjà deux coquards. Il avait un visage que même une mère n'aurait pu aimer (à moins d'être aveugle), avec un nez qui avait été cassé plus de dix fois, des yeux globuleux et des lèvres inexistantes. Il avait un cou aussi épais que certaines rues.

On était chacun d'un côté du ring improvisé.

Max fit retentir le sifflet.

— Cinquième round ! Rendez-le mémorable, messieurs.

On s'approcha en position de garde. Je parai quelques coups prévisibles en bondissant agilement sur mes pieds, avant de m'apprêter à porter le coup fatal. Je décochai un parfait crochet du droit sur le côté de sa tête, qui l'assomma. Je le regardai s'effondrer sur le tapis que Max avait volé au gymnase de la fac.

Il resta allongé là, les yeux fermés, évanoui. La foule explosa. Je pivotai en passant une main sur mon torse nu pour essuyer le sang et la sueur. Reign prit mon visage entre ses mains en hurlant de joie.

Max pénétra sur le ring et me prit le bras pour le brandir en l'air.

Rugissements, applaudissements. Sifflets. N'étant pas du genre à savourer ce genre d'attention, j'étais déjà en train de quitter le ring quand j'entendis une voix derrière moi.

— C'est n'importe quoi ! mugit le manager de Kade, un crétin prénommé Shaun, en me pointant du doigt. Kade n'était pas prêt.

— Sans déconner. (Je récupérai une bouteille d'eau que me tendait une fille au hasard, dont je bus une gorgée avant de m'asperger le visage.) La prochaine fois, je ferai en sorte de lui faxer mon plan d'attaque.

Easton me donna un coup de coude.

— Le cinquième round n'avait pas commencé quand tu lui as envoyé ce dernier coup ! aboya Shaun en donnant un coup de pied dans quelque chose qui se trouvait sur son chemin.

Son haleine de fumeur me parvint aux narines lorsqu'il planta son index dans la poitrine de Max.

— Fifi Brindacier, là, n'a pas donné de coup de sifflet.

— Hum, mec, j'ai bien sifflé. (Max se posta entre nous.) Et Kade a fait le premier geste vers West. Il a essayé de balancer quelques coups avant le KO.

Shaun ne voulait rien entendre. Ni Kade. Aussitôt qu'il fut sur pied, Appleton se mit à me hurler dessus en prétendant qu'il avait été piégé. Que Max n'avait pas donné de coup de sifflet, que je l'avais attaqué par surprise. Il balançait des prétextes à la pelle en se disant qu'il y en aurait bien un qui ferait mouche.

Une foule de curieux se massa autour de nous dans l'espoir de nous voir entamer un deuxième combat gratuit.

Plutôt que de traîner et argumenter avec ces pigeons, je fis savoir à Max que je le retrouverais dans son « bureau » à l'étage et suggérai cordialement à Kade d'aller en enfer, là où était sa place, et d'investir dans un sonotone et une paire de lunettes en chemin s'il pensait vraiment que quelque chose dans ce match n'était pas réglo.

Le bureau de Max se trouvait à l'étage qui était censé être celui de la direction du centre commercial qui n'avait jamais vu le jour.

— Tu ne t'en tireras pas comme ça. (Appleton fit mine de s'entailler la gorge.) Considère que t'es un homme mort, St Claire.

— Mort ou vif, je t'ai quand même réglé ton compte ce soir, et ce n'est pas moi qui repars d'ici en boitant.

Je fendis la foule sous les acclamations accompagnées de tapes dans le dos. L'inconnue qui m'avait tendu une bouteille d'eau me fit un signe en souriant et battant des cils. Elle avait de longs cheveux blonds qui lui arrivaient aux fesses et sa petite taille me rappela une certaine petite nana exaspérante.

— Majeure ? sifflai-je en passant à côté d'elle sans m'arrêter.

Ses amies la poussèrent vers moi tandis qu'elle se tortillait en gloussant.

— Bientôt vingt ans le 6 août !

Pas besoin de détails. Je ne compte pas t'offrir de fleurs.

Je désignai l'étage d'un signe du menton.

— Vraiment ? couina-t-elle.

— Pas un mot.

— D'accord. Bien sûr. Carrément.

Ça faisait trois putain de mots, mais je laissai couler.

— Arrête-toi tout de suite, la prévins-je.

— Je sais. Tu es West St Claire. Quelle conne. Je m'appelle…

Je lui jetai un regard acéré. Elle ne pigeait pas.

— Mince. D'accord.

Une demi-heure plus tard, Max monta en secouant la tête et en s'excusant. Je renvoyai la blonde. J'étais plutôt ailleurs pendant toute la durée de la relation, même si je me souvenais des gestes effectués et de lui avoir donné du bon temps.

Mon esprit dérivait vers autre chose. Les appels incessants de mes parents. Texas, qui se montrait difficile et impossible sans la moindre raison, et Appleton, qui était un trouble-fête et un mauvais perdant.

Max m'expliqua que Kade, Shaun et quelques autres types de leur entourage l'avaient coincé dans un coin après le combat et avait fait un esclandre au sujet de la défaite de Kade. Il précisa qu'il avait réussi à s'en débarrasser en leur cédant une partie de sa part pour régler le malentendu. C'était du grand n'importe quoi. Tout le monde dans la salle savait que Max avait bel et bien donné le coup de sifflet, y compris Max lui-même.

Mais s'il était disposé à marcher dans leur jeu, c'était son problème, pas le mien.

Max me tendit ma part. C'était ce que je me faisais généralement en deux mois de combats. Il loua ma forme et mon goût en matière de femme (« Melanie, hein ? Elle est top. ») et me laissa partir. J'étais heureux d'en finir avec cette soirée. Il était tard, j'avais mal à cause des coups déloyaux que Kade avait réussi à me mettre, et je travaillais le lendemain matin au marché fermier.

Je ne savais pas de quelle humeur j'allais trouver Texas, mais si elle pensait que j'allais supporter ses conneries juste parce que certaines personnes avaient pitié d'elle, elle se trompait lourdement.

Je regagnai en traînant les pieds ma Ducati, qui était garée de l'autre côté du centre commercial, dissimulée à la vue de la foule qui y accédait par l'entrée principale. Je m'étais très vite rendu compte que Christina attirait les groupies et les lycéennes qui voulaient monter dessus et se prendre en photo.

Christina était mon seul et unique petit plaisir. C'était un investissement, étant donné que je jouais le rôle de quelqu'un qui gérait sa vie. Je ne pouvais pas me permettre qu'on fouille dans ma vie, ma famille, qu'on fasse circuler des ragots, qu'on découvre que j'étais aussi fauché qu'un rat d'église. Alors je faisais semblant d'être quelqu'un d'autre.

Quelqu'un de redoutable.

Quelqu'un qui avait une moto de dingue et un goût sinistre pour la bagarre.

L'ironie de la chose, c'était que prétendre être une personne que je n'étais pas me fatiguait encore plus de la vie que je ne l'étais déjà.

Alors que j'approchais de ma moto, j'entendis bruisser dans les fourrés derrière moi. Je m'arrêtai et tournai la tête. Les bruissements cessèrent. Je me retournai vers Christina. Les froissements reprirent.

On aurait dit des murmures.

Je me retournai complètement en haussant un sourcil.

— Si vous avez quelque chose à dire, venez et crachez le morceau. On verra s'il vous reste des dents à la fin de la discussion.

Silence.

— Ouais, c'est bien ce que je pensais.

Considérant que ce n'était pas à moi de convaincre ceux qui m'attendaient dans les fourrés de commencer une nouvelle bagarre, je montai sur ma moto et m'en allai.

De retour chez moi, je m'écroulai sur mon lit sans même prendre de douche. Je soulevai mon oreiller, saisis la photo qui se trouvait dessous et l'embrassai en passant mon pouce sur la personne qui y était imprimée.

— Bonne nuit, A. Dors bien.

Je déposai un baiser sur la photo.

Je la calai de nouveau sous mon oreiller, me maudissant d'être toujours en vie, de continuer à respirer, à me battre, à *baiser.*

Elle ne répondit pas.

Comme toujours.

7

Grace

— Oh, mon Dieu, ce n'est pas parce que je suis maladroite que j'ai Alzheimer.

Perchée sur le lit d'hôpital, Mamie avait les pieds qui pendaient dans le vide. Elle faisait la moue comme une enfant punie et fusillait le médecin du regard comme si c'était *elle* qui aurait eu besoin de faire examiner sa tête.

Le médecin qui s'occupait d'elle, une femme d'âge moyen cheveux châtains courts et qui arborait un piercing dans le nez, griffonna quelque chose sur son bloc-notes et examina le graphique sous ses yeux avec un froncement de sourcils.

— Personne n'essaie de l'insinuer, madame Shaw. Mais puisque vous êtes là, et que votre petite-fille a signalé que vous aviez manqué vos deux derniers rendez-vous, je pense qu'un scanner rapide ne peut pas faire de mal. Nous pourrons avoir les résultats plus vite que si vous preniez un rendez-vous plus tard.

— Ne gâchez pas votre salive, Doc. (Mamie secoua la tête et son accent traînant du Sud prit une modulation acerbe. Elle nous fusilla tour à tour du regard, une lueur ouvertement suspicieuse dans ses yeux plissés.) Je ne le ferai pas. Je me suis brûlé la main avec la gazinière. C'est une erreur que n'importe qui pourrait faire. Vous pouvez bien me traiter comme une infirme, votre plan ne fonctionnera pas. Ma tête n'a aucun problème. Aucun !

Elle se tapota la tempe avec son poing, comme s'il s'agissait d'une preuve qu'elle était hors de danger.

J'échangeai un regard avec le médecin. Il y avait tant de choses que j'aurais voulu dire au Dr Diffie ! Des choses qui auraient prouvé que Mamie présentait des signes avancés de la maladie d'Alzheimer. Mais si Mamie Savvy ne l'autorisait pas à lui faire passer de scanner, je ne pouvais pas l'y forcer.

Ce n'était pas important que Mamie se soit brûlé la main en touchant la cuisinière – pas pendant une fraction de seconde, mais au moins une demi-minute – jusqu'à ce que je déboule paniquée dans la cuisine en sentant l'odeur trop familière de chaire brûlée et que je la sorte de là malgré ses protestations.

Il importait peu aussi que sa paume soit rouge et calcinée, et que sa peau parte en lambeaux sous les bandages.

C'était encore moins important que Mamie ait complètement oublié la soirée au *diner* avec West, pensant, quand j'avais abordé le sujet le lendemain matin, que j'inventais un petit ami imaginaire.

« Tu es une jeune fille jolie et intelligente, Gracie-Mae, m'avait-elle dit en me pinçant la joue, tu finiras par te trouver quelqu'un. Ce n'est pas la peine de t'en inventer un. »

Mais Marla m'avait confié avoir entendu Mamie pleurer dans sa chambre en mon absence. La situation devenait vraiment grave. J'avais tellement l'impression de perdre pied que j'aurais voulu pouvoir confier toute l'histoire au Dr Diffie et la supplier de me dire quoi faire.

Au lieu de quoi, je vérifiai l'heure sur mon téléphone. Bientôt 9 heures. J'allais être en retard au marché fermier. J'avais écrit à

Marla pour lui demander de venir prendre le relais aux urgences, et demandé à Karlie le numéro de West.

C'est Grace. Je vais avoir environ vingt minutes de retard et je ne serai pas là à temps pour tout préparer. Je te revaudrai ça. Désolée.

Il ne répondit pas.

Bien sûr que non.

Ce n'était qu'un sale rustre.

Cela dit, tu lui as demandé de te traiter aussi mal que tous les autres alors qu'il t'avait apporté son aide et qu'il t'avait même qualifiée d'amie à plusieurs reprises.

C'était sans importance. Je savais que j'avais fait ce qu'il fallait. West et moi n'étions pas amis. Il avait pitié de moi et c'était une très mauvaise idée de me rapprocher de lui. Alors c'était pour le mieux.

Le truc, c'était que j'aurais préféré qu'il ne sache pas la merde que c'était dans ma famille, en plus d'avoir vu mon horrible cicatrice.

Marla déboula aux urgences dix minutes plus tard. Elle portait encore ses rouleaux sur ses mèches de fausse blonde, qui pendaient sur sa tête comme des laveurs de vitres sur des gratte-ciel. Elle paraissait épuisée. Je ne pouvais pas lui en vouloir. L'état de Mamie s'était rapidement détérioré au cours des deux années qu'elle avait passées auprès de nous. Marla, qui avait elle aussi dépassé la soixantaine, n'avait pas signé pour aider une femme avec ce genre de besoins spécifiques.

Je bondis du deuxième lit situé en face de Mamie et me jetai sur l'aide-soignante.

— Dieu merci tu es là.

— Je suis venue le plus vite possible, ma chérie. Qu'est-ce qu'elle a encore fait, la vieille chouette ?

— Je vous entends ! s'exclama Mamie en agitant son poing en direction de Marla.

— Je l'ai retrouvée avec la main posée sur la gazinière brûlante ce matin. J'ai dû la sortir de la cuisine de force. Et maintenant, elle refuse de passer un scanner. (Je baissai la voix, les yeux rivés au sol.) Qu'est-ce que je dois faire, Marl ?

— Eh bien, je pense qu'on connaît toutes les deux la réponse à cette question, répondit doucement Marla en me serrant le bras.

Marla et Karlie avaient essayé de me faire rentrer dans le crâne que Mamie devait aller en maison de retraite. Je pensais qu'en faisant un effort je serais capable de maintenir sa qualité de vie sans avoir à la placer.

Elle méritait de terminer sa vie dans la maison qu'elle avait bâtie avec grand-père Freddie, où elle nous avait élevées, Courtney et moi. Dans la ville qui l'avait vue naître.

— Je vais prendre le relais. Va travailler.

Elle me glissa un gobelet de café en polystyrène dans la main.

Je hochai la tête, bus une gorgée et inclinai le gobelet dans sa direction.

— Merci. Je ne sais pas ce que je ferais sans toi.

— Sûrement la même chose que maintenant, mais avec moins d'efficacité. Allez, va-t'en.

Vingt-cinq minutes plus tard, je garai le pick-up devant chez moi et m'élançai sur la route en direction du *food truck*.

Au moment de prendre mon service, un voile de sueur collait mes vêtements à ma peau. West cumulait nos deux postes. Une file d'une quinzaine de personnes patientait devant la fenêtre et deux clients étaient en train de se plaindre d'une commande mal préparée par West.

En sueur et en panique, je retirai mon sweat et le jetai sur le siège avant du camion et savourai l'air qui caressa ma peau exposée par mon T-shirt blanc. J'écartai West de la fenêtre d'un coup de hanches pour prendre le relais.

— Je t'en dois une, lui dis-je tout bas.

— *Deux.*

— Quoi ?

— Je t'ai sauvé les miches deux fois, et ça ne fait même pas un mois que je travaille ici. Tes services s'accumulent à la vitesse de l'éclair, Texas, et je vais te demander de passer à la caisse. Bientôt.

Il retourna le poisson sur le grill tout en faisant tourner un bâton de sucre d'orge à la pomme dans sa bouche. Ces bonbons lui donnaient toujours une odeur délicieuse, un mélange de granny smith et de parfum d'hiver.

— Ce serait possible de ne pas m'emmerder aujourd'hui ? grognai-je en faisant claquer les gants en plastique sur mes doigts.

— Absolument pas, répondit-il nonchalamment, mais il me sembla détecter autre chose au-delà de son air détendu.

Une fatigue sous-jacente. C'était le garçon que j'avais vu sur le parking, le regard dans le vide, qui n'attendait qu'une chose : la fin de la journée.

— Chouette conversation.

— La communication est primordiale, bébé.

— Je ne suis pas ton bébé.

— Encore heureux. Tu aurais fait de moi un père absent malgré tous mes principes.

Ses principes ? *Haha.*

Heureusement, les heures qui suivirent ne nous laissèrent pas le loisir de nous chamailler, ni la moindre seconde de répit jusqu'à épuisement de tous nos produits. West St Claire était peut-être un *bad boy*, mais il était sacrément bon pour les affaires.

Une fois la file interminable de clients servie, je pris une inspiration, je me retournai en m'agrippant au comptoir derrière moi.

Aussitôt que je le regardai – que je le regardai *vraiment* –, j'eus le souffle coupé.

— Putain, qu'est-ce qui t'est arrivé au visage ?

Son visage entier était balafré, comme si quelqu'un avait essayé d'en faire des rubans avec une paire de ciseaux. Les griffures sous ses yeux indiquaient qu'on avait aussi essayé de les lui arracher. Son cou était couvert de vilains bleus multicolores, comme si on avait tenté de l'étouffer, et sa lèvre inférieure avait doublé de volume.

Il avait dû perdre des litres de sang la veille au soir. Il avait sa place aux urgences au moins autant que Mamie.

— Je suis tombé dans l'escalier, répondit-il d'un air sombre, sarcastique.

Comment pouvais-je encore espérer obtenir une réponse honnête de ce garçon ?

— Et toi, c'est quoi ton excuse ?

Son regard dériva vers mon bras blessé. Je penchai la tête sur le côté sans vraiment comprendre ce qu'il voulait dire, avant de me rendre compte que j'étais là, devant lui, en T-shirt à manches courtes, et qu'il pouvait voir *entièrement* mon bras violacé.

Je poussai un cri et bondis vers le siège passager pour attraper mon sweat. Je renversai quelques casseroles et ustensiles dans ma précipitation et trébuchai sur une caisse de sodas vide. Je tentai d'enfiler mon sweat le plus rapidement qu'il était humainement possible de le faire, mais plus j'essayais de trouver le bon sens, plus je m'emmêlais.

Finalement, West me prit le sweat des mains, le mit dans le bon sens et le passa au-dessus de ma tête d'un geste désinvolte, presque paresseux.

— Voilà. (Il tira mon sweat vers le bas comme s'il habillait un enfant.) Rien de tel qu'une bonne parka dans la fournaise estivale du Texas.

— Ce n'est pas une parka.

J'enroulai les bras autour de ma taille en tremblant des pieds à la tête.

J'avais le souffle coupé.

Il a vu mes cicatrices.

Il a vu mes cicatrices.

Il a vu mes abominables cicatrices.

Irrégulières, rouges et bosselées, on ne pouvait pas les louper et je me demandai si les clients n'avaient pas eu l'appétit coupé quand je les avais servis.

J'étais surprise de ne pas avoir vomi sur West dès qu'il m'avait fait la remarque. Il avait semblé rester complètement indifférent, comme s'il en savait déjà tellement sur moi que ce n'était pas vraiment choquant.

— Texas, dit-il d'une voix grave, imperturbable.

— Je… je… je dois y aller, bredouillai-je en pivotant pour me ruer à l'extérieur.

Il me rattrapa par le bras et me ramena à lui sans effort. Je poussai un cri, cherchant désespérément à partir pour ne plus jamais le regarder en face, mais il m'agrippa plus fort, presque au point de me faire mal.

Il me ramena à l'intérieur jusqu'à ce que je n'aie plus d'autre choix que de me soumettre à une explication.

Et, une nouvelle fois, je me retrouvai en train d'essayer de le frapper.

Une nouvelle fois, *j'échouai.*

Il était maintenant si près de moi que je sentais son souffle sur mon visage quand il parlait. Je me mis à crier de toutes mes forces. Comme s'il venait de me violer. Comme s'il me faisait du mal.

— Calme-toi, bordel. (Il me ceintura de ses bras et me plaqua contre le frigo. Mais il ne semblait pas moins calme pour autant.) Ou je serai obligé de te gifler pour que tu arrêtes ton hystérie.

Je me tus immédiatement. Je savais qu'il ne lèverait pas la main sur moi – j'avais déjà compris que ce n'était pas son genre – mais je le croyais bien capable de me punir d'une autre manière.

Je fis mine de reprendre mon souffle. Plus tôt on en finirait, plus vite je pourrais partir.

— C'est bon, tu arrêtes de flipper ? demanda-t-il, un sourcil haussé.

— Oui. Bien sûr. Zen, grognai-je les dents serrées. Je peux récupérer mon espace personnel maintenant ?

West recula d'un pas, laissant un mince intervalle entre nous. Il s'appuya contre le comptoir et croisa les bras.

— Alors.

— Alors ? soufflai-je.

— C'est une belle grosse cicatrice que tu as là.

Il l'avait dit. Il avait formulé tout haut sa pensée. Personne n'avait souligné l'existence de mes cicatrices jusqu'à maintenant. Pas devant moi, en tout cas. En général, les gens faisaient mine de les ignorer. De ne pas les remarquer. Ce qui était presque encore plus gênant pour moi.

— C'est quoi cette obsession de les couvrir ? On a tous des cicatrices. Les tiennes sont visibles, c'est tout.

— C'est immonde.

Je levai les yeux vers le plafond, évitant son regard. Je refusais de pleurer pour la deuxième fois en une semaine, et je n'allais certainement pas le laisser assister à ça.

— D'après qui ? insista-t-il.

— D'après tout le monde. Surtout quand les gens autour de moi me connaissaient comme une autre personne.

Quelqu'un de jolie.

— Quel Calimero. Tu veux un mouchoir ?

— Qui t'a demandé quelque chose ?

Je gardais les yeux rivés sur le plafond du camion.

Il laissa échapper un rire et fit claquer un torchon sur son genou.

West riait beaucoup en ma présence, mais jamais à la fac.

Je me fis également la réflexion qu'il devait être fou, car il ne semblait pas du tout incommodé par son propre état désastreux.

— Tu fais tout un drame pour pas grand-chose. Ce n'est que du tissu cicatriciel.

— Ce n'est pas attirant.

— C'est pas suffisamment repoussant en tout cas pour m'empêcher d'avoir envie de me taper ton petit cul.

Ma mâchoire tomba et je clignai rapidement des yeux en essayant de trouver une réplique.

Ce n'était pas la première fois qu'il laissait entendre qu'il me trouvait séduisante.

Je continuais de penser que c'était soit du sarcasme, soit l'envie d'aider la pauvre Grille-pain à se sentir un peu mieux. Au moins, je ne pensais plus que c'était De La Salle qui l'envoyait dans le but de me donner de faux espoirs. West ne semblait pas du genre à obéir à qui que ce soit.

— C'est ta conception d'un compliment ? sifflai-je.

— Non, répondit-il le plus sérieusement du monde. C'est ma conception de la foutue vérité. C'est quoi ton problème ?

Une vague d'euphorie et de chaleur gonfla dans ma poitrine. C'était la première fois que j'envisageais qu'il puisse dire la vérité. Nous nous regardâmes en silence. J'attendais qu'il m'explique pourquoi il avait l'air d'avoir été attaqué par une meute de loups. Voyant qu'il n'en faisait rien, je haussai un sourcil.

— À propos de ne pas avoir l'air très attirant…

Il mit une main sur son torse en faisant mine d'être touché par la piètre opinion que j'avais de son apparence aujourd'hui.

— Tu me blesses.

— Je ne suis pas la seule, apparemment. Tu t'es battu hier ?

West retourna deux cartons, l'un de mon côté du camion, l'autre du sien, et s'assit. Je l'imitai. De bien des façons, le camion nous faisait l'effet d'une bulle. Une sorte de confessionnal douillet.

Les règles étaient différentes ici. Comme si nous nous débarrassions de notre peau principale, de nos stigmates et de nos statuts sociaux. Ici, nous étions simplement… *nous.*

— J'ai un combat tous les vendredis.

Il fit craquer ses articulations et ses biceps gonflèrent sous son polo Henley.

Je détournai les yeux en me raclant la gorge.

— Ne le prends pas mal, mais tu ne peux pas me faire croire que les gens viennent te voir les vendredis en pleine saison de football.

— Les gens vont directement du terrain de foot au Plaza, se biturent et se réveillent pour le foot de la fac. Vous avez conscience, vous les Texans, qu'il y a d'autres sports que le football ?

— On essaie de ne pas encourager les autres sports, qui ont tendance à s'immiscer sur les chaînes sportives et repousser le football au second plan. Tu te bats tout le temps ? Même hors période scolaire ?

— Même si j'avais une pneumonie et une côte cassée.

J'étais sûre que ce n'était pas une figure de style. Ça ressemblait plutôt à une situation qui s'était déjà produite dans le passé. Il devait vraiment avoir besoin d'argent. Ou alors, il se fichait pas mal de mourir. J'avais la terrible intuition que c'était un mélange des deux.

— D'habitude, tu n'es pas dans cet état-là.

Je me mordis la lèvre inférieure ; mon rythme cardiaque se calmait à mesure que les minutes défilaient.

Il avait vu mes cicatrices et était au courant pour Mamie. Quel putain de bordel.

— D'habitude, je me bats contre des gens sains d'esprit. Cette fois, mon adversaire était un connard de lâche qui a tout tenté, sauf de dégainer un flingue. Kade Appleton, mon pote. (Il secoua la tête.) Un sale type.

— Tu as affronté Kade Appleton ? fis-je, stupéfaite.

Tout le monde connaissait Kade Appleton à Sheridan. Je ne l'avais jamais rencontré, mais j'avais entendu d'innombrables récits. C'était un petit tyran pendant toute sa scolarité, qui avait quitté l'école à seize ans, fait sa valise et déménagé à Vegas pour combattre. La rumeur circulait qu'il était entré dans un gang là-bas.

— C'est quoi ton problème, bon sang ? On l'appelle Le Pourri dans la région. Tu cherches à mourir ou quoi ?

— Pas de manière active, mais ce ne serait pas la pire chose qui pourrait m'arriver. C'est ce que font tous les gens cool. Kurt Cobain, Abraham Lincoln, Dr Seuss…

— West ! m'écriai-je en me frappant la cuisse.

— Bon d'accord. Je change Dr Seuss pour Buddy Holly, mais c'est bien parce que tu insistes.

Face au regard tranchant que je lui lançai et qui signifiait que je ne trouvais pas ça drôle, il fit un mouvement du menton dans ma direction.

— Pourquoi tu étais en retard aujourd'hui ?

— Mamie, dis-je, surprise de la facilité avec laquelle la vérité était sortie de ma bouche.

C'était libérateur de parler d'elle ouvertement à quelqu'un.

— Elle s'est brûlée sur la gazinière ce matin. Ce n'était pas beau à voir. J'étais avec elle aux urgences jusqu'à l'arrivée de Marlà, son aide-soignante.

— On lui a fait un diagnostic ?

Je secouai la tête.

— Pas depuis la dernière fois que je l'ai emmenée faire des examens, mais ça remonte à deux ans. Elle refuse de passer un nouveau scanner, et les choses vont plutôt mal.

— Elle devrait être mise sous traitement.

— Je sais.

Il n'y avait pas que ça ; elle aurait dû faire plus d'exercice, d'activités et prendre davantage le soleil. Marla faisait ce qu'elle pouvait et quand je rentrais à la maison tous les soirs après la fac et le travail, j'étais trop épuisée pour accorder à Mamie toute l'attention qu'elle méritait.

West se leva et nous prépara deux margaritas glacées. Il y déposa une dose supplémentaire de petits oursons et m'en tendit une. Nous levâmes nos verres en même temps, avec une étrange synchronisation, puis il se rassit tandis que nous buvions une gorgée.

— Revenons-en à ta cicatrice. (Il désigna son propre visage.)

C'est pour ça que tu ne montes pas sur scène ? Parce que tu n'aimes pas ton physique ?

Il faisait référence à la fois où il m'avait vue en répétition, en train de murmurer tous les mots tout en restant à l'écart des projecteurs.

Je sentis l'extrémité de mes oreilles chauffer.

— C'est plus compliqué que ça.

— Je suis intelligent. Je devrais pouvoir suivre.

— Je n'ai pas toujours été comme ça. Disons que j'étais un peu Miss Populaire. Je m'étais beaucoup battue pour en arriver où j'étais. Ma mère était une junkie ; elle est morte quand j'étais toute petite, et mon père… eh bien, je ne sais même pas qui c'est. La seule chose que j'avais pour moi, c'était mon physique, aussi superficiel que ça puisse paraître. (Je ris nerveusement.) J'étais dans l'équipe de *cheerleaders*. Je faisais du théâtre. J'étais *cette fille-là*, tu vois. Avec les jolies robes du dimanche et le sourire à fossettes, toujours prête face à un objectif. J'ai appris très tôt à jouer avec les cartes qu'on m'avait distribuées. Je pensais maîtriser mon jeu. Mais c'est là que…

— Quelqu'un a renversé la table en pleine partie et les règles ont changé. (West mâchouilla sa paille, l'air songeur.) Il m'est arrivé la même chose, alors je sais d'expérience à quel point ça craint.

— Ah ouais ?

Je souris, dangereusement à l'aise avec lui. C'était idiot. Comme un chaton qui pensait pouvoir se lier d'amitié avec un tigre parce qu'ils appartenaient vaguement à la même race.

— Tu as laissé tomber ton rêve d'enfant de devenir acteur à cause d'une tragédie d'enfance traumatisante qui t'a défiguré de manière irrémédiable ?

Il se servit du bout de sa botte pour donner un coup dans mon carton. Puis il se gratta la tempe avec son majeur. Je ris.

— Ce que je veux dire, c'est que les règles ont aussi changé pour moi en cours de partie, clarifia-t-il.

— Je ne vois pas comment. Tu es toujours populaire.

— J'étais populaire comme Easton. Linebacker. Le roi dont on fête le retour à la maison. Le mec énervant, sain, parfait, à la Tom Brady que les gens soupçonnent d'être secrètement un serial killer.

Je parcourus son visage blessé des yeux. Je ne me serais jamais doutée que West jouait au football. Qu'il avait un côté doux et guindé.

— Qu'est-ce qui t'a fait basculer du côté obscur ?

— Je suis devenu le seul à subvenir aux besoins de ma famille. Bon, mes parents travaillent aujourd'hui, mais ils courent surtout après les factures.

— Oh.

Est-ce que je venais de dire oh ? De tous les mots de la langue anglaise, c'était celui que j'avais choisi ? Vraiment ? Fais mieux que ça !

— C'est… dur.

Il haussa les épaules.

— C'est comme ça.

— Tu as des frères et sœurs ?

Il secoua la tête.

— Rien que moi, mes parents et une montagne de dettes qui ne cesse de grandir. Et toi ?

— Rien que moi, Mamie et mon amour-propre dans le caniveau. (J'esquissai un sourire las.) À la nôtre.

Nous trinquâmes.

Un silence s'étira entre nous comme du chewing-gum, de

plus en plus long, sur le point de céder. West fut le premier à y planter une aiguille. Il frappa sa cuisse dure comme du béton.

— Maintenant qu'on est quittes, passons au nettoyage et tirons-nous d'ici. J'ai autre chose à foutre.

Il se leva et jeta son granité à la poubelle.

Il éteignit le grill pour le nettoyer. Je lui jetai un regard noir, abasourdie.

— Qu'est-ce que c'est censé vouloir dire ?

— Tu étais incapable de me regarder dans les yeux parce que j'avais vu ton bras, et il a fallu que moi aussi, je me foute la honte pour que tu te sentes de nouveau comme mon égale. Alors je t'ai fait plaisir. J'ai partagé avec toi un secret que personne d'autre ne sait à part East. Mais East ne compte pas ; on a grandi dans la même ville et on est nés à deux jours d'écart. C'est pratiquement mon frère jumeau. Ma famille est fauchée et je ne me bats pas pour les avantages ou pour m'envoyer en l'air. Je dois garder un toit au-dessus de la tête de mes parents. Ma mère a besoin de ses antidépresseurs et, comme tu dois le savoir, les soins médicaux coûtent la peau du cul.

Je déglutis et baissai les yeux. Je me sentais tellement pathétique face à lui, avec la grand-mère démente et la vilaine cicatrice. Mais maintenant que je savais que sa famille était pauvre et que sa mère était dépressive, sa vie ne semblait plus enviable du tout. Il n'était pas intouchable, inaccessible, ni protégé par un éclat invisible.

— Tes parents doivent être fiers de toi, marmonnai-je.

— Même pas un peu. (Il laissa échapper un rire sans joie et me jeta un torchon dans les mains, m'enjoignant de me lever et de l'aider.) Mais c'est une autre histoire, et il faudra que tu me montres bien plus qu'une cicatrice pour que je partage *ce* secret avec toi, Tex.

Quand je rentrai chez moi, Marla avait mis Mamie au lit. Elle était épuisée par son passage aux urgences. Elle n'avait plus l'habitude de passer autant de temps hors de la maison.

Je pris une douche rapide pendant que Marla faisait un peu de rangement. Puis je l'enlaçai sur le perron en la serrant plus fort.

— Merci, Marl. Tu es un ange.

— M'en parle pas. Dis-moi, qu'est-ce que tu vas faire maintenant, ma chérie ?

— Sûrement regarder Netflix et me détendre.

— Ne joue pas les idiotes avec moi. Je parlais de la vieille chouette. Pour le long terme. Ça ne peut pas continuer comme ça, ma chérie. Tu le sais. Tu ne peux plus t'occuper d'elle. J'apprécie que tu l'aies fait pendant tout ton lycée, mais ta mamie a besoin de soins constants. C'est un danger pour elle-même. Et pour les autres, souligna Marla en haussant les sourcils tandis que son regard dérivait vers le côté gauche de mon visage.

Je baissai la tête en me frottant la nuque.

— Je vais y réfléchir, mentis-je.

Je ne comptais pas y réfléchir. Il n'y avait pas matière à réflexion. Mamie Savvy m'avait élevée. Elle m'avait bordée tous les soirs et embrassé mes bobos. Elle m'avait cousu une réplique de la robe de bal que je voulais parce que l'originale coûtait trop cher. Elle m'avait dédié sa vie entière et je n'allais pas la laisser tomber quand la situation se corsait.

Je devais juste redoubler d'efforts. Passer plus de temps avec elle, lui donner plus d'attention.

J'étais en train de refermer la porte derrière Marla quand quelqu'un inséra un pied dans l'ouverture. La personne de l'autre côté poussa un grognement de douleur mais ne retira pas son pied. Mon cœur bondit dans ma poitrine.

La première inquiétude qui me traversa l'esprit, ce fut de ne pas avoir de maquillage.

Plutôt que, par exemple, celle de me retrouver nez à nez avec un assassin à la hache qui se serait invité sans prévenir.

— Qui est là ?

L'espace était trop petit pour que je puisse voir quoi que ce soit.

— Karlie. Code secret : Ryan Phillippe. Ouvre.

Nous n'avions *pas* de code secret, mais si ça avait été le cas, ça aurait tout à fait pu être celui-là. Mon âme éprise des années quatre-vingt-dix frémit. Je ricanai en ouvrant la porte. Ma meilleure amie haussa ses sourcils avec un sourire provocant, un sac débordant de plats à emporter dans la main. Étant donné que notre ville ne comportait qu'un *diner*, le *food truck* et une pizzéria, je devinais que nous étions bonnes pour manger italien.

Karlie savait que j'avais eu une matinée difficile d'après les messages qu'on s'était envoyés quand je lui avais demandé le numéro de West, alors elle était passée.

Je l'attirai à l'intérieur et la serrai dans mes bras. Elle me tapota maladroitement le dos.

— Quelqu'un t'a déjà dit que tu étais une amie formidable ? fis-je en mêlant ses boucles sombres et épaisses avec mon souffle.

— Tout le monde, et souvent. J'apporte des offrandes. *Pasta*, vin bas de gamme et potins. On va commencer par la nourriture. Ça te va ?

— C'est *parfait*.

Une heure plus tard, nous étions avachies sur le canapé du salon dans un état de transe digestive, la télévision en fond sonore.

Je me tapotai l'estomac en observant sa rondeur inhabituelle. J'étais petite et svelte, et parfois, quand je me goinfrais et que mon ventre se gonflait, je le caressai devant le miroir en m'imaginant être Demi Moore en couverture de *Vanity Fair* (encore une pépite des années quatre-vingt-dix). D'habitude, ça me faisait rire. Mais ce soir, un peu abrutie par le vin et très inquiète au sujet de ma grand-mère, je ne pus m'empêcher de me demander si je serais enceinte un jour. Si j'allais rencontrer quelqu'un et faire ma vie avec lui.

Normalement, je fourrais ce genre de pensées dans le dernier tiroir de mon esprit. Mais depuis que West avait débarqué dans ma vie avec son corps cabossé et son âme brisée, il avait forcé ce tiroir au pied de biche et éparpillé tout son contenu.

Le désir.

La romance.

L'envie.

Et, pire que tout : *l'espoir.*

Je ne savais trop si ce qu'il attisait en moi était bon et prometteur, ou désastreux et explosif. Quoi qu'il en soit, placer mes espoirs en une personne qui ne voulait aucune sorte de relation et ne manifestait pas grand intérêt pour la *vie*, c'était à la fois idiot et risqué.

— C'était quoi, le potin que tu voulais me raconter ? demandai-je à Karlie en lui touchant l'épaule du bout du pied.

Karlie secoua la tête et ses cheveux sombres rebondirent autour de son visage en forme de cœur.

— D'accord. Bon, tu connais Melanie Bush ? Petite ? Blonde ? Les yeux bleus ?

— Tu viens de décrire soixante pour cent des étudiantes de Sheridan, fis-je remarquer en riant. Eh bien ?

— Eh bien, ma copine Michelle a lâché notre groupe d'étude vendredi pour aller au combat de West contre Kade Appleton. Apparemment, c'était violent. Il y avait tellement de sang sur les tapis qu'ils ont dû les brûler dans la décharge, après. Bref, une bagarre a failli éclater *après* le combat. Des types de la bande d'Appleton ont voulu s'en prendre à West, et lui les a simplement plantés là sans en avoir rien à cirer. Mais devine ce qu'il a fait sur le chemin de la sortie ?

— Quoi ?

Je m'efforçai de garder un ton léger, mais mon dos se raidit et je sentis la nourriture que je venais d'avaler remonter dans ma gorge. Pas besoin d'être un génie pour comprendre quelle direction prenait cette histoire.

— Il a pratiquement traîné Mel à l'étage avec le sang qui lui dégoulinait du menton, il l'a plaquée contre l'ascenseur vide et il l'a baisée sauvagement. Il avait l'air tellement à l'ouest, Michelle a dit que Mel n'était même pas sûre qu'il était… conscient. Mel lui a raconté que c'était dément, charnel, chaud comme la braise. Mais qu'il n'avait même pas regardé son visage une seule fois alors qu'il lui a donné deux orgasmes.

— Waouh.

Il fallait bien que je dise quelque chose alors j'avais opté pour un mot qui voulait à la fois tout et rien dire. *Waouh* pouvait aussi bien exprimer l'admiration que la désapprobation. Le choc ou le sarcasme. *Waouh* définissait également très bien ce que je ressentais quand mon cœur se brisait en minuscules particules de poussière.

— Écoute ça… apparemment, c'est un coup bizarre. Mel dit qu'il n'arrêtait pas de lui toucher les cheveux pendant qu'il la pilonnait, et qu'il n'arrêtait pas de parler du Texas. (Karlie fronça le nez.) À ton avis, qu'est-ce qu'il peut bien avoir contre l'État à l'étoile solitaire ? On a inventé le Dr Pepper, le *corn dog* et les implants mammaires en silicone. Ça fait de nous indubitablement le meilleur État du pays.

— Tu m'étonnes. Trop bizarre…, marmonnai-je.

C'était tout ce que j'étais capable de dire. Un autre mot et ma voix se serait brisée.

Texas.

Il avait parlé du Texas.

Mais pas de l'État, je le savais, et un mélange écœurant de jalousie et d'euphorie déferla en moi.

— Hé, tu n'aurais pas de la glace, par hasard ?

— Je vais aller voir, dis-je, soulagée d'avoir un prétexte pour aller calmer mon rythme cardiaque dans la cuisine.

Je savais que j'étais jalouse, mais je savais aussi que je n'en avais pas le droit.

West n'était pas mon petit copain. Rien dans son comportement, ses plaisanteries ou sa personnalité ne pouvait me laisser penser qu'il me demanderait un jour de sortir avec lui. Au contraire, il m'avait carrément balancé qu'il ne me draguerait jamais, même s'il m'avait trouvée attirante.

La seule chose que prouvait cette histoire, c'était qu'il voulait mon cul – et pas mon cœur – et j'avais plutôt intérêt à ne pas oublier quelle partie de moi l'intéressait.

Putain, il fallait vraiment que j'oublie ce stupide béguin. Et vite.

Je sortis un pot de crème glacée du congélateur et récupérai deux cuillers dans le tiroir à couverts. J'en plantai une comme un poignard en retenant un cri dans ma gorge.

Ma stupidité me faisait enrager. West n'était pas un connard avec moi, et alors ? Ça ne voulait pas dire qu'il n'était pas un connard tout court. Avec Melanie, il l'avait été. Il fallait juste que je me rappelle de garder mes distances avec lui.

Texas.

Ce type avait du culot de prononcer mon surnom pendant qu'il était en train de pilonner quelqu'un d'autre.

J'avais envie de le tuer. De l'étrangler. De…

— Shaw ! Bah alors ? Tu la fabriques la glace, ou quoi ? cria Karlie depuis le salon.

Je baissai les yeux et m'aperçus que la glace n'était plus blanche. Elle était parsemée de gouttes de sang écarlates. *Mon* sang.

La glace à la vanille était en train de rosir à mesure que le sang l'imbibait. J'observai ma main et ma mâchoire tomba. Ce n'était pas une cuiller dont je m'étais servie. C'était un couteau que j'avais sorti du tiroir.

Je m'empressai de retirer la glace teintée, la jetai à la poubelle et sortis deux cuillers propres.

— J'arrive tout de suite.

Merde. Merde. Merde.

Je revins dans le salon avec un pansement que Karlie ne remarqua pas. Elle se mit une grosse cuillérée de glace dans la bouche, ferma les yeux et poussa un gémissement.

— Tu sais ce qu'on devrait faire ?

Fabriquer une poupée vaudoue de West et la poignarder à mort ?

— Encore un quizz sur les années quatre-vingt-dix ? demandai-je avec un enthousiasme feint.

Elle rouvrit les yeux et me jeta un regard sceptique. Je n'étais pas connue pour mon enthousiasme.

— Pfff, on fait ça tout le temps. Non, on devrait aller voir un des combats de West. Vendredi prochain. C'est maman et Victor qui s'occupent du camion, de toute façon. Ce serait sympa de sortir. On ne le fait plus jamais.

En effet. Karlie était noyée dans ses révisions et ses stages, et moi, quand je ne travaillais pas, je passais mon temps avec Mamie.

En revanche, elle ne pouvait pas me proposer pire activité que d'aller voir West en action.

— Non merci.

Je fourrai de la glace dans ma bouche sans la déguster. Toute ma soirée était ternie par les images de West en train de s'envoyer Melanie Bush contre un ascenseur, et je ne savais même pas à quoi elle ressemblait.

— Les combats clandestins, ce n'est pas vraiment mon truc.

— Mais les mecs canons à moitié nus qui se battent, en revanche ? À moins que tu sois asexuée. Ou lesbienne.

— Va pour asexuée, alors.

Les femmes ne m'attiraient vraiment pas.

— Allez. Je te connais d'avant tu-sais-quoi, et tu étais folle des mecs comme nous toutes. Tucker, ça te rappelle quelque chose ?

Hé oui, Tucker. L'une des raisons précises qui m'avaient fait renoncer aux hommes, en premier lieu. La façon dont il m'avait laissée tomber à la minute où ma beauté s'était envolée me brûlait encore longtemps après que les plaies causées par les flammes avaient guéri.

Je finis par lui faire comprendre que j'aurais encore préféré me servir d'un marteau comme coton-tige plutôt que d'assister à un combat clandestin. Mon amie rentra chez elle, c'est-à-dire la maison juste en face de la mienne.

Je me glissai sous les couvertures et cachai les clés de la maison sous mon matelas – comme cet idiot de West me l'avait suggéré le soir au *diner* – pour que Mamie ne puisse pas aller vagabonder pendant mon sommeil. Jusqu'ici, ça avait fonctionné.

La dernière chose à laquelle je pensai lorsque ma tête toucha mon oreiller, c'était à un certain boxeur qui avait renoncé à lui-même.

8

West

Dimanche, je décidai de profiter de l'un des millions de services que me devait Texas pour arriver en retard au camion. Une fête avait eu lieu dans la rue des fraternités la veille au soir. Les fêtes étaient ma conception personnelle de l'enfer, mais il m'arrivait de temps en temps d'accompagner East quand il me harcelait en m'accusant d'être antisocial. Il pensait, à tort, que je tomberais dans la dépression comme ma mère. Parfois, j'avais aussi l'impression qu'il savait que j'entretenais l'idée d'envoyer ma moto contre un arbre ou de me jeter du haut du château d'eau. J'étais resté dans mon coin toute la soirée en compagnie d'une bouteille d'alcool de contrebande avec une expression sur le visage qui signifiait « Je préférerais encore boire direct dans la cuvette » chaque fois que quelqu'un essayait de me faire la conversation. Je décernai le pire moment de la soirée à une nana qui m'avait approché et à qui j'avais demandé qui elle était.

Apparemment, on avait couché ensemble le vendredi.

Et apparemment, elle avait trouvé approprié de le dire à tout le monde, à l'exception du président.

« Melanie ! avait-elle crié. Je m'appelle Melanie. Tu t'en souviendrais si tu me laissais me présenter correctement pour commencer. »

Melanie avait pleurniché en objectant qu'elle n'était pas aussi peu mémorable que ça. J'étais surpris, étant donné que je mettais un point d'honneur à ne pas demander leur prénom aux filles.

« Et autre chose : je ne suis même pas du Texas, comme tu l'as mentionné. Je viens de l'Oklahoma ! »

Que dire ? Les nanas représentaient un flot de mystère infini dans lequel je n'avais pas la moindre envie de tremper un orteil.

Je l'avais ignorée et avais rejoint quelques types à la table de billard, remplaçant ses pleurnicheries par une conversation sur la NFL. À un moment donné, Tess s'était approchée et avait attiré Melanie (ou bien Melody ?) sur le côté pour la consoler de la mort prématurée de ce qui constituait manifestement sa plus belle histoire d'amour.

Dimanche, Texas s'était montrée étonnamment silencieuse et sèche, compte tenu des confidences qu'on s'était faites sur le sol du camion la veille. J'avais trop la gueule de bois pour comprendre pourquoi elle avait un pet de travers cette fois-ci. On aurait dit qu'elle trouvait toujours une bonne raison de me détester. Nous n'avions pas échangé plus de cinq phrases, et ça me convenait. Son jeu du chaud-froid commençait à me taper sur le système.

Le lundi, en revanche, ma patience envers le reste de l'univers avait atteint ses limites et l'envie de frapper tous les gens en visu était devenue accablante.

Non seulement East trouva à son réveil la dix-septième lettre de ma mère restée sans réponse au fond de la poubelle (*Bon sang, mec ! Réponds à ta mère !*), mais tout le monde semblait encore noyé dans la vague d'alcool qui avait déferlé pendant le week-end et arrivait bourré sur le campus. Les fêtes de fraternités déteignaient sur le dimanche et le lundi, ce qui signifiait que la moitié des étudiants était en toge et tongs.

On aurait dit des divinités grecques, entendu que ces divinités viennent de Jersey Shore et affichent quelques kilos gagnés pendant leur virée « bouffe à volonté » sur le mont Olympe. De toute façon, la moitié de ces enfoirés n'auraient pas trouvé la Grèce sur une carte même si elle était entourée au marqueur. Je pris la direction de mon premier cours, bien décidé à ne tuer personne aujourd'hui.

Les mauvaises ondes du week-end imprégnaient encore mon humeur.

Je dépassai le groupe de Reign, ses amis de Sig Ep, Tess, la blonde dérangée de l'Oklahoma – Mélodrame comme l'avait surnommée Reign depuis samedi – et quelques autres filles. Ils étaient tous avachis, les yeux rouges, en train de bavasser dans le couloir. J'étais sur le point de tourner au coin pour entrer dans la classe d'Addams quand j'entendis Reign brailler derrière moi.

— Hé, Pain-grillé ! Est-ce que t'es tombée du ciel la tête la première ? Parce que t'as le visage bien bousillé.

Le couloir tout entier vibra d'éclats de rire.

Je m'arrêtai et serrai les poings.

— Je déconne. T'es bonne, bébé !

Nouvelle vague de rires. Texas ne répliqua pas. Il me fallut un effort surhumain pour ne pas me retourner et la regarder.

Craque pas, putain. Elle ne veut pas de ta pitié.

— Allez quoi, Pain-grillé. C'est vrai, ce ne sont pas des conneries. Baiser avec moi, ça va te mettre le feu.

Nouveaux rires.

Des flashs de photos prises par les téléphones.

Ricanements, sifflements, téléphones…

Quelque chose rompit en moi.

Désolé, Texas. Impossible.

Je fis volte-face et chargeai dans sa direction. Il portait toujours sa stupide toge et ce qui ressemblait à un nid couvert de fiente mais qui était censé être une couronne. Son sourire idiot disparut comme une tour de Jenga quand il comprit que j'allais m'en prendre à lui. Je ne vérifiai pas où était Texas. Ni même si elle était encore dans les parages. D'un coup d'épaule, je plaquai Reign contre le mur et empoignai sa toge. Le tissu s'écarta et tomba sur ses chevilles, ne laissant qu'une bretelle de tissu blanc drapée autour de son torse. Il se retrouvait en caleçon dans le couloir. Je l'attrapai par la gorge et le soulevai de terre. Ma mâchoire était tellement contractée que j'avais l'impression que mes dents allaient sauter une par une de ma bouche.

— Merde, mec !

Son cri fut étouffé par ma main qui lui écrasait la trachée. Il leva les bras pour essayer de desserrer mes doigts.

— *Bbaarrrjkk* ! crachota-t-il, la bave aux lèvres.

Je montrai les dents en poussant un grognement féroce. J'avais envie de lui donner la peur de sa vie. De faire en sorte qu'il sache que la prochaine fois qu'il s'en prendrait à Texas, il en subirait les conséquences.

— Change de registre, mec.

— Mais elle s'en fout complètement !

Ses yeux commençaient à sortir de leurs orbites à mesure que j'augmentais la pression sur sa gorge. Je sentais les os fins de son cou craquer sous mes doigts.

— Pas moi, répliquai-je calmement.

Je pouvais le tuer. Je le savais. Ça faisait un moment maintenant que j'avais pris conscience de ma capacité à tuer. Ce ne serait même pas la première personne à finir dans un sac mortuaire à cause de moi.

Mais ce n'était pas un secret que j'avais hâte de révéler au monde.

Je m'approchai de son visage.

— Ne t'avise plus de lui manquer de respect, Reign. Sinon je te réduis en pièces et je te jette aux chiottes. Une partie de moi espère que tu seras suffisamment débile pour t'en reprendre à elle juste pour que je puisse t'exterminer une fois pour toutes.

— Tu l'étrangles, mec, murmura quelqu'un à ma gauche.

— Il est écarlate ! s'écria une autre personne à ma droite.

— Vite, faites quelque chose !

Les cris résonnaient autour de moi mais ne m'atteignaient pas. Je l'observai changer de couleur, tandis qu'il commençait à s'agiter un peu moins sous mes mains, et peut-être à réaliser qu'il ne s'en sortirait pas vivant.

Plusieurs paires de mains m'agrippèrent par le T-shirt pour me tirer en arrière. East, Grayson et Bradley me plaquèrent contre le mur opposé. Je jetai un regard assassin à East et le repoussai pour me jeter de nouveau sur Reign.

East redoubla de force.

— Tu as failli l'étouffer. Qu'est-ce qui ne va pas chez toi, mec ? haleta-t-il en me plaquant par les épaules.

Je jetai un regard froid à Reign. Il était avachi au sol, cherchant à reprendre son souffle en frottant son cou violet. Une marque en forme de nœud coulant apparaissait autour de sa pomme d'Adam.

La foule grossit autour de nous et le bourdonnement des murmures m'emplit les oreilles. Texas se tenait dans le fond, agrippée aux bretelles de son sac à dos phénix.

Elle me regardait comme si j'étais un traître.

J'en avais ras le bol.

D'elle.

De ma famille.

Du monde entier.

Je tournai les talons dans la direction opposée. Elle n'en valait pas la peine. J'avais fait mon possible pour l'aider, mais c'était officiellement terminé. Je ne pouvais pas me permettre d'avoir une amie comme Grace Shaw, même si sa compagnie m'intéressait.

Enfin, jusqu'à aujourd'hui. Plus maintenant.

Trop de drame. Non merci.

J'entrai dans la salle d'Addams d'un pas lourd. Une partie de moi était persuadée que Grace allait me courir après. Me remercier. S'excuser d'exagérer.

Supplier et se recroqueviller comme tous les autres.

Solliciter mon affection inaccessible.

Sur le seuil, je jetai un regard dans le couloir derrière moi, en m'attendant à revoir son visage.

Elle avait disparu.

— À quoi tu penses ?

Reign me poussa l'épaule du bout du pied, plus tard ce soir-là. Il se laissa tomber à côté de moi près de la piscine en forme de haricot, tira une taffe sur son joint et souffla deux filets de fumée épaisse par le nez.

À croire que c'était sa manière de présenter ses excuses pour ce qui s'était passé le matin même.

Je bus une gorgée de ma bière, les pieds plongés dans l'eau tiède. Un regard sur sa nuque me suffit pour comprendre que je devais reconnaître ma part de responsabilité dans l'histoire.

Oui, c'était un connard, mais j'avais aussi failli le tuer aujourd'hui. Pour une fille qui ne voulait même pas qu'on l'aide.

Va au diable, Texas.

— Je pense que j'ai des orteils très poilus, répondis-je honnêtement en regardant mes longs pieds fins.

Reign fut secoué d'un rire. Il agita la tête et tapa mon pied sous l'eau avec le sien.

— Waouh mec, c'est vrai.

Un silence s'installa entre nous. Je continuais de voir rouge chaque fois que je repensais à la scène, quand il s'en était pris à Texas. Je ne savais même pas trop pourquoi. Elle avait déjà déterminé qu'on n'était pas amis, et je m'étais promis de ne pas la toucher.

Ce n'était pas la première fois que Reign se montrait infect avec d'autres personnes, mais il n'avait indiscutablement jamais été aussi tenace.

— J'aurais aimé pouvoir m'en tirer en étant comme toi. (Il décrivait des cercles dans l'eau avec ses orteils qui, soit dit en passant, auraient bien eu besoin de voir un coupe-ongle.) Tu es du genre fort et taiseux. Tu n'es pas obligé de gueuler pour te faire remarquer. Moi, j'ai besoin de divertir. Les gens attendent de moi que je dise des conneries.

— Si c'est un prétexte que tu te donnes pour aujourd'hui, tu ferais mieux de te casser d'ici avant que je te noie.

Je bus une nouvelle gorgée de bière.

On était à une *pool party* d'anniversaire à laquelle East m'avait traîné. La fille dont c'était l'anniversaire, qui habitait juste à la périphérie de Sheridan, m'avait supplié deux fois : la première pour jouir sur son visage et la deuxième pour venir à sa fête. Un papa roi du pétrole. Des parents en voyage. C'était une fête de fraternité sous stéroïdes. Tout le monde avait apporté des jouets gonflables et dansait au bord de la piscine. La musique était diffusée par un système surround qui faisait vibrer le sol. Il y avait un bar à glaçons et à *shots*.

La fille de l'anniversaire se pavanait en bikini rose et blanc, talons hauts et écharpe « Sweet 21 ». J'étais venu pour me débarrasser de mon stress avec un petit coup rapide, mais dès que j'avais passé la grille en fer forgé, je m'étais rendu compte que je préférais m'asseoir près de la piscine et fixer mes orteils poilus plutôt que de me taper une inconnue sans visage qui viendrait pleurnicher après coup.

Ces temps-ci, les inconvénients des coups d'un soir l'emportaient sur les avantages.

— Tu ne comptes pas me demander pourquoi j'ai fait ça à Boucles d'or ? demanda Reign.

Quand il comprit qu'aucune réponse n'était au programme, il persévéra.

— Je l'ai fait parce que je savais que tu appréciais Pain-grillé. Enfin quoi, même mon chien sait que tu l'aimes bien, et il vit dans l'Indiana. C'est pour ça que t'as choisi Melanie, non ? De dos, on dirait Pain-grillé.

S'il l'appelait Pain-grillé encore une fois, j'allais l'enfoncer si profondément dans le sol qu'il allait réapparaître en Chine.

— De longs cheveux blonds. Un beau petit cul. (Il comptait leurs ressemblances sur ses doigts.) Tu es assez transparent, St Claire. Je crois que j'ai juste voulu te donner un aperçu de ton propre remède.

Je sirotai ma bière. S'il croyait que Texas me plaisait, c'était qu'il avait trop fumé. En dehors des quelques fois où elle m'avait fait rire, elle était insupportable.

East vint s'asseoir de l'autre côté de moi et saisit le joint entre les doigts de Reign.

— On se fait un petit tête-à-tête ? Reign, tu as enfin fait ton *coming out* ? railla East en souriant à Reign, qui lui mit une claque à l'arrière du crâne en rigolant.

— Je lui disais seulement que j'avais taquiné Pain-grillé parce qu'il avait baisé Tess.

— Sérieusement ?

Je lui brandis mes poings sous le nez. Reign se recroquevilla en voûtant le dos avec une grimace.

— Merde, désolé. On ne perd pas les vieilles habitudes.

— C'est la vie que tu vas perdre si tu continues tes conneries.

— Oh ! je déteste quand papa et maman se disputent, intervint East en tirant une taffe avant de passer le joint à De La Salle. Non, mais sérieusement. Cette histoire avec Pain-grillé, on se serait cru à la maternelle, Reign. Fous-toi d'elle encore une fois et je ferai en sorte que le coach soit au courant. Il te foutra dehors plus vite que ta merde après t'être bourré de laxatifs.

— J'ai déjà dit à West que j'allais arrêter de l'embêter. Désolé, d'accord ? Je traverse une période difficile, là.

— Alors, Westie sait que tu craques pour Tess ?

— Maintenant, oui. Merci d'avoir balancé.

Reign leva les yeux au ciel.

C'était donc de ça qu'il s'agissait ? De Tess Davis, putain ?

— N'hésite pas, pour Tess.

Je terminai ma bière juste au moment où une étudiante de première année se pencha vers nous, les seins débordant de son maillot de bain rouge d'Alerte à Malibu, et nous présenta un plateau rempli de shots. East en prit trois, qu'il nous distribua.

— Rien ne t'en empêche. À part ta sale tronche et la bouillie que t'as à la place du cerveau, l'encourageai-je à ma manière.

Il secoua la tête.

— Ce n'est plus aussi simple maintenant. J'aurais préféré que tu n'enfreignes pas le « code entre frères ».

On trinqua et on vida nos shots de tequila. Je n'avais aucun souvenir de Reign faisant savoir qu'il éprouvait quelque chose pour Tess, mais je voulais bien le croire puisque je n'accordais généralement d'attention à personne. Et pour info – Reign s'était tapé environ soixante pour cent de la population du campus rien que ce mois-ci, alors l'entendre dire qu'il éprouvait de l'amour pour Tess, c'était la même chose que cette Melanie qui était contrariée quand elle s'était rendu compte que je n'avais pas imprimé les faire-part pour notre mariage.

— Pourquoi ça ? demanda East à Reign.

— Elle kiffe ce débile maintenant, répondit ce dernier en me désignant du menton.

— Le débile, lui, ne kiffe personne, alors ce ne sera pas un problème.

— Tu vas me dire que tu ne kiffes vraiment pas cette fille du *food truck* ? fit East en me donnant un petit coup de coude.

Quelqu'un fit une bombe dans la piscine et nous éclaboussa. Une fille. Elle nous tira malicieusement les doigts de pied sous l'eau avant de remonter à la surface telle une nymphe dévergondée. Reign l'éclaboussa à son tour. *Amoureux, mon cul.* Il n'aurait pas reconnu l'amour s'il lui avait donné une *golden shower* et démoli son Alfa Romeo en la jetant d'un pont.

East et moi poursuivions notre conversation.

— Elle s'appelle Grace, répliquai-je sèchement car, d'une certaine manière, c'était important pour moi que ces enfoirés arrêtent de se référer à elle par sa cicatrice ou son boulot. Et non, je ne ressens rien pour elle.

Surtout depuis qu'elle m'avait tenu à l'écart au *food truck* lors de notre dernier service et qu'elle m'avait snobée devant toute la fac quand je m'étais mouillé pour elle.

East sembla réfléchir.

— C'est juste que tu n'as plus cette attitude de « je-veux-mourir-filez-moi-un-flingue » depuis…

— Depuis ? le coupai-je.

— Depuis que tu l'as rencontrée.

Je lâchai un gloussement guttural. Elle était bien bonne. Moi. Un homme transformé. À cause d'une meuf.

— Pour la dernière fois, je n'éprouve rien pour Grace Shaw.

— Pour de vrai ?

D'autres filles plongèrent pour nous chatouiller les pieds et essayer d'attirer notre attention. En vain.

— Combien de fois je vais devoir le répéter, putain ? (Je fusillai mon meilleur ami du regard.) Je peux te le traduire en danse tribale, ou en morse, ou peut-être te mettre une branlée.

— Alors ça t'ennuie pas si je lui propose un rencard ?

East m'observa attentivement. Je sentis ma mâchoire se crisper. De toutes les filles de Sheridan, c'était celle avec laquelle je bossais qu'il voulait se taper. Je remarquai que Reign avait cessé d'éclabousser la fille dans la piscine et guettait ma réaction.

Je haussai une épaule.

— Fais-toi plaisir. N'oublie pas de mettre une capote. Elle m'a l'air d'être du genre à vouloir le mariage et le bébé.

Quelle importance ? Texas ne sortirait pas avec lui, même si c'était le dernier homme sur terre. Elle était sûrement vierge. Elle n'était pas du genre à sortir avec des mecs et elle se méfiait de l'équipe de football. Surtout après le comportement de Reign.

— Laisse-moi résumer, reprit Reign avec un sourire qui me signalait qu'il appréciait immensément la conversation. Tu tuerais celui qui ose lui manquer de respect, mais tu ne veux pas sortir avec elle ?

Je me laissai tomber dans l'eau et m'aspergeai le visage.

— Gentil petit. Tu veux ton susucre maintenant ?

Reign fit une moue sarcastique.

East me rejoignit dans l'eau. J'en avais assez de discuter de Grace Shaw. Elle avait suffisamment accaparé mon temps, ma vie, mes *pensées*.

— Bon, d'après Max, Kade Appleton est furax contre toi, lança East en clignant des yeux face au soleil.

Voilà autre chose. Comme je l'avais déjà souligné, je ne me tenais pas vraiment au courant de ce que racontaient les gens.

— Il pourrait venir me le dire en face, mais il risquerait de perdre ses dents.

— Je parie que Max va essayer d'organiser un deuxième combat. (Reign nous rejoignit, plongea dans l'eau et ressortit en secouant la tête comme un chien.) Tu serais partant pour une revanche ?

— C'est mort, me prévint East en me lançant un regard.

— Pour la somme appropriée, je tuerais Appleton, son abruti de manager et même Max.

Mes deux amis rirent.

Moi aussi.

Ce qu'ils ne savaient pas, c'était que je ne plaisantais même pas.

9

Grace

On dit qu'un malheur n'arrive jamais seul.

Dans mon cas, ma semaine avait ressemblé à un orage pris dans une tornade.

Il avait tout emporté dans ma vie, et tout ce que je pouvais faire, c'était la regarder tourbillonner dans le vent pendant que je tombais dans les abysses de mon propre désastre personnel.

— Je suis vraiment désolée, ma chérie. Je sais que ça arrive au pire moment, mais considère que c'est ma démission officielle, m'avait dit Marla en m'achevant à la fin de la semaine.

J'étais sur la corde raide. West et moi ne nous parlions plus pendant notre service, Mamie avait entamé une étrange grève de la faim, toujours furieuse au sujet du scanner qu'elle n'avait même pas passé, et le quotidien à la fac était un désastre, constitué de murmures et de regards compatissants depuis que West St Claire avait pratiquement déclaré que j'étais sous sa protection.

Tout le monde savait qu'on n'était pas amis, alors ils en avaient commodément déduit qu'il s'apitoyait sur le sort de Pain-grillé, sa nouvelle collègue, et voulait s'assurer qu'elle ne mettrait pas fin à ses jours.

C'est lui qui déteste la vie, avais-je envie de leur crier au visage. *C'est lui qui veut mourir. Pas moi. Tout ce que je veux, moi, c'est qu'on me laisse tranquille.*

— Tu démissionnes ?

Je clignai des yeux, m'efforçant de garder un ton neutre. Marla acquiesça, me prit les mains dans ses paumes douces et dodues, et les porta à ses lèvres.

— Je *prends ma retraite.* Je déménage. Pete a trouvé un super appart en Floride, juste à côté de Miami. Très sympa, très chic, et donné pour ce que c'est. On sera plus proche de Joanne, ma famille, et de ses petits monstres. On attendait ça depuis longtemps. Je ne suis plus toute jeune. Je veux profiter de mes petits-enfants, faire des balades et m'engraisser avec mon mari.

Rien de ce qu'elle me disait n'était nouveau. Malgré tout, j'étais irrationnellement bouleversée, et en colère. Pas contre Marla, bien sûr, je ne pouvais pas lui en vouloir d'améliorer son quotidien. Mais contre le monde entier. Je dépendais de Marla qui, à ce point, s'apparentait plus à un membre de la famille qu'à une employée. Elle ne comptait pas ses heures et était toujours disponible, vingt-quatre heures sur vingt-quatre, sept jours sur sept. Mamie s'entendait bien avec elle de manière générale et Marla ne se laissait pas marcher sur les pieds. Trouver quelqu'un d'autre allait être un enfer. Marla habitait Sheridan, mais peu de gens avaient envie de faire le trajet jusque dans une petite ville pour travailler, et ceux qui étaient prêts à le faire réclamaient une compensation financière.

Malgré l'argent que j'avais mis de côté pour les frais médicaux de Mamie et son épargne retraite, nous ne roulions pas non plus sur l'or.

— Oh, Marla, c'est merveilleux.

Je me levai en réprimant mon sentiment de panique et la serrai contre moi. Je savourai cet instant doux et amer dans ses bras, les paupières brûlantes.

— Tu le mérites. Tu as travaillé si dur pendant toutes ces années. Je suis heureuse pour Pete et toi.

Elle recula la tête et me tapota les joues pour vérifier qu'elles étaient sèches. Je grimaçai lorsqu'elle toucha ma cicatrice. Elle était encore sensible car la peau était plus fine que du côté droit.

— Ne t'inquiète pas, Gracie-Mae. Je reste encore deux mois. Tout le temps pour me trouver une remplaçante.

Je soufflai. Deux mois, c'était effectivement correct.

— Merci. Je vais tout de suite commencer les recherches.

— Cela dit, tu sais ce que je pense concernant la suite.

Sa bouche se contracta, comme si elle réprimait les mots qui voulaient en sortir.

— Je sais. Surtout avec l'histoire de la grève de la faim, grommelai-je.

Marla rit.

— Oui, à ce sujet : elle emporte des grattons en douce dans sa chambre quand elle pense que je ne la vois pas. Et disons (son rire devint plus aigu) que je fais mine de ne pas la voir pour qu'elle puisse manger un peu.

Je poussai un soupir de soulagement en secouant la tête.

— Elle est incroyable. Qu'est-ce que je vais faire d'elle ?

— La mettre en maison de retraite ! s'exclama Marla. Elle te remerciera.

Attirée par cet instant émotion, Mamie apparut dans la cuisine en robe de chambre tricolore et pantoufles lapins.

— Qu'est-ce que c'est que ce tapage ?

Elle s'approcha directement du tiroir à ustensiles et essaya de l'ouvrir. Il ne bougea pas. J'avais installé des dispositifs sur tous les tiroirs qui contenaient des objets pouvant être employés comme une arme, un peu plus tôt dans la semaine, du genre de ceux qu'on utilisait pour les enfants. Après l'incident de la gazinière, je ne pouvais prendre aucun risque.

— Mamie, Marla vient de m'annoncer qu'elle va nous quitter dans deux mois. Elle part s'installer en Floride pour se rapprocher de Joanne et de ses petits-enfants.

Mamie gardait le dos tourné.

— Zut ! Qu'est-ce que c'est que ça ? (Elle secoua la poignée du tiroir en soufflant.) Je n'arrive pas à l'ouvrir.

— Tu m'as entendue, Mamie ?

— Que diable…, murmura-t-elle, sans me prêter attention, continuant de tirer sur la poignée.

— De quoi as-tu besoin ? (Je m'empressai de la rejoindre ; je voulais me faire pardonner pour l'incident des urgences.) Je vais te le donner.

— Ce dont j'ai besoin, c'est de savoir pourquoi je ne peux pas ouvrir mes propres tiroirs dans ma propre maison pour prendre une cuiller pour mon thé ! (Elle pivota sur les talons pour me faire face en agitant la main vers le tiroir.) Est-ce que ça fait partie de tes manigances, Courtney ? De convaincre les gens que j'ai je ne sais quelle maladie ? Que je ne peux même pas ouvrir un tiroir ? Tu veux me faire interner en hôpital psychiatrique ? C'est ça ?

Cette fois, je n'avais plus envie de jouer sa fille décédée. C'était trop douloureux.

— Mamie, ce n'est pas Courtney. C'est moi, Gracie-Mae, et je ne veux pas te faire interner en hôpital psychiatrique.

— Tu veux m'envoyer finir mes jours là-bas pour pouvoir me prendre ma maison et mon argent. Pour pouvoir te défoncer sans que personne te dérange. Je vois clair dans ton jeu, jeune fille. Tout ce qui t'a toujours intéressée, ce sont ces garçons et toute cette drogue.

— Tout ce que je veux, c'est que tu ailles mieux, répondis-je.

J'en avais assez de ce tango.

— Oui, en me faisant diagnostiquer quelque chose que je n'ai pas et en me refilant une tonne de médicaments. Tout le monde n'a pas envie d'être sous calmant. Ce n'est pas parce que tu aimes la drogue que moi aussi.

— Mamie. (Je posai la main sur son épaule.) C'est moi, *Grace.*

Elle me repoussa. Avec force. Je trébuchai et heurtai le mur derrière moi. Une photo de ma mère et moi – la seule de nous deux dans cette maison – tomba au sol et le verre se brisa.

La douleur fut davantage psychologique que physique.

L'humiliation.

La colère.

Mon impuissance dans cette situation.

Je pressai ma bague flamme cassée contre mes lèvres en murmurant mes vœux tandis que Marla bondissait de sa chaise et s'approchait de ma grand-mère.

— Savannah ! (Le mordant de son ton fit dresser les poils sur mes bras.) Tu ne reconnais plus ta petite-fille ?

Mamie tourna vivement la tête vers Marla et sa moue se transforma en sourire doux.

— Quoi ? Ne sois pas bête. Je sais exactement qui c'est.

— Tu as dit Courtney, répliqua Marla.

— Silence ! (Mamie haussa le ton.) Arrêtez de contester le moindre de mes gestes, toutes les deux.

Marla s'approcha de moi.

— Va en cours, ma chérie. Je vais rester un peu. J'ai promis à ta grand-mère de l'aider à ranger sa penderie. D'accord ?

Je hochai la tête sans quitter ma grand-mère des yeux.

Je récupérai mon sac à dos, mes clés et mon portefeuille, et filai. J'attendis d'être dans ma voiture pour laisser la première larme couler.

Je songeai à *Un tramway nommé Désir.*

À la solitude de Blanche qui s'insinuait si profondément qu'elle ne savait même plus de *quoi* elle se sentait isolée. Blanche, comme Mamie, était seule chez elle toute la journée, avec ses démons pour seule compagnie.

Je songeai à la cruauté qu'il y avait à donner à une personne une liberté dont elle ne savait que faire.

Mamie Savvy avait toujours l'habitude de dire : « Si tu n'as pas peur, c'est que tu n'es pas courageuse. »

Pour l'instant, je n'éprouvais que la peur, mais pour elle, il allait falloir que je trouve ce courage.

Assise au dernier rang de l'amphithéâtre, je regardais Tess et Lauren massacrer respectivement les rôles de Stella et Blanche pendant la répétition.

Tess n'était pas trop mal, mais elle ne cessait de surjouer pour compenser la perte de son rôle de Blanche en faveur de Lauren.

Et elle s'en plaignait souvent.

— Blanche a tellement plus de consistance ! Stella est docile et timide.

— Grandis un peu, Tess. Apprends à accepter la défaite avec grâce, raillait Lauren.

— Je ne perds jamais, répliquait Tess d'un ton que je ne lui avais jamais entendu auparavant.

Lauren balançait ses cheveux et lui sourit sereinement.

— Ah oui ? Alors comment se fait-il que tu ne sois pas au bras de St Claire en ce moment ?

Aiden, qui jouait Stanley, n'était pas trop mauvais non plus, mais il fallait qu'il atténue les grimaces et les regards noirs. Il avait l'air tellement constipé que c'était à se demander si les gens n'allaient pas lui jeter du Spasfon sur la scène à la fin de la représentation.

Vers le milieu de la répétition, quelqu'un se glissa sur le siège à côté de moi. Bizarre, étant donné que toutes les places étaient libres. Je sus exactement qui c'était sans avoir besoin de me tourner. J'étais effrayée par ma capacité à le reconnaître aussi facilement.

Son odeur d'hiver, de bonbon à la pomme et de mâle alpha. Sauvage, unique.

Je balançai mon pied posé sur le dossier du siège devant moi, essayant de me reconcentrer sur les acteurs. J'en voulais toujours à West. Principalement parce qu'il s'était tapé quelqu'un d'autre vendredi dernier en murmurant mon surnom. Mais la raison officielle, c'était qu'il m'avait humiliée en faisant tout une histoire de la façon dont Reign m'avait traitée. J'avais traversé la fac en ignorant les railleries. Reign De La Salle n'était qu'un idiot parmi d'autres que j'avais appris à ignorer. West avait de nouveau dirigé les projecteurs vers moi et maintenant, tout le monde parlait de moi – de mon histoire, de mon visage, de mon avenir sans espoir.

C'était comme retourner au lycée.

West passa son bras musclé par-dessus mon dossier. Son langage corporel transpirait l'indifférence et l'assurance ; il sortit quelque chose de sa poche – un petit calendrier – et le déposa sur mes genoux.

— Entoure la date.

Je l'ignorai, les yeux rivés sur la scène.

— Où tu arrêteras de me faire la gueule, précisa-t-il.

Je serrai les lèvres pour réprimer un petit sourire, et déversai de la lave sur les papillons qui tournoyaient dans mon ventre et cherchaient à s'envoler vers ma poitrine.

C'était la raison exacte pour laquelle il fallait que je garde mes distances avec lui.

Ce type était un briseur de cœur ambulant.

— Pas possible. Ce calendrier s'arrête au milieu de l'année prochaine, répondis-je sans décoller les yeux de la scène.

Aucun calendrier ne durait plus de douze mois. Tess rejeta la tête en arrière au milieu d'une scène, essayant de voler la vedette à Lauren.

La scène fut coupée à cause de Lauren qui butta sur ses répliques.

— Punaise ! Elle m'a déconcentrée, pesta-t-elle en froissant le manuscrit dans sa main.

Tess posa les poings sur ses hanches en gonflant les joues.

— Rien ne devrait pouvoir te déconcentrer quand tu es dedans. Je suis une adepte de l'Actor's Studio, Lauren. Inatteignable une fois que je suis dans le personnage. Ça fait des semaines que je répète au professeur McGraw que je devrais être Blanche. Je suis faite pour ce rôle.

Persuadée d'avoir été dépossédée du rôle pendant que Lauren essayait de mémoriser les répliques suivantes, les yeux félins de Tess se mirent à errer parmi les rangées de sièges. Ils s'arrêtèrent et s'ouvrirent plus grand, une lueur d'excitation dans le regard, quand elle nous remarqua. Elle nous fit signe.

— West ! Grace ! Salut !

Je lui rendis son geste. West fit un signe du menton, à peine perceptible, et tourna de nouveau les yeux vers moi.

— Et un sursis ? demanda-t-il. C'est mon premier délit.

Je secouai la tête.

— Le troisième. Tu me tapes sur les nerfs depuis le premier jour.

— Merde, tu crois que c'est facile de bosser avec toi ?

— Je suis sûre que non, mais je ne m'immisce pas dans tes affaires en attirant une attention indésirée sur toi, fis-je remarquer.

— De quoi je suis accusé ici exactement ?

Il cala son immense silhouette dans son siège pour tourner son corps vers moi.

— Tu fais tout une histoire de ce qu'a dit De La Salle, et maintenant je suis cette fille torturée et pathétique qui est à ta merci. Tu me donnes l'air impuissante. Faible. Comme si tu me faisais la charité.

Je tournai la tête pour croiser son regard.

Le pincement dans ma poitrine s'intensifia et se transforma en tiraillement.

— Donc, tu m'en veux parce que j'ai pris ta défense ? demanda-t-il en fronçant les sourcils.

— Je peux me défendre moi-même.

— Faux. Tu n'es jamais montée au créneau.

— Ce ne sont pas tes affaires.

— Je considère que *toi*, c'est mes affaires.

Il m'examina, et se délecta de voir mon visage entier devenir rouge sous mon maquillage.

— J'ai bien compris. Je me demande seulement pourquoi. Tu avais besoin d'une marotte ? Je croyais que tu avais déjà assez à faire comme ça.

— Parce que tu es mon *amie*. (Ses yeux se réduisirent à deux fentes sombres et résolues. Alors c'était comme ça. J'étais son amie et je n'avais pas mon mot à dire.) Quand quelqu'un manque de respect à mes amis, ils me manquent de respect à moi. Et *personne* ne me manque de respect. C'est assez clair pour toi ?

Je tournai de nouveau la tête vers la scène, mais seulement par peur de me jeter à son cou. Personne n'avait jamais débarqué comme ça dans ma vie, en enfonçant la porte, sans prendre la fuite après avoir réalisé à quel point j'étais brisée.

West était la première personne à insister pour être mon ami, que je sois intéressée ou non. C'était un terrain inexploré pour moi. Mon instinct me dictait de le repousser avant que ce soit lui qui le fasse, mais toutes les cellules de mon corps me hurlaient de le laisser entrer.

Il jeta ses bras en l'air, exaspéré.

— Bien. Tu veux que je te lâche ? Pigé. Quoi qu'il en soit, le connard ne t'embêtera plus, c'est déjà ça.

— Youpi. Merci, Capitaine St Claire.

Je brandis mon poing en l'air d'un air moqueur. J'avais maintenant la parole de West qu'il ne s'immiscerait plus dans ma vie. Mais je n'étais toujours pas calmée. Au lieu de ça, après l'euphorie initiale que j'avais éprouvée quand il m'avait publiquement cherchée dans l'auditorium, j'étais encore plus furieuse qu'avant.

Je savais exactement pourquoi – Melanie –, mais je ne pouvais pas lui dire.

— Tu as conscience d'être une garce, hein ? Tu ne peux pas ne pas t'en rendre compte.

Je savais que j'étais insupportable, et ça me tuait d'être incapable de m'arrêter. Le bouton rouge de mon autodestruction était enclenché et j'avais envie de le rouer de coups jusqu'à ce qu'il ne reste plus rien de notre amitié et que je puisse retourner à ma solitude, à l'abri dans ma bulle de néant.

Son téléphone se mit à vibrer dans sa main. Il le coupa avant que je puisse voir le nom qui s'affichait à l'écran.

Melanie qui demande un deuxième round ? Tu lui as dit, à elle, que tu ne faisais que des coups d'un soir ?

— Quel est le vrai problème, Texas ? demanda-t-il en sondant mon visage.

Cruz Finlay, le metteur en scène de la pièce, releva les yeux et agita son manuscrit dans notre direction.

— Excusez-moi, on ne vous dérange pas ? Vous déconcentrez mes acteurs.

— Ce sont vos acteurs qui nous déconcentrent ! murmurai-je tout bas.

West ricana à côté de moi.

— Grace. West ! (Tess nous fit de nouveau signe.) Qu'est-ce qui se passe ? Vous êtes tous les deux là pour moi ?

Tess était super, mais elle avait tendance à croire que le monde tournait autour d'elle. Si ça m'énervait autant, c'était sûrement parce que, à l'époque, j'étais exactement comme elle.

Mon estomac se noua. Si j'étais troublée chaque fois que West recevait l'attention d'une fille, je risquais la dépression nerveuse trois fois par jour.

West se leva et me tira le bras pour me forcer à me lever.

— Je suis là pour Texas. Maintenant que je l'ai trouvée, je ne vais plus abuser de votre temps.

Il salua une Tess sous le choc et me traîna vers la sortie comme un homme des cavernes. Je ne voulais pas faire de scène alors je me retins de lui frapper la main. Une fois sorti de l'auditorium, il me plaqua contre le mur et posa les bras de chaque côté de mon corps. Son téléphone sonna de nouveau. Sans y prêter attention, il inclina son visage jusqu'à rapprocher dangereusement ses lèvres des miennes.

Son odeur terreuse et masculine s'infiltra dans mon système. Mon cœur battait si violemment que j'étais presque sur le point de vomir.

— On réessaye encore une fois. Pourquoi tu m'en veux, Texas ? Ne me sors pas l'excuse de Reign. Je suis pas né de la dernière pluie.

— Les gens vont parler maintenant que tu es venu à l'auditorium et que tu m'as appelée Texas devant tout le monde. J'espère que tu es content.

Il haussa les épaules avec indifférence.

— Qu'est-ce que tu veux que ça me foute ? Absolument rien, au cas où tu te poses la question. Ne change pas de sujet.

— Tu te fiches que les gens pensent que tu te rabaisses en fréquentant quelqu'un comme moi ? raillai-je.

— Je n'en aurais rien à foutre s'ils pensaient que je sors avec du bétail. Et tu ne me rabaisses pas du tout. Maintenant, je vais te le demander une troisième et dernière fois… pourquoi tu es en colère ? Réfléchis bien à ta réponse. Il n'y aura pas de quatrième chance. Je te retournerai la tête en bas et je te secouerai pour faire sortir la réponse.

— Ça m'étonnerait, persiflai-je.

Il haussa les sourcils, un rictus espiègle aux lèvres.

Merde, il en serait capable. Je me dégonflai.

— Je ne suis pas en colère contre toi. Je veux seulement que tu arrêtes de faire comme si j'étais une œuvre de charité. Je me débrouille très bien toute seule et je ne veux pas qu'on attire l'attention sur moi.

Il m'observa, en quête d'une fissure dans ma façade.

Puis il finit par se radoucir et s'écarta du mur. Mes sens furent submergés par le manque.

— Si j'arrête d'attirer l'attention sur toi, tu vas redevenir à peu près raisonnable ?

— Je *suis* raisonnable.

— Ça se discute.

— Dis-moi une seule chose insensée chez moi.

— Tu portes des sweats alors qu'il fait plus de 40°, tu as une obsession pour les années quatre-vingt-dix, tu te trouves moche, tu…

— D'accord. C'est bon j'ai compris. Je t'ai dit *une seule chose.*

Il cala un sucre d'orge entre ses dents blanches et sourit malicieusement.

— J'ai l'esprit de compétition. Une fois que je suis lancé, difficile de m'arrêter. On fait une trêve ?

Il me tendit son petit doigt.

Tout ce qui me venait en tête, c'était lui en train d'embrasser Melanie en déboutonnant son jean, mon surnom aux lèvres. Je crochetai malgré tout mon petit doigt avec le sien. C'était la deuxième fois, et l'idée qu'on partage ce geste me plaisait.

— Prête à mettre les voiles ? demanda-t-il en me donnant un petit coup de coude.

— Mettre les voiles ? Où ça ?

— À Austin. Je viens de recevoir un message de Karlie, le camion est en panne et on ne travaille pas. Je suis libre comme l'air.

Je consultai mon téléphone en fronçant les sourcils. J'avais reçu le même message. Mais passer du temps avec West en dehors du travail ? Non merci et jamais au grand jamais.

— Impossible. J'ai plusieurs répétitions d'affilée.

— Je ne sais pas comment te le dire, mais rien ne pourra

sauver cette pièce. C'est la pire chose qui soit arrivée au Texas depuis les Jonas Brothers.

West esquissa une moue adorable, entre le sarcasme et le regret sincère.

— Ne t'avise pas de t'en prendre au Jonas Brothers. C'est un trésor national.

J'agitai mon doigt sous son nez en laissant échapper un gloussement.

— Quel rebondissement. (Il me saisit le doigt et m'attira vers lui.) Je te prenais pour une fan de My Bloody Valentine.

— Je connais des groupes qui se sont formés après les années quatre-vingt-dix, protestai-je.

— Prouve-le. Mais avant ça, prenons la route.

Avec tout ce qui s'était passé récemment, j'étais tentée par l'idée de me détendre et de prendre un jour de congé. En plus, j'avais déjà pris la décision de ne pas tomber amoureuse de West St Claire, et j'avais merveilleusement réussi à ne pas apprécier le moindre mec avant lui.

Quel mal pouvait-il y avoir à faire une petite virée dans la grande ville ?

— Tu me forces un peu la main, soupirai-je.

— Je suis connu pour aider les femmes à s'assouplir.

Je plissai le nez et le poussai loin de moi, savourant la fermeté de son torse sous mes mains.

— Dégueu. Je vais chercher mon sac à dos.

— Oh ! non. Tu risquerais de ne pas revenir, et la moindre distraction pourrait provoquer une crise cardiaque à Cruz Finlay. Je vais le récupérer.

Il traversa l'auditorium et reparut avec mon sac. Je le hissai sur mon épaule tandis qu'il faisait tournoyer son porte-clés autour de son doigt. Je lui emboîtai le pas en sautillant.

— Si je ne te connaissais pas, je penserais que tu es... heureuse.

Il sourit.

— Je ne suis pas heureuse.

— Ton petit sourire de branleuse n'est pas du même avis, dit-il en me désignant d'un geste du menton.

— Tu es odieux.

— Tu es rayonnante.

Je rejetai mes cheveux par-dessus mon épaule avec la sensation inattendue d'être belle. Mon cœur se gonfla, comme s'il était rempli d'eau, et mon corps entier fourmilla.

— *Putaiiiiiin*, dit-il d'une voix traînante. La joie pure. Qui êtes-vous et qu'avez-vous fait de Texas ?

Il s'arrêta, me souleva du sol et me tourna sur le côté. Il fronça les sourcils en faisant mine de lire quelque chose sur mon dos. Des instructions, ou un manuel. Il siffla. Je me débattis jusqu'à ce qu'il me repose en lâchant des petits rires incontrôlables.

Nous avions beaucoup de contacts physiques – plus que j'en avais eu ces quatre dernières années, en fait – et les papillons dans mon ventre tourbillonnaient non-stop.

— Eh si. Tu es bien la vraie Texas. J'ai récupéré la version 2.0. Tu es étanche ?

— Pas en ce moment.

— Dommage. Je parie que tu vaux le coup d'œil en deux pièces.

— Et toi c'est en mille pièces que je vais te découper si tu continues.

J'avais l'impression de redevenir moi-même et, allez savoir pourquoi, j'avais la sensation que c'était pareil pour lui.

La sensation que, pour une raison étrange, nous faisions ressortir l'un chez l'autre les personnes que nous étions avant et qui nous manquaient terriblement.

Nous nous arrêtâmes devant sa Ducati. Il attrapa deux casques et m'en fourra un dans les mains. Cette fois, je me retournai, retirai ma casquette et l'enfilai consciencieusement.

— Deux casques ?

Je me retournai vers lui une fois le casque posé.

Il haussa les épaules.

— Je savais que j'allais faire fondre la glace qui te sert de cœur.

— Tu es toujours aussi sûr de toi ?

— Toujours. (Il cracha le bonbon à la pomme qu'il avait dans la bouche et enfila son casque.) Et toi, tu es toujours aussi curieuse ?

— Quand quelque chose m'intéresse suffisamment pour que je l'explore. À propos… c'est quoi ton truc avec les bonbons à la pomme ? C'est un peu daté, non ?

— Pas pour moi. Tu n'as rien qui te rend nostalgique, toi ? Un morceau de ton passé qui te tient à cœur ?

Sans le vouloir, je caressai ma bague flamme en sentant ma gorge se nouer.

— Si, en fait. Cette bague – je levai la main pour lui montrer – appartenait à ma mère.

Il prit ma petite main douce dans sa grande main calleuse pour l'examiner.

— *Hideuse.* En tout cas, c'est pareil pour moi et les bonbons à la pomme.

Taquine, j'en attrapai un dans sa poche arrière, où je savais qu'il les rangeait, et en fourrai un dans ma bouche sous le casque.

— C'est… fade.

Tellement fade, en réalité, que je me demandais pourquoi il continuait de s'attacher à ce bonbon en particulier, encore et encore. Évidemment, s'il voulait que je le sache, il m'aurait donné l'information.

West sourit en secouant paresseusement la tête.

Je le laissai monter sur la moto avant de grimper derrière lui. Il me prit les bras pour que j'agrippe sa taille. Le moteur gronda. Nous filâmes sur l'autoroute, contournâmes des bouchons, le corps léché par le vent du désert. Je me pressai contre lui en inhalant son parfum le plus profondément possible. J'adorais porter un casque. Il me couvrait entièrement le visage, donnant l'illusion que je pouvais être n'importe qui. Dans cette situation, serrée contre un homme sublime, mes longs cheveux blonds tourbillonnant au vent, quand les gens ne voyaient que mon corps, j'avais l'air normal. Une fille parmi d'autres.

Personne ne pouvait deviner que mon corps et mon visage étaient abîmés.

Que ma grand-mère était malade.

Que j'allais échouer à mon semestre cette année.

Le téléphone de West ne cessait de vibrer dans sa poche. Je le sentais à l'intérieur de ma cuisse. Mais je ne voulais pas prendre le risque de gâcher le moment en lui demandant qui c'était.

On s'arrêta au 2nd Street District, on s'acheta des cafés glacés et on se balada un moment. Les rues étaient bondées d'étudiants, de personnes qui faisaient du shopping et ornées de fleurs en pots ; les arbres étaient ornés de guirlandes lumineuses. Les cafés débordaient de jeunesse et de bavardages. On évoqua les cours, les combats du vendredi soir, et nous parlions de la pièce de théâtre quand West s'arrêta net et me tira par la manche de mon pull, provoquant un embouteillage humain derrière nous.

— *Putain de jackpot.*

J'avisai l'enseigne devant nous. C'était une boutique

de casquettes de base-ball. Je réarrangeai inconsciemment ma casquette délavée sur ma tête. Je ne l'enlevais que pour porter le casque de West ou quand j'étais chez moi. Il me prit par la main et m'entraîna à l'intérieur.

— Si tu comptes te cacher le visage sous ce truc pour l'éternité, au moins ne me colle pas toujours le même vieux logo Nike. Donne-moi un peu d'originalité, Tex. C'est le secret de toute bonne relation.

— D'accord, mais tu devras te tourner pour que je les essaie. Je dois protéger ma vertu.

J'avais gardé un ton léger, les poings enfoncés dans les poches de mon sweat. On parcourut les rayons de casquettes. Contrairement à la rue, la boutique était presque vide. À part le vendeur, un jeune adulte qui s'occupait de la caisse, il n'y avait que nous deux.

— C'est si important pour toi de rester invisible, hein ? dit West en passant la main sur une rangée de casquettes.

J'examinai une pile à l'effigie d'universités et haussai les épaules.

— Je tiens à mon intimité.

— Tu aimes être invisible.

— Quel est le problème ?

— C'est que tu ne l'es *pas*. (Il s'arrêta et se frotta la joue.) Faisons un compromis. Je ferme les yeux chaque fois que tu en essaies une, et je les ouvre quand tu es prête. Tu me fais confiance ?

— Pourquoi ça t'intéresse de toute façon ?

Je m'arrêtai à côté de lui en regardant une casquette rose pâle ornée d'une cerise. J'étais une fille féminine et je l'assumais déjà bien avant l'incendie. Je trouvais que la casquette était super mignonne et je me demandai pourquoi je n'avais pas pensé avant à en acheter une nouvelle. Mais la réponse était évidente – pour moi, personne ne me regardait, et quand c'était le cas, c'était clairement pour les mauvaises raisons.

— Texas, je ne peux même pas commencer à t'expliquer. L'intérieur de cette casquette doit puer comme du fil dentaire usagé. Je veux que tu aies au moins une dizaine de casquettes pour pouvoir alterner. Des casquettes pour les mariages, pour les funérailles, pour les fêtes, pour le travail, pour les cours…

Il remarqua la casquette rose que je tenais. Il me la prit des mains et la plaqua contre mon sternum.

— Essaye-la.

— Ferme les yeux.

— Si je le fais, tu n'as pas le droit de te retourner.

— Hé, ça ne faisait pas partie du marché ! protestai-je.

— Tu étais pom-pom girl, c'est ça ?

— Oui. Avant…

— Qu'est-ce qu'elles font en premier à l'entraînement, avant d'entrer dans l'équipe ?

Je fouillai mes souvenirs, les sourcils froncés.

— Des chutes de confiance ?

— Exactement. Ça, c'est notre chute de confiance. Fais-moi confiance pour ne pas ouvrir les yeux.

— Tu m'as dit que faire confiance, c'était placer son optimisme au mauvais endroit, lui fis-je remarquer.

Il fit une grimace.

— N'écoute pas mes conneries. Je ne suis qu'un bon à rien minable qui ne sait que se servir de ses poings.

— Mais…

Il posa son doigt sur mes lèvres. Un sourire creusa des rides au coin de ses yeux. Je compris que c'était important pour lui. Que je lui fasse confiance. Même si je ne savais pas pourquoi.

— Je ne te laisserai pas tomber, Tex, énonça-t-il calmement.

— Promis ?

— Je ne fais pas de promesse. Jamais. (Il fit claquer sa langue. N'était-ce pas ce qu'il était en train de faire ? Je me demandais pourquoi il était aussi déterminé à ne jamais faire la moindre petite promesse.) Mets-moi au défi.

Je considérai sa requête dans un lourd silence. Il ferma les yeux. J'ôtai ma casquette grise et l'adrénaline afflua dans mes veines. Je le fixai des yeux, sous le choc, savourant ce petit instant libérateur. C'était comme si je pouvais sentir ses bras me rattraper lorsque je me laissai métaphoriquement tomber en arrière.

Il me rattrapait.

Il tenait sa parole et ne vola aucun coup d'œil.

Je saisis la casquette rose. Elle n'était pas courbée sur les côtés, ce qui faisait qu'une fois qu'elle serait sur ma tête, West verrait un peu trop mon visage à mon goût. Je la vissai sur mon crâne, pris une profonde inspiration et tapotai l'épaule de West pour lui signaler qu'il pouvait rouvrir les yeux.

— Tu es décente ?

— Pas vraiment, selon mes critères, marmonnai-je.

Il ouvrit les paupières.

— Alors, alors, qu'est-ce que tu en dis ?

Ce n'était qu'une casquette, mais je désignai mon corps entier avec une posture digne de Carrie Bradshaw dans *Sex and the City*. C'était bête, mais j'avais l'impression d'essayer une robe de mariée.

Il esquissa un petit sourire en coin qui fit flageoler mes genoux et siffla.

Il tendit la main vers la casquette et mon cœur se mit à palpiter. L'espace d'une seconde, j'eus l'impression que mon corps allait heurter le sol après qu'il m'eut lâchée. Mais non. Il ne la retira pas.

Il la courba de la façon que j'aimais afin qu'elle protège les deux côtés de mon visage.

— Tu es superbe, commenta-t-il à voix basse. La casquette n'est pas mal aussi.

— Merci. (La douceur de ma voix me surprit.) Mais ce n'est pas cool, mec. Si tu la plies en deux, tu l'achètes.

— C'est faux. Demande aux filles que je me suis tapées.

Je ris mollement. Ça ne m'amusait pas qu'il soit célèbre pour ses histoires sans lendemain.

— En plus, on l'achète, déclara-t-il d'un ton catégorique.

Je me retournai pour remettre ma vieille casquette et vérifier le prix, puis je poussai un grognement.

— Pour cinquante-cinq dollars ? Tu te fous de moi.

— C'est pour moi.

— Non, répondis-je en secouant la tête. Tu m'as déjà invitée à dîner une fois. Ça ne peut pas devenir une habitude.

Mais il se dirigeait vers la caisse en faisant tournoyer la casquette rose autour de son doigt sans plus me prêter attention. Je le suivis en grommelant. Je savais qu'il ferait ce qu'il voulait.

— Ce n'est pas une habitude. C'est un échange. Je t'offre quelque chose dont j'estime que tu as besoin, maintenant c'est ton tour. Des pommes, qu'est-ce que tu en dirais ?

Il tira sur la chaîne de son portefeuille (que mon amour pour les années quatre-vingt-dix trouva très en phase avec mon époque préférée) et déposa quelques billets sur le comptoir devant le vendeur.

— Bon sang, tu es West St Claire de l'université de Sheridan, n'est-ce pas ?

Son visage s'illumina. Ils échangèrent une poignée de main.

— J'ai assisté à ton combat contre Williams l'année dernière. Tu l'as démoli. Il est encore vivant, au moins ?

— Je n'en suis pas sûr.

West cala un sucre d'orge à la pomme dans sa bouche, de nouveau lui-même, arrogant et prétentieux.

— Tu devrais passer pro. Tu es le meilleur boxeur que j'aie jamais vu. Le champion sur le ring.

— C'est sympa, mec, dit West.

— Tu veux bien me signer ma casquette ?

Il s'exécuta et accepta aussi de faire une photo avec le type. On quitta la boutique de bonne humeur.

— Alors, de quoi j'ai besoin, selon toi ? demanda-t-il, faisant référence à notre échange.

Je me tapotai les lèvres en faisant mine de réfléchir.

— Une prothèse génitale.

Il rit.

— T'es une marrante, Texas.

— Hé, ce n'est pas moi qui t'ai offert des chaussons de danse avant même de savoir comment tu t'appelais.

West rangea son portefeuille dans sa poche et me tendit le sac contenant ma nouvelle casquette.

— Tu n'en as jamais parlé. Je me demandais si c'était vraiment arrivé. Je commençais à mettre en doute ma santé mentale.

— Tu peux le faire quand même. Mais oui, je les ai bien reçues. Je les ai toujours chez moi. Je ne sais pas vraiment quoi en faire, mais mon complexe de fille pauvre ne m'autorise pas à les jeter, avouai-je en riant. Tu veux les récupérer ?

— Garde-les. Je ne suis pas sûr que la danse classique soit mon truc. Je suis une peu trop baraqué.

Il feignit la timidité et je gloussai en l'imaginant en tutu.

Après un rapide changement de casquette dans une ruelle, je ressortis avec la rose. Il me siffla et je fis mine de rouler des mécaniques en balançant mes hanches comme une femme fatale.

Son téléphone vibra de nouveau. Il l'éteignit.

— Tu vas finir par décrocher, à un moment ? (Je pivotai et marchai à reculons sans le quitter des yeux.) Ça ne me pose pas de problème si tu as mieux à faire.

— Je n'ai pas mieux à faire, répliqua-t-il d'une humeur de nouveau maussade.

— La personne qui t'appelle a peut-être quelque chose d'important à te dire.

Plus j'y réfléchissais, plus je me rendais compte qu'aucune fille qu'il aurait pu fréquenter ne l'appellerait des dizaines de fois par jour. Un sentiment d'inquiétude me noua le ventre. C'était plus sérieux que ça.

— C'est à moi seul d'en juger. À ton tour, Tex, me lança-t-il alors que je me remettais en route. On va où ?

— Tu as déjà goûté la tarte aux fritos, *Maine* ?

Il esquissa le sourire le plus idiot et le plus mignon que j'avais jamais vu. Ses yeux étincelaient comme des joyaux. Un jour, j'avais regardé un documentaire sur la chute du mur de Berlin. Des milliers de personnes qui le démolissaient à coup de marteau et de briques, même à mains nues, rayonnants, triomphants, vibrant d'une douleur profonde. C'était ce que je sentais arriver à mes murs de défense à chaque fois qu'il m'adressait un sourire sincère. Ils s'effondraient, brique par brique, martelés par les poings de milliers de petits West.

— Je dois avouer que non, répondit-il en penchant la tête sur le côté.

— Alors allons chercher Christina. On a des endroits à visiter. Des tartes aux fritos à manger.

Lorsqu'il pencha de nouveau la tête, la dernière brique de mon mur s'écroula.

— Après toi.

— C'est… *bizarre.*

West se radossa en plantant sa fourchette dans la tarte aux fritos. Je posai la main sur ma poitrine, sous le choc.

— Pour de vrai ?

Il hocha la tête, récupéra sa fourchette et disséqua la tarte en fronçant les sourcils.

— Qu'est-ce qu'il y a là-dedans au fait ? Du bœuf, des haricots, du fromage, de la sauce pour enchiladas, des tortillas, de la crème, du maïs, des noix de pécan… (Il énuméra tous les ingrédients.) Ça me rappelle cet épisode dans *Friends* où Rachel prend un livre de recettes où deux pages sont collées ensemble et elle prépare une espèce de gâteau dégoûtant avec du bœuf et des fraises. En gros, tu mets tout et n'importe quoi dans ce truc.

— Oh ! fis-je avec un sourire, surtout n'importe quoi. Tout au fond, juste avant la pâte.

Il éclata de rire. Je demandai l'addition et la réglai.

— En plus, je te signale que Joey adore ce gâteau.

— Joey aime tout ce qui se mange. C'était ça, la blague.

— J'en conclus que tu es difficile.

— Pas vraiment. Ma limite, c'est les trucs dégueulasses. (Il se frotta la mâchoire, l'air songeur.) Et les minous. Je ne broute pas les chattes non plus.

Je m'étouffai avec mon Pepsi light et je dus en recracher une partie dans mon gobelet.

— Pardon ?

— Tu insinuais que je faisais la fine bouche. Ça me paraissait de circonstance de le préciser.

— Pourquoi tu ne…

Je laissai ma question en suspens. Je ne parlais jamais de sexe avec les mecs. En fait, je n'en parlais jamais non plus avec Karlie ou Mamie. Marla, c'était hors de question, pour des raisons évidentes. Je n'étais pas vierge. Je l'avais déjà fait. Quand j'avais seize ans, avec mon ex-petit copain, Tucker. Mais on n'en avait jamais réellement discuté, et l'expérience était sans intérêt, c'était le moins qu'on pouvait dire.

— Broutes pas de chattes ? acheva-t-il à ma place, se délectant de ma gêne. Ça me semble trop intime. Je n'ai rien contre les chattes. J'ai passé certains de mes meilleurs moments enfoui en elles. Seulement, je ne veux pas être trop familier avec celles qui ont déjà pas mal tourné. Si c'était une relation stable, cela dit, ce serait une autre histoire.

— Tu as déjà eu une relation stable ?

Il hocha la tête.

— Au lycée. Je la bouffais au petit déjeuner, au déjeuner et au dîner. Et toi ?

— Pareil.

— Il te bouffait la chatte ? demanda-t-il avec une nonchalance insultante.

Je sentis l'extrémité de mes oreilles se mettre à brûler.

— Oui.

— Et tu lui rendais la pareille ?

— Bien sûr. Égalité pour tous, non ?

West se redressa, un muscle tressautant dans sa mâchoire.

— Tu as déjà entendu parler de la discrimination positive ? Où est passé le féminisme ?

Je me mordis la lèvre pour essayer de ne pas rire. Il était *jaloux* ou quoi ?

— J'en conclus que ta règle concernant le sexe oral ne s'applique pas quand c'est en ta faveur ? fis-je remarquer avec un sourcil levé.

Il afficha un sourire narquois, comme s'il était fier que je poursuive la conversation sans me liquéfier.

— Exact. Jamais rencontré de pipe qui ne me plaisait pas.

— Ce n'est pas très féministe.

— Hé, tu as une idée du nombre de soutifs que j'ai détruits dans ma vie ?

— Et on dit que la romance est morte…

Je levai les yeux au ciel. Il tira la visière de ma casquette vers le bas. Nous étions tous les deux incroyablement à l'aise.

— On va où maintenant, Tex ?

— Un autre resto mexicain, répondis-je du tac au tac.

— *Encore* une tarte ? (Il écarquilla les yeux avec une horreur feinte.) Tu vas me faire subir ça encore une fois ?

— Bien sûr. Jusqu'à ce que tu admettes que la tarte aux fritos est la meilleure chose qui soit arrivée à l'humanité depuis l'apparition de l'agriculture et du langage.

— La tarte aux fritos est la meilleure chose qui soit arrivée à l'humanité depuis l'agriculture et le langage, déclara-t-il d'un ton pince-sans-rire.

Je ris.

— Bien essayé.

On sortit du restaurant pour entrer dans celui qui le jouxtait.

Il n'aima pas leurs tartes aux fritos non plus. Après avoir goûté sa troisième, il se leva de son siège et secoua la tête.

— Terminé, les tartes aux fritos. C'est contraire aux droits de l'Homme.

— Allez, ne sois pas aussi fermé d'esprit, le taquinai-je en lui emboîtant le pas.

J'avais mal aux joues à force de rire et je me demandai si c'était parce qu'on avait ri tant que ça, ou si c'était parce que je n'avais plus l'habitude de rire.

— Ce n'était que l'échauffement.

— Je mets mon veto aux tartes, dit-il en faisant tournoyer ses clés autour de son index.

— C'est tellement *Maine*, fis-je d'un ton plaintif.

— C'est tellement *Texas*.

Je lui donnai une tape sur la main, mais il poursuivit sa route en direction de sa Ducati.

— Steu plaît steu plaît steu plaît, fis-je d'un ton qui s'avéra plus charmeur que je l'aurais voulu.

Mon cœur, prêt à exploser d'allégresse et de rires, commença à dégonfler. La fin d'après-midi approchait. La vérité, c'était que je n'étais pas trop d'accord non plus pour une autre tarte aux fritos. Mais je ne voulais pas partir. Rentrer à Sheridan. Faire éclater la bulle de West et Grace. Je voulais prolonger ce moment de bonheur et d'insouciance. Me sentir belle – ou du moins pas laide – pendant quelques heures supplémentaires.

West s'arrêta près de la Ducati et me tendit mon casque. Je l'échangeai rapidement contre ma casquette et fourrai cette dernière dans le sac avec l'ancienne.

On reprit la route de Sheridan en silence, mes cheveux fouettant ma nuque et mes épaules. Une fois arrivé à l'entrée de la ville, West prit la direction du centre-ville et de Main Street.

— C'est mon anniversaire aujourd'hui, dit-il tout de go.

— Quoi ? ! m'écriai-je dans son oreille, ma voix étouffée par le casque et le vent. C'est vrai ?

— Oui, grogna-t-il.

— Tu as quel âge ?

— Vingt-deux.

— Merde alors.

— Sympa de m'aider à faire passer la pilule, Tex.

— C'est toi qui m'as acheté un cadeau pour ton anniversaire. C'est totalement injuste. Stop. Arrête-toi tout de suite.

Il s'arrêta à côté de l'épicerie des Albertson. Je courus à l'intérieur sans retirer mon casque, puis en ressortis avec une bouteille de tequila emballée dans un sac en papier et des bougies d'anniversaire. C'était les moins chères, mais c'était mieux que rien. Je remontai d'un bond en passant mes bras autour de lui.

— Au Sheridan Plaza, lui ordonnai-je.

— Tu as commencé à boire sans moi ou quoi ? Pourquoi j'irais là-bas ? fit-il en tournant brusquement la tête pour me regarder dans les yeux.

— Je n'y suis jamais allée, lui avouai-je d'une voix rauque.

Il retira son casque sans couper le moteur, et fronça les sourcils. Encore heureux que je portais toujours mon casque, car le visage de West St Claire, si proche du mien, avec ses lèvres à un souffle des miennes, était l'incarnation de la séduction. Un voile de sueur lui collait les cheveux sur les tempes et le front, et ses pommettes sculptées luisaient au soleil.

— Tu te fous de moi.

Je secouai la tête.

— Tu as grandi à Sheridan et tu n'es jamais allée au Plaza ?

Je confirmai.

— D'accord. Mais tu n'es pas autorisée à y aller toute seule. Promets-le-moi.

— *Pas de promesses.* (Je haussai les sourcils en lui renvoyant sa propre règle au visage.) Pourquoi tu ne veux pas que j'aille là-bas ?

— C'est une vraie benne à sperme.

— Ce n'est pas là que tu t'envoies toutes tes copines ? fis-je d'un ton que je m'efforçai de garder léger.

— D'où la benne à sperme. Ce n'est pas un endroit pour une dame.

Il remit son casque et enclencha une vitesse pour reprendre la route.

Arrivé devant le Sheridan Plaza, West se gara à l'arrière et me guida à l'intérieur. Le rez-de-chaussée était vide à l'exception de quelques matelas détrempés, de mégots de cigarette et de gobelets en plastique éparpillés un peu partout. On prit l'escalier en béton menant au premier étage. L'aile de gauche, qui était sûrement destinée à accueillir tous les restaurants, était vaste et déserte. Des tapis de gym étaient dispersés un peu partout, entourés de boîtes et de cartons qui délimitaient le ring et d'un espace suffisant pour contenir au moins cent personnes. L'aile droite de l'étage consistait en petits locaux censés accueillir les boutiques équipées d'autres matelas. Comme d'immondes chambres de motel individuelles. Pas étonnant que les gens aimaient venir ici. Cet endroit était un bordel improvisé.

West me fit rapidement faire le tour du propriétaire en me tenant la main d'une poigne presque douloureuse, comme si les ondes des lieux risquaient d'aspirer mon âme tendre et de l'envoyer en enfer. Il tenait le sac en papier contenant la bouteille de tequila dans sa main libre.

— C'est tout, en gros. Le deuxième étage, c'est la direction. C'est là que sont nos bureaux, déclara-t-il sans une once de sarcasme dans la voix.

Je ricanai.

— Et c'est quoi tes horaires ? 9 heures-17 heures ?

— Plutôt 5 à 7.

On emprunta l'escalier menant au deuxième.

À l'instant où je vis la cage d'ascenseur devant moi, mon sourire disparut. Il ne pouvait pas le voir puisqu'il me tournait le dos.

C'était donc là qu'il emmenait tous ses coups.

C'était là que Melanie et lui avaient fusionné.

Il fallait que je dise quelque chose pour changer de sujet, et vite.

— Qu'est-ce que tu voudrais faire ? Une fois que tu auras obtenu ton diplôme ?

Je lui fis face et me raclai la gorge.

Il se passa une main dans les cheveux et le tatouage en A à l'intérieur de son biceps sembla se moquer de moi, comme pour me rappeler le peu que je savais de lui.

— Brutal, comme changement de sujet. Faut croire que je n'y ai pas encore réfléchi.

— Tu n'as aucune préférence ? Aucune idée ? Aucune aspiration ?

— Non, non et non. (Il s'arrêta, me tourna le dos et leva les bras en l'air.) Je n'ai pas envie de parler de l'avenir. Chute de confiance, Tex. *Attrape.*

Avant que je puisse comprendre ce qui se passait, son corps vacilla vers moi. Je laissai échapper un petit cri et ouvris les bras pour essayer de le rattraper. *Merde.* Il me fallait plus de temps pour me préparer. Il était lourd. *Vraiment* lourd. Je tombai en même temps que lui, écrasée sous son poids, et grimaçai en tendant les bras vers le béton froid. Mais lorsqu'il tomba sur moi, son corps entier pressé contre le mien, je réalisai qu'il y avait un matelas derrière moi pour amortir ma chute.

C'était pour ça qu'il l'avait fait.

Il savait que je n'aurais pas le temps de le rattraper, mais aussi que nous tomberions sur une surface molle. Il voulait seulement voir si, au moins, j'essaierais.

Maudit soit cet homme !

Je gloussai en le poussant. Il roula sur lui-même et ouvrit la bouteille de tequila. Il s'apprêtait à la boire quand je la lui arrachai des mains avant qu'il puisse le faire.

— Pas si vite, *birthday boy*. Je voudrais porter un toast.

Il se redressa, attentif. Sérieux. Il ressemblait à un gamin curieux, tout à coup, à qui on allait faire une leçon importante sur son sujet préféré.

Ça me brisait le cœur de le voir attendre aussi avidement mes mots, car c'était clair qu'il ne voulait pas fêter son anniversaire. Il ne faisait rien avec ses amis et n'avait pas pris la peine de me prévenir avant la fin de la journée.

En fait, il avait prévu de travailler au *food truck*.

Pour une raison qui m'échappait, West St Claire n'était pas très heureux d'avoir vu le jour, et ce constat m'affligeait.

— Je voudrais porter un toast à un ami cher qui, malgré le fait que je sois parfois têtue et pénible, est toujours là pour moi.

Je m'efforçai de garder un ton léger, mais j'étais assez émue pour me rendre compte que tout ce que je disais n'était que la stricte vérité.

West leva les yeux au ciel.

— Viens-en à la partie où tu parles de moi, petite garce.

Je lui tapotai l'épaule.

— Je me fiche de ce que l'univers entier dit de toi, West St Claire. Je me fiche que tu te battes et que tu conduises un monstre appelé Christina et que tu sois un queutard. Pour moi, tu es simplement un mec cool qui fait toujours les choses justes, et c'est suffisant. Non. (Je me sentis rougir.) C'est plus que suffisant. C'est énorme. Joyeux anniversaire, enfoiré.

Je renversai la tête en arrière pour boire une gorgée de tequila avant de lui passer la bouteille en savourant la sensation de brûlure dans ma gorge. On resta sur ce matelas pendant deux bonnes heures à boire et discuter. La conversation partait dans tous les sens, de notre enfance au football, des séries télé à la musique, puis aux livres. Plus nous buvions, moins nous étions sensés, jusqu'à ce que nous menions chacun des conversations complètement distinctes.

Au moment où on finit la bouteille, il faisait noir dehors. Le Plaza s'était étonnamment rafraîchi. Nous étions tous les deux juchés sur le matelas, nos bras s'effleuraient, et nous regardions le plafond.

— Tu sais de quoi j'aurais envie ? demandai-je.

— De me pousser par terre sans autre raison que ton instinct de conservation exacerbé ? demanda-t-il sèchement.

Je ricanai. *Touché.*

— De vraie nourriture mexicaine pour absorber tout cet alcool.

Il ramassa la bouteille de tequila vide et ferma un œil pour en regarder le fond par le goulot.

— Tu veux dire, par exemple, des tacos au poisson et des tortillas ?

— Exactement.

— Je ne sais pas où on pourrait trouver ça dans le coin.

On échangea un sourire entendu. Ce n'était pas bien, ça ne se faisait pas, mais c'était une évidence. Merde, nous avions enfreint tant de règles aujourd'hui qu'on n'était plus à une près.

Et vraiment, Mme Contreras ne le découvrirait jamais.

— Tu penses à ce que je pense, *birthday boy* ?

Mon sourire s'élargit.

— Je pense que le Texas vient de devenir beaucoup plus marrant.

On entra en chancelant dans le camion et on verrouilla derrière nous sans ouvrir la vitre. Je me retournai et appuyai mon index contre mes lèvres.

— *Chhh !*

— Personne ne parlait, andouille.

Il me pinça le cou en riant avant de me dépasser.

Il alluma la lumière et le grill pendant que je coupais les légumes. Je préparai des tacos classiques, y plantai les bougies d'anniversaire et les allumai. Étant donné que le camion sortait de chez le garagiste, il manquait certains ingrédients, comme la crème et le guacamole, mais nous étions trop ivres pour nous en soucier.

Je massacrai la chanson « Joyeux anniversaire » en réussissant à louper toutes les notes, et laissai West souffler les bougies.

— Qu'est-ce que tu as fait comme vœu ?

Je lui frottai le bras et posai le menton sur son épaule tandis que nous regardions la fumée s'élever des bougies.

— Si je te le dis, tu promets de ne pas insister sur le sujet ?

— Bien sûr.

— Je suis sérieux, Tex. Je ne veux pas que tu joues ta meuf avec moi. La seule raison pour laquelle on est ici, c'est parce que tu n'es *pas* cette personne.

— Crache le morceau, mon pote, fis-je en riant.

— J'ai fait le vœu de ne plus jamais avoir envie de mourir.

Ma gorge se noua et un silence suivit ; je tins ma parole et n'insistai pas.

— Alors je fais le même vœu, dis-je doucement.

On dégusta nos tacos mal faits assis par terre pendant que je l'initiais au jeu des préférences sur les années quatre-vingt-dix. Je décidai de ne plus creuser la question pour laquelle West se liait d'amitié avec moi. Au lieu de quoi je prenais les choses comme elles venaient et voyais où elles nous mèneraient.

Je n'avais pas été aussi heureuse depuis des années et il fallait que ça compte pour quelque chose.

West était en train de m'expliquer pourquoi les sacs bananes étaient des tue-l'amour lorsque quelqu'un tapa à la vitre du camion.

— Bonsoir ? Il y a quelqu'un ?

On se tut aussitôt en échangeant un regard stupéfait, la bouche pleine. J'étouffai un rire. Il m'arrivait rarement d'être ivre désormais, et j'avais oublié comme je pouvais rire bêtement dès que j'avais un coup dans le nez.

— Hé, les lumières sont allumées, dit l'homme à l'extérieur.

Du gravier crissa sous ses pieds tandis qu'il faisait le tour du *food truck*. Il essayait probablement de jeter un œil à travers la fente dans la vitre.

— Ouvrez, là-dedans.

Je me plaquai une main sur la bouche pour contenir mon rire, mais un petit ricanement horrifié s'échappa par mon nez. West écarquilla les yeux avec un sourire.

Je me couvris le visage des mains, mortifiée, les épaules secouées par mon rire silencieux.

— Regarde le camion, dit l'une des personnes à l'extérieur d'une voix étouffée. Il remue. Tu penses ce que je pense ?

— Je pense que si tu as vu juste ils ne vont certainement pas nous ouvrir, Rick, et que je ne veux rien manger qui sort de là.

Ils pensaient qu'on s'envoyait en l'air ! Oh ! Seigneur. Je laissai échappai un deuxième grognement incontrôlé, incapable de me retenir, et basculai en arrière. West se jeta sur moi, me plaqua sur le sol et me chevaucha en posant la main sur ma bouche pour me réduire au silence.

Nos tacos étaient éparpillés autour de nous et je sentis mes poumons se vider en le voyant au-dessus de moi, son entre-jambe contre mon ventre. Son geste n'avait absolument aucune motivation sexuelle. Il voulait seulement me faire taire pour ne pas nous attirer d'ennui. Nous n'étions pas censés être là et si Mme Contreras l'apprenait, elle nous virerait probablement tous les deux malgré l'affection qu'elle avait pour moi.

Pourtant, mon corps entier s'anima, un petit gémissement m'échappa à la sensation délicieuse de son poids sur moi. Je sentis mes tétons pointer dans mon soutien-gorge. La friction du tissu à chacun de mes gestes me fit saliver. Ses cuisses étaient si puissantes, si musclées que j'avais envie qu'il se redresse, qu'il baisse sa braguette et mette sa queue dans ma bouche.

West serra ses doigts contre mes lèvres. Je résistai à l'envie de lui lécher la paume. Je sentais sa peau, rugueuse et salée. Il se pencha un peu plus, m'engloutissant, et je pouvais à peine respirer. Son regard était rivé au mien. Je ne riais plus du tout. Les personnes à l'extérieur brandissaient la lampe de leur téléphone pour essayer de voir à l'intérieur, balayant le visage de West de petits éclats de lumière.

Nos deux cœurs battaient la chamade, si fort que je pouvais les entendre, presque voir leur empreinte à travers nos T-shirts.

Le crissement s'estompa et le son des grillons à l'extérieur s'amplifia. Ils partaient.

West se pencha entièrement, repoussant sur le côté la visière de ma casquette, et posa son front sur le mien. Nos torses entraient en contact à chacune de nos respirations. Il ferma les yeux. Le bout de notre nez se toucha. Une sensation étrange et enivrante me submergea. Quelque chose me dit que j'allais me repasser ce moment dans ma tête pendant les années à venir.

Il retira sa main de ma bouche et tira sur une cordelette électrique à côté de nous. Les lumières s'éteignirent.

Boum, boum, boum, fit mon cœur.

— Texas.

Son murmure m'enveloppa et me fit tourner la tête.

— Maine.

Ma voix était étrange, épaisse. Ce n'était plus la mienne.

Il faisait si sombre dans le camion que je ne distinguais plus rien. J'avais les yeux rivés sur ce que j'imaginais être ses lèvres et même si mon cerveau me disait qu'un baiser aurait été la pire chose qui pouvait arriver à notre amitié, le reste de mon corps se rebellait, espérant ardemment sentir sa bouche sur la mienne.

— Aujourd'hui, ce n'était pas une sale journée.

Son souffle chatouilla mon visage.

Je déglutis, soudain muette.

— Non, c'est vrai.

Mes lèvres se trouvaient à un souffle des siennes.

— D'habitude, mon anniversaire est pourri, expliqua-t-il.

— Oh.

J'avais officiellement cessé de manifester le moindre signe d'intelligence. La faute à sa proximité. Elle me rendait plus ivre encore que la tequila.

— Texas, répéta-t-il.

— Maine ?

Je frémissais d'anticipation.

— Permission de faire un truc vraiment stupide mais nécessaire, là, tout de suite ?

Mon cœur fit des bonds dans ma poitrine. Je ne savais même pas ce qu'il allait me demander, mais ce dont j'étais sûre, c'était de ma fichue réponse.

— Accordée.

— Joyeux anniversaire, mec.

Sa bouche se posa sur la mienne dans le noir total.

Chaque cellule de mon corps se mit à vibrer. Je cambrai le dos en ouvrant la bouche pour accueillir sa langue. Le contact de ses lèvres sur les miennes provoqua un frisson le long de ma colonne vertébrale et je poussai un petit grognement, les veines en ébullition.

Le téléphone de West se mit de nouveau à vibrer. Il s'écarta brusquement, rompant la transe dans laquelle on se trouvait. Il se redressa avec difficulté, alluma la lumière et je l'imitai. Je rassemblai les morceaux de tacos éparpillés tandis qu'il me tournait le dos pour enfin répondre à son téléphone.

— Oui ?

Il semblait à bout de souffle. Troublé. Il se mit à faire les cent pas.

De mon côté, je jetai les restes de tacos à la poubelle en laissant mon regard errer discrètement vers son jean, où je distinguai les contours de son érection. Elle était longue, épaisse et provocante. C'était bien de savoir qu'il me rendait folle, mais que j'étais aussi capable de lui faire le même effet.

Inconscient de mes pensées perverses, West pivota et passa

une main dans ses cheveux ébouriffés, avant de me tourner de nouveau le dos.

— J'étais occupé.

Une pause.

— Je suis juste avec une amie.

Une pause.

— Oui, *une* amie.

Une pause.

— Parce qu'il n'y a rien à dire. Ce n'est qu'une amie. Comme je l'ai dit dans ma putain de phrase précédente. Tu devrais faire plus de jeux de mémoire. T'entretenir un peu le cerveau.

Aïe.

— Ça me fait comme l'année dernière. (Il émit un petit rire glacial et impersonnel.) Bref, je dois y aller. Dis bonjour à papa. Salut.

Il rangea son téléphone dans sa poche et se retourna, et la froideur de son expression me donna l'impression d'être une parfaite inconnue. Comme si toute cette journée n'était jamais arrivée.

— Prête à y aller ? Je ne sais pas si je peux conduire, mais je vais te raccompagner à pied.

Ses yeux de jade étaient durs comme des diamants, et il n'y avait plus la moindre trace de la chaleur qui les avait inondés quelques secondes auparavant.

— C'était ta mère ?

Je n'avais jamais entendu quelqu'un parler à sa mère de manière aussi impersonnelle. Ayant grandi sans la mienne, j'observais toujours attentivement les interactions de mes amis avec les leurs. Les petites disputes, l'exaspération, l'amour qui circulait entre eux dans un cordon invisible.

Le degré d'intimité variait, mais il y avait toujours une familiarité innée et sous-jacente qui n'existait pas entre West et sa mère.

— Ouais.

Il m'aida à nettoyer le sol avec des gestes rapides, sans jamais croiser mon regard. Ce coup de téléphone l'avait véritablement déconcerté.

— Mes amis savent qu'il ne vaut mieux pas me souhaiter mon anniversaire, mais ma mère continue d'essayer.

Pourquoi ne fêtait-il pas son anniversaire ?

Et pourquoi avait-il choisi de partager celui-là avec *moi* ?

Je savais que je n'obtiendrais aucune réponse. Pas ce soir.

Je lui frottai le bras avec un sourire.

— Tu veux passer dire bonjour à Mamie ?

— Tu plaisantes ? fit-il avec une moue. La seule raison pour laquelle je traîne avec toi, c'est pour me rapprocher de Mme S.

West

Et le Prix de l'Idiot de la Décennie revient à…

Moi.

Embrasser Texas, c'était de loin la chose la plus dingue que j'avais faite depuis mon emménagement… eh bien, au *Texas.*

Elle était suffisamment pompette pour me laisser faire, et j'étais suffisamment débile pour envoyer valser toutes mes règles.

Ma sauveuse improbable, c'était ma mère. À l'instant où j'avais entendu la sonnerie de mon téléphone, j'étais revenu à la raison.

Je m'étais rappelé ce que je faisais ici.

Pourquoi je ne retournerais jamais dans le Maine.

Pourquoi je n'avais pas de petite amie, pourquoi je refusais toute relation et pourquoi je n'avais aucun projet d'avenir.

East avait raison… Grace Shaw me plaisait, et si je ne me tenais pas à carreaux, j'allais nous entraîner tous les deux dans un merdier qu'elle ne méritait pas et dont je ne savais pas comment me sortir.

Pas de promesse, pas de déception.

C'était ma devise dans la vie.

Grace et moi marchions côte à côte. Elle était encore pompette, sautillait et parlait avec animation. Elle était mignonne avec sa petite casquette rose et ses cheveux blonds. Une partie de moi avait hâte qu'elle dépasse ses complexes et qu'elle s'ouvre. Les mecs se mettraient à la draguer à la minute où elle arrêterait de leur envoyer des ondes négatives. Une autre partie de moi avait envie d'écorcher vif chacun de ces enfoirés et de fabriquer des batteries pour orphelins avec leur peau. Ils ne la méritaient pas. Je ne savais pas qui « ils » étaient. Rien que des types sans visage et, espérons-le, sans bite.

— … dit qu'elle ne me laisserait peut-être pas valider ce semestre. Et ça me fait peur, en fait. Mais je ne peux pas monter sur scène. Je sais qu'il existe du maquillage d'effets spéciaux, mais à quoi bon ? Tout le monde essaierait de voir sous mon maquillage. La pièce serait reléguée au second plan et on ne parlerait plus que de ma face de monstre en ville. Non, je ne peux pas monter sur scène. Pas sans la casquette. Ce qui, soyons honnête, n'est pas vraiment une option envisageable, entendis-je Grace expliquer en fond sonore, et putain, mes pensées dérivèrent de nouveau, cette fois pour m'imaginer comment ce baiser aurait pu se terminer.

Si on avait été plus loin que ce bisou rapide glissé avant le coup de fil.

— Qui ça ? demandai-je tandis qu'on arrivait devant chez elle.

— Le professeur McGraw, répondit-elle en s'arrêtant devant la grille basse menant à sa maison. Tu étais ailleurs, c'est ça ?

Elle tendit la main pour coiffer mes cheveux sur le côté et essayer de les réarranger un peu. Je les avais coupés quelques mois plus tôt, et encore, c'était arrivé uniquement parce que East m'avait littéralement forcé à m'asseoir et avait plongé les ciseaux dans mes cheveux.

Je grognai en détournant les yeux. Les filles me touchaient en permanence. En me suçant, en m'embrassant, en me pelotant, en me chevauchant. Mais ça faisait un bail que personne ne m'avait touché *comme ça*. Avec prévenance plutôt qu'avec désir. Personne depuis Whitley, en tout cas.

La porte s'ouvrit et une femme d'un certain âge sortit en hissant son sac à main sur son épaule.

— Ma chérie, j'ai vu les lumières du perron s'allumer. Je t'ai laissé à manger dans le micro-ondes, si la vieille chouette ne s'est pas déjà jetée dessus. Désolée, je n'ai pas le temps d'attendre que tu prennes ta douche. Pete a attrapé quelque chose, je ne peux pas traîner. Appelle si tu as besoin de moi.

— Merci, Marla.

Texas se hissa sur la pointe des pieds pour enlacer la femme. J'approchai avec elle de la porte. Marla me posa une main sur l'épaule en chemin vers sa voiture.

— Traite-la comme il faut, mon garçon, ou je te promets que je te présenterai mon fusil.

Putain de Texas.

— Je m'occuperai de Mme S. pendant que tu prendras ta douche, proposai-je à Grace tandis que Marla s'éloignait au volant de sa Dodge.

La remarque sur le fusil lui était passée au-dessus comme si Marla m'avait proposé une tasse de thé.

— Oh ! c'est bon. Vraiment.

Elle rougit sous son maquillage.

— C'était une affirmation, pas une proposition. Avance.

Je posai la main au bas de son dos, suffisamment près de ses fesses pour donner des idées à mon cerveau. Ma queue durcit dans mon jean et j'avais hâte de rentrer à la maison pour me soulager un petit coup.

Texas fila à l'étage prendre sa douche, et je pénétrai dans le salon, en faisant comme chez moi. Il était vieillot, mais les fondations semblaient plutôt récentes, ce qui m'indiquait tout ce que j'avais besoin de savoir. Un incendie avait eu lieu ici, et certaines parties de la maison avaient été rénovées.

Savannah était assise dans un fauteuil inclinable devant la télé, en train de tricoter quelque chose qui ressemblait à une écharpe sans fin. Elle avait le regard vide, une moue mécontente aux lèvres.

Je m'assis devant elle.

— Bonjour madame Shaw, vous vous souvenez de moi ?

Elle releva les yeux de son écharpe de dix mètres par-dessus la monture de ses lunettes, avant de les reposer sur son tricot.

— Bien sûr que oui, dit-elle en paraissant se détendre légèrement. Tu es mon mari Freddie.

Dix minutes plus tard, Texas était sortie de la douche et j'avais pu constater que sa grand-mère n'avait plus toute sa tête. Mme S. passa tout le temps où je la surveillai à me parler de personnes que je ne connaissais pas et avec qui j'étais censé travailler, à me réciter des conversations entières que nous n'avions pas eues, et à me traiter comme son défunt mari. Ce n'était pas du cinéma. Elle ne savait pas qui j'étais.

Grace descendit les marches deux par deux, vêtue d'un T-shirt trop grand, à manches longues, dont elle se servait comme pyjama. Elle avait les jambes nues, que je ne pus m'empêcher de dévorer du regard. Elles étaient parfaites. Bronzées, longues, athlétiques. Je pouvais facilement les imaginer enroulées autour de ma taille.

Mais je me retins.

Parce qu'on était SEULEMENT AMIS PUTAIN, comme je ne cessais de l'oublier. Il fallait peut-être que je me colle un Post-it sous les paupières. *Seulement* et *Amis.*

Mes pupilles finirent par glisser vers le haut. Elle portait la casquette de base-ball et son visage était recouvert d'une couche de maquillage toute fraîche.

C'est comme ça qu'on se la joue, alors, Tex ?

Je me levai.

— Merci beaucoup. J'apprécie vraiment.

Une fois dans l'entrée, Grace jeta ses bras autour de moi et me serra. Ses seins se pressèrent contre mon torse. Elle ne portait pas de soutien-gorge.

West Junior prit note de lui rendre service plus souvent si elle nous payait en câlins. Elle me guida jusqu'à la porte, sa manière polie de me dire de dégager.

— Tu m'expliques, tout ce maquillage ?

— Tu m'expliques, cette relation foireuse avec tes parents ? me renvoya-t-elle en m'ouvrant la porte.

Touché.

Je lui donnai un petit coup derrière l'oreille.

— Par souci d'honnêteté, je te préviens que si tu te rejettes sur moi demain à la fac, je te balance dans la fontaine et je te frotte le visage de fond en comble.

Elle sourit.

— Je ne le ferai plus. Promis juré.

Elle me tendit son petit doigt. J'enroulai le mien autour et l'attirai vers moi pour déposer un baiser sur sa joue intacte. Elle hoqueta. Je m'écartai et lui souris avant qu'elle se mette à péter un câble.

Je descendis les marches du perron avec une étonnante sensation de légèreté bien que ce soit mon anniversaire, et que mes anniversaires soient les pires jours de ma vie.

Je m'arrêtai sur la dernière marche qui grinçait et me retournai, conscient qu'elle était toujours sur le seuil.

— Hé, Texas ?

Elle posa le front contre la porte avec un sourire fatigué.

— Tu devrais t'ouvrir un peu.

— Toi aussi.

— Il me semble que je le fais.

C'était la première fois en cinq ans que j'esquissais un sourire le jour de mon anniversaire. Ce qui était dingue, à la réflexion. Je me sentais coupable comme jamais. Pas étonnant que maman, papa et East m'aient appelé toute la journée. Ils craignaient sûrement que j'avais fini par mettre fin à mes jours.

Que, cette fois-ci, je n'avais pas loupé le cerf sur la route.

Grace mordit sa lèvre pulpeuse d'une façon qui me laissait penser qu'elle réprimait un de ses sourires capables de faire fondre le monde entier.

— Il me semble que moi aussi.

10

Grace

Le soir où ma première plume de phénix décida de renaître de ses cendres, je remplissais mon rôle d'assistante à la mise en scène en nettoyant l'auditorium.

C'était le lendemain de mon baiser manqué avec West. Tess et Lauren étaient restées pour répéter certaines de leurs scènes communes. Lauren avait encore du mal à mémoriser toutes ses répliques. Elle attribuait cette lacune à sa récente rupture avec son petit copain Mario. Tess avait travaillé sa capacité de persuasion passive-agressive pour convaincre le professeur McGraw d'échanger les rôles. Selon elle, Stella n'avait pas autant de répliques et son rôle n'était pas aussi épuisant émotionnellement parlant.

« Sérieux, Lauren, dis à Finlay et McGraw que tu es trop occupée. Échange avec Stella. Tu obtiendras un A+ et tu n'auras que la moitié des répliques à apprendre. »

Je nettoyai autour d'elles en passant la serpillière. Elles me saluèrent de la main en partant, et le regard de Tess s'attarda sur moi un peu trop longtemps, comme si elle remarquait mon existence pour la première fois. Il ne faisait aucun doute que c'était à cause de la fois où West était venu me chercher dans l'auditorium.

Après avoir terminé de laver le sol, je rangeai les accessoires en coulisses et les costumes sur les portants.

Tout en fredonnant « No Me Queda Mas » de Selena (car les années quatre-vingt-dix et Selena, c'était un doublé), mes pensées se mirent à vagabonder. Plus précisément vers West et sa relation avec ses parents. Il était en colère, ça, c'était un fait. Il était resté évasif à ce sujet, mais d'après ce que j'avais compris, ils avaient des problèmes financiers et il se tuait à la tâche pour essayer de les aider.

Alors que je m'apprêtais à éteindre les lumières, je m'arrêtai sur le seuil entre la scène et les coulisses, et jetai un œil à travers les rideaux bordeaux. J'adorais le plancher de la scène. C'était mon élément préféré, couvert d'éraflures et d'entailles laissées par le défilé des acteurs et des danseurs au fil des années.

Cabossé, abîmé, il était toujours capable de créer la plus belle des magies.

Sans vraiment le vouloir, je me surpris à faire un pas vers le centre de la scène. J'avalai ma salive.

« Tu devrais t'ouvrir un peu. »

Les paroles de West me chatouillèrent le ventre.

Encore un pas.

« Arrête de te rouler en boule et de faire la morte. »

La prochaine venait de ma grand-mère.

« Si tu n'as pas peur, c'est que tu n'es pas courageuse. »

Avant que je comprenne ce qui m'arrivait, je me mis à courir sur la scène.

Tap, tap, tap.

Mon rythme cardiaque s'accéléra, ma bouche s'assécha et mon souffle se bloqua dans ma gorge.

Je m'arrêtai au milieu de la scène.

Seule.

Courageuse.

Effrayée.

Mais invaincue.

Je retirai ma casquette rose, pris une profonde inspiration et poussai un cri bouleversant qui fit trembler les murs. Il dura de longues secondes avant de faiblir, les derniers échos vibrant dans mes poumons.

Je souris et saluai les rangées désertes de fauteuils en velours rouge.

Je m'imaginai l'auditorium noir de monde. On m'applaudissait, on m'acclamait, on me réservait une *standing ovation.*

Je sentis une petite partie de mon phénix revenir à la vie.

Pas une aile entière, mais une plume unique et parfaite.

Elle était rouge. La couleur de ma cicatrice.

Elle me rappelait moi.

— Il y a un combat ce vendredi. Je me suis dit que tu avais peut-être changé d'avis.

Karlie était assise sur son lit à côté de moi, le nez plongé dans un livre de cours.

Je fis une moue, serrai un oreiller contre moi et m'adossai à la tête du lit.

— Pourquoi j'aurais changé d'avis ?

— D'abord, les rumeurs vont vite, et Tess a dit à tout le monde que le célèbre West St Claire était venu t'enlever dans l'auditorium la semaine dernière. Maintenant les gens pensent que vous couchez ensemble. La seule chose intéressante qui nous soit arrivée en, disons, cinq ans, et tu oublies de m'en parler. (Elle leva les yeux au ciel, tourna une page de son livre et surligna un paragraphe entier au marqueur.) Je suis à deux doigts de te renier, Shaw. Tu es une mauvaise meilleure amie.

Je ris avant de lui jeter l'oreiller au visage.

— Il n'y a rien à dire. On est seulement amis.

— Bien sûûûûr. Et moi je suis le pape. Tu es dans le déni.

— Pas du tout.

— Pas même un tout petit peu ?

Karl posa son livre sur ses genoux en rapprochant deux doigts, avant de me regarder à travers le petit espace avec un sourire espiègle. Inutile de lui parler du baiser qui n'était pas arrivé et qui avait été promptement qualifié d'erreur par West avant qu'il fasse machine arrière.

— Je te jure que c'est parfaitement platonique. C'est un phobique de l'engagement qui aime la variété. Je serais vraiment bête de tomber dans les filets d'un mec comme ça.

Je suis *l'idiote qui est déjà bien partie pour.*

— On ne choisit pas de qui on tombe amoureux.

— Peut-être, mais on peut décider de nos actes et de nos réactions, contrai-je.

Karlie s'assit en tailleur sur sa couette blanche et s'appuya contre son mur couvert d'affiches. Pearl Jam, Third Eye Blind, Green Day. Sa chambre était un sanctuaire des années quatre-vingt-dix, avec un Discman posé sur sa table de nuit, des peluches Beanie Babies sur son lit et un téléphone transparent démodé.

Karlie était née fin 1999. Le dernier jour de l'année, pour être exacte. Le 31 décembre à 23 h 58. C'était la raison de son obsession pour cette époque, et tout ce que Karlie aimait, je l'adorais. Il était naturel et courtois de ma part de prendre part à son obsession, en guise de soutien moral.

— Écoute, j'étudie pour devenir journaliste, et tu peux voir ça comme un truc d'enquêtrice, mais je ne marche pas dans ce que tu me racontes, Shaw. La réalité, c'est que vous êtes tous les deux célibataires, et canons, et que vous passez *beaucoup* de temps ensemble.

Elle fit éclater une bulle de son chewing-gum à la pastèque.

— Il passe aussi beaucoup de temps entre les jambes d'autres filles, comme Melanie et Tess, murmurai-je.

— Certes, mais je ne l'ai jamais vu passer du temps avec elles en tête à tête. (Karlie récupéra son manuel, le reposa sur ses genoux et le tartina de marqueur, les yeux rivés sur la page.) Et Tess, c'était il y a un moment. Souviens-toi de ce que je t'ai dit, Shaw. Il est peut-être sympa, mais c'est les ennuis incarnés.

— En fait… (Je me redressai, curieusement soucieuse de protéger West.) Il ne cause pas le moindre problème. Il est vraiment gentil. L'autre jour, il a compris que Marla était rentrée chez elle avant que j'aie pu prendre une douche, et il a surveillé Mamie pour moi pendant quelques minutes.

— C'est pour ça que je réitère l'invitation à aller assister à son combat vendredi.

Elle tourna une nouvelle page de son livre.

— Parce qu'il est gentil avec moi ?

Je clignai des yeux, confuse.

— Non, parce qu'il se donne une bonne image. Il se tient bien au *food truck* parce que c'est un environnement différent, mais ça reste un sauvage.

Mon silence lui fit lever les yeux au ciel.

— Écoute, tu n'es pas curieuse de voir si votre amitié ne tient qu'à un *food truck* ou si elle va au-delà de ça ?

Curieuse ? J'étais *férocement* curieuse. À la fac, la communication avec West était inexistante. Il avait suivi à l'extrême mon exigence de ne pas attirer l'attention sur moi et ne me regardait même pas quand on se croisait.

C'était comme si je n'existais pas pour lui.

D'un côté, je n'avais pas envie de savoir ce qu'on représentait en dehors de notre bulle, mais d'un autre, je réalisais que je devais découvrir si j'étais une amie bien pratique qu'il gardait dans l'ombre et dont il avait honte, ou une personne qu'il considérait comme son égale.

— D'accord, lâchai-je. On y va.

— Yes ! (Karlie brandit son poing en l'air.) Je te reconnais enfin. Allez, on va s'habiller en salopes pour le déconcentrer.

— Attends, tu ne disais pas que c'était une idée épouvantable de sortir avec lui ?

— Sortir avec lui ? Oui. L'allumer ? Non. Il est grand temps que tu te rendes compte que tu es un sacré morceau, Shaw. Et s'il faut que ce soit West St Claire qui te force à le réaliser, je dis banco.

J'attrapai l'un de ses oreillers, le pressai contre mon visage et poussai un hurlement mêlé d'horreur et d'excitation.

— Vite. Si tu pouvais ramener une seule chose des années quatre-vingt-dix, qu'est-ce que ce serait : les magasins de location de VHS ou Keanu Reeves quand il était canon ? demanda Karlie en me tapotant le genou.

Je laissai tomber l'oreiller et écarquillai les yeux.

— Euh, excuse-moi ! Keanu Reeves est toujours canon.

Karlie rejeta sa tête en arrière en riant.

— Ding, ding, ding. C'était un test. Et tu viens de le réussir haut la main.

J'observai mon reflet dans le miroir, incapable d'arrêter de sourire comme une idiote.

Dix tonnes de maquillage ? Validé.

Un regard félin à l'eyeliner ? Validé.

Une coiffure au top ? Validé.

Gloss rose et scintillant et casquette assortie ? Validé.

Une minirobe noire à manches longues qui met mes jambes en valeur ? Plus que validé.

Karlie klaxonna sous la fenêtre de ma chambre pour signaler son arrivée. Je me ruai au rez-de-chaussée, le cœur battant frénétiquement comme des ailes. Mamie, installée dans le salon, tricotait en écoutant un album de Johnny Cash. Elle avait passé une bonne journée, le ciel soit loué, mais j'avais tout de même demandé à notre voisin, Harold, de venir jeter un œil sur elle de temps en temps.

— Ça va faire mal, Mamie ! braillai-je en récupérant ma petite pochette.

J'étais habillée comme pour aller en club ou au restaurant, pas dans une arène de combat, mais c'était plus fort que moi. C'était la première fois que je sortais depuis que j'avais renoncé à toute vie sociale, et c'était très important pour moi.

Ma grand-mère me salua de la main sans relever les yeux de son tricot.

— Sois prudente, Gracie-Mae. Et si tu bois, passe-moi un coup de fil. Je viendrai te chercher.

Je m'arrêtai net devant la porte. Elle s'exprimait comme l'ancienne Mamie. La Mamie cohérente. Ma gorge se noua.

— Merci, dis-je doucement. C'est Karlie qui est le chauffeur désigné. Elle ne boira pas, alors moi non plus.

— Les Contreras ont la tête sur les épaules. Karlie tient de sa mère. C'est vraiment une bonne gamine, fit Mamie avec un hochement de tête approbateur en buvant une gorgée de son thé.

Pourquoi ne pouvait-elle pas être comme ça tout le temps ?

Karlie klaxonna de nouveau et je faillis sursauter.

— D'accord ! J'y vais !

— Oh ! Gracie-Mae ?

— Oui ? demandai-je, la porte ouverte.

— Rentre à la maison quand le premier réverbère s'allume. Le couvre-feu est à 18 h 30, jeune fille.

Il était déjà 21 heures. Mon sourire disparut et la douleur sourde dans ma poitrine reparut.

Pas si lucide que ça, après tout.

— Compte sur moi, Mamie.

On arriva au Sheridan Plaza avec dix minutes de retard et on passa quinze minutes supplémentaires à chercher une place. Karlie devait conduire très lentement à cause des groupes de piétons qui marchaient en direction du Plaza, en riant, en buvant, en s'embrassant. Je n'avais pas conscience que l'arène de combat était un tel événement à Sheridan.

Je savais que West n'était pas le seul garçon à se battre – il devait y avoir environ cinq combats chaque vendredi – mais c'était toujours lui l'attraction principale et la raison pour laquelle les billets se vendaient comme des petits pains.

Au bout du quatrième tour pour trouver une place, un sportif de dernière année fit signe à Karlie de baisser sa vitre. Elle s'exécuta.

— Tu vas finir à sec si tu continues à faire des tours comme ça. Gare-toi où tu peux ; ils ne mettent pas de PV dans le coin, chérie.

Karlie me lança un regard désapprobateur.

— Je ne savais pas que ton mec était *aussi* populaire.

— Arrête de l'appeler comme ça, fis-je d'un ton presque implorant.

Je ne pouvais pas me permettre d'y croire.

— Tu as raison. Si tu sors avec lui, je te massacre. Tu as trop bon cœur pour ce mec, Shaw.

On se gara puis on enfonça nos talons hauts dans les dunes en montant vers le Plaza. On paya l'entrée – vingt billets chacune, une soirée tout sauf bon marché – et on pénétra à l'intérieur.

Des dizaines de personnes se pressaient au premier étage. Une foule d'étudiants, mais aussi des lycéens et des spectateurs ayant largement dépassé les vingt-cinq ans. Tout le monde avait un gobelet à la main, discutait, riait, tandis que deux types torse nu s'affrontaient sur le ring. Il s'agissait manifestement de la première partie car personne ne semblait leur prêter beaucoup d'attention.

Aucun signe de West ou de ses amis.

— Je vais nous chercher des bières.

Karlie indiqua un type qui servait de la bière dans des gobelets derrière quelques cartons.

— Je vais chercher West pour lui souhaiter bonne chance.

— Pas de mamours, fit-elle en agitant un doigt vers moi.

Je parcourus les lieux en quête de son visage. Comprenant qu'il n'était nulle part près du ring, je me dirigeai vers les petites pièces occupées par des matelas. Au début, je jetai un œil dans chacune d'elles. Mais après être tombée sur un type qui se branlait, à moitié nu, pendant que deux pom-pom girls s'échangeaient des coups de langue, je passai rapidement mon chemin en regardant droit devant moi.

Des gémissements s'élevèrent des matelas situés dans un recoin. Je détestais cet endroit. Je le haïssais. Et à chaque seconde qui passait, la possibilité de trouver West avec quelqu'un d'autre me paraissait de plus en plus réelle. J'allais me sentir mal. Comment avais-je pu penser que c'était une bonne idée de venir ici ?

Il t'a prévenue de ne pas le faire. Il a qualifié les lieux de « benne à sperme ». Tu n'es même pas la bienvenue ici.

J'étais sur le point de faire demi-tour et de m'enfuir d'ici lorsque sa voix bourrue me parvint derrière l'un des murs en béton.

— Faut que tu me lâches un peu, gronda West.

— La question, c'est : est-ce que Tess, tu lui laisses un peu de répit ? demanda une autre voix, Easton à en juger par son ton neutre, sensible. Tu sais, entre les *rounds*.

Un éclat de rire masculin et le son de canettes de bière qu'on ouvre retentirent.

— Ne me dis pas que tu la sautes encore ?

Cette voix, aucun doute, c'était celle de De La Salle. Le contenu de mon estomac remonta. Ce mec était vraiment un gros crétin.

— Détends-toi, trouduc. Tu sais que je me tape jamais deux fois la même fille. Cela dit, je ne suis pas contre la sauter dans tous les sens si tu continues à me chauffer.

— C'est une menace ?

— Nan, c'est une promesse.

— Tu ne fais jamais de promesses, souligna Easton.

Ça, au moins, c'était vrai.

— Pour un cul comme celui de Tess, je suis prêt à faire une exception.

Je trébuchai vers l'arrière avant de me mettre à vomir. La vague de jalousie qui déferla sur moi me fit l'effet d'un coup de poignard. Un flot de sentiments obscurs me fit tourner la tête.

La méfiance. La trahison. La peine.

Bon sang, pourquoi avais-je l'impression que mon cœur avait été foudroyé ? Il ne m'avait même pas vraiment embrassée et j'étais déjà effroyablement possessive avec lui.

Je filai de nouveau en direction du ring en jetant un regard par-dessus mon épaule pour vérifier qu'ils ne m'avaient pas vue.

— Shaw ! Tu es là !

Karlie apparut devant moi, deux gobelets à la main. Elle en déposa un dans ma paume.

— J'ai vérifié que le mec ouvrait une nouvelle bière et la servait devant moi, pour être sûre qu'elle ne soit ni trafiquée ni coupée à l'eau. Alors ? Tu as trouvé ton tombeur ?

— Oui, sifflai-je. Et sans entrer dans les détails, disons que le tombeur aime coucher avec Tess et que maintenant je sais à quoi m'en tenir.

Elle resta bouche bée, une lueur de curiosité dans les yeux.

— Tu les as surpris ensemble ?

— Non, je l'ai entendu déclarer ses intentions envers elle.

— Je t'avais dit que c'était une calamité.

— Tu m'as aussi dit de venir ici, soupirai-je.

— C'est vrai. (Elle haussa les épaules.) On ne l'avait jamais fait et j'avais vraiment envie de comprendre pourquoi tout le monde en parle.

Je me frayai un chemin jusqu'au premier rang de spectateurs, Karlie dans mon sillage, déviant la conversation vers ses cours. J'essayai de me convaincre que c'était mieux comme ça. West ne m'appartenait pas. Son corps appartenait à tous les autres et son cœur était inaccessible, pour qui que ce soit sur terre, y compris lui-même.

Le combat devant nous toucha à sa fin.

Puis le roulement de tambour retentit.

Max Riviera monta sur une tribune improvisée et mit les mains en porte-voix.

— Et maintenant, mesdames et messieurs, le clou du spectacle.

Knox Mason contre le seul et l'unique. L'homme, la légende, celui qui fait tomber les culottes et rivalise avec le roi David… (Il fit une pause pour la forme pendant laquelle les gens ricanèrent.) *WEST ST CLAIRE !*

Les spectateurs acclamèrent les deux hommes qui montaient sur le ring en brandissant leur poing en l'air. L'épaule de West frôla la mienne, et l'odeur familière, masculine et hivernale, me chatouilla les narines, mais il ne me remarqua pas. Je pressai mon gobelet contre ma poitrine.

Karlie me donna un petit coup de coude.

— Bon, au moins, ce sera drôle de le voir se faire prendre quelques baffes.

— West va démolir ce pauvre type.

Mais je me trompais.

West faillit carrément le tuer.

Chaque fois que Knox essayait de lui mettre un coup, West le parait et contrait par un autre qui mettait son adversaire KO pendant cinq à huit secondes. Un coup de pied. De poing. Parfois, il attrapait le type – et il y avait beaucoup de *matière* – et le jetait sur le matelas, évoquant le style de la WWE, pour le *fun*.

Pour West, le combat n'était pas un sport. Ce n'était même pas un loisir. Pour lui, c'était comme changer les draps et se brosser les dents. Un acte banal et sans intérêt qui ne nécessitait pas d'effort particulier. Son langage corporel était blasé, indolent. À un moment donné, alors que Knox était sur le matelas, plié en deux, en train de se tenir le ventre et de trembler de douleur, West se retourna et marcha dans ma direction. Son regard parcourut le public comme s'il cherchait quelque chose – probablement son coup pour la soirée – et se posa sur moi.

Tout s'arrêta.

Le silence s'abattit sur la salle.

Ou peut-être pas, mais disons que mon esprit bloqua tous les sons extérieurs tandis que ses yeux s'écarquillèrent, de stupeur d'abord – puis de colère. Il fronça les sourcils. Tous les muscles de son corps se contractèrent.

Maintenant, il avait l'air prêt au combat.

— Qu'est-ce que tu fous…, commença-t-il d'une voix sifflante, si sombre, si dépravée qu'elle me donna des frissons, mais il n'acheva jamais sa phrase.

Knox en profita et balança un crochet à l'arrière du crâne de West. Celui-ci partit sur le côté sous l'impact et du sang se mit à couler de sa bouche. Je glapis. West pivota sur les talons et, d'un rapide coup de pied dans le ventre, suivi par un coup en pleine mâchoire, envoya Knox de l'autre côté du ring. Il heurta quelques cartons, roula sur lui-même avant de tomber la tête la première sur le matelas, sonné.

Max accourut auprès de West et se mit à compter jusqu'à dix sous les acclamations et les sifflets de la foule.

West ne prit pas la peine de rester sur le ring en attendant d'être annoncé vainqueur. Il se rua vers moi comme un fou furieux. Je trébuchai vers l'arrière et heurtai quelqu'un en essayant de battre en retraite. Un type bourré derrière moi rota en me poussant sans ménagement dans les bras de West.

— Bon sang, St Claire est chaud ce soir. En général, il attend d'avoir partagé les gains avec Riviera.

— Waouh, murmura Karlie en ouvrant des yeux immenses.

Grâce au type éméché, je me retrouvais entre les bras de West. Il me repoussa avec un dégoût non dissimulé, comme si j'avais commis le pire crime de l'univers.

— Qui l'a laissée entrer ? rugit-il avec une force telle que tout le monde recula d'un pas.

Le type qui nous avait vendu les billets s'avança précautionneusement en levant un bras.

— Moi… c'est moi, mec. Je les ai reconnues de la fac ?

West ne me quitta pas des yeux.

— Tu es viré.

— Mais je…

— *Viré*, répéta West d'une voix glaciale.

Les yeux brillants d'humiliation, mon visage était tellement brûlant que je me sentis momentanément étourdie.

— Tu avais promis de ne pas attirer l'attention sur moi, murmurai-je les dents serrées.

West fit claquer sa langue avec un regard impersonnel.

— Je ne fais pas de promesses. Je t'ai dit de ne pas venir ici. À la seconde où tu as posé le pied dans mon domaine – c'est toi qui as réclamé ta putain d'attention, et maintenant tu vas en avoir, et pas celle que tu aimes.

— Tu es incroyable.

— Et toi tu n'es pas la bienvenue, putain.

— Dommage, tu n'es pas le propriétaire des lieux. (Je haussai les épaules en essayant de paraître nonchalante, maudissant tous les regards posés sur moi.) Je reste. En fait, je vais aller me chercher un autre verre. Alors si tu veux bien m'excuser…

Dépouillée de toute dignité, je tournai les talons et commençai à me diriger vers l'autre côté de l'étage, en sachant que Karlie me suivrait.

À croire que j'avais eu ma réponse. West et moi n'étions pas amis. Pas même un peu.

La foule s'écarta pour me laisser passer, suivie par des regards fascinés, lorsque je fus soudain saisie et soulevée du sol par-derrière.

— Espèce de grosse chieuse.

West me souleva comme un pompier et me hissa sur son épaule tout en gravissant les marches menant au deuxième étage. L'étage de la « direction », comme il l'avait appelé.

— Tu l'emmènes où ? cria quelqu'un dans la foule en riant.

— Je vais lui donner une bonne fessée et la jeter par la fenêtre.

La rage bouillonnait dans mes veines. Non seulement il se tapait n'importe qui chaque semaine, mais il semblait penser que, d'une certaine manière, je lui appartenais. Me soulever, me cracher des ordres, me donner la sensation d'être un rebus en public.

Je martelai son dos et ses épaules de mes poings.

— Lâche-moi, connard.

Il monta l'escalier sans me prêter attention. C'était effrayant à quel point j'avais l'air légère pour lui. Il grimpait aussi facilement que s'il portait un pack de bières.

J'entendis Karlie crier mon nom et je vis Reign et Easton lui bloquer le passage avec des sourires polis. La situation semblait bien plus alarmante qu'elle l'était en réalité et, sachant que West et moi n'allions faire rien d'autre que nous disputer, je me sentis le devoir de lui adresser un signe discret pour lui indiquer que je n'allais pas mourir entre ses mains.

— Karlie va appeler la police, lançai-je malgré tout en lui tirant les cheveux.

D'accord, je me comportais comme un animal sauvage. En même temps, je n'avais pas envie d'être seule avec lui. Je savais que je céderais à la tentation. Que j'accepterais ce qu'il me proposerait.

— La ferme, m'ordonna-t-il.

— Pas avant que tu me lâches.

— Non merci. On te l'a suffisamment fait dans ta vie.

— Qui es-tu pour juger, à la fin ?

— La seule personne qui remarque ton existence.

— Je n'en ai pas envie !

— Tu n'as pas le putain de choix et, malheureusement, moi non plus.

Il me reposa le dos plaqué contre le mur. D'un geste expert, il remit en place son coude qui semblait déboîté, et le son de l'os claquant sèchement résonna dans l'air. Je fis la grimace. Il faisait comme si de rien n'était.

— Tu as deux manières possibles de sortir d'ici. Par l'escalier ou par la fenêtre. Ça va dépendre de ta coopération pendant les prochaines minutes. Alors je te conseille de répondre à mes questions et de garder ton insolence pour quelqu'un qui aime ça. Première question : qu'est-ce que t'es venue foutre ici, Tex ?

Il montrait les dents comme un animal.

Je croisai les bras sur la poitrine en m'efforçant de cacher ma nervosité derrière un rictus.

— Profiter du spectacle. Me ramasser un mec si je trouve quelqu'un d'intéressant. Pourquoi ? Qu'est-ce que ça peut te faire ? On n'est rien l'un pour l'autre.

— Faux. (Il se rapprocha de mon visage. J'avais l'impression que lui-même ne savait pas vraiment pourquoi il était aussi furieux contre moi.) On n'est pas rien. Tu es mon amie et je t'ai dit que je ne voulais pas que tu t'approches de cet endroit pourri.

— Cet endroit pourri est *ton* domaine.

— Je *suis* pourri. Pas toi. On ne joue pas dans la même catégorie.

Je rejetai la tête en arrière pour éclater de rire en levant les bras pour faire bonne figure.

— Tu n'as pas à me dicter les règles. Ma vie, c'est moi que ça regarde, pas toi. Je voulais venir ici. Et devine quoi ?

J'étais partie sur ma lancée, comme hors de contrôle. L'adrénaline affluait par vagues dans mes veines. Tout ce que je cherchais, à cet instant, c'était à le blesser comme il m'avait blessée. De manière irréparable. Lui arracher le cœur et le regarder saigner dans ma main.

— Je vais peut-être aller me chercher un plan cul pour ce soir. Je pense qu'il est grand temps. Il y a tellement de choix, ici. Je comprends pourquoi tu aimes le Plaza. (Je sifflai en faisant mine de regarder autour de moi.) C'est un super endroit pour s'envoyer en l'air.

Sa mâchoire se crispa et il plissa les yeux.

— Si tu crois que tu peux venir dans mon club et te faire baiser par quelqu'un d'autre que moi, tu te trompes lourdement.

— Pourquoi pas ? Tu fais ça tout le temps. Où est passé ton côté féministe ?

— Je ne ramasse pas de filles ici.

— Bien sûr que non, raillai-je.

Il se passa les doigts dans les cheveux en soupirant.

— Pas récemment.

— Ça dépend de ce que tu entends par récemment, West.

— Tu me surveilles ?

— Les gens parlent. Alors, Melanie, ce n'était pas récent ?

Je n'avais pas pu m'en empêcher même si je me trouvais pathétique.

La ligne de sa bouche se rétrécit.

— Melanie, c'était avant que ma bite et moi, on ait une conversation bizarre dans laquelle elle m'a dit qu'elle était fixée sur toi.

— Et Tess ?

— Quoi, Tess ?

Il parut momentanément confus.

— C'était avant ou après ta grande conversation avec ta bite ? Encore ce soir, tu as dit que tu n'étais pas contre coucher avec elle.

Seigneur. J'étais en train d'avouer que je l'avais espionné. Le visage de West ne changea pas. Le masque froid et insensible resta en place. Il s'efforçait de ne pas craquer.

— Espèce… espèce d'*idiote*. (Il ferma les yeux, exaspéré, et se frotta le front.) Je voulais faire enrager Reign. Il craque pour elle et je lui en veux toujours pour la façon dont il t'a traitée.

— Non. C'est *toi* l'idiot, lui criai-je au visage sans me soucier qu'on puisse nous entendre. (Je plantai mon doigt dans son torse.) Tu es furieux contre moi et tu ne sais même pas pourquoi. Moi, au moins, je sais pourquoi je te déteste. Tu n'arrêtes pas de m'envoyer des signaux contradictoires. Tu m'embrasses, mais tu ne vas pas au bout. Pourquoi ça, West ? Est-ce que c'était un jeu, de me faire croire que j'étais jolie ? Pour me redonner de l'amour-propre ? lançai-je amèrement, alors que je sentais les larmes me brûler les yeux.

Ce fut son tour de laisser échapper un rire noir.

— Tu crois que je me soucie de ton amour-propre ? Lâche-moi un peu, Tex. Tu n'es pas aussi importante que ça pour moi.

Je ne pris même pas la peine de me vexer, car je savais que tout ce qui sortait de sa bouche n'était que mensonge. Tout ce que l'on éprouvait l'un pour l'autre – le bon comme le mauvais – tourbillonnait pour créer quelque chose qui nous dépassait.

Il fit un pas en arrière et me regarda en silence. Je savais qu'il ne m'avait jamais vue aussi apprêtée depuis notre rencontre, mais son expression ne trahissait rien.

— Qu'est-ce que tu veux entendre ? Que je rêvais que tu

penches ta jolie petite tête blonde, dans le *food truck*, de baisser ma braguette et de m'enfoncer tout au fond dans ta gorge ? Ça t'aiderait si je t'avouais que je rêve de te baiser dans tous les sens ? Que je te boufferais le cul sur-le-champ si on était pas tous les deux aussi bousillés – désolé, Tex, c'est la vérité –, que je vais me tirer de ce trou à rats dès que j'aurai obtenu mon diplôme, et que je ne veux pas de relation sérieuse ? Il me semble que tu sais tout ça. Tu *sais* pourquoi je ne t'ai pas embrassée.

» Tess, Mel, ces filles… elles connaissent la chanson. Je ne les connais pas. Je me *fiche* pas mal d'elles. Les conséquences, une fois que j'ai sorti ma bite de leur trou, ne me regardent pas. Je ne peux pas t'embrasser, Grace. (Il secoua tristement la tête en reculant d'un autre pas.) Je peux déjà à peine te *regarder*, putain.

J'étais en train de le perdre. Je le savais. Et, pour la première fois depuis longtemps, j'avais envie de me battre. Le phénix en moi essayait de percer la surface, croulant sous son propre poids et révélant de nouvelles plumes étincelantes. Je frottai la bague flamme à mon doigt, redressai le menton et esquissai le sourire le plus séducteur de mon arsenal.

— Ce n'est pas grave d'avoir peur.

Sa mâchoire se crispa et sa pomme d'Adam tressauta lorsqu'il déglutit.

— Je n'ai pas peur, répliqua-t-il sèchement.

Mais je le connaissais suffisamment pour sentir le courant de colère sous-jacente qui remontait à la surface et assombrissait ses yeux verts.

— Bien sûr que non. (Je récupérai ma petite pochette que j'avais laissée tomber pendant notre dispute et me préparai à partir.) Et je comprends ce que tu dis. C'est vraiment une mauvaise idée de s'engager tous les deux. Mais ça ne veut pas dire que je vais être une sainte. Trop trouillard pour commencer quelque chose avec moi ? Pas de problème. Je vais descendre et me trouver un gentil mec du Sud prêt à s'engager. Un mec qui ne prendra pas peur dès que les choses deviendront sérieuses. Un mec qui sera ravi de tenir les promesses que tu as si peur de faire. Un mec qui…

Il bondit sur moi comme une panthère, et je heurtai le mur derrière moi. Un cri de surprise m'échappa. Il me réduisit au silence en écrasant sa bouche sur la mienne avec une force vengeresse. Il saisit la casquette rose qu'il m'avait achetée et la jeta par terre. Je secouai la tête pour protester, mais il me maintint immobile de ses doigts forts qui agrippaient ma mâchoire.

— Tu ne voudrais pas me laisser te regarder une bonne fois pour toutes, Texas ? Tu sors le grand jeu, mais quand vient le moment de se montrer, tu es trop lâche à mon goût. Tu veux un petit coup obscène avec le meilleur plan de la ville ? Ton vœu est exaucé. Maintenant, ouvre-toi.

C'était une exigence crue, pas une demande.

Je serrai les lèvres en l'observant par en dessous, guettant son prochain geste. Je me sentais nue sans ma casquette et je détestais son regard intense et dévorant.

Je ne cessais de me répéter que j'avais mis beaucoup de maquillage et qu'il faisait très sombre. Il ne pouvait pas voir grand-chose. Je tremblais comme une feuille entre ses bras, mais je soutins son regard.

— Tu changes d'avis ? essayai-je de le railler d'un ton fragile et dévasté.

Il esquissa un sourire sinistre qui lui donna l'air de Satan lui-même.

— Je ne suis pas comme toi, Texas. Une fois que j'ai pris une décision, l'affaire est conclue.

Il sortit sa langue pour tracer le contour de ma lèvre inférieure avec une extrême lenteur. Sa chair chaude et humide me fit un effet de velours qui laissait des frissons dans son sillage. Mon corps entier frémit et la chair de poule envahit chaque centimètre de ma peau, de mon crâne jusqu'au bout de mes orteils. Toutes mes terminaisons nerveuses étaient en feu.

Moi, j'étais en feu.

Et cette fois, j'avais envie de me laisser consumer dans ses bras.

— C'est qui la trouillarde maintenant ? murmura-t-il contre mes lèvres, qu'il taquinait de sa langue agile.

Je fermai les paupières. C'était trop. Trop chaud, trop tentant, trop parfait. Son parfum de bonbon à la pomme, de sueur et de mâle alpha me fit serrer les cuisses. Je sentis un point humide de désir s'installer dans ma culotte. Je mouillais tellement que j'avais envie de pleurer.

— Tu vas craquer, comme tu le fais à chaque fois, alors autant le faire tant qu'il te reste un semblant de fierté, murmura-t-il d'une voix rauque contre mes lèvres. Parce qu'une fois que j'ai décidé de t'embrasser, rien ne m'arrêtera. Encore moins ton cul.

Quel culot, ce mec.

Mes lèvres étaient toujours scellées. Mes paupières se rouvrirent, le choc de mes yeux bleus contre ses yeux verts.

Il entrelaça nos doigts sur le côté et caressa sciemment ma bague flamme sous son pouce. Il la porta à ses lèvres et y murmura quelque chose sans me quitter des yeux.

— Je souhaite que Gracie-Mae me laisse l'embrasser sauvagement.

Il avait remarqué.

Remarqué que je murmurais des vœux à la bague. Remarqué

que le petit bijou cassé en forme de flamme était mon bonbon à la pomme à moi.

Je me demandai ce qu'il pensait qu'il était arrivé à mon visage. J'étais stupéfaite qu'il ne m'ait jamais posé la question depuis qu'on s'était rapprochés.

— Si tu ne t'ouvres pas et que tu ne me laisses pas te rouler la pelle du siècle dans les trois prochaines secondes, Tex, je n'essaierai plus jamais. Et comme je te l'ai dit, je ne reviens jamais sur ma parole. Trois. Deux…

J'ouvris les lèvres.

Sa langue plongea immédiatement dans ma bouche et caressa avidement la mienne. C'était mon premier baiser depuis Tucker. Celui-ci avait le goût de bière, de granny smith et de *West*. Et West, réalisai-je avec horreur, avait un goût de chez-soi.

Je sus, avec une certitude qui me noua l'estomac, que rien ni personne n'aurait son goût et son odeur.

Il s'appuya contre moi et on poussa tous les deux un gémissement, surpris par la force du baiser. West inséra son genou entre mes jambes en pressant sans vergogne son érection contre mon ventre. Je le sentais palpiter dans son jean.

C'était un baiser éperdu, passionné. Quelque chose que je n'avais jamais connu auparavant. Un mélange de sauvagerie et de douceur.

Je n'aurais su dire à quel moment nos lèvres se séparèrent, mais ses mains restèrent posées sur mes joues. Il frotta son nez contre le mien, de haut en bas, d'un geste que je trouvai incroyablement apaisant. J'essayai de prendre une inspiration, mais ma poitrine était tellement opprimée par les émotions que j'éprouvai toutes les difficultés du monde à remplir mes poumons.

— On joue avec le feu, murmura-t-il.

Je hochai la tête, quittant son regard pour sa bouche. J'en voulais encore. Je ne me sentais pas laide dans ses bras, même avec sa main posée sur ma cicatrice.

— J'ai déjà traversé les flammes, alors je sais à quoi m'attendre, répondis-je d'une voix tremblante, mais chaque mot me faisait l'effet d'une rédemption, d'une transformation.

Comme une *renaissance*.

— Je suis prête à en payer le prix.

Il ferma les yeux en inspirant brusquement, comme si mes paroles étaient douloureuses à ses oreilles.

— Je devrais m'en aller, dit-il, presque pour lui-même.

— Je ne suis pas trop fière pour ne pas te suivre, avouai-je.

— Si on prend cette route, il faut que ce soit cool, Texas. Il le faut. Je ne peux pas faire de promesses. Ni m'engager dans une relation. Personne n'a moins l'étoffe d'un petit ami que moi.

— Tu n'en sais rien, contrai-je.

Il esquissa un sourire triste.

— Crois-moi, bébé, je le sais.

Quelque chose dans ses yeux me dit qu'il avait une bonne raison pour me faire cette déclaration. Je lui pris la main et la retournai pour exposer l'intérieur de son bras.

— Qui est A ?

J'étais déjà jalouse d'elle. J'avais envie d'être elle. Je voulais avoir le dévouement de West, son chagrin. J'aurais voulu avoir le pouvoir de provoquer la tourmente céleste qu'elle lui avait fait traverser.

Il recula d'un pas, mettant de l'espace entre nous.

— C'est elle, celle qui est dans ton cœur, c'est ça ?

Il baissa les yeux.

— Pas de promesse, prévint-il froidement. (C'était comme

s'il m'avait ouvert les veines et regardait maintenant le sang couler.) C'est sans engagement ou rien.

Je ramassai ma casquette et la reposai sur ma tête, puis je remontai mon sac sur mon épaule.

— J'ai besoin d'y réfléchir, répondis-je sincèrement en prenant la direction de l'escalier.

Il me rattrapa par le poignet.

— Réfléchis-y demain. Ce soir, reste avec moi. *S'il te plaît.*

Je le fusillai du regard.

Il grommela et secoua la tête, exaspéré par nous deux.

— Écoute, je te pro… (Il s'arrêta et se racla la gorge.) Je te donne ma parole que je ne toucherai pas aux toiles d'araignée sur ta chatte. Mais tu es carrément canon et c'est sûrement la première fois que tu sors le soir depuis une éternité. Salissons-nous un peu.

Je regardai ses doigts bronzés enroulés autour de mon poignet. Immenses, mais doux. Je ne pouvais pas refuser. Je ne pouvais pas refuser même si le monde partait en fumée – ce qui, dans mon cas, était déjà arrivé.

Je n'avais aucune excuse pour la réponse que je lui donnai.

Je savais que je tendais la main vers la fiole de poison, et que j'en buvais une grosse rasade.

— Je t'accorde ce soir, déclarai-je calmement, sachant qu'il avait déjà pris beaucoup plus que ce que l'un comme l'autre auraient pu imaginer.

On descendit au rez-de-chaussée. En dehors de nos amis, tout le monde avait vidé les lieux.

Karlie discutait près du bar improvisé avec un mec mignon de fraternité prénommé Miles, aux cheveux blonds et aux traits nordiques. Reign flirtait avec Tess dans un coin, et celle-ci posa son regard sur nous aussitôt qu'on apparut dans son champ de vision.

Max comptait les billets, perché sur sa tribune, et Easton était occupé sur son téléphone.

West se dirigea directement vers Max tandis que je tirais sur la robe de Karlie pour lui dire que j'allais partir avec West.

Le sourire que Miles avait réussi à dessiner sur les lèvres de Karlie s'évapora à la vitesse de la lumière.

— Je croyais que vous étiez *juste amis* ? (Elle fronça les sourcils.) J'étais morte d'inquiétude pour toi. Je ne cessais de me demander si je m'étais imaginé le signe que tu m'as fait pour me dire que tout allait bien.

Je me balançai d'un pied sur l'autre.

— Tu ne l'as pas imaginé. Et je lui ai promis que c'était sans engagement, alors…

— Toi, sans engagement ?

— Je *peux* très bien ne pas m'engager. Je n'y suis pas allergique non plus. C'est juste que je n'ai jamais essayé auparavant, répliquai-je.

— Et quelle personne mieux désignée pour essayer que le mec le plus infâme du campus qui pète des nez pour gagner sa vie ? Je ne vois aucune complication potentielle, non.

Elle me jeta un regard sceptique qui était censé me ramener à la raison.

J'avais visiblement bien réussi à cacher à quel point je craquais pour ce mec.

— Karl, *s'il te plaît*. (Je l'attirai contre moi pour essayer de chasser ses réserves.) Ce n'est que du bon temps. Pas de sentiments. Ce n'est pas toi qui disais que la fin justifiait les moyens ?

— Je suppose donc que le tombeur n'est plus fixé sur Tess, grommela-t-elle en me tapotant le dos sans grand enthousiasme, mais commençant à se faire à l'idée.

Bénie soit Mme Contreras pour avoir engendré ce merveilleux être humain. Je ne pensais pas pouvoir survivre une seule seconde sans Karlie dans ma vie.

— On a tiré ça au clair.

— Ah, ah. C'est comme ça qu'on dit de nos jours ?

Elle s'écarta avec un regard sévère et maternel.

Je ris.

— Je suis tiraillée entre l'inquiétude et la curiosité morbide. Tu as intérêt à m'appeler pour me raconter les détails.

Je me sentis rougir.

West reparut à mes côtés, l'air froid et apathique.

— Prête, Grace ? demanda-t-il en fourrant une grosse liasse de billets dans sa poche.

Grace. Pas Texas, ni Tex. Je hochai la tête.

West adressa un salut à Karlie, Miles, Reign, Tess et Easton.

— Vous allez où comme ça ? demanda Tess en posant la main sur sa hanche.

— Je ramène Grace chez elle, mentit West sans vergogne.

— Tu veux qu'on se retrouve après ? demanda-t-elle avec un grand sourire.

— Non, c'est bon.

On traversa en silence la route en direction du *food truck*. Il y avait une sorte d'accord tacite sur notre destination. Ça paraissait normal. That Taco Truck était notre refuge.

Je déverrouillai la porte et l'ouvris pour entrer la première. West referma derrière lui, s'adossa contre la porte, les mains dans le dos, et me jeta un regard licencieux.

— Quel renversement de situation, fis-je en m'appuyant contre le mur opposé, un sourire aux lèvres. Et dire que tes premiers mots pour moi, c'était que tu ne me toucherais jamais.

— Eh bien, Tex, je ne suis pas sûr de te toucher, me taquina-t-il. Mais tu vas quand même jouir si fort que tu ne pourras pas marcher droit demain.

Je me laissai glisser le long du mur, et lui le long de la porte. Nous nous faisions face, chacun à une extrémité du camion. C'était peut-être une bonne idée de ne pas se toucher l'un l'autre. J'étais déjà bien trop partie.

— Jolie culotte, fit-il en dirigeant son regard avide entre mes jambes.

Je lui fis un doigt d'honneur. J'avais les jambes serrées et je me tenais les genoux.

— Bien essayé. Tu ne peux pas la voir.

— Coton noir. Une petite perle blanche au milieu. Intéressant, comme symbolisme.

Il s'humecta les lèvres, les yeux toujours rivés entre mes jambes. Stupéfaite, j'écartai les genoux et me penchai en avant pour vérifier. Je me souvenais bel et bien de porter une culotte noire, mais la perle…

— Hé.

Je fronçai les sourcils.

West éclata de rire. Sa voix rauque résonna dans le camion, dans ma tête, dans ma *poitrine.*

— Je me doutais que tu les aurais assortis.

— Tu me dois un peep-show, fis-je avec une moue.

Mon cœur battait comme un dératé.

— Tes désirs sont des ordres.

Il ouvrit sa braguette sans me quitter des yeux. Il voulait

voir si j'allais me dégonfler. Si j'allais le jeter dehors. Je ne fis ni l'un ni l'autre.

Il baissa son pantalon, juste de quoi faire apparaître son caleçon gris. Je distinguais son immense érection sous la ceinture. Son pénis était si épais que je pouvais discerner chaque veine qui serpentait sur toute la longueur.

Il se toucha par-dessus son sous-vêtement.

— À ton tour, dit-il d'une voix tendue. Caresse-toi avec ton doigt, Tex.

Débarrassée de mes angoisses, je me concentrai uniquement sur la façon dont ses mains caressaient sa virilité. Il avait de grandes mains. Larges et rugueuses.

Je passai mon index sur les contours de mon sexe à travers ma culotte. Je retins mon souffle et laissai ma tête tomber contre le mur dans un mouvement naturel d'avant en arrière.

— Enfonce un doigt en toi à travers le tissu, m'ordonna-t-il en me regardant intensément.

Il y avait quelque chose d'incroyablement sexy à regarder West me regarder me caresser moi-même. J'obéis à ses instructions. Il grogna, ferma les yeux et se mit à se caresser plus vigoureusement.

— Sors-le, dis-je.

Il y eut une pause.

— Tu es sûre ?

— Oui.

Il libéra son pénis de son boxer. On aurait dit une sangsue géante et débridée appuyée contre son ventre. J'avais oublié à quoi ressemblaient les pénis. Même si je n'en avais vu qu'un seul en vrai.

— Écarte ta culotte pour que je voie ta jolie chatte.

Il tira fort sur son membre. J'aimais sa façon de dire *chatte*. C'était coquin sans être totalement dégradant.

Je me mordis la lèvre.

— Je ne suis pas… très présentable, là-dessous.

Il gloussa.

— On cultive son côté sauvage, cow-girl ?

Mon Dieu.

— Je ne m'attendais pas à subir une inspection.

Son rire vibra dans mon ventre, mais son hilarité ne l'empêcha pas de durcir encore contre sa paume. Son pénis était largement plus gros que celui de Tucker. Tess et compagnie auraient dû recevoir une sorte de récompense pour avoir réussi à l'accueillir. Ou peut-être des points de suture. Probablement les deux.

— Je parie ce que tu veux qu'elle est magnifique, murmura-t-il.

— Qu'est-ce que t'en sais ? fis-je, en retenant ma mâchoire de se décrocher.

— Elle est à toi.

— On décrit rarement les organes génitaux avec l'adjectif magnifique.

— Tu n'es pas très douée pour dire des trucs cochons, Tex. Parle moins et montre plus.

J'écartai ma culotte, bien consciente que le spectacle était loin des vagins de films pornos. Un duvet de poils blonds couvrait mon orifice. Il était taillé, mais bien présent. J'écartai ma chair avec mes doigts pour exposer l'intérieur rose.

— Oh, putain. (Il ferma les yeux en pompant plus fort son membre, concentré sur moi.) Caresse ton clitoris pour moi, bébé.

Il ne fallait pas me le demander deux fois. Surtout qu'il avait l'air d'aimer ce qu'il voyait. De beaucoup aimer. Je décrivis des cercles en observant une goutte de liquide perler sur son sexe. Je me léchai la lèvre inférieure. Pourquoi ce moment était-il le plus érotique que j'avais jamais vécu avec un mec, alors que j'avais été jusqu'au bout avec Tucker ?

Parce que tu n'as jamais eu envie de Tucker autant que tu as envie de West.

— Texas.

Sa voix était rauque. Comme s'il avait du mal à se contenir. Je savais exactement ce qu'il ressentait. Mon orgasme montait en moi comme une vague géante prête à déferler sur le rivage.

— Hmm ?

— Je peux me rapprocher ?

— Oui.

Il traîna ses fesses sur le sol. Nous nous caressions, son pénis orienté vers moi, nos mains et nos bras se frôlaient à chaque mouvement, nos genoux s'entrechoquaient. C'était sale, et c'était amusant. C'était tout ce qui aurait dû occuper mes années fac et que j'avais loupé.

West passa son pouce sur la goutte et s'en servit pour se lubrifier tout en accélérant le rythme. Il posa son front contre le mien. Nous étions plus proche que jamais et à présent, ma main touchait son pénis chaque fois que je me caressais.

— Je vais jouir, dit-il en approchant ses lèvres des miennes.

Le plaisir qui s'emparait de mon corps commençait à me faire délirer. Je tremblais de partout.

— Moi aussi.

Je vis les giclées chaudes et blanches jaillir de son pénis à l'instant même où tous les muscles de mon corps se contractaient. Notre orgasme arriva simultanément, mais on continua à caresser, frotter et gémir.

Une bonne minute plus tard, nous étions toujours front contre front, lèvres contre lèvres. Nos bras pendaient par terre, comme s'ils étaient tombés de nos corps. On se sourit sans rompre le contact de nos lèvres. Tout, autour de nous, était humide, collant, et sentait le sexe.

— C'était… (J'inspirai une bouffée d'air.) *Tellement* pas hygiénique. Bien pire que de bosser torse nu. Si l'inspection sanitaire passait maintenant, on se ferait défoncer.

Il se laissa tomber en arrière en éclatant de rire.

— Si Mme Contreras était là, elle nous pendrait sur la place du village, acquiesça-t-il.

— On n'a pas de place du village, fis-je remarquer.

— Elle en construirait une. (Il se pencha de nouveau vers moi.) Je m'en fous, je me suis bien éclaté.

— C'était court.

— Pas trop court pour moi, fit-il, les yeux brillants.

Je baissai les yeux vers son membre en berne et passai un doigt sur son gland. Il frémit et siffla tout bas. Je sortis la langue et y posai mon doigt couvert de sperme avant de le lécher.

— Hmm.

Je fermai les yeux puis l'engloutis entièrement.

Il gémit et m'attira contre lui. Il me prit dans ses bras et je calai ma tête sous son menton. Il dessina des cercles dans mon dos du bout des doigts.

Je n'avais aucune idée de ce que nous étions, à ce moment-là, mais c'était plus que de l'amitié. Il y avait de l'intimité malgré tous ses efforts pour le nier. Cela dit, le pousser à faire quelque chose qui ne l'intéressait manifestement pas, ce n'était pas juste ni pour lui ni pour moi.

— Promets-moi que tu ne le regretteras pas demain matin, murmura-t-il.

Je fermai les yeux en sentant une grosse larme chaude couler de mon œil droit.

— Pas de promesse.

11

West

Des rayons de soleil persistants s'infiltraient par les fentes de la vitre du *food truck* et me picotaient les paupières. Je m'abritai le visage de la lumière et roulai sur le sol. J'ouvris les yeux en ne sentant pas de petit corps contre moi.

Pas de Texas.

Je me redressai d'un coup. L'odeur de détergeant autour de moi m'expliqua tout ce que j'avais besoin de savoir – Grace avait effacé toute trace de notre nuit dans le camion et l'avait nettoyé pendant que j'étais dans les vapes. La question, c'était : l'avait-elle effacée de sa mémoire, aussi ?

Si c'était le cas, je ne pouvais pas lui en vouloir. Je lui avais sorti mon fameux truc anti-engagement. En signant au bas de mon putain de contrat verbal, elle avait accepté de ne jamais rien demander d'autre qu'un coup d'un soir débridé. Le pire, c'était que je n'avais même pas eu les couilles de me la taper. Même si, selon toute probabilité, j'aurais pu.

Mais je savais qu'en me la tapant je n'aurais jamais pu m'en tenir à ma résolution de la laisser tranquille.

Et il fallait vraiment, *vraiment* que je la laisse tranquille.

Ma fascination pour cette nana était allée trop loin et il était temps de faire marche arrière. À moins, bien sûr, qu'elle accepte de faire ça sans engagement, alors je pourrais envoyer chier ma logique et les promesses que je m'étais faites à moi-même. J'allais l'avoir de toutes les manières possibles.

Je me relevai et regardai autour de moi. L'odeur de café et de croissants frais me chatouilla les narines. Je les repérai aussitôt sur le comptoir, posés à côté d'un mot.

Je m'emparai de celui-ci en premier – c'était déjà mauvais signe. Quatre-vingt-dix-neuf pour cent des mecs auraient d'abord ramassé les croissants.

J'ai dû aller m'occuper de Mamie. (C'est le week-end et Marla ne travaille pas.)

Prends soin de toi. J'ai réglé ton réveil une demi-heure avant l'arrivée de Karlie et Victor.

Texas

Je souris tout seul comme un idiot. Rien n'indiquait que j'avais l'air d'un idiot, mais c'était l'effet que je me faisais.

Je fourrai le mot dans ma poche arrière et j'emportai le café et les croissants en sortant. J'étais soulagé de ne pas travailler aujourd'hui. Tout ce que je voulais, c'était prendre une douche, rattraper encore un peu de sommeil et peut-être retrouver Texas plus tard dans la journée, voir si elle voulait faire quelque chose. Je dépensais bien trop d'argent quand on se voyait, pour des conneries comme des casquettes de créateur et des tartes aux fritos, mais ça en valait toujours la peine. Ça me rechargeait. Ça rendait les vendredis plus supportables. Ou, devrais-je dire, un peu *moins* atroces.

Ce qui me fit penser que je devais envoyer un message à

tous ceux qui travaillaient au Plaza pour les prévenir que Grace Shaw était bannie à vie de notre cher institut. Un problème de moins à gérer.

Je regagnai ma Ducati en sifflant et passai tout le trajet jusqu'à chez moi à me repasser le moment où elle avait léché mon sperme sur son doigt jusqu'à ce que la bande mentale se grippe. Ma queue durcit contre la selle dure en cuir, ce qui était foutrement désagréable, mais je ne pouvais pas non plus gâcher un putain de bon souvenir en m'empêchant de me le rappeler.

J'étais à peu près certain que même si je devais mourir centenaire, avec toute la collection de nouveaux souvenirs que je me serais faits en cours de route, ce serait celui-ci qui surgirait dans ma tête avant que je fasse le grand saut.

Je me garai devant la maison délabrée que je louais avec East, retirai mon casque et marchai vers l'entrée. Je m'arrêtai aussitôt que je la vis.

Qu'est-ce qu'elle pouvait bien foutre ici, *elle* ?

Mon sang ne fit qu'un tour et je me mis instantanément à bouillonner de colère. Je sentis ma mâchoire se contracter et mes molaires à *ça* de se transformer en poussière. Je calai un bâton à la pomme entre mes dents sans prendre la peine de retirer mes lunettes de soleil.

— Caroline.

Normalement, je l'aurais appelée maman, mais j'étais trop furieux pour ça. Elle avait une mine effroyable. Son jean mom et sa blouse jaune démodée étaient tout froissés. Ses cheveux étaient complètement gris maintenant, et elle n'était pas si vieille que ça.

Je la dépassai. Elle me suivit en courant comme un chiot. Je me détestais de la traiter comme ça. Mais je la détestais aussi, *elle*, de me mettre dans cette position.

— Qu'est-ce qui t'amène ?

J'enfonçai les clés dans la serrure en lui tournant le dos.

— Tu n'as répondu à aucun de mes appels ces derniers jours.

Je pouvais la voir se tortiller les doigts du coin de l'œil, les yeux baissés, comme un enfant puni. Ma mère était tactile. Plus encore que Texas qui, comme je l'avais remarqué, était toujours en train de serrer Karlie dans ses bras, et sa grand-mère, et Dieu savait qui. Trouver la force de ne pas serrer son fils dans ses bras au bout de cinq ans, ça devait presque la tuer.

— Finalement, ton père m'a dit que je ferais aussi bien de prendre un avion et de venir vérifier que tout allait bien. Ton bien-être est plus important que l'argent.

— Je vais bien. Tu peux y aller maintenant.

J'ouvris la porte d'un coup d'épaule. Elle grinça. J'entrai. Elle me suivit en hésitant, consciente que j'étais capable de la mettre dehors. Elle n'avait pas de valise. *Tant mieux*. Au moins, elle n'avait pas prévu de rester longtemps.

Elle regarda autour d'elle. Il n'y avait vraiment pas grand-chose à voir. C'était une petite maison de deux chambres qui aurait eu grandement besoin de travaux. Le salon consistait en un canapé et une télévision. La cuisine, en une table orange et quatre chaises en plastique. Le papier peint gris-jaune se décollait et se déchirait dans les coins. Voilà ce qu'on avait au plus bas prix à Sheridan. Et ce pauvre East m'avait suivi. Il ne pouvait pas se résoudre à me voir m'infliger ça à moi-même sans rester à mes côtés.

À ce propos…

Je me retournai et lui fis une moue. Elle savait exactement ce que je lui demandais. Elle leva les paumes.

— Bien sûr que j'ai essayé de voir s'il était là. Il faut croire qu'il n'est pas rentré cette nuit.

Traduction : East s'était trouvé un plan cul et ne s'était pas emmerdé à rentrer à la maison.

— Je suis surpris que tu aies daigné traîner ton cul jusqu'ici. Je sais qu'East te tient au courant de mes conneries.

J'évitais si souvent mes parents qu'East s'était résolu à les appeler chaque semaine rien que pour leur assurer que j'étais bien vivant. Il leur donnait une version édulcorée de mes activités, en mettant de côté mes combats clandestins, mes coups d'un soir et mes embrouilles publiques avec les profs.

— Je ne veux pas trop l'embêter.

Ma mère tendit la main pour essayer d'arranger mon col.

Je la repoussai.

— Dommage que tu ne me réserves pas le même traitement.

J'entrai dans la cuisine et sortis du lait du frigo, que je bus directement au carton. Ma mère s'assit à la table en essayant de se faire la plus petite possible.

— Tu n'es jamais revenu à la maison depuis le début de tes études ici.

— Tu ne m'apprends rien.

Je m'essuyai la bouche du revers de la main, rangeai le lait au frigo et claquai la porte. Je m'assis face à elle. Elle n'allait pas partir avant de me faire passer un interrogatoire. Autant en finir.

Elle posa les mains sur la table et les fixa.

— Tu te plais ici ?

— Ça va.

— C'est plein d'avenir, n'est-ce pas ? Jolie ville.

— Un putain de paradis.

— Tu penses vouloir rester ici après ton diplôme ?

— Je ne pense pas plus loin que le dîner.

Je me gardai bien de lui demander comment ça allait à la

maison. C'était une pente glissante qui risquerait de mener à une véritable conversation.

— On t'aime tellement, tu nous manques.

— Je parie que tu aimes encore plus l'argent que j'envoie toutes les semaines, répliquai-je en haussant un sourcil.

Ses grands yeux bruns quittèrent ses mains pour dévier vers le papier peint. Ils brillaient de larmes contenues.

Je soupirai, m'affalai sur la chaise, croisai les bras et fixai le plafond des yeux.

— Bon, quoi de neuf, toi ? grommelai-je.

— Je vais bien, merci de poser la question. Mieux, à tous les niveaux. Toujours sous traitement. Toujours embauchée chez Walmart. J'ai eu une promotion le mois dernier. Je suis caissière maintenant. L'environnement est sympa et j'arrive à sortir un peu, à parler à des gens.

Ses doigts se rapprochaient des miens pour les toucher. J'avais envie de vomir.

— Je gagne ma vie maintenant. (Elle se redressa, prenant de l'assurance.) La situation n'est pas aussi lugubre qu'elle en a l'air, Westie. On se sortira bientôt de ce bazar. Mais on ne s'attend pas à ce que tu nous aides financièrement. Ce n'est pas ton rôle.

Sauf que *si.* C'était ma faute s'ils étaient dans cette situation pour commencer. Ma mère finit par poser sa main sur la mienne et se pencha vers moi.

— Allons faire un tour en ville. Je veux t'acheter du savon et du shampooing et de nouvelles chemises. Peut-être t'emmener chez le coiffeur. Je veux découvrir la ville dans laquelle tu vis. Faire les trucs de maman que je n'ai pas pu accomplir quand tu t'es installé ici. S'il te plaît, Westie ?

Elle enfonçait ses ongles dans ma peau avec désespoir, presque au point de me faire mal.

Elle gaspillait mon argent durement gagné en se payant des billets d'avion pour une visite-surprise. Puis elle proposait qu'on fasse une virée shopping.

Ma première réaction était de lui demander des comptes, mais je savais que si je la mettais à la porte je me mettrais East à dos. Et je me sentirais coupable.

Passer du temps avec ma mère était classé si bas sur ma liste de priorités qu'il aurait fallu lire toutes les petites lignes au bas de la page. Cela dit, j'étais tout de même prêt à reconnaître que ça vaudrait toujours mieux que de rester ici en tête à tête avec elle et d'affronter l'artillerie de questions et de tentatives de câlins dont elle essaierait de me bombarder.

— Qu'est-ce que tu en dis ?

Un sourire hésitant et artificiel apparut sur son visage. Il n'était pas à sa place. Comme une photo de travers sur un mur blanc. Je savais à quoi elle ressemblait quand elle souriait pour de vrai.

Je m'en souvenais encore, même si c'était vague.

Je serrai sa main dans la mienne et je sentis toute la pression s'évaporer de son corps, d'un seul coup, quand elle m'attira contre elle pour me serrer.

— Comme tu veux.

Une heure plus tard, on était en ville, les bras chargés de sacs remplis de chaussettes, de chemises, d'articles de toilette et de provisions. J'avais une vraie coupe de cheveux. Rasée sur les côtés, plus longue sur le dessus.

Je me sentais riche comme pouvait se sentir riche un garçon pauvre et esquinté.

Je n'avais pas l'habitude d'avoir de nouvelles affaires. Mes chaussettes étaient tellement trouées que j'avais cessé d'en porter depuis six mois, et quand mes hauts devenaient trop délavés pour qu'on en distingue encore la couleur, je réglais le problème en les portant à l'envers.

Je me servais bel et bien de savon et de dentifrice (la vie craignait déjà suffisamment sans que j'essaie de faire entrave aux occasions de m'envoyer en l'air) mais je me contentais toujours du truc le moins cher qu'on achetait en gros morceau pour un dollar, ou mieux encore – je dévalisais les salles de bains des fêtes où j'allais le week-end comme si j'étais au supermarché.

Ma mère ne dépensa pas beaucoup d'argent et cent pour cent de cet argent venait de *moi*. Avec ces nouveaux vêtements, j'avais l'impression d'être une de ces nanas ringardes qu'on voit dans les films, qui participent à un relooking et se font implanter une nouvelle personnalité par la même occasion.

Pour qui je me prenais putain ?

Qu'est-ce qui clochait chez moi ?

La réponse, c'était clairement : tout. Tout clochait chez moi. Parce que j'avais commencé à m'imaginer Tex poser ses yeux bleus angéliques sur mon nouveau caleçon et admirer sa blancheur éclatante. La veille, son regard innocent m'avait donné l'impression qu'on faisait quelque chose d'obscène. Et l'obscénité, c'était un domaine dans lequel j'excellais.

Puis je m'étais souvenu qu'il n'y avait pas de suite au programme pour nous.

Je lui avais dit tout net que je ne voulais pas m'engager, et ce n'était pas le genre de fille à ne pas s'engager. Elle avait répondu qu'elle allait y réfléchir, mais en réalité, c'était tout vu.

Je ne pouvais pas lui en vouloir. Elle méritait beaucoup mieux que ce que le délinquant que j'étais avait à lui offrir.

— Et si je nous faisais à dîner ? proposa ma mère en passant son bras sous le mien tandis qu'on rentrait chez moi.

— C'est sûr qu'aucun de nous ne peut se permettre d'aller au resto après tout ça, alors vas-y, murmurai-je.

East était là, allongé sur le canapé en caleçon, en train d'écrire des messages. Il nous accueillit avec un pet bruyant.

— Yo, quoi de neuf, Mister Morbaque ?

— Easton Liam Braun ! s'écria ma mère, et je laissai échapper un rire authentique pour la première fois de la journée.

En entendant son cri, East bondit du canapé à une telle vitesse qu'il faillit faire un trou dans le plafond.

— Madame St Claire.

Il esquissa son sourire de garçon respectable et fila dans sa chambre. Il reparut dans le salon en sautillant, une jambe dans son pantalon de jogging, et vacilla vers elle. Elle le serra dans ses bras comme un étau et déposa une pluie de baisers humides et maternels sur ses joues. Je jetai un œil à son entrejambe. Il avait une demie molle. Il était sûrement en train d'échanger des textos cochons avec quelqu'un. *Putain de porc*. Je pris note de lui faire regretter plus tard d'avoir touché ma mère alors qu'il était excité.

— Tu as une mine superbe, Easton. Tu te débrouilles très bien ici. Ta mère est très fière.

Elle lui pinça les joues et essaya de les secouer, mais il avait perdu ses joues de bébé depuis longtemps.

Ce serait bien que t'arrêtes de toucher ce pervers, maman.

Cette pensée était si naturelle, drôle et digne de l'ancien

West, par opposition à la nouvelle version pathétique, que j'éprouvai un pincement au cœur de nostalgie.

— Je fais ce que je peux.

Il pencha la tête en signe de fausse modestie.

Ma mère déposa un dernier baiser sur sa joue.

— Eh bien, tu réussis. Je vais préparer des spaghettis aux boulettes de viande. Vous allez jouer mes petits commis.

— À vos ordres, m'dame.

Il lui jeta un sourire enthousiaste. Et en un claquement de doigt, on se retrouvait propulsés en enfance.

En ce qui le concernait, en tout cas.

Ma mère concoctait les meilleures boulettes de viande de l'univers, un talent que je lui concéderai jusqu'à mon dernier souffle, quel que soit l'état de notre relation.

J'avais des origines françaises du côté de mon père, et italiennes du côté de ma mère. Ma taille et ma corpulence me venaient de la famille de ma mère ; les hommes Bozzelli dépassaient en moyenne le mètre quatre-vingt-quinze et étaient bâtis comme des armoires à glace. J'avais aussi hérité de sa peau bronzée. Mais j'avais les cheveux de mon père et ses yeux clairs.

Le combo fonctionnait vraiment en ma faveur à l'époque où je pratiquais les conquêtes féminines comme un sport olympique.

— Je vous laisse bavarder tous les deux dans la cuisine, dit East en nous donnant une tape dans le dos à chacun avant de se retirer dans sa chambre.

C'était non seulement un connard, mais aussi un traître. Me laisser avec elle, alors qu'il savait que je l'évitais à tout prix !

— Je vais acheter du vin et du pain. Appelez-moi quand le dîner sera prêt.

Coincé dans la cuisine avec ma mère sans nulle part où me

cacher, je l'écoutai me raconter les potins de notre petite ville. Lorsqu'elle prit conscience qu'elle parlait depuis vingt minutes sans avoir obtenu la moindre réaction de ma part, elle s'arrêta, sans cesser de remuer la sauce tomate, basilique et ail.

— Assez parlé de moi. Qui était cette *amie* avec qui tu as passé ton anniversaire ?

J'étais assis à la table de la cuisine et je découpais la laitue.

— Une fille, c'est tout.

— Elle doit être spéciale pour avoir gagné ton amitié.

Je détestais quand elle faisait ça. Quand elle faisait comme si elle en avait quelque chose à foutre. Ma mère voulait que je rencontre quelqu'un. Que je devienne le problème de quelqu'un d'autre. Fallait croire que ce n'était pas pratique pour elle de devoir m'appeler tous les jours pour vérifier que je ne m'étais pas suicidé / que je n'avais pas tué quelqu'un / que je n'étais pas entré dans une secte.

Pour elle, j'étais capable des trois.

— C'est juste quelqu'un du boulot.

— Elle a un prénom ?

— Oui. Je connais peu de gens qui n'en ont pas.

Même moi, j'en avais un. Même si mes parents m'avaient donné le nom d'un putain de point cardinal.

Sans vraiment mentir en minimisant ma relation avec Grace, ce n'était pas non plus la vérité. Quel que soit l'angle sous lequel je considérais notre relation, on ne pouvait nier qu'on était proches. Définitivement plus proches que je l'étais de Reign ou de Max ou de n'importe quel autre gaspilleur d'oxygène du campus qui me prenait pour leur pote. Entretenir l'idée de chevaucher le cul de Texas comme un cow-boy n'arrangeait pas la situation.

J'envisageais de laisser tomber le *food truck* pour l'éviter purement et simplement.

Ma mère irradiait d'une allégresse enfantine.

Une demi-heure plus tard, le dîner était prêt : salade, spaghettis aux boulettes de viande, pain à l'ail et vin rouge. On devait les deux derniers à Easton. On se rassembla tous les trois autour de la table branlante. Ma mère expédia les grâces pour qu'on puisse commencer, et je fus enfin en mesure de me détendre un peu.

On sonna à la porte.

Tout le monde échangea un regard. East se gardait bien d'inviter qui que ce soit quand j'étais là. Ma misanthropie était célèbre.

— Qui ça peut bien être ? demanda ma mère la bouche pleine.

— Il n'y a qu'un moyen de le savoir, murmurai-je en repoussant ma chaise pour aller ouvrir.

Notre judas ne fonctionnait pas. Des crétins l'avaient bouché avec de la cire avant notre installation. Je n'avais d'autre choix que d'ouvrir la porte en espérant que ce n'était pas un assassin envoyé par Kade Appleton. Récemment, j'avais la sensation bizarre d'être suivi.

Mais ce n'était pas un assassin.

La personne qui se tenait sur le seuil était bien plus indésirable qu'un tueur en série.

Grace.

Qu'est-ce qu'elle faisait là ?

Elle portait un T-shirt rayé à manches longues, un jean moulant et ses éternelles Fila. Sa casquette de base-ball était vissée sur sa tête, sa visière baissée faisant office de cape d'invisibilité.

— Salut.

Elle souriait à ses pieds. Ma bite et moi, on fit tous les deux une *standing ovation* à son sourire. Je me demandais combien il allait me rester de neurones le jour où cette nana aurait fini de me montrer toutes ses expressions faciales.

— Qu'est-ce qu'il y a ?

— Tu as oublié ton portefeuille au camion. Tu ne répondais pas au téléphone alors Karlie m'a appelée. Je me suis dit que je viendrais te le déposer.

Elle sortit mon portefeuille de sa poche arrière et me le tendit.

— Elle m'a demandé ce qu'on était allés faire là-bas et pourquoi ça sentait les produits nettoyants. Je lui ai dit qu'on était entrés se faire des granités et qu'on en avait renversé. Je crois qu'elle a marché.

Alors c'est une idiote.

Et aussi : *Bon sang !* Comment avais-je pu ne pas remarquer avant que j'avais perdu mon portefeuille ? Oh ! c'est vrai. J'étais trop occupé à regarder Grace se masturber pour me souvenir où était ma tête, encore moins mon portefeuille. Puis ma mère m'avait acheté des vêtements et des courses (avec l'argent que je lui avais transféré plus tôt dans le mois, cela dit). Je n'avais pas eu besoin de mon portefeuille une seule fois de la journée.

Je le récupérai et m'apprêtai à lui fermer la porte au nez.

— Merci. On se voit plus tard, Tex.

— Westie ? appela ma mère derrière mon épaule en jetant un coup d'œil pour voir qui était là. (Elle posa une main sur mon épaule.) Tu ne veux pas me présenter ton amie ?

Putain. De. Merde.

Les deux femmes se jaugèrent comme le faisaient les femmes, avec le sourire simultané de celles qui partageaient un secret rare. Grace lui adressa un petit salut de la main. J'avais presque oublié que derrière la garce sarcastique que j'avais envie de réduire au silence avec mon organe reproducteur se trouvait une fille du Sud polie et prête à surgir au premier signe d'une maman inquiète.

— Bonjour, madame. Je m'appelle Grace Shaw.

— Caroline St Claire, la mère de West. Quel plaisir !

Ma mère abandonna toute tentative de se comporter comme un être humain civilisé et sauta sur Grace pour l'écraser contre elle. Texas, évidemment, lui rendit la pareille en la serrant à son tour dans ses bras.

J'ouvris grand la porte, bien que, si ça n'avait tenu qu'à moi, je leur aurais claqué au nez à toutes les deux.

— Oh ! mais vous devriez vous joindre à nous pour le dîner ! s'exclama ma mère.

Pas besoin d'être un génie pour faire le rapprochement. Texas était l'Élue avec qui j'avais passé mon anniversaire.

C'était ma soi-disant rédemption.

L'antidote à mon poison.

Celle qui répondait aux prières de ma mère.

— Oh ! je ne veux pas m'imposer.

Grace rougit, battit des cils et baissa le menton. Elle dissimulait sa cicatrice. La petite maligne. Si ma mère voyait distinctement son visage, c'était le désastre assuré.

Ma mère et Grace dans la même pièce était ma conception du cauchemar, pour des raisons trop nombreuses pour être comptées.

— Pas du tout ! Nous serions ravis que vous restiez. Westie n'a pas beaucoup d'amis et je meurs d'envie d'en apprendre plus sur sa vie au campus.

Ma mère était maintenant en train d'attirer Grace à l'intérieur alors que cette dernière freinait des quatre fers comme un chat à l'approche d'une baignoire remplie d'eau. Caroline St Claire aurait été capable d'enfermer cette pauvre fille si c'était le seul moyen pour qu'elle dîne avec nous.

Texas me lança un regard désolé. C'était la première fois qu'elle venait ici. Elle jeta un regard scrutateur autour d'elle. Je n'avais généralement pas honte de l'endroit où je vivais. Et la maison de Grace ne risquait pas de passer dans *Ma Maison de Star* sur MTV. Je regrettai pourtant que ma *pauvreté* lui saute autant au visage.

Quand Grace entra dans la cuisine, Easton se leva pour la saluer pendant que ma mère sortait une autre assiette et des couverts. Tout le monde se mit à table. J'évitai tout contact visuel et toute tentative de conversation.

Ma mère, bien sûr, était lancée en mode Inquisition espagnole.

— Alors vous travaillez avec Westie ? demanda-t-elle avant même que Texas ait pris sa première bouchée.

— Oui madame. Dans un *food truck* en bas de la rue en partant d'ici.

— Vous allez aussi à l'université de Sheridan ?

— Oui. Je fais des études d'arts dramatiques.

— Alors vous devez bien connaître notre Easton.

— Bien sûr. Il a tout un tas de supporters. (Grace hocha la tête et j'eus envie de me planter la fourchette dans le ventre.) West aussi.

Elle m'adressa un regard d'excuse.

— Vraiment ? (Ma mère parut incrédule.) Il est célèbre pour quelque chose sur le campus ?

Faire saigner les gens.

Texas ne cilla même pas.

— Il est très populaire auprès des filles.

— Il l'a toujours été. Enfin, ma chérie, vous pouvez enlever votre casquette maintenant.

Tactile comme pas deux, ma mère prit l'initiative de retirer elle-même la casquette de Grace, et la posa sur le comptoir derrière son épaule.

— Je veux pouvoir voir votre joli vi…

Elle ne put jamais terminer sa phrase car Grace laissa échapper un couinement qui ressemblait à celui d'un animal blessé coincé dans sa gorge.

Puis il y eut un silence.

Un putain de foutu silence.

Les couverts cliquetèrent contre les assiettes. Easton hoqueta. La peau rouge et en lambeaux de Grace sous son maquillage trahissait une histoire d'horreur qui n'était pas appropriée à la table du dîner.

Le visage de Texas était bien tartiné d'une couche de maquillage qui aurait suffi à ouvrir un Sephora, mais on discernait malgré tout le teint digne de Freddy Krueger qu'elle essayait désespérément de masquer.

On se leva d'un bond pour récupérer la casquette. Grace l'attrapa la première et la remit sur sa tête d'une main tremblante.

Ma mère se racla la gorge en agrippant ses fausses perles. Easton baissa les yeux.

Je m'efforçai de ne pas bloquer sur la beauté hallucinante de Grace Shaw. Parce que c'était une putain de beauté. Sans sa casquette, avec son visage entièrement exposé, sa beauté me coupa le souffle.

— Je suis vraiment désolée. Qu'est-ce qui vous est…

Je connaissais Grace Shaw depuis des mois et je m'étais empêché de lui demander ce qui lui était arrivé. Ma mère la connaissait depuis moins de quinze minutes et se sentait déjà suffisamment à l'aise pour s'en enquérir.

— Enfin… quand est-ce arrivé ? acheva ma mère.

— Ça ne te regarde pas, putain, et tu n'as aucun droit de lui demander ça, rugis-je en tapant du poing sur la table.

Tous les objets posés dessus tremblèrent et ma mère laissa échapper un cri.

Easton bondit de sa chaise et demanda à Grace de l'aider à ouvrir une nouvelle bouteille de vin alors que la première était encore à moitié remplie.

Ils disparurent tous deux dans le salon tandis que je transperçais ma mère d'un regard meurtrier.

— Qu'est-ce qui te prend putain ? sifflai-je en contenant difficilement ma rage.

— Je… (Sa voix tremblait et elle me regarda comme si j'étais sur le point de lui faire du mal.) Je n'ai pas réfléchi.

— Tu peux le dire.

— Westie, je te promets, je n'aurais jamais…

Easton et Grace reparurent dans la cuisine. Il rapprocha sa chaise de celle de Grace. Ma mère jetait des regards inquiets dans sa direction avec des yeux écarquillés par l'émotion.

— Mince, dit-elle d'une voix tremblante pour meubler le silence gênant, je regrette de ne pas avoir de dessert à vous proposer, Grace. Un café, ça vous dit ?

— Elle ne veut pas de café, la coupai-je en me levant de ma chaise.

La dernière chose que je souhaitais, c'était que ma mère parle avec Texas. Je ne pouvais pas prendre le risque qu'elle lui raconte mon grand secret. La raison pour laquelle j'étais aussi bousillé.

— Grace allait partir.

Je haussai un sourcil d'un air entendu à l'attention de Texas.

Ses yeux immenses exprimaient la stupeur mais je continuai de les fixer.

Ça me faisait mal de lui faire mal, et je méritais tous les malheurs de la terre.

— Bien sûr, l'entendis-je dire d'une voix tendue. (Elle se leva et s'approcha de ma mère pour l'enlacer.) C'était un plaisir de vous rencontrer, madame St Claire.

— Moi aussi, ma chérie. Encore une fois, je suis désolée.

— Laisse-moi te raccompagner, proposa Easton avec une grimace.

Je savais que je me comportais comme un salaud d'envergure internationale, mais j'estimais que la situation était récupérable auprès de Grace. Si je lui présentais mes excuses et que je m'expliquais, on pourrait continuer à se voir et à travailler ensemble.

Si elle découvrait la vérité à cause de ma mère, en revanche, elle ne pourrait plus jamais me regarder en face.

East et Grace sortirent. Ma mère pivota vers moi, l'air horrifié.

— La pauvre fille.

— C'est toi qui lui as enlevé sa casquette, répliquai-je.

— Tu l'as mise dehors. Je ne savais pas que tu étais aussi cruel.

Est-ce que tu sais vraiment qui je suis, maman ?

— Tu sais ce qui est cruel aussi ? De débarquer ici comme tu l'as fait. De t'immiscer dans ma vie comme si on n'était pas des étrangers depuis ces cinq fichues dernières années. Et ce n'est pas en me faisant des pâtes et des boulettes de viande pour la première fois en une demi-décennie que tu vas rattraper tout ce temps où tu ne t'es pas manifestée, Caroline. Et avant que tu me sortes tes conneries de distanciation, fis-je en levant la main, car elle avait déjà ouvert la bouche pour répliquer, c'était *toi* qui étais censée endosser le rôle de l'adulte responsable entre nous. C'est *toi* qui étais censée venir vers moi. Je t'ai envoyé de l'argent chaque semaine. Rends-moi service et rembourse-moi en ne me contactant plus jamais.

Elle avait les larmes aux yeux et sa lèvre inférieure tremblait.

— Oui, souffla-t-elle. C'est vrai. Tu nous aides financièrement. En faisant quoi, exactement ? Tu peux me le rappeler ? Assistant pédagogique, c'est ça ?

Je voyais qu'elle était au bord de l'hystérie.

J'avais raconté à mes parents que je bossais comme assistant pédagogique en donnant des cours particuliers. Ils avaient marché parce que j'avais un truc pour les maths et les statistiques, mais au fil du temps et à mesure que les sommes avaient grossi, ils avaient dû avoir quelques doutes.

— Je ne savais pas qu'on pouvait se faire autant avec les cours particuliers, commenta-t-elle.

Je lui adressai un rictus condescendant.

— Tu le saurais si tu étais allée à la fac.

— Je n'en ai pas eu l'opportunité. (Une lueur sombre et dépravée qui me fit penser à moi traversa son regard.) Tu le sais.

— C'est vrai. (Je claquai des doigts.) Tu es tombée enceinte de moi à dix-sept ans, c'est ça ? Jolis choix de vie. Je t'en prie, donne-moi encore des conseils sur la façon de gérer mes affaires.

Je me dirigeai vers ma chambre. Elle me suivit en poussant un cri furieux. Easton était toujours dehors. Ce connard avait sûrement profité de l'occasion pour *raccompagner* Grace chez elle, maintenant qu'il s'était rendu compte qu'elle était magnifique.

Et tu lui as donné ton accord pour lui proposer de sortir avec elle. Bien joué, crétin.

— West ! Je t'en prie !

Ma mère était sur mes talons. Je lui claquai la porte au nez. Puis je la rouvris en réalisant que je n'avais pas eu l'occasion de lui porter le dernier coup verbal.

— Sors de chez moi. (Je pointai la porte du doigt.) Tu n'avais pas le droit d'utiliser l'argent que je gagne durement chaque semaine pour t'acheter un billet d'avion. Gaspiller mon propre argent, on a vu mieux comme modèle d'éducation.

Je ramassai l'un des sacs de courses par terre et en renversai le contenu à ses pieds. Chemises et chaussettes neuves bon marché s'amoncelèrent par terre. Je me ruai violemment vers la porte d'entrée et l'ouvris en lui faisant signe de sortir.

— *West.*

Ma mère se tenait toujours dans le couloir, les genoux flageolants. Elle posa la main contre le mur pour garder l'équilibre. Elle paraissait désespérée, petite, à côté de ses pompes. Le problème, c'était qu'elle était *toujours* désespérée. Pendant des années, elle avait reçu de l'aide sans jamais rien donner en retour. Pendant des années, mes parents ne m'avaient rien donné, et je leur avais tout donné.

Mais j'en étais venu à comprendre que ce n'était même pas suffisant.

J'en avais assez de vivre comme un mendiant, de pénétrer dans un coupe-gorge délimité par des cartons chaque vendredi et de ne même pas avoir la moindre intimité. Non seulement je leur donnais mon argent, mais maintenant, il fallait aussi leur assurer que tout allait comme sur des roulettes.

— *Dehors.*

Mon rugissement résonna dans ma poitrine et fit trembler les murs.

Elle s'enfuit de la maison comme une souris apeurée. Je la regardai depuis le seuil, essoufflé comme si je venais de courir un marathon. Elle remonta la rue en courant puis tourna à droite en direction de la seule station de bus de cette ville fantôme.

Je claquai la porte et donnai un coup de poing dans le mur à côté de moi.

Il valait peut-être mieux que tout ait explosé avec Grace.

Elle avait peur.

Mais moi ? J'étais *foutu*.

12

Grace

Easton m'avait raccompagnée en voiture après que West m'avait mise dehors, étant donné que j'étais venue à pied.

Il avait essayé de parler de football ou de la fac pendant tout le trajet, mais je m'étais contentée de remuer les lèvres sur ma bague flamme, à murmurer des vœux, comme Mamie Savvy m'avait appris à le faire quand j'étais stressée.

Le pire, c'était que je ne savais même pas ce que j'avais fait de mal. J'étais passée lui déposer son portefeuille et le prévenir que Karlie était au courant qu'on était montés dans le camion la veille. J'avais menti à ma meilleure amie pour nous sauver tous les deux.

J'avais deviné que sa mère avait dû débarquer à l'improviste puisqu'il n'en avait pas parlé et qu'il semblait prêt à se jeter d'une falaise. J'avais essayé de faire passer la pilule le plus doucement possible en répondant aux questions de Caroline St Claire. J'avais même essayé de ne pas faire d'histoires au sujet de l'incident de la casquette, même si la panique m'avait prise à la gorge et vidé les poumons.

Était-ce ma cicatrice qui le mettait mal à l'aise ?

Ma personne en général ? La bague cassée, la casquette et les manches longues ? Mon étrangeté détonnait à Sheridan comme une strip-teaseuse dans un couvent.

Ou bien West était-il simplement dans l'une de ces humeurs dangereuses et moi, l'une de ses nombreuses victimes ?

Quoi qu'il en soit, ce n'était pas en ruminant que j'allais obtenir des réponses. West St Claire ne méritait pas ma compassion, point final.

Une fois garé devant le camion, Easton coupa le moteur et tourna la tête vers moi.

— Westie t'aime bien.

— Il a une drôle de manière de le montrer, parvins-je à murmurer, les yeux rivés devant moi.

— En effet, acquiesça facilement Easton. C'est une zone inconnue pour lui. Soit il déteste les gens, soit il leur est indifférent. Toi, tu l'embrouilles comme pas possible.

— Lui aussi il m'embrouille comme pas possible, répliquai-je.

— Tu sais ce qu'on devrait faire ?

— L'éradiquer de la planète ? murmurai-je.

Braun ricana et pencha la tête pour m'observer sous un autre angle. Plus seulement comme la fille à l'histoire larmoyante, mais comme une personne à part entière.

— Marrant, il va toujours vers les filles dociles d'habitude. Tu es une petite guerrière, n'est-ce pas, Shaw ?

Je levai les yeux au ciel. J'en avais assez d'entendre que West s'intéressait toujours aux filles qui étaient l'exact opposé de moi. Je n'avais pas besoin qu'on me le rappelle.

— Tu disais ? repris-je. À propos de faire quelque chose ?

— Ah, oui. (Il claqua des doigts.) Appuyer là où ça fait mal.

— À savoir ?

Je finis par me tourner vers lui.

Le sourire sur son visage m'effraya.

— Son cœur.

J'avais vu West une seule fois sur le campus depuis *le* dîner. On avait scrupuleusement fait mine de ne pas se voir. Il m'avait croisée en restant fidèle à la règle « Grace Shaw n'existe pas », pendant que je faisais également semblant de mon côté de ne pas l'avoir aperçu. Au travail, les deux fois suivantes, il était sec et silencieux. J'avais envisagé de le confronter, puis je m'étais dit que s'il n'était pas pressé de me présenter ses excuses, il était inutile de ma part d'essayer de résoudre l'affaire.

J'avais donc décidé moi aussi de le snober.

Et puis je n'avais pas de temps à perdre avec des histoires de mec, de toute façon. Le lendemain du dîner avec Caroline St Claire, la chaîne locale avait annoncé que la seule et unique station de bus de Sheridan allait fermer à la fin du mois.

Ce qui signifiait que les potentiels aides-soignants pour Mamie allaient devoir se déplacer en voiture.

Ce qui signifiait que j'allais devoir leur payer l'essence aussi.

Je n'en avais pas les moyens.

Voilà sur quoi je m'étais concentrée pour chasser West de mes pensées : chercher une aide-soignante pour Mamie dont les déplacements seraient les moins chers possibles.

J'étais voûtée devant mon ordinateur dans ma chambre quand Marla frappa à ma porte et passa la tête dans l'entrebâillement.

— Ma chérie ? Qu'est-ce que tu fais ?

Je fermai la fenêtre sur laquelle je surfais – *SoinsÀdom* - et me redressai.

Elle plissa le nez.

— Rien pour l'instant, hein ?

Je fis craquer mes articulations en secouant la tête. Inutile de lui mentir. Marla devait savoir qu'il ne serait pas facile de trouver sa remplaçante, mais je n'avais pas envie d'entendre un nouveau sermon sur l'utilité de la placer en maison de retraite.

— Ne t'inquiète pas. Je trouverai une solution.

Elle hocha la tête, entra dans ma chambre et ferma la porte derrière elle. Oh-oh. Ça n'était pas bon signe. Pile quand Mamie recommençait à manger de manière régulière, après s'être rendu compte qu'elle ne pouvait pas continuer éternellement à glisser discrètement des grattons dans sa chambre.

— Il faut que je te dise quelque chose, commença-t-elle en s'asseyant au bord de mon lit, l'air gêné.

— Oui ?

— La vieille chouette refuse de sortir pour nos promenades habituelles. Elle ne pratique aucune activité physique. Je pense qu'elle déprime.

— Qu'elle déprime ? répétai-je.

— Tu sais, qu'elle n'a pas le moral. Qu'elle est dépressive, ou je ne sais comment les psychiatres appellent ça. Je ne pense pas que ce soit passager, ma chérie. J'ai vu ça des dizaines de fois avec les personnes âgées. Elle a besoin d'un traitement. D'être prise en charge correctement.

Tu déconnes, avais-je envie de hurler. *Je ne peux pas la traîner de force chez le médecin.*

Mais je me contentai de sourire, comme toujours, et de hocher la tête.

— Merci, Marla. Je vais m'en occuper.

Quelques jours plus tard, le professeur McGraw me convoqua de nouveau dans son bureau.

— Je vais être brève.

Elle entra dans la pièce cosy, apportant dans son sillage son parfum distinctif d'encens et de miel. Elle s'assit devant moi et entrelaça ses doigts.

— J'ai décidé de ne pas vous accorder de délai pour la partie pratique de votre examen de ce semestre, mademoiselle Shaw. Ce qui signifie que vous allez devoir trouver un moyen de vous impliquer dans *Un tramway nommé Désir* et de monter sur scène une fois pour toutes, ou bien vous échouerez à mon cours. M. Finlay est au courant de la situation. Je lui ai parlé, et il se dit disposé à régler cette affaire avec vous. Je suis désolée, Grace, mais considérez ça comme un service que je vous rends. Vous devez affronter vos peurs et avancer. Ce sera libérateur pour vous de monter sur cette scène. Quoi qu'il vous soit arrivé… (Elle secoua la tête et ferma les yeux.), vous ne pouvez pas le laisser vous définir. Ou vous arrêter. C'est terminé. L'anxiété est une bête avide. Si vous la nourrissez, elle grossira. Affamez-la et elle mourra. C'est ma décision finale. Je suis désolée.

Plus tard le même jour, je devais travailler avec West. Ce n'était pas l'idéal, mais si j'avais voulu l'éviter aujourd'hui, il aurait fallu que je raconte tout ce qu'il s'était passé au dîner à Karlie, et je n'étais pas prête à relater la scène humiliante à voix haute.

West s'était comporté bizarrement pendant le service. Il me jetait des regards, semblait parfois songeur, ouvrait la bouche pour dire quelque chose avant de se raviser. Je me bornai à garder le silence, que je ne rompais que par des questions monosyllabiques liées au travail. Dès que nous avions une pause entre les clients, je sortais mon téléphone et poursuivais mes recherches d'aide à domicile pour Mamie. J'avais aussi rédigé un message qui n'attendait plus qu'à être envoyé à Cruz Finlay.

Bonjour. C'est Grace Shaw. Y aurait-il encore moyen de décrocher un rôle de dernière minute dans la pièce ?

West finit par se décider à cracher le morceau.

— Écoute, je suis désolé putain, d'accord ? Merde, grogna-t-il comme si je l'avais accablé d'accusations muettes. Mais je pense que ça vaut mieux si on arrête nos conneries tous les deux.

Je ne relevai même pas les yeux de mon téléphone.

Il avait passé la semaine entière à m'ignorer, pour finir par me servir des excuses foireuses, accompagnées d'une phrase de rupture clichée ?

— Il n'était pas prévu de recommencer de toute façon, mentis-je, les yeux rivés à mon écran.

— D'accord. OK. Très bien.

Il hocha la tête. Pour la première fois depuis que je l'avais rencontré, il paraissait un peu déboussolé. Même un peu pitoyable, en fait. Il me tendit son petit doigt, me bloquant la vue sur mon téléphone.

Je pivotai pour lui tourner le dos sans prendre la peine d'accepter son geste.

Une guerre froide, ça restait une guerre.

West

La semaine suivant la visite de ma mère fila aussi vite qu'un monstre de science-fiction visqueux se faufilant hors des égouts.

Dès son retour dans le Maine, ma mère se remit à m'appeler

toutes les heures et à m'envoyer des mails environ deux fois par jour. Elle s'excusa un millier de fois. Pour m'avoir pris de court, pour avoir ôté la casquette de Grace, pour m'avoir posé trop de questions et pour tous les mails qu'elle m'envoyait. Elle assuma tout ce qui s'était passé entre nous depuis mes dix-sept ans, essaya de s'expliquer. Mais rien de tout ça ne comptait. Le mal était fait. Je continuai d'envoyer de l'argent, mais j'esquivai ses coups de fil.

Les choses avaient encore empiré. Avant d'avoir vu son visage, je pouvais faire comme si tout allait bien. Mais après la crise au dîner, on ne pouvait plus nier que ce qui restait de ma famille était mort à la racine. Pourri, souillé, irréparable.

Et la cerise sur ce tas de merde, c'était la situation avec Texas.

La fille, pas l'État.

Même si, bon sang, l'État s'était réchauffé à une allure folle.

J'avais merdé avec Grace, non seulement le jour où je l'avais mise dehors, mais aussi les suivants, quand j'avais été incapable de la regarder dans les yeux tellement j'étais gêné.

Au moment où j'avais fini par trouver le courage de lui parler, il était trop tard. Elle avait fait comme si j'étais inexistant. À tel point que j'avais fini par remettre en cause mon existence.

Alors j'avais décidé de me comporter comme un grand, d'assumer mon comportement et de présenter mes excuses.

Et qu'est-ce qu'elle avait fait ? Elle avait détourné la tête.

Pour notre troisième service ensemble après le dîner désastreux, le karma avait décidé de brandir son gode pointu et de me l'enfoncer dans le cul – et sans lubrifiant.

J'étais en train de travailler de mon côté sur le grill à retourner les poissons, en enviant secrètement leur sort, quand j'entendis quelque chose s'avancer sur le gravier près de la fenêtre.

— Oh ! salut, fit Grace.

Enfermé dans mon fort de rage muette, je ne me retournai pas pour voir de qui il s'agissait.

— Salut, lança Easton.

— Tu veux parler à West ? demanda-t-elle.

— Non. C'est toi que je suis venu voir.

Ma tête vola vers l'arrière et ma herse se dressa. East était là, tout juste sorti de la douche après son entraînement. Ses cheveux blonds et humides étaient ébouriffés avec style. Il portait un T-shirt de surfeur sans manches qui mettait en valeur ses gros bras musclés.

Qu'est-ce qu'il foutait là ?

East croisa mon regard par-dessus l'épaule de Grace. Il m'adressa un petit haussement d'épaule comme pour dire : *Tu as dit que tu t'en fichais si je la draguais. Tu te rappelles ?*

Je me retournai vers le grill en prenant une inspiration.

— *Moi* ? s'étonna Texas.

— Oui.

— D'accord, qu'est-ce qu'il y a ?

— Je me suis rendu compte que j'avais oublié quelque chose quand je t'ai ramenée l'autre soir.

De t'acheter un peu de loyauté à l'épicerie du coin, connard ?

— Quoi donc ? demanda Grace d'une voix suspicieuse.

Ça me plaisait qu'elle ne se jette pas à ses pieds. Elle était immunisée contre le charme des hommes en général.

— J'ai oublié de te demander ton numéro.

L'enfoiré…

— Pourquoi tu veux mon numéro ?

Je ne pus m'empêcher de sourire. Elle ne faisait pas partie de ses groupies pré-ado. Ma foi en l'humanité était en partie restaurée.

— Pour pouvoir t'inviter à sortir.

— M'inviter à sortir ?

L'inviter à sortir ?

— Oui. Ça fait quelques semaines que j'en ai envie, mais le Coach était sur notre dos comme un sergent instructeur. À cause des matchs amicaux, tout ça. J'ai pensé que ça te dirait peut-être d'aller manger un morceau ou autre ? D'aller au cinéma ? Il y a le nouveau film de Kate Hudson qui sort ce week-end.

— Et tu aimes les films de Kate Hudson parce que… ?

Elle laissa sa question en suspens. Je leur tournais toujours le dos. J'étais tiraillé entre l'envie de ricaner de l'indifférence de Grace face à la drague insistante d'East, et celle de frapper la tête de mon meilleur ami (rectification : *ex*-meilleur ami) contre le gravier.

— Je n'aime pas les films de Kate Hudson, Grace. C'est *toi* que j'aime bien. Et tu es une femme. Et les femmes ont tendance à l'aimer, pour je ne sais quelle raison. C'est assez clair ? demanda East.

Je tournai de nouveau la tête pour le fusiller du regard. Il ne me regardait plus. Ses yeux étaient rivés sur Texas. Qu'est-ce que ce con essayait de prouver, exactement ? Qu'il pouvait sortir avec une fille qui m'intéressait ? Qu'elle me plaisait ?

Même si c'était le cas, je ne sortais pas avec les filles, et il le savait foutrement bien.

Grace pianota sur le bar à garnitures.

— Ça ne poserait pas de problème à ton coloc, étant donné qu'on travaille ensemble ?

— Non. Je lui ai posé la question. Trois fois, en fait.

— Et ça ne l'embête pas ?

Elle ne semblait pas surprise.

Tourne-toi et regarde-moi, bon sang. Alors tu te rendrais compte que je préférerais me faire bouffer les couilles par un tigre que de te voir sortir avec quelqu'un d'autre que moi.

— Non. Tu peux lui demander toi-même.

— Inutile, on ne s'adresse pas la parole en ce moment. (Elle marqua une pause.) C'est d'accord.

Aïe. Ça devait faire mal. Dommage qu'il ne m'ait pas écouté quand je lui avais dit qu'elle ne…

Attendez.

Elle est d'accord ?

J'ouvris la bouche pour dire quelque chose, mais rien ne vint. Je n'avais aucun argument à opposer à ce qui était en train de se passer, et aucune raison pour les empêcher de se voir. Techniquement, j'avais dit à East que Grace ne m'intéressait pas. Et, techniquement aussi, ils étaient célibataires tous les deux. Je ne pouvais rien faire.

Et ça me rendait fou.

Ils échangèrent leur numéro pendant que je fulminais en silence dans mon coin. Puis il eut le culot de rester bavarder un peu. Au bout de dix minutes à l'entendre raconter une histoire captivante sur Reign qui avait failli se fouler la cheville en dansant après un *touch-down* victorieux quelques semaines auparavant, je m'approchai de la fenêtre, plantai mes coudes sur le rebord et poussai Grace sur le côté.

— Désolé, mec, c'est pas Tinder, ici. Ça t'ennuierait d'évacuer les lieux pour laisser la place aux prochains clients ? fis-je d'un ton décontracté.

Blasé.

Easton haussa les épaules.

— Désolé, mec.

— Ne reviens pas à moins de vouloir consommer.

— Noté. On se voit à la maison ?

— Où tu veux que j'aille après le travail ?

— Ouh la. On est susceptible à ce que je vois.

— Dégage d'ici.

Il obéit. Je retournai au grill, bien conscient que Grace foudroyait mon crâne du regard.

Ma retenue dura au moins trois minutes, après quoi je décidai de lui soumettre un avis spontané.

— Merde, Tex, je ne te croyais pas aussi naïve. (Je laissai échapper un gloussement sarcastique.) Easton Braun ne cherche rien de sérieux, au cas où tu ne le saurais pas.

— Qui dit que je cherche quelque chose de sérieux ?

Elle baissa la vitre pour fermer boutique. Il était si tard que ça ? À croire que le temps filait à toute vitesse quand on le passait à fantasmer sur des moyens nouveaux et créatifs d'assassiner son ami d'enfance.

Elle me tournait le dos.

— Je ne l'ai pas fait avec toi, et regarde un peu, je suis encore en vie.

— *Texas.*

Elle fit volte-face et son air blessé me déchira les entrailles comme un crochet rouillé.

— Ne m'appelle plus comme ça. Et ne t'avise pas de faire comme si tout allait bien entre nous.

— Dis-moi ce qu'il faut faire pour changer ça.

Je n'arrivais pas à croire les mots qui sortaient de ma bouche. Je n'étais pas censé montrer de l'intérêt. L'intérêt n'était plus au programme désormais.

Ni envers mes parents, ni envers mes plans cul, ni mes soi-disant amis…

— Te comporter en être humain décent ? suggéra-t-elle avec sarcasme.

— Rien qui soit dans mes capacités ? fis-je pour jouer la carte de l'humour et tester mon public.

Elle fit claquer ses mains gantées sur le comptoir avant de se mettre à nettoyer les récipients à garnitures.

— Pourquoi tu as accepté ? demandai-je.

J'aurais aussi bien pu la laisser prendre le café quand ma mère était là. Serrer les dents et encaisser. Laisser mon secret éclater au grand jour. Puis, une fois qu'elle aurait appris ce que j'avais fait, passer le restant de mes jours à essayer de réobtenir son approbation.

— Pourquoi pas ? souffla-t-elle.

— Easton ne te plaît pas.

— Tu ne me plaisais pas non plus. Et puis ça a changé, pendant un temps. Les avis évoluent. *Constamment.*

Ses paroles provoquèrent une sensation bizarre et importune dans ma poitrine.

Un bonbon à la pomme imbibé de poison.

Bonne nouvelle : je lui plaisais.

Mauvaise nouvelle : j'avais tout fait foirer.

— Tu le regretteras, l'avertis-je.

Mais je n'en savais rien. East était capable de changer et de prendre la chose au sérieux. Et ensuite quoi ? Je ne pouvais pas les voir ensemble. Je ne pouvais même pas l'imaginer tenir la main de quelqu'un d'autre.

— Peut-être. (Elle me contourna pour vider un récipient à la poubelle.) Mais j'ai aussi regretté de t'avoir rencontré, et tu sais quoi ? Là encore, j'ai survécu.

13

West

— C'est confirmé : Appleton veut une revanche.

Max se laissa tomber devant moi à la cafétéria, agrippant son repas de ses doigts gras.

J'étais en train d'essayer d'analyser ce que contenait le putain de sandwich que j'avais acheté cinq minutes plus tôt à la cantine. J'avais passé une bonne partie de mon temps sur terre à maudire les sandwichs à l'omelette détrempés d'Easton ; je n'avais pas envisagé que la nourriture de la cafétéria était encore pire.

Mais les sandwichs d'Easton n'étaient plus au programme pour moi désormais. Pour ça, il aurait fallu que je lui adresse la parole et, depuis trois jours, on était officiellement en froid.

Au début, mon ex-meilleur ami avait eu le culot de faire comme si de rien n'était.

Il essayait de me parler de football, des rumeurs qui circulaient sur le campus, et de Tess qui racontait à tout le monde qu'elle était allée consulter une voyante qui, apparemment, lui avait dit qu'elle allait épouser un type du Maine.

J'avais adopté la stratégie de Grace et fait comme s'il n'existait pas.

Je préférais encore vivre de bouillasse et d'ongles incarnés plutôt que de parler à ce traître. Et même quand il m'avait fait remarquer que je lui avais donné l'autorisation explicite de sortir avec Tex, je n'avais pas cédé. Il était évident qu'il la draguait rien que pour me faire chier.

La mission était accomplie – j'étais à deux doigts de le décapiter.

— Une revanche ?

Je haussai un sourcil en avisant Max comme s'il fallait que je le retire de la semelle de mes bottes.

— La dernière fois qu'on s'est battus, ses potes et lui t'ont fait du chantage, si je ne me trompe pas.

Je ne me trompais *jamais*.

Max gloussa et ébouriffa sa crinière de cheveux roux et bouclés qui m'évoquait ces éponges métalliques avec lesquelles on nettoyait les poêles industrielles.

— Oui, enfin, ça n'empêche que je me suis quand même fait trois fois plus qu'un soir normal. Des fois on gagne, des fois on perd, non ?

J'envoyai mon sandwich dans la poubelle comme un ballon dans un panier et préférai piquer le sachet de chips dans la main de Max. Il ne fit aucun geste pour le récupérer. Je l'ouvris et lançai un Cheeto dans ma bouche en le fixant.

— Ce connard a essayé de m'arracher les yeux.

— Ouais, il était un peu désespéré. Il avait quelque chose à prouver. (Max frotta son menton couvert de boutons.) Mais cette fois, les gains seraient au moins doublés. Les esprits se sont échauffés la dernière fois. Le bouche-à-oreille à lui seul nous permet d'augmenter notre tarif sur les billets, et c'est sans concession.

Je fis le calcul dans ma tête. Le chiffre me mit l'eau à la bouche. C'était suffisant pour rembourser l'emprunt de mes parents, qui était en train de les faire couler.

Ils me lâcheraient enfin les baskets et je leur donnerais ce qu'ils avaient toujours voulu : de quoi recommencer à zéro. Le bonus ? Je sortirais de leur vie pour de bon.

D'accord, Kade Appleton avait autant d'honneur qu'un string usagé, et j'étais à peu près certain qu'il m'avait suivi partout en ville, ou au moins qu'il avait envoyé quelqu'un pour faire le sale boulot à sa place, mais j'avais démoli des types qui faisaient trois fois sa taille alors que j'étais à divers stades d'ébriété.

— Il paraît qu'il parle sur moi.

— Je ne peux pas dire le contraire, répliqua Max. Depuis qu'il a perdu sa place à Vegas, il est un peu amer. Il ne sait pas faire grand-chose à part se battre.

Il était plutôt doué pour pleurnicher, aussi.

— Qu'est-ce que ça lui rapporte, à lui ? demandai-je avec un geste du menton en direction de mon bookmaker.

— Sa fierté, chantonna Max en levant les bras. Tu l'as pulvérisé. Tu l'as mis dans les vapes pendant trente bonnes secondes. Et ensuite il a protesté comme une mauviette.

Pas *comme* une mauviette. *C'était* une mauviette. Fin de l'histoire.

Je terminai le paquet de Cheetos de Max et ouvris sa canette de Coca. Je bus une gorgée et passai la langue sur mes dents.

— Je vais devoir imposer certaines règles de base.

— Comme quoi ?

— Enregistrer le combat pour que ce connard ne se trouve pas d'excuses quand je l'aurai anéanti.

— C'est justifié. Je ferai passer le message.

— Et le gagnant remporte tout.

— Tout l'argent ?

Je broyai la canette dans mon poing et la lançai dans la poubelle sans même viser.

— Tu auras ta part.

J'avais fait mes recherches après mon combat contre Appleton et découvert à quel point ce crétin était véreux. Chantage, combats de chiens, harcèlement et violence conjugale constituaient une grande partie de son palmarès sur Internet. Cependant, la somme était trop intéressante pour passer mon tour. Ça ne me gênait pas de me faire casser une côte ou deux. De mourir, ce ne serait pas trop grave non plus. Ça n'aurait pas dérangé grand monde, d'ailleurs.

— Une dernière chose : cette fois-ci, rien de louche. Si je le prends à essayer de m'enfoncer les doigts dans les orbites, dans la bouche ou dans le cul, je lui brise tous les os de son squelette. Sans exception.

Max hocha la tête. Il avait presque de l'écume au bord des lèvres. Un chien enragé devant un os juteux.

— Bien sûr. Alors je peux dire OK à Shaun ?

Shaun. Je me souvenais de ce sac de muscles inutile. Il ressemblait aux assassins dans les films des années quatre-vingt. Un flash-back du moment où j'étais sorti du Plaza et où j'avais entendu des chuchotements dans les buissons me revint en mémoire. Je le chassai.

Qu'est-ce que ça faisait, si j'étais suivi ? L'issue du match ne changeait pas grand-chose pour moi. S'ils me tuaient avant, tant pis. Sinon, je serais au moins en mesure de lui exploser le cul, de prendre l'argent, de le donner à mes parents et de les dégager de ma vie pour de bon.

— Organise ça.

Je donnai une tape sur la table et me levai pour partir.

J'avais le sentiment que ça allait imploser.

Heureusement, je n'en avais rien à foutre.

J'arrivai au travail avec un quart d'heure d'avance. Karlie était au poste de Texas et remplissait le bar à garnitures de crème, de guacamole et de fajitas. Je posai mon sac à dos en fronçant les sourcils.

— Qu'est-ce que tu fais là ?

Ce que je voulais dire, c'était : *où est passée Texas, bon sang ?* Elle ne voulait plus travailler avec moi maintenant ?

Je lui avais présenté mes excuses. Qu'est-ce qu'il lui fallait de plus ? Des chocolats et des fleurs ?

Des chocolats et des fleurs. Mon cerveau s'était officiellement mis en grève. Ma queue, en revanche, faisait la loi. Je n'allais pas acheter de chocolats. Ni de fleurs. Ni de bagues de pureté assorties, putain. Tex n'était qu'une amie. Tout ce que je voulais, c'était la récupérer en tant que telle et, si possible, qu'Easton ne me demande pas d'être son témoin à leur mariage. À moins qu'il veuille qu'on lui vole sa future épouse.

Karlie releva les yeux de la crème qu'elle versait et me scruta de son regard intelligent.

— Grace a pris sa journée.

— Je vois ça. Pourquoi ?

Elle reposa le récipient vide sur le côté et s'essuya les mains sur son tablier *That Taco Truck.*

— Excuse-moi, mais en quoi ça te regarde ? fit-elle en haussant un sourcil épilé.

C'était une bonne question. Je n'étais pas sûr de savoir comment y répondre. Je savais seulement qu'en effet ça me regardait.

— J'imagine qu'elle t'a raconté les détails de notre dernier rendez-vous, lançai-je malicieusement.

— Tu as vu juste. Avec quelques jours de retard, mais je suis au courant, maintenant.

— Et j'imagine que tu n'es pas plus impressionnée que ça à cet instant précis.

— Tu as encore bon. Waouh. C'est ton jour de chance. Tu devrais aller jouer au loto.

Elle fit claquer sa langue d'un air moqueur.

— Tu es hilarante, Contreras.

— Et toi, tu n'es qu'un sale con, répliqua-t-elle.

— Dis-moi quelque chose que je ne sais pas déjà.

— Tu es sûr ? (Elle ricana.) Parce que je suis au courant de certains trucs qui t'intéresseraient beaucoup et qui risqueraient de gâcher ton humeur.

Je vis immédiatement où elle voulait en venir.

Je me retournai, verrouillai la porte, puis croisai les bras et m'y adossai en la toisant.

— C'est censé me faire peur ? lança-t-elle.

— Seulement si tu ne me dis pas où elle est.

J'avais le pressentiment que Grace était sortie avec Easton. J'avais aussi le pressentiment qu'Easton allait se faire assassiner ce soir par votre humble serviteur.

— Mets-toi à l'aise. Parce que je ne compte pas te le dire.

— Je te donne des billets gratuits pour le combat de vendredi prochain.

— Oh, mon Dieu, vraiment ? (Karlie posa les mains sur son cœur en couinant. Puis son sourire disparut instantanément.) Jamais de la vie. La bière est dégueu et tu n'es pas si important que ça.

Je me creusai la cervelle pour trouver ce qu'une fille comme Karlie pouvait vouloir en échange d'une information. La réponse était évidente. Du cul. Elle voulait s'envoyer en l'air, comme tout le monde à la fac. Elle était dans le groupe de Texas. Ce qui signifiait qu'elle traînait avec des vierges coincées qui traitaient le sexe opposé comme des créatures mythiques faites uniquement pour être admirées de loin.

Bien sûr. Une fille coincée devait en pincer pour le mec le plus blanc, le plus petit-bourgeois du campus. Je repensai au soir où Karlie et Grace étaient venues me voir combattre.

— Je glisserai un mot en ta faveur à Miles Covington.

— Tu ne *connais pas* Miles Covington.

— C'est mon garçon de courses.

C'était faux, mais je le connaissais suffisamment bien pour le convaincre de sortir avec elle si besoin. Merde, pour la somme adéquate, je lui ferais épouser Mini Einstein.

Elle leva les yeux au ciel et baissa les épaules avec un soupir.

— Bon, ce n'est pas vraiment un secret, de toute façon. Je voulais juste te faire chier.

Je me penchai vers elle, tout ouïe.

— Elle est allée au ciné. (Elle releva le menton.) Avec Easton Braun.

Il n'y avait qu'un seul cinéma dans cette ville paumée.

Je me ruai dehors, en la plantant là.

— Hé ! Tu vas où ? s'écria-t-elle dans mon dos. Je ne peux pas tout faire toute seule !

— Aie un peu la foi, lançai-je pour toute réponse.

J'allais chercher cette putain de nana.

Que je la mérite ou non.

Quand l'adolescent avec son appareil dentaire et sa bedaine dans sa caisse en verre me demanda quel film je voulais voir, je pointai du doigt celui avec Kate Hudson sur l'affiche.

— M… Mona Lisa and… and the Blood Moon ? bredouilla-t-il en remontant ses grosses lunettes sur son nez.

— Un problème ?

Le gamin fit un signe négatif, les épaules secouées par un rire contenu. S'il continuait, il allait se retrouver avec un siège au premier rang pour *Comment perdre un œil en dix secondes.*

Je récupérai le ticket et entrai dans la salle quarante minutes après le début du film. C'était l'après-midi. Qui emmenait une fille au cinéma au milieu de la journée ? Les petites merdes prétentieuses comme Easton, voilà qui. Il lui avait sûrement promis de la ramener chez elle avant le couvre-feu.

Je montai les marches en parcourant les rangées presque vides. Je les repérai blottis dans l'une des dernières, en train de partager du pop-corn. Je m'approchai d'un pas lourd et m'assis à côté de Grace, qui se retrouva prise en sandwich entre Easton et moi. Ils ne décollèrent même pas les yeux de l'écran. Punition complice pour mon comportement.

J'avais l'impression de pouvoir entendre Easton me ricaner dans l'oreille.

Tu viens faire la queue pour Blondie ?

Il n'avait rien dit du tout, mais mes doigts agrippaient déjà les accoudoirs, prêts à les arracher.

J'étais en territoire totalement inconnu.

Je n'avais jamais eu de problème de fille auparavant.

Ma philosophie était la suivante : si elles voulaient coucher, tant mieux ; si elles ne voulaient pas, tant pis. Les deux relations que j'avais eues au lycée étaient faciles. Mes petites amies avaient un physique agréable et un caractère sympa. Mais je n'avais jamais éprouvé l'envie de tuer tous ceux qui osaient les regarder. Et je commençais à avoir l'impression que, dans le cas de Grace Shaw, j'avais tendance à devenir très possessif et très jaloux.

— J'ai été con, finis-je par déclarer.

Grace fourra deux pop-corn dans sa bouche rose en clignant des yeux sous sa casquette de base-ball.

— D'accord. Suis, au présent. Je *suis* con. Ça te va ?

— Mets-y un peu plus de conviction, mec, ricana Easton la bouche pleine. Je ne t'entends pas bien reconnaître tes torts. Je veux te voir transpirer. Peut-être même citer une réplique de *N'oublie jamais*.

Tout à coup, je compris exactement ce qui se passait. Mon meilleur ami voulait prouver quelque chose. Me montrer que je tenais à cette fille.

Si East insistait et qu'il poussait le bouchon, ce n'était pas parce qu'il voulait se taper Grace, mais parce qu'il voulait me faire réagir. Je me mentais à moi-même depuis le jour où je l'avais rencontrée.

Un petit sourire apparut sur les lèvres de Texas. C'était de jolies lèvres. Pâles et voluptueuses, celle du bas plus charnue que celle du haut.

— Il a raison, dit-elle, taquine. Une citation de *N'oublie jamais* pourrait tout arranger.

— Chut ! gronda quelqu'un quelques rangées plus loin.

N'oublie jamais, ils disaient ? Je l'avais regardé une centaine de fois avec… *laissez tomber.*

Ma mâchoire se crispa et je m'efforçai d'ignorer les pulsations rapides sous mes paupières.

— C'est ton truc, l'humiliation ? lui demandai-je en l'observant froidement.

— Œil pour œil…, répliqua-t-elle. Tu m'as humiliée. Ce n'est que justice.

Maudite soit cette fille. Je fermai les yeux et pris une profonde inspiration.

— « Je peux être celui que tu veux. Dis-moi ce que tu veux et je le deviendrai », déclarai-je tout bas.

Ce n'était peut-être pas mot pour mot, mais on n'était vraiment pas loin. Elle frissonna sur son siège. Easton rejeta la tête en arrière, le corps tout entier secoué d'un rire silencieux. Il ferait moins son malin quand je rentrerais ce soir et que je lui arracherais les ongles des orteils à la pince à épiler.

— Je suis désolé de t'avoir mise à la porte l'autre jour. C'était malpoli et inacceptable, et complètement déplacé. Ce n'est pas parce que je ne voulais pas de toi. Je ne m'entends pas avec ma mère – comme tu as pu t'en rendre compte étant donné que je l'ignore constamment – et je ne voulais pas qu'elle dise quelque chose qui puisse te blesser. Ce qui, ironie de l'histoire, s'est retourné contre moi.

Dans ma périphérie, je voyais East secoué par son rire contenu. Il se leva. Je crachai le bonbon à la pomme que j'avais dans la bouche dans le porte-gobelet entre les sièges avant de le casser en deux.

— Je vous laisse, les amoureux. Westie, ne soit pas trop… heu, *toi-même*, en gros.

Easton me donna une tape sur l'épaule en partant. Il descendit les marches en sautillant, tout content, comme un toxico dans un dispensaire.

Grace se tourna vers moi. Je me surpris une nouvelle fois à maudire celui qui avait inventé les casquettes. Je voyais à peine son visage.

Je pris son petit doigt avec le mien et le serrai. Elle me laissa faire. Elle releva le menton. Ces putain de yeux bleu azur allaient causer ma perte. Je serais toujours un mec à culs, mais ces yeux me faisaient un effet entre les jambes qu'aucun cul sur Terre n'était capable de provoquer.

— Tex.

— Je te déteste.

— Je sais. Tex ?

— La prochaine fois que tu te comporteras comme ça, je ne serai pas aussi indulgente.

— C'est noté. *Tex* ?

— On peut de nouveau être amis, mais c'est ta dernière chance.

— Tex !

— *Quoi ?*

— Je m'en fous de l'amitié. Tes lèvres me manquent.

Ses épaules se détendirent, comme si elle relâchait le souffle qu'elle avait retenu jusque-là.

— Tu leur as manqué aussi. (Une pause.) Mais le reste, pas tant que ça.

Cette fille rendait coup pour coup.

Et des coups de la vie, elle en avait reçu un paquet.

Je saisis la visière de sa casquette et la fis basculer en arrière pour l'embrasser. Malgré la petite couche de sel de pop-corn, elle avait un goût chaud, doux, sucré. Une putain de douceur. J'aspirai sa lèvre inférieure dans ma bouche et la mordillai jusqu'à la faire gémir et s'agripper à mon T-shirt.

Mes paupières étaient tellement lourdes que j'avais du mal à les garder ouvertes, mais je ne pouvais pas les fermer tout à fait. Elle était sublime comme ça, dans l'obscurité, avec les lumières de l'écran qui dansaient sur son visage. J'avais envie de graver ce moment dans ma mémoire, parce que je *savais* que j'allais tout faire foirer, à un moment ou à un autre.

J'allais la perdre.

Mais au moins j'allais d'abord *l'avoir.*

Ça ne serait que temporaire.

Et douloureux.

Mais ça en vaudrait la peine.

La seule différence depuis la veille, c'était mon acceptation que le désastre ambulant avait quitté la gare et se dirigeait maintenant à grande vitesse vers un tas d'explosifs dont la mèche était allumée.

J'avais envie de Grace « Texas » Show.

J'avais envie d'elle, de sa bouche, de tous les orifices qu'elle possédait (à part peut-être son urètre).

J'avais envie de ses blagues mesquines, de son cœur pur et ses yeux éblouissants, et de cette cicatrice qui devenait de la soie sous mes doigts.

Sa peau était un continent d'exploration que je désirais découvrir, embrasser, mordiller. Je voulais apprendre son histoire – et ses peurs – en caressant de mes lèvres toutes les parties d'elle qui avaient souffert.

Elle glissa les doigts dans mes cheveux en émettant de petits bruits gutturaux qui firent affluer mon sang vers le bas. Notre baiser était sauvage et profond, nos langues s'entremêlaient. Je n'avais jamais autant aimé embrasser. C'était généralement un arrêt au stand sur le chemin de ma destination finale – l'entrejambe.

Mais j'aurais pu embrasser Texas jusqu'à oublier mon nom et sans avoir besoin de reprendre mon souffle. Ça ressemblait peut-être à des pensées de cartes de vœux de supermarché, mais elles n'en étaient pas moins vraies. Ni moins perturbantes, d'ailleurs.

Elle fit glisser sa main sur mes pecs, mes abdos, et posa les doigts sur le premier bouton de ma braguette.

— Tu veux qu'on s'en aille d'ici ? demanda-t-elle, ses lèvres contre les miennes.

Je décollai ma bouche de la sienne pour scruter son visage. Elle paraissait sérieuse et j'étais sûr à cent pour cent qu'elle ne parlait pas d'aller racheter du pop-corn éventé à l'entrée.

— J'ai une seule condition, prévint-elle.

C'était la lune, qu'elle voulait que je lui décroche ? Je n'étais pas contre. J'aurais pu lui décrocher le soleil, aussi. Tout ce qu'il m'aurait fallu, c'était un petit délai, et peut-être un prêt aussi.

Et une bonne assurance-vie.

— Dis-moi.

— Je ne veux pas devenir une de tes Tess ou de tes Melanie. Pas de règle d'une seule nuit avec moi. (Elle secoua la tête.) Je veux que tu me traites avec respect et attention. Je sais qu'on ne va pas s'engager, mais… (Elle prit une inspiration, et baissa la voix en même temps que ses yeux.) Pour moi, ça a de l'importance. De m'ouvrir à nouveau. Promets-moi que tu ne briseras pas ma confiance, West.

C'était l'ivresse du moment qui m'avait poussé à le faire.

À oublier le serment que je m'étais fait à moi-même. Foutre en l'air ma promesse de ne jamais faire de promesse.

Tout ce que je voulais, c'était être en Grace. M'immerger dans sa pureté en espérant qu'elle déteindrait en partie sur moi.

— Promis.

Le mot m'échappa avant que je puisse le retenir, avec un goût de cendre. Et je ne pouvais pas revenir en arrière. Il était là, entre nous. Vivant, palpitant et grossissant de seconde en seconde, m'opprimant le sternum et m'empêchant de respirer.

Promis.

Promis.

Promis.

Tu te souviens de ce qui s'est passé la dernière fois que tu as fait une promesse ?

Avec une grimace, je lui pris la main.

— Allons-y.

Douze minutes plus tard (oui, j'avais compté), nous nous retrouvions devant chez Texas. Marla finissait tout juste son service et descendait les marches du perron en allumant une cigarette.

— Terminé pour moi, les enfants. Amusez-vous bien et gardez vos mains bien en vue. Surtout vous, St Claire.

Grace monta la volée de marches menant à sa porte d'entrée. Le soleil couchant imprégnait le ciel de nuances roses et orangées qui lui donnaient l'air d'un ange tombé du ciel. Voilà maintenant que je devenais attentif au paysage *et* que je me découvrais une âme de poète.

Je voulais récupérer mes couilles, mais j'avais encore plus envie de les faire claquer contre l'entrejambe de Grace.

— Tu veux entrer ? proposa-t-elle après le départ de Marla.

— Si un homme te refuse ça, c'est qu'il achète des capotes périmées en gros.

Je feignis la nonchalance, appuyé contre Christina, alors que j'avais déjà prouvé que j'étais tellement épris de cette fille que je n'habitais même plus dans la même ville que mon cerveau.

Il fallut une seconde à Tex pour comprendre.

— Pas de capotes en gros pour toi, hein ?

Je haussai les épaules.

— Tu peux me trouver vieux jeu mais j'aime faire passer à mes partenaires de bons moments qui n'engagent à rien, et surtout pas à devoir faire un tour imprévu à la pharmacie.

— Quel gentleman.

— C'est ce qu'on dit.

— Et dire que je t'ai toujours pris pour un sale type.

— J'en suis un.

— Pas avec moi.

Ce n'était pas faux. C'était peut-être pour ça que je n'arrivais pas à garder mes distances avec elle, alors que toutes les cellules de mon corps me suppliaient de le faire.

— Tu me rappelles celui que j'étais avant.

Je fis mine de nettoyer une trace invisible sur ma Ducati pour occuper ma main.

— Avant quoi ?

— Avant tout.

On se fixa. Les cloches de l'église résonnèrent au loin. Elle retira sa casquette et la tint contre ses cuisses. Sans avoir besoin de prononcer un mot, je savais qu'elle m'invitait à entrer.

Je fis un pas.

Puis un autre.

Elle ne m'arrêta pas. Au moment où j'arrivai à son niveau et que le bout de nos pieds se touchèrent, nous étions tous les deux à bout de souffle.

— Je ne sais pas ce qu'on fait, fit-elle en levant le visage.

Je n'avais jamais vu autant son visage. Toujours maquillé, mais sans la casquette, avec le soleil qui imprimait son empreinte sur sa peau.

Je lui pris les mains.

— Découvrons-le ensemble.

C'était la première fois que j'entrais dans la chambre de Grace. Sa grand-mère était devant la télé, somnolente mais pas suffisamment pour se retenir de pester contre le choix des clips musicaux sur

VH1. C'était un parasite au même titre que les sons qui sortaient de l'écran, mais il aurait été contreproductif d'en faire la remarque à Grace. Non seulement pour le morceau de viande palpitant entre mes jambes mais aussi parce que Tex semblait vraiment opposée à l'idée d'envoyer Mme Shaw en maison de retraite.

La chambre de Texas était exactement telle que j'aurais imaginé celle de Grace Shaw avant ses cicatrices : des murs couleur pêche couverts de photos d'elle avec sa grand-mère, et de groupes d'amis sains et souriants. Des draps en lin brodés, des pompons, des places de cinéma et de pièces de théâtre épinglées sur un panneau ainsi que des lettres manuscrites. Je notai que sa chambre était en bon état et avait sûrement été refaite après l'incendie.

Elle avait voulu rester celle qu'elle était avant.

Elle avait espéré que ce serait possible, ce qui rendait la tragédie qu'elle avait vécue encore plus douloureuse.

Grace Shaw était mon exact opposé.

Pour ma part, j'avais détruit tout ce qui ressemblait à ma vie avant la tragédie. Elle s'accrochait à la sienne de toutes ses forces et refusait de lâcher.

Seul dans sa chambre, j'attendais qu'elle monte après avoir jeté un coup d'œil à Mme S. Elle apparut sur le seuil avec deux verres de thé glacé à la main. Je ne savais ni quand ni comment, mais elle avait réussi à se retartiner le visage de maquillage entre notre retour et maintenant.

Tex avait la main lourde avec le fond de teint. On aurait dit qu'elle avait un deuxième visage, et je ne pouvais pas croire que c'était mieux que la réalité. En plus, elle avait remis cette fichue casquette.

On se regarda un moment.

— Salut, dit-elle de nouveau, l'air nerveux. Maine.

— Texas.

— La météo de la région te plaît ?

C'était quoi, cette conversation ? Je ne savais pas trop quoi penser.

Je déglutis.

— Beaucoup.

Je m'approchai d'un pas.

Elle ne bougea pas.

Un autre pas.

Je vis sa poitrine se soulever lorsqu'elle prit une inspiration. J'étais tellement excité que je sentais mon pouls battre dans ma queue.

Je tendis la main vers elle et jetai la casquette par terre.

J'avais l'impression d'être dans cette fameuse chanson de John Mayer qui avait inondé les ondes quelques années auparavant, « Slow Dancing in a Burning Room[1] ». Tout était pressant et pourtant d'une lenteur atroce.

On était à présent nez à nez. Elle ne recula pas. Je pris son menton entre mon pouce et mon index et levai son visage vers le mien.

— Tu me fais confiance ?

Elle acquiesça en déglutissant. Je m'emparai de ses lèvres dans un baiser torride. Profond, lent, méthodique, et différent de tous les baisers que j'avais donnés dans ma vie. J'attrapai le bas de son T-shirt et l'attirai jusqu'à la coller à moi.

Grace me rendit mon baiser, le souffle court. Lorsque je sentis ses doigts se poser sur ma braguette, je soulevai son haut centimètre par centimètre. Je n'appréhendais pas ce que j'allais trouver en dessous. Mais je savais qu'elle n'éprouvait pas la même chose.

1 « Un slow dans une pièce en flammes ». (NdT)

Une fois le T-shirt au niveau de ses côtes, Texas m'empêcha d'aller plus haut et chassa une de mes mains. Je levai les deux paumes en signe de capitulation. Elle rompit notre baiser et recula d'un pas.

— Désolée. (Elle pouffa.) Peut-être… (Elle se tint le ventre et tourna timidement sa joue gauche vers son épaule.) Peut-être qu'on peut garder nos vêtements ? Enfin, tu peux enlever les tiens. Et j'enlève mon pantalon, évidemment… (Elle tourna les yeux, son visage virant à l'écarlate sous son maquillage.) Ça ne t'embête pas, si ? Je suppose que tu ne prends pas vraiment le temps de déshabiller les filles au Plaza…

— *Arrête*, aboyai-je en gonflant les narines. Ne mélange pas les torchons et les serviettes.

Elle fit la grimace.

Je décidai de changer de tactique. Je retirai mes bottes, puis mes chaussettes. Je baissai mon jean et mon caleçon d'un seul mouvement et me retrouvai nu dans sa chambre à partir de la taille. Rien que moi et mon érection, tous les deux concentrés sur elle.

Elle écarquilla les yeux.

— Euh, OK ? C'était soudain…

— Enlève ton haut, bébé, lui ordonnai-je sur un ton bourru qui m'était familier.

Elle plissa les yeux.

— Je t'ai dit que ça me mettait mal à l'aise. Pourquoi tu insistes ?

— Parce que tu as l'air de croire que ce que je vais voir va me faire débander, alors quel meilleur moyen de te prouver que tu te trompes qu'en te le montrant ?

Je désignai ma queue palpitante. Elle était pourpre, gonflée. Tellement dure qu'il ne devait pas rester une goutte de sang dans les autres parties de mon corps. Si je m'ouvrais les veines, il n'y aurait probablement rien.

— Ce n'est pas une expérience à laquelle j'ai envie de participer.

— Alors il faut croire que tu vas devoir te soulager toute seule.

Je me baissai – oui, sans mon fichu pantalon – pour faire mine de remonter mon jean.

— Attends !

Je me figeai en plein mouvement avec un petit sourire, tête baissée.

— Tu ne… tu ne veux pas le faire si je ne te montre pas mes cicatrices ?

Je me redressai en m'humectant les lèvres et retirai mon T-shirt, désormais complètement nu. C'était mieux. Il n'existait rien de plus dévirilisant que de se tenir à moitié nu devant quelqu'un (même si acheter une place en plein milieu de la journée pour un film de Kate Hudson arrivait pas loin).

Qu'est-ce que je ne ferais pas pour cette fille…

— C'est ça. Œil pour œil… Je suis nu. Tu es nue. C'est le *deal.*

Elle leva les yeux au ciel en secouant la tête.

— Ce n'est pas joli. Le côté gauche, en tout cas.

— Tout chez toi est bandant. Rien ne pourra y changer quoi que ce soit. Encore moins tes cicatrices de guerre. Maintenant déshabille-toi avant que je m'évanouisse par manque de sang.

Elle hésita avant de retirer son haut d'un geste rapide. Elle dégrafa son soutien-gorge et ferma les yeux avec une grimace en attendant mon verdict, parfaitement immobile devant moi.

Je caressai mon membre en dévorant son torse des yeux. Elle avait un ventre plat, des seins souples en forme de poire. De petits tétons parfaits pour ma bouche, et durs. Le côté gauche de son corps était marqué par les flammes. Des taches irrégulières rouges et pourpres serpentaient sur sa peau comme un tableau.

Tout chez elle était doux, lisse, et bandant au possible.

Je m'approchai d'elle alors qu'elle gardait les yeux fermés. À chacun de mes pas, sa respiration devenait plus superficielle, jusqu'à ce que je me retrouve contre elle.

Elle cessa de respirer.

Et moi aussi.

Je me penchai et pris le téton de son sein gauche et marqué entre mes lèvres, puis je l'aspirai profondément dans ma bouche. Elle gémit et agrippa ma tête à deux mains. Je posai mon front contre sa clavicule tandis que ma queue palpitait entre nous, me suppliant de passer à l'action.

Couché, mon pote. Pas encore.

— Si tu parles de ça à qui que ce soit, je te tue.

Elle me pressa contre son sein irrégulier, une teinte plus sombre que le droit intact et légèrement plus large à cause du tissu cicatriciel. Je lui accordai le traitement royal. Baisers, coups de langue et douce pression avec mes dents, avant de passer le bout de ma langue autour de l'aréole et de souffler dessus. Elle frissonna en pressant ses seins contre mon visage. Son corps entier était arqué, prêt.

— De quoi ? De ta cicatrice ou de te sucer les seins ?

Je me déplaçai sur son téton « normal ». J'étais à moitié accroupi et j'avais les quadriceps en feu, mais je voulais lui montrer à quel point elle m'excitait. Ce qui me fit penser…

Je pris sa main libre, celle qui n'était pas en train d'essayer de m'arracher les cheveux, et la fis tourner autour de ma queue.

Toujours dure comme un roc et à peu près aussi intelligente étant donné que je t'ai fait une putain de promesse que je vais évidemment rompre.

— Les deux, répondit-elle d'une voix éraillée. Seigneur, tu es tellement dur.

— Et toi tu es si belle. Et tellement folle, murmurai-je contre sa peau.

J'alternais maintenant entre ses seins pour les embrasser, les palper, faire connaissance avec eux.

On va devenir les meilleurs amis du monde, les gars, disaient mes baisers. *Et passer beaucoup de temps ensemble.*

Je la hissai contre moi pour qu'elle enroule ses jambes autour de ma taille, et je la portai jusqu'à son lit. Je la posai sur le matelas sans écarter mes lèvres des siennes tout en déboutonnant son jean. Elle me caressait l'entrejambe avec des gestes incertains mais avides. Je me demandai quelle expérience elle avait au pieu. Elle n'était pas vierge mais ça voulait dire que dalle. Je ne savais rien de son ex-petit ami, en dehors du fait peu flatteur qu'il n'était pas resté après l'incendie.

Il figurait aussi, comme vous l'avez deviné, sur ma liste grandissante de personnes à tuer si un jour je pétais les plombs.

Grace remua les jambes pour faire tomber son jean. Je caressai les contours de sa chatte par-dessus sa culotte en coton blanc, le corps parcouru d'un violent frisson.

C'était donc à ça que ressemblait l'excitation. J'avais dû confondre l'ennui et la fébrilité avec le désir jusqu'à maintenant, car je n'avais jamais rien connu d'aussi intense que ce moment.

Sa main accéléra le rythme sur ma queue. J'écartai sa culotte sur le côté et plongeai un doigt en elle tout en embrassant sa gorge. *Trempée.* Je commençai à enfoncer deux doigts en songeant que je n'allais pas pouvoir poursuivre les préliminaires très longtemps sans jouir.

Ses lèvres chaudes suçaient et mordillaient ma joue. Je reposai ma langue avide sur ses cicatrices. Je ne prenais pas de gants. J'étais sûr de moi. Je ne la traitais pas comme une poupée de porcelaine. Une petite chose fragile et précieuse qu'il fallait manipuler avec précaution et compassion.

Je la traitais comme quelqu'un que j'avais envie de baiser jusqu'à ne plus sentir ma queue.

— Encore, gémit-elle.

J'insérai un autre doigt en elle dans un mouvement de va-et-vient tandis que ses gémissements devenaient plus fort. Plus empressés. Elle lâcha mon membre et s'agrippa à son lit en enfonçant sa tête dans son oreiller pour étouffer un petit cri, les hanches relevées, voraces.

— West, s'il te plaît.

— S'il te plaît quoi ?

Je léchai sa peau jusqu'à son nombril et plongeai ma langue à l'intérieur. Je salivai en sentant son odeur devenir plus distincte. Je voulais poser mes lèvres sur chaque centimètre de cette fille afin de pouvoir penser, la prochaine fois que je la verrais : *Je sais quel goût elle a. Partout.*

— Si on ne le fait pas tout de suite, je crois que je vais exploser, dit-elle.

— Je vais t'épargner le séjour aux urgences.

Je me dressai sur les genoux, sortis mon portefeuille de mon jean par terre et y piochai un préservatif dont je déchirai l'emballage. Je le mis d'une main tandis que, de l'autre, je caressai son téton marqué. Pour une raison qui m'échappait, il m'attirait presque plus que son côté d'un blanc laiteux. Ça m'excitait de voir tout ce qu'elle avait enduré. Elle s'en était sortie vivante, forte et fougueuse. Une survivante.

Je repris ma position, mon corps drapé sur le sien en missionnaire, et j'orientai ma queue vers son centre. Je m'approchai petit à petit et le moindre de mes mouvements faisait siffler ma respiration. Elle me tenait par la taille, le souffle court. On regarda tous les deux mon membre glisser à l'intérieur. Elle était chaude, humide et bien étroite.

Promis juré, je n'avais jamais tant aimé le Texas qu'à cet instant.

Ce ne fut que lorsque je fus entièrement en elle que je relevai les yeux vers son visage et que je la vis se mordiller la lèvre du bas en étouffant un rire.

Ce qui… n'était pas l'attitude habituelle des nanas qui se retrouvaient sous moi.

Je fronçai les sourcils.

— Y a quelque chose de drôle ?

— C'est toi. (Elle secoua la tête, les yeux brillants de malice.) On dirait que tu es en mission. Tu devrais voir ta tête. Tellement concentré, tellement focalisé.

Je la fixai d'un regard noir, ne sachant trop comment réagir.

— Quand j'ai vu ton, heu, *truc*, dans le *food truck*, j'étais sûre à quatre-vingt-dix-neuf pour cent que je ne le voudrais jamais en moi. Il avait l'air trop gros. Trop menaçant. Mais tu me mets tellement à l'aise… merci.

Je penchai la tête vers son épaule, où je déposai un rapide baiser. En gros, elle venait de me dire que ma bite n'était pas *si* grosse que ça.

— Arrête de parler, lui ordonnai-je.

— Pourquoi ? Tu es tellement adorable.

Elle me disait que j'étais adorable alors que j'étais *en* elle. Allais-je pouvoir me remettre de ça ?

— Va te faire foutre, grondai-je.

— Je t'en prie.

— J'y suis.

Je me mis à bouger en elle. Bordel, elle était incroyable. Le sexe avait toujours été trop bon. Mais avec Texas, ce n'était pas seulement mieux, c'était… *différent.* On se convenait à la perfection.

À chaque coup de reins, je sentais mes couilles se resserrer et fourmiller, ma queue palpiter et vibrer. Elle frissonnait dans mes bras et je compris qu'elle aussi, elle y était presque.

Allez, Tex. Jouis avant moi.

Je me demandai depuis quand je me souciais de ça. Je n'étais pas un abruti fini ; je m'assurais que c'était toujours bon pour la personne avec qui j'étais. Le sexe oral mis à part, je cochais toutes les cases – préliminaires, caresses et baisers aux endroits sensibles et cetera, et cetera. Mais je ne m'inquiétais jamais qu'elles atteignent le grand O. J'avais bien conscience que les clientes satisfaites finissaient par me recommander à leurs amies.

Mais avec Texas, c'était ma préoccupation.

— West. Oh. Mon Dieu.

Elle me saisit le visage et l'approcha d'elle. Je l'embrassai fiévreusement et j'insérai mes doigts entre nous pour décrire des cercles sur son clitoris.

Jouis ou je vais mourir d'empoisonnement au sperme.

— Ça vient… ? soufflai-je.

— Je…, commença-t-elle, mais elle tressaillit, se figea, et tous les muscles de son corps se contractèrent comme si elle avait une attaque.

Elle se resserra si fort autour de mon membre que mon corps

n'eut pas son mot à dire sur la suite des événements. Je sentis mon sperme jaillir dans le préservatif au moment où je connaissais l'orgasme le plus intense que j'avais jamais eu de ma vie.

Elle convulsa autour de ma queue.

— J'y suis.

Merci. Mon. Dieu.

— Moi aussi, bébé. Moi aussi.

Grace

J'avais couché avec un mec.

Et le truc, c'est que ça m'avait plu. J'avais même joui une fois.

Bon, deux fois.

D'accord, *trois fois.*

Qui l'aurait cru ?

Pas moi, ça, c'est sûr. Le besoin charnel que j'avais de sentir un autre corps contre le mien, chaud et vivant, avait explosé à la seconde où West avait posé ses lèvres sur mon sein marqué et n'avait même pas tressailli.

Après avoir passé les trois dernières heures en compagnie de West, je traversai le salon sur la pointe des pieds, vêtue d'un T-shirt trop grand. Il nous avait fallu dix minutes pour nous remettre après la première fois, avant de nous jeter de nouveau l'un sur l'autre. Il est possible qu'on y aurait passé la nuit si West ne s'était pas retrouvé à court de préservatif.

Mamie était endormie sur le canapé et ronflait doucement, une moue de désapprobation aux lèvres. Je soulevai la minuscule femme comme si c'était un enfant et l'emportai dans sa chambre.

C'était probablement un spectacle étrange vu de l'extérieur, mais je m'y étais habituée au fil des ans.

Savannah Shaw avait la qualité enfantine de ne pas se réveiller quand on la mettait au lit. Je faisais ça depuis un moment maintenant. Même avant qu'elle perde le sens des réalités, alors qu'elle avait encore deux emplois pour subvenir à nos besoins. Elle s'était toujours endormie sur le canapé. Au début, je la réveillais pour qu'elle aille au lit – notre canapé était étroit, défoncé, et il grattait – mais elle finissait toujours par se réveiller pour de bon et par nettoyer la maison, faire la vaisselle ou plier le linge. Avec le temps, j'étais devenue experte dans l'art de la transporter dans sa chambre et de la border.

Après l'avoir mise au lit, je retournai dans ma chambre. Il faisait sombre et chaud, et l'odeur de sexe et de mec flottait dans l'air. Les verres de thé glacé que j'avais apportés plusieurs heures auparavant étaient toujours intacts, entourés de petites flaques de condensation sur ma table de nuit. West était affalé sur mon lit, les bras croisés derrière la tête, les yeux rivés sur mon plafond qui avait été repeint quatre ans plus tôt. Il était torse nu et le bas de son corps était couvert à la va-vite par ma couette. Je pris une photo mentale de lui dans cette position, sur mon territoire, calme et serein.

Mon instinct m'empêchait de croire que ce moment parfait durerait.

Il tapota le lit à côté de lui.

— Viens là, Tex.

— Tu ne me laisses pas beaucoup de place.

Je parcourus des yeux son imposante silhouette depuis le seuil. Un sourire paresseux apparut sur ses lèvres.

— On dirait que tu vas devoir me monter dessus, alors.

J'avais toujours du mal à croire qu'il me voyait au-delà de mes cicatrices. Certes, il n'avait pas vu l'ampleur de leur laideur sous mon maquillage, mais elles étaient toujours là quoi qu'il arrive. Je me glissai sur lui et posai mes cuisses de chaque côté de sa taille. Puis je les resserrai en m'appuyant contre son érection à travers ma couette.

Il grogna en me massant les fesses.

— Je suis sûr que je dois avoir des marques sur la bite à ce stade. Partante pour un quatrième round ?

— On n'a plus de préservatif, répondis-je en riant.

— Je me retirerai.

— Tu es fou ?

— Excité. Ce qui doit techniquement être la même chose, parce que je n'ai jamais suggéré ça de toute ma vie.

— On ne fait pas ça.

— Pourquoi pas ? Je ferai vite.

— Tu sais vraiment comment me convaincre, fis-je en levant les yeux au ciel.

Il rit.

— Je ferai vite pour me retirer, pas pour terminer.

Je passai la main sur son front, ses joues et son menton, et je me penchai pour embrasser le bout de son nez. Il était parfait. Chaque partie de lui. Sans marque, lisse, sublime.

— On recommencera très bientôt. Avec des précautions, murmurai-je.

— Promis ? demanda-t-il en couvrant mes mains des siennes sur son torse pour m'empêcher de bouger.

Je repensai à la promesse qu'il m'avait faite plus tôt dans la soirée. De ne jamais briser ma confiance.

— Promis, répondis-je avec un sourire.

Après ça, on se fit un câlin. Je m'allongeai sur lui, peau contre peau, l'oreille posée contre ses pectoraux pour écouter les battements réguliers de son cœur. Je pensais qu'il s'était endormi à mesure que la pièce s'était assombrie.

Mais il prit la parole.

— Tu me diras un jour ce qui t'est arrivé ? Et non, je ne pose pas la question parce que j'ai vu tes cicatrices aujourd'hui. Je te pose la question parce que tu fais comme si ça ne s'était jamais produit, alors que tu laisses ce truc te définir. Absolument. Chaque. Jour.

Mon souffle se bloqua dans ma gorge. *Nous y voilà.*

C'était l'une des raisons pour lesquelles je ne m'étais rapprochée de personne depuis. Éviter les questions, les confessions, l'horrible vérité derrière les horribles cicatrices. Mais West ne méritait-il pas une certaine honnêteté après tout ce qu'on avait traversé ?

Il m'avait bel et bien fait une promesse alors même qu'il m'avait juré ne jamais en faire.

J'ouvris la bouche, ne sachant trop ce qui allait en sortir.

— Personne ne sait exactement ce qui s'est passé la nuit de l'incendie.

Sa poitrine tressauta sous ma tête, comme si je lui avais vidé les poumons de son air.

— Les rumeurs se sont répandues comme une traînée de poudre en ville, mais rien n'a été confirmé et j'aimerais que ça reste comme ça. C'est pour cette raison que je ne le crie pas sur tous les toits.

En plus, revivre le pire cauchemar de ma vie n'était pas exactement mon passe-temps préféré.

Je fis tourner la bague flamme autour de mon doigt en la regardant intensément. Tout à coup, je la détestais.

Je détestais Courtney pour ne pas me l'avoir donnée en personne.

Pour ne pas avoir été là quand on m'avait enlevé les bandages.

Pour ne pas avoir pris la responsabilité de ce qu'elle avait créé : *moi.*

West me caressa les cheveux. Mes mèches blondes glissèrent contre sa peau bronzée. C'était magnifique. Comme un coucher de soleil.

Il devrait épouser une blonde. Cette pensée sortit de nulle part et me noua la gorge. *Comme qui, toi ?*

— Il y a une différence entre le crier sur tous les toits, et ne pas admettre que ça s'est passé, affirma West.

Je fermai les yeux.

— Qu'est-ce que tu veux savoir ?

— Tout. Je veux tout savoir, Tex.

Une dernière minuscule inspiration.

Un dernier baiser sur sa poitrine.

Puis je me lançai et lui racontai ce que seules Karlie et Marla savaient.

— C'était un soir comme les autres. Un mardi, en fait. C'est toujours surprenant comment les jours qui transforment votre vie à jamais commencent de manière si banale. Mamie avait deux boulots à l'époque. La journée, elle travaillait à la cantine d'un collège en ville et ensuite, elle aidait à l'épicerie du coin. Mais elle insistait pour me préparer des plats maison et assister à mes représentations de pom-pom girl et mes pièces de théâtre. Elle était épuisée. Et distraite. Chaque putain de fois.

Je pris une profonde inspiration pour passer en revue tous les détails. C'était comme gravir une montagne en pleine tempête de neige.

— J'avais un petit ami à l'époque. Il s'appelait Tucker. Il jouait dans l'équipe de football. Il était populaire, beau, et venait d'une bonne famille connue ici à Sheridan. Il est resté passer la nuit chez moi, ce jour-là. Il le faisait souvent, mais quand ma grand-mère rentrait, il partait discrètement par la fenêtre de ma chambre pour ne pas qu'elle nous surprenne ensemble le matin, quand elle venait me réveiller avec des gaufres. Elle l'appelait « le Poulpe », dis-je avec un petit sourire au coin des lèvres depuis le jour où elle nous avait trouvés dans mon lit les membres complètement emmêlés.

— On peut sauter les parties où d'autres mecs te touchent, grommela West.

— La fenêtre était rouillée alors elle faisait un grincement auquel je m'étais habituée.

Je le sentis hocher la tête, mais il ne fit aucun commentaire. J'avais mal à la poitrine. Chaque mot qui passait entre mes lèvres me donnait l'impression de mâcher et d'avaler du verre.

— Je dormais quand c'est arrivé. Mamie est rentrée à la maison, il devait être tard. Elle s'est servi un gin tonic, s'est allumé une cigarette et s'est assise en bas. Elle a terminé son verre et est montée dans sa chambre.

» Le pire, c'est que j'ai entendu ce crépitement, quand la cendre de cigarette a mis le feu au canapé, mais j'étais tellement fatiguée que j'ai cru que c'était le bruit de la fenêtre quand Tucker s'en allait. Je ne savais pas qu'il était parti une heure avant le retour de ma grand-mère.

Le souvenir était vif, réel, l'odeur des flammes qui assaillait mes narines, mes poumons qui se remplissaient de fumée noire. Je vis la suite défiler très nettement derrière mes paupières. J'ouvris les yeux dans le noir, le cœur battant contre la poitrine de West. Il passa ses bras dans mon dos et me serra fort contre lui.

— Je n'ai compris ce qui se passait que lorsque j'ai commencé à tousser. Je me suis redressée dans mon lit et j'ai regardé autour de moi. Quelque chose clochait. De la fumée s'infiltrait en dessous de la porte. La pièce n'était pas si enfumée, mais la fumée qui entrait par la porte était noire et brûlante. J'ai sauté de mon lit en appelant ma grand-mère. Sa chambre était au bout du couloir. Je suis sortie de ma chambre et j'ai vu que les flammes atteignaient l'étage. Elles dansaient sur les dernières marches de l'escalier. Je te jure qu'on aurait dit qu'elles me narguaient, West.

Les mots se bousculaient. Une grosse larme roula sur ma joue et atterrit sur son torse nu. Aussitôt qu'elle toucha sa peau, il grogna, comme s'il aspirait toute ma souffrance et la ressentait dans ses os.

Ses lèvres effleurèrent le sommet de mon crâne.

— Tu n'es pas obligée de continuer.

J'en avais envie. Pour la première fois, j'avais envie de m'ôter ça de la poitrine. De me débarrasser du poids de la vérité que je gardais secrète.

Je pris une autre inspiration pour tenir bon.

— Je me suis ruée dans la chambre de Mamie pour la sortir de là. On ne pouvait pas sauter par la fenêtre. Il y avait des rosiers au-dessous et elle a une hanche en mauvais état. En plus, elle perdait rapidement connaissance. Je l'ai protégée de mon corps, je me suis enroulée autour d'elle comme une couverture humaine, puis je me suis de nouveau ruée dans le couloir. Le temps qu'on sorte de sa chambre, l'étage commençait à s'effondrer, comme un château de cartes. Une partie du mur est tombée au-dessus de moi. Il appuyait contre mon côté gauche. Fort. Pendant quelques secondes, je n'ai plus pu bouger. On était écrasées contre une planche en bois, et la planche était en feu. J'ai senti mon visage, mon épaule, mon bras se mettre à fondre. J'étais persuadée que c'était fini pour moi. Que j'étais déjà morte.

Une autre larme coula sur son torse. Je me souvenais d'avoir pensé qu'il y avait encore de la vie dans la mort. J'entendais encore et je ressentais la douleur.

— Je me suis évanouie. Sûrement à cause de la douleur et de l'adrénaline. C'est ma grand-mère qui m'a réveillée. Elle était bien consciente et hurlait comme une démente, écrasée au-dessous de moi, mais à l'abri dans mes bras. C'est sa voix qui m'a redonné du courage. Je voulais la sauver, peu importe le prix, comme elle m'avait sauvée quand ma mère…

M'avait laissée devant sa porte.

Pour s'enfuir sans un regret avec ses amis toxicos.

— J'ai rassemblé mes dernières forces pour faire sortir ma grand-mère de la maison. Je me souviens de ce que j'ai fait quand on a fini par arriver dehors. Tout juste au moment où la maison commençait à s'effondrer, comme dans les films, les flammes dansaient si haut qu'elles frôlaient le ciel. J'ai roulé sur l'herbe en hurlant. La rosée qui l'humidifiait apaisait ma peau brûlée. À ce moment-là, il y avait quelques ambulances et des camions de pompiers garés devant chez nous. Ma déchéance s'est faite en public. Tout le monde était sorti des maisons pour regarder. Y compris Mme Drayton, qui serrait son fils de trois ans, Liam, dans ses bras. Il lui a demandé tout fort : « *Maman, pourquoi Grace sent le pain grillé ?* »

Je fermai de nouveau les yeux.

Sa poitrine s'affaissa sous ma tête.

Pain-grillé.

Voilà comment le surnom était resté. Eden Markovic avait entendu Liam, et l'avait répété à Luke McDonald, qui l'avait répété à tous ses amis, qui l'avaient répété à leurs parents, qui l'avaient répété à tout le monde à l'église.

Même quand ils ne l'utilisaient pas devant moi, ils le faisaient malgré tout dans mon dos. Je savais que tout le monde sans exception, à Sheridan, avait entendu raconter comment je m'étais roulée dans l'herbe tel un chien en chaleur en criant comme une cinglée pendant que mon visage fondait devant mon public.

La déchéance disgracieuse de Grace Shaw, qui avait presque réussi à s'arracher des griffes de l'avenir foireux que sa mère lui avait réservé.

Presque.

— Texas…

La voix brute de West me ramena au présent. Je secouai la tête. Je n'avais pas terminé.

— Tu veux connaître le pire ?

Je léchai les larmes salées autour de mes lèvres.

— Je crois que c'est déjà fait.

Je souris amèrement. Il n'avait pas idée.

— Quand Mamie s'est réveillée à l'hôpital, elle était complètement embrouillée. Elle ne se rappelait rien. Pas même le moment où je l'avais sortie des flammes. Je ne pense pas qu'elle souffrait déjà de démence à l'époque. Je pense que sa mémoire a juste tout effacé, ou peut-être que c'était la première goutte dans l'océan. En tout cas, j'étais sous respirateur artificiel et inconsciente quand ils lui ont demandé ce qui s'était passé…

Je m'arrêtai, pour m'efforcer de ne pas craquer. De ne pas hurler.

Je n'étais pas présente quand elle avait donné sa version des faits. Je me battais pour ma vie tandis que mes organes internes me lâchaient, à quelques chambres d'elle.

— Lorsqu'ils lui ont posé la question, elle a répondu que sa petite-fille avait dû essayer de fumer l'une de ses cigarettes et l'avait laissée allumée au rez-de-chaussée. Elle ne se souvenait pas d'avoir causé l'incendie. Elle ne s'en souvient toujours pas aujourd'hui. Elle pense que c'est ma faute. Et… disons que je la laisse croire ça parce que ça n'a pas d'importance. Le temps que je me réveille, tout le monde s'était fait son avis et la compagnie d'assurances avait accepté sa version des choses. C'était réglé. C'est moi qui avais causé l'incendie.

C'était l'histoire que Mamie avait servie à Sheridan, et les citoyens l'avaient gobée.

Grace Shaw, fille de Courtney Shaw, l'infâme junkie, avait joué avec le feu et s'était brûlée. Après tout, elle avait dû hériter du goût de sa mère pour les ennuis.

« Vraiment, c'est sa faute d'avoir voulu essayer les cigarettes de sa grand-mère. Quel genre d'enfant fait ça ? »

« Le genre totalement irresponsable. Et ça lui a ôté son meilleur atout : sa beauté ! »

« Son seul atout, tu veux dire. La pauvre Savannah Shaw n'a pas de chance. D'abord sa fille, maintenant sa petite-fille. Cette femme est une vraie sainte, pourtant toutes les deux ont mal tourné. »

J'avais tout entendu.

Avec ma casquette de base-ball, mes vêtements trop grands et ma tête baissée, j'étais à peine reconnaissable. Complètement invisible. Et difficile à louper quand on aimait les commérages.

J'habitais dans une ville que je haïssais, parmi des gens qui se méfiaient de moi, sans la moindre chance de m'échapper parce que je devais m'occuper de ma grand-mère – qui avait provoqué l'incendie dont elle m'accusait.

West prit mon visage en coupe – il toucha même la mauvaise joue – et me força à le regarder.

Je clignai des yeux pour chasser mes larmes et retins mon souffle en attendant son verdict.

Il embrassa mon front et laissa ses lèvres contre ma peau lorsqu'il déclara la chose la plus stupide, la plus monstrueuse, la plus belle, la plus horrible, la plus touchante qu'on m'ait jamais dite.

— Je suis heureux que ce mardi se soit déroulé de cette façon. (Il avait une voix éraillée, grave.) Parce que le pire jour de ta vie m'a donné la meilleure version de *toi*.

14

Grace

Le lendemain, je traversai Lawrence Hall en direction de la cafétéria, mes livres de cours serrés contre moi. Je songeai à toutes ces choses qui étaient arrivées la même semaine.

West avait commencé à travailler au *food truck*.

Les répétitions d'*Un tramway nommé Désir* avaient débuté.

Et, étant donné que notre auditorium était en construction en vue de la grande représentation, la moitié de mes cours avaient été transférés à Lawrence Hall – là où West passait le plus clair de son temps – jusqu'à la fin du semestre.

Généralement, je ne le croisais pas beaucoup. On évoluait aux deux opposés de la fac, dans des bâtiments différents, dans des cafétérias différentes, même dans des coins du parc différents.

Soudain, nos vies étaient entrelacées à tous les niveaux.

Un bras sortit de l'étroit entrebâillement des toilettes pour hommes et me tira à l'intérieur.

Mon dos heurta le mur avec un claquement sourd.

Le visage de West apparut dans mon champ de vision. Il posa ses bras de chaque côté de ma tête et frotta son nez contre le mien. Son souffle chaud effleura mon visage.

— Texas Shaw. Intéressant de vous voir ici.

— Eh bien, c'est *toi* qui m'as attirée là.

Je resserrai mes livres contre moi, hésitant encore entre l'agacement et le plaisir que m'inspirait son geste. La veille, quand le brouillard post-orgasme s'était dissipé et que West était reparti, je m'étais demandé ce que je fabriquais. On était quoi ?

Un couple ?

Des amis et plus si affinités ?

Une belle et monumentale erreur ?

Je lui avais donné l'accès à tout – mes secrets, mon corps, mes pensées le plus profondes et les plus sombres – alors que je ne savais même pas où on se situait. Ça m'agaçait. Une partie de moi voulait le revendiquer comme étant à moi, mais une autre m'avertissait que je n'étais pas prête à subir les commérages qui en découleraient. Les questions et les murmures et les doutes, quand tout le monde ne cesserait de me rappeler que la crème de Sheridan ne se contenterait jamais de la pire de ses citoyennes.

West posa ses lèvres sur les miennes. Il grogna pour que je les ouvre et le laisse enfoncer sa langue à l'intérieur. Je gémis et laissai tomber mes livres par terre. Une vague de plaisir déferla dans mon ventre. Seigneur, ce mec savait se servir de sa langue.

Lorsqu'il s'écarta, il me fallut plusieurs secondes pour retrouver l'usage de la parole.

— Tu me dois trois livres. Je ne compte pas les ramasser.

Il baissa les yeux et rit, puis les écarta d'un coup de pied.

— Vendu.

— Que puis-je faire pour toi, St Claire ?

— Eh bien, ravi que tu poses la question. Me tailler une pipe après notre service ce soir, dit-il d'un ton brusque.

— Impossible. Je dois chercher des aides à domicile pour Mamie.

Il me jeta un regard qui ne me plaisait pas. C'était le même que celui que Marla et Karlie m'avaient adressé. Celui qui disait qu'il fallait que je regarde la réalité en face et que je me mette à chercher une maison de retraite. Elles étaient plus abordables à long terme, adaptées à sa situation, en plus, Mamie serait obligée de prendre un traitement et mènerait une vie plus active. Je savais tout ça, mais je ne pouvais m'empêcher de craindre qu'elle ne me le pardonne jamais.

Car ce n'était pas ce qu'elle voulait.

Du moins, ce n'était pas ce qu'elle *pensait* vouloir.

— Je t'aiderai.

— Vraiment ? fis-je en haussant un sourcil.

— Bien sûr.

— Pourquoi ?

— Pourquoi ?

Il se tapota les lèvres, se pencha vers moi et fit mine d'y réfléchir.

— Parce que je veux passer du temps avec toi. À l'horizontale de préférence.

Je lui donnai un coup dans l'épaule. Il fit semblant de vaciller en arrière en tenant son deltoïde « blessé ».

— À l'horizontale, hein ? répétai-je en levant les yeux au ciel.

— À la verticale aussi. Tu as des talents buccaux ?

— Tu ne risques pas de le découvrir de sitôt. Œil pour œil, tu te souviens ?

Je haussai les sourcils. Je me sentais tellement normale que mon cœur se gonflait de joie. Il se rapprocha de nouveau, glissa sa main sous mon haut et palpa mon sein gauche tout en m'embrassant sur la clavicule et dans le cou.

— Au fait, tes seins me manquent.

— Quel romantisme.

— Je peux être tout ce que tu veux. (Il sourit avec malice.) Sauf une licorne. Ça, je ne peux pas.

Ni être vraiment à moi, songeai-je avec amertume.

Je quittai les toilettes pour hommes et fis un passage à celles pour dames afin d'apporter quelques retouches au maquillage qu'il avait dû ruiner en essayant de me grignoter le visage. Puis je me rendis à la cafétéria, en quête de Karlie.

Ma meilleure amie était assise en compagnie de sa bande d'amis surdoués, penchés sur des livres épais, en train de débattre d'un sujet avec passion. West se trouvait trois tables plus loin, avec Easton, Reign et l'équipe de football. À croire que tout allait bien entre West et Easton maintenant que ce dernier était hors jeu et que West et moi avions enfin passé le cap.

Easton leva la main et me fit un clin d'œil avec bonhomie.

Reign détourna les yeux pour éviter mon regard.

Et West ? Il m'ignora purement et simplement.

Je me glissai rapidement sur la chaise à côté de Karlie en lui serrant le bras, refoulant la pointe de déception qui me picotait la poitrine. Il ne m'avait même pas saluée.

— Salut Karl, tu passes une bonne journée ?

Elle se mit à parler pendant que je volais un autre regard en direction de West. Il ne me regardait pas. Il parlait avec Tess, qui avait posé sa hanche contre sa table et lui faisait de la lèche en agitant ses cheveux noirs.

Ce n'est pas ton petit ami, me rappela mon cerveau.

Mon cœur, lui, en revanche, ne voulut rien entendre.

Avec West, on tomba vite dans une routine.

La journée, à la fac, nous faisions comme si l'autre n'existait pas. À tel point que les gens avaient cessé de se demander si j'étais sous sa protection et commençaient, après avoir assisté à la scène entre nous à l'arène de combat, à dire que nous étions devenus ennemis jurés. Ça m'avait rendue encore moins populaire – j'étais désormais l'idiote qui s'était mis West St Claire à dos – et plus personne ne pouvait accuser West d'attirer l'attention sur moi.

Je savais que c'était précisément ce que je lui avais demandé, mais je détestais quand même le croiser dans ces conditions. Cela dit, il n'était pas envisageable que les gens soient au courant pour nous, nous jugent, murmurent et se disent à quel point je ne méritais pas le grand West St Claire. Je n'avais pas besoin qu'on me rappelle le fait que la plupart des gens estimaient qu'il valait mieux que moi.

Les jours où on travaillait ensemble, on bossait, on rigolait, on parlait, puis on finissait chez moi. Il divertissait ma grand-mère pendant que je prenais ma douche, que je me remaquillais, que je m'occupais du linge et du dîner. Puis on dînait tous les trois avant que je mette Mamie au lit.

Mamie Savvy adorait West. Il était charmant, poli, et s'adaptait à son état d'esprit du moment. Si elle s'adressait à lui en pensant parler à grand-père Freddie, il jouait le jeu. Quand elle le reconnaissait en tant que West, l'ami de Gracie-Mae du *food truck*, il était lui-même. Un jour, il se fit même passer pour le shérif Jones. J'avais en revanche été moins impressionnée quand il avait prolongé la comédie au moment de se glisser dans mon lit pour me donner des ordres.

Après le dîner et après avoir couché ma grand-mère, West et moi, on s'enfermait dans ma chambre et on s'explorait l'un l'autre. Parfois, on prenait notre temps avec paresse. Parfois, c'était rapide et empressé. Mais on restait toujours accrochés l'un à l'autre un peu trop longtemps et, chaque fois qu'on se disait au revoir, je le regardais partir depuis ma fenêtre en sachant qu'il emportait avec lui une partie de moi.

West ne fit aucun effort pour me cacher son avis au sujet de Mamie. Il voulait la placer en maison de retraite mais savait reconnaître qu'il n'aurait pas plus de succès que Karlie et Marla.

Ça ne l'empêchait quand même pas d'essayer.

Il me transférait des brochures et des prospectus pour des maisons de retraite à Austin et ses environs dans ma boîte mail ou en laissait sur mon bureau. Deux fois, il m'avait demandé d'utiliser mon ordinateur et avait laissé ouvert une fenêtre listant les endroits hautement recommandés pour les personnes dans la situation de ma grand-mère. Chaque fois que je parlais à Marla et que West se trouvait dans la cuisine, et qu'elle me disait que ma grand-mère ne voulait pas quitter la maison ou aller voir un médecin, il me lançait un regard.

Je savais qu'il essayait de m'aider. Je n'avais presque plus de délai pour trouver une remplaçante à Marla.

Les vendredis, c'était le pire.

Je n'allais jamais assister à ses combats. Je doutais qu'on m'aurait laissée entrer après le coup de la dernière fois ; en plus, une fois m'avait amplement suffi. Ce n'était pas mon délire de le voir saigner. Je détestais ça, même si je comprenais pourquoi il le faisait.

Le vendredi était la seule nuit qu'on passait l'un sans l'autre. Nous nous rattrapions chaque samedi après le travail. Je m'assurais d'apaiser chaque bleu avec mes baisers, de panser ses plaies et de vénérer chaque centimètre de son corps meurtri.

Je craquais pour ce guerrier qui se battait pour remettre sa famille sur pied. Littéralement.

Il n'y avait que deux choses qui gâchaient le bonheur et la joie de l'avoir pour moi toute seule.

La première : je ne savais toujours pas où nous en étions. Où nous allions.

La deuxième : je commençais à me demander pourquoi il m'ignorait sur le campus, si c'était parce que je le lui avais demandé ou parce qu'il avait honte. C'était une chose de jouer, sucer et mordre ma peau marquée dans l'intimité de ma chambre, de caresser ma chair meurtrie pendant qu'il me donnait des coups de reins, sa transpiration gouttant sur ma peau imparfaite, et c'en était une autre d'assumer publiquement que j'étais sa copine.

J'essayais de me convaincre que West n'était pas du genre à se soucier de ça. Il se fichait pas mal de sa propre popularité et de ce que les gens pensaient de lui. Mais ça ne fonctionnait pas toujours.

Même si cette incertitude me rendait dingue, je refusais de lui poser la question. Je ne voulais pas être *ce* genre de fille. Du style demandeuses et soumises qui lui couraient après. L'une des raisons pour lesquelles West avait été attiré par moi au commencement, c'était parce que je refusais de me jeter à ses pieds comme tout le monde dans cette ville.

Quant au fait qu'il m'ignorait sur le campus, ça me faisait mal de le reconnaître, mais je ne voulais pas que ça change. Je ne voulais toujours pas que les gens parlent de nous. J'avais peur du tollé que ça risquait de provoquer.

Le premier indice laissant entendre que nous étions plus que des « amis et plus si affinités » se présenta un mardi, rien que ça. J'étais au téléphone avec notre fournisseur d'électricité au sujet d'une facture impayée que j'étais persuadée d'avoir réglée. Je me trouvais dans la cuisine, en train d'examiner la facture avec le service client. Mamie ne cessait de me tapoter l'épaule en réclamant de l'aide pour prendre sa douche.

— Tu parles d'une fille, Court. Ta maman te demande de l'aide.

— Une seconde… heu, *maman.*

Je retirai sa main d'un air distrait.

West était appuyé contre le frigo et nous observait, les bras croisés nonchalamment. Il détestait que je fasse semblant d'être ma mère, alors que lui-même faisait semblant d'être celui qu'elle croyait qu'il était, qui que ce soit. Il estimait que c'était différent. Qu'elle ne l'avait pas élevé et qu'il se fichait qu'elle se souvienne de lui ou pas.

— Quoi ? Non, je ne… ce n'est pas vrai. J'ai la référence du paiement. Bien sûr que j'ai payé.

— *Seigneur, Courtney ! Je pue !* tonna Mamie par-dessus le représentant. Aide-moi.

Je commençais à m'énerver. Je ne pouvais pas me permettre de payer deux fois la facture. Ma grand-mère ne cessait de traîner dans mes pattes. Je posai le front contre le comptoir de la cuisine, fermai les yeux et pris une inspiration.

— Attends juste un instant… maman, murmurai-je, plus pour moi-même que pour elle. *S'il te plaît.*

— Allez, Savannah, laissez-moi vous aider, intervint West, et je me retournai, le téléphone toujours calé entre mon épaule et mon oreille, pour le fusiller d'un regard qui disait : *Tu as perdu la tête ?*

L'idée sembla ravir Mamie, en revanche, qui passa son bras sous le sien.

— Ça t'embête pas d'aider une vieille dame, hein, West ?

Alors comme ça, aujourd'hui elle se souvenait de lui mais pas de moi ? *Génial.*

— Le plaisir serait pour moi, m'dame.

— Pas de regard en douce, attention.

— Même pas en rêve, madame Shaw.

Ils sortirent de la cuisine avant que j'aie pu dire quelque chose. Mamie était capable de prendre sa douche seule – j'avais placé une chaise sous le jet d'eau et tout ce qu'elle avait à faire, c'était attraper le gel douche et le shampooing – mais il était primordial que quelqu'un soit avec elle dans la salle de bains en cas de chute.

West allait devoir la voir nue. L'aider à entrer et sortir de la douche. *Seigneur.*

Dix minutes plus tard, j'avais réglé le problème avec le fournisseur et je montai à l'étage. Je jetai un coup d'œil dans la salle de bains à travers la porte entrouverte sans m'annoncer.

West était appuyé contre le lavabo, dos à la douche, et racontait à Mamie la fois où il avait donné une douche au chat aveugle de sa mère alors qu'il avait quatre ans. Derrière lui, Mamie gloussait sous la douche, assise sur sa chaise, profitant du maigre jet d'eau sur son dos en passant un gant sur son bras.

— Mince alors ! Impossible. Seigneur, je t'aurais botté les fesses comme il faut à la place de ta maman.

— Elle voulait le faire, madame S., croyez-moi. La seule chose qui l'en a empêchée, c'est ma rapidité.

Son rire faillit la faire tomber à la renverse. Je souris, le cœur serré. Tous les vaisseaux sanguins de mon corps se réchauffèrent.

Comme s'il avait senti ma présence, West releva les yeux et croisa mon regard.

Il sourit, mais ne fit aucune remarque sur ma présence.

— C'est bon, je suis prête. Tendez-moi ma serviette, jeune homme !

Mamie pivota sur la chaise et coupa l'eau. West récupéra la serviette sur son crochet et la lui tendit sans me quitter des yeux.

Elle se sécha et, une fois qu'elle eut enroulé la serviette autour d'elle, il l'aida à regagner sa chambre pendant que je me glissais dans la mienne pour leur laisser avoir leur moment tous les deux.

Une demi-heure plus tard, je bordais Mamie avant de revenir dans ma chambre.

West était allongé sur mon lit et s'amusait à lancer l'un de mes vieux pompons en l'air au-dessus de lui. Je m'assis à mon bureau, j'allumai mon ordinateur et me connectai au site de l'université de Sheridan pour voir si le professeur McGraw avait répondu à mon dernier mail. Je n'y croyais pas trop. Elle ignorait mes demandes depuis qu'elle avait décidé de ne pas me laisser valider le semestre sans participer à la pièce. Mais je n'avais jamais réussi à envoyer ce message à Cruz Finlay. Le phénix en moi n'était vraiment pas prêt à se retrouver sur scène. Pas encore.

— Tex ? ronchonna West dans mon dos.

Le bruissement du pompon qui volait en l'air m'apaisait. C'était un geste que Tucker aurait pu faire. À l'époque où j'étais encore normale.

Tu n'as pas oublié comment ça s'est terminé, hein, Grace ? Alors ne te fais pas trop d'illusions.

— Oui ?

— Est-ce qu'un jour tu enlèveras tout ce maquillage devant moi ?

Je clignai des yeux devant mon écran, m'efforçant de contrôler mon rythme cardiaque.

— Pourquoi tu me demandes ça ?

— J'ai vu l'intégralité de ton corps de près et je suis toujours là. Mais je n'ai jamais vu ton visage au naturel. Tu ne trouves pas ça bizarre ?

— Non. (Je pianotai sur mon clavier.) Je ne suis pas à l'aise avec le fait de montrer mon visage aux gens.

— Karlie l'a vu. Marla aussi.

Je ne répondis pas. Il n'était pas Karlie. Il n'était pas Marla non plus. C'était le garçon que j'aimais – que j'aimais vraiment, pas seulement dont j'étais entichée – et je ne voulais pas qu'il voie mon côté laid.

Cette prise de conscience ne me choquait pas, et ne me faisait pas flipper. Au fond de moi, je savais que je l'aimais depuis un moment.

J'étais amoureuse de West St Claire.

Follement. Entièrement. Obsessionnellement, même.

C'était l'homme le plus complexe que j'avais jamais rencontré, doux, attentionné, gentil et responsable. Mais aussi violent, agressif, désinvolte et cruel.

Et je ne pouvais pas me passer de lui. La seule perspective d'une fin annoncée me faisait trembler de peur. Il allait obtenir son diplôme et déménager, et moi j'allais rester ici et faire mon deuil.

— Tout ce que je dis, c'est que j'ai envie d'embrasser ton visage sans avoir un goût de mur.

— À ce propos… (Je pivotai vers lui, sur la défensive.) Tu ne trouves pas ça injuste que tu saches ce qui m'est arrivé sans jamais m'avoir raconté ce qui t'était arrivé, à *toi* ?

Je savais sans l'ombre d'un doute qu'il ne partagerait pas son secret le plus sombre avec moi. Rien n'avait changé sur ce plan. Il continuait de ne pas décrocher quand ses parents appelaient – ce qui arrivait souvent – et devenait évasif chaque fois que j'évoquais son ancienne vie dans le Maine.

— La vie est injuste, répliqua-t-il.

— Ah-ah. C'est bien ce que je pensais.

— Tu n'as pas envie de savoir.

— Pourquoi ? fis-je en me retournant vers mon ordinateur pour faire semblant de taper quelque chose et avoir l'air détaché.

En réalité, j'étais pleinement investie dans la conversation. Bien sûr que je voulais savoir. J'étais avide de toutes les informations qu'il pourrait me donner. La seule chose qui me retenait de demander à Easton ce qui avait transformé West, c'était ma loyauté envers l'homme allongé sur mon lit.

— Parce qu'après, tu ne pourras plus me regarder dans les yeux. Fin de la conversation.

Le bruissement de mon pompon s'arrêta. Ma poitrine était comprimée par l'anxiété. J'avais déjà compris que ce qui était arrivé à West était largement différent de ce qui m'était arrivé à moi.

Mes cicatrices de guerre étaient externes, à la surface.

Les siennes étaient internes, et les coupures profondes.

Il était défiguré à l'intérieur, mais parfait à l'extérieur. Une combinaison fatale.

— Reign organise une fête samedi. Tu vas y aller.

Je tournai la tête pour le fusiller du regard.

— Reign est un connard.

— Reign est inoffensif. Et il va falloir que tu affrontes les gens à un moment donné. Tu y vas, répéta-t-il calmement.

— Et pourquoi ça ?

— Pour boire. Danser. Être une étudiante normale.

— Je ne suis pas une étudiante normale, fis-je remarquer. Et la seule amie que j'ai ne voudra jamais m'accompagner. Karlie a trois groupes de révision ce week-end. Tu es fou ?

— Pas que je sache, mais ce n'est pas à exclure. J'ai fait quelques trucs foireux dans ma vie. Je passe te prendre à 8 heures.

— Attends, tu veux qu'on y aille *ensemble* ?

Je penchai la tête sur le côté en écarquillant les yeux. On ne faisait jamais rien ensemble en dehors de la maison. En dehors de mon *lit*. À moins d'inclure le *food truck*, ce qui ne comptait pas vraiment car on était tous les deux payés pour y être physiquement en même temps.

West m'aidait avec Mamie, mais j'avais toujours considéré ça comme une espèce d'échange. Il prenait soin de moi comme je prenais soin de lui.

Il se redressa.

— Oui, ensemble. C'est un concept qui t'échappe ?

— Je… je ne pensais pas qu'on était… (J'essayai d'articuler la partie qui m'embrouillait, même si, en réalité, c'était le tout qui m'embrouillait.) ensemble-ensemble.

Quelle éloquence, Grace.

— Tu ne pensais pas qu'on était ensemble-ensemble ? répéta-t-il, interloqué.

— Pourquoi je penserais ça ? Tu n'arrêtes pas de dire qu'on ne peut pas s'engager.

— Et alors, ça compte quand même pour quelque chose.

Je souris amèrement.

— C'est que je dois être nulle en calcul, parce que pour moi, non.

— Attends, est-ce que je suis ton dérameur ? demanda-t-il avec un petit rictus suffisant.

— Mon *dérameur* ? bafouillai-je.

— Tu sais, la personne qui branle les acteurs pornos ou leur fait une petite pipe pour les mettre en forme avant de tourner une scène. Quelqu'un qui te libère de tes problèmes par la baise, pour que le jour où le prince charmant arrive en ville, tu sois prête à l'accueillir ?

Il souriait, mais je voyais bien qu'il ne plaisantait pas. J'étais surprise qu'il puisse seulement le suggérer étant donné que c'était lui qui avait imposé l'idée de ne pas s'engager.

J'eus un mouvement de recul et plissai les yeux.

— Non, tu n'es pas mon dérameur. Mais tu disais que tu te limitais aux coups d'un soir.

— Pourtant tu es toujours là après des dizaines de coups d'un soir, dit-il sur un ton pince-sans-rire, comme si j'étais stupide.

— Sur le campus, tu m'ignores.

— Tu veux dire : comme tu me l'as explicitement demandé ?

Est-ce qu'on était en train de se disputer ou de se déclarer nos sentiments l'un à l'autre ? J'étais perdue.

— Je sais. Mais ça me fait quand même bizarre, avouai-je. Peut-être que tu devrais arrêter de m'ignorer.

— Peut-être, oui. Commençons par te traîner à la fête de Reign samedi.

— D'accord. Mais je refuse de sociabiliser.

— Pareil. (Il se pencha en avant et frappa son poing fermé contre le mien.) C'est pour ça que je t'emmène. Au moins je sais que je repartirai gagnant. East me harcèle pour que je me montre en public.

C'était donc pour ça qu'il allait à une fête. Easton le harcelait. West avait la réputation de quelqu'un qui se fichait pas mal des fêtes.

Il ramassa le pompon qu'il avait abandonné sur mon lit et le lança de nouveau au plafond, une main calée derrière la tête, un sourire aux lèvres.

— Merde, Texas, on dirait bien que toi et moi, on a un rencard.

15

Grace

— Ce n'est pas un rencard, insistai-je auprès de Karlie le lendemain alors qu'on se dirigeait vers mon pick-up à la fin des cours. C'est Easton qui le force à sortir. On va sûrement rester dans un coin et bouder ensemble.

Mais je n'y croyais pas vraiment moi-même. Je ne voulais pas que ma meilleure amie se sente mise à l'écart. West St Claire et Karlie Contreras ne fréquentaient pas les mêmes groupes et je ne voulais pas qu'elle pense que je la laissais tomber pour aller avec la bande de jeunes « cool » même si, selon toute probabilité, elle ne serait pas disponible samedi, déjà prise par son travail ou ses révisions.

Karlie m'observa d'un œil sceptique. Elle savait que je couchais avec West. D'un côté, je voyais bien qu'elle était ravie que je sorte enfin de ma coquille. D'un autre, je me rendais aussi compte qu'elle avait peur que je souffre. West n'avait pas exactement l'étoffe d'un petit ami stable.

Karlie s'arrêta à côté de ma voiture en serrant sa sacoche d'ordinateur contre sa taille.

— Ne bois que des verres que tu te sers toi-même et garde toujours ton téléphone avec toi. Sois prudente, d'accord ?

Ça ressemblait plus à un avertissement qu'à une requête.

— Qu'est-ce que tu veux dire ?

Elle détourna les yeux, comme s'ils pouvaient révéler quelque chose qu'elle ne voulait pas que je sache.

— Tu te souviens du jour où tu as fait semblant de sortir avec Easton Braun et que j'ai dit à West où tu étais ?

Je m'en souvenais. Je savais qu'Easton ne m'avait invitée que pour faire réagir West. J'avais joué le jeu car je ne voulais pas perdre l'amitié de West. Si c'était ce qu'il fallait pour lui rappeler que je n'étais pas un objet à sa disposition, j'étais prête à le faire.

— Oui ?

— West a dit qu'il m'arrangerait le coup avec Miles Covington si je lui révélais où tu étais. Ce n'est pas pour ça que je lui ai craché le morceau, bien sûr ; je savais que tu voulais qu'il le sache. Je voulais juste le voir transpirer un peu. J'avais oublié ce que West m'avait promis. Mais alors Miles m'a *vraiment* invitée à sortir.

— C'est génial, non ? (Je ne la suivais pas.) Miles est super et il avait l'air de te plaire quand on était au Plaza.

Karlie fronça les sourcils. Elle me regarda comme si quelque chose m'échappait.

— Tu sais que je n'ai aucune chance avec lui. Il m'a proposé uniquement parce que West lui a dit de le faire. Miles a avoué qu'il ne voulait pas se mettre West à dos. Ton précieux petit copain, c'est le tyran du campus avec qui on gardait toujours nos distances quand on était petits. Il manipule tout le monde comme des marionnettes. Je ne sais pas, Shaw… Je trouve qu'il a trop de pouvoir ici.

— Karlie, il veut seulement que tu rencontres un mec sym…

— Il ne s'agit pas que de Miles. J'ai entendu dire que West s'en était pris à la mauvaise bande. Il accepte des combats contre des types louches, il fréquente des criminels. Ce genre de choses. Beaucoup de rumeurs circulent et je ne veux pas rapporter des choses qui ne sont pas vraies, mais je crois que je ne me rendais pas compte des ennuis qu'il représentait quand je l'ai engagé.

Les rôles étaient donc officiellement inversés. C'était moi qui défendais West et Karlie qui pensait qu'il fallait s'en méfier.

— Ne fais pas de mystère avec moi, Karl. Balance-moi ce que tu sais.

Elle se mordit un ongle, tiraillée entre l'envie de me répondre et celle d'éviter une dispute.

— J'ai entendu dire qu'il avait organisé un deuxième combat contre Kade Appleton. Tu connais ce type ? Il est du coin. Il aurait tabassé sa petite amie enceinte et se serait fait exclure d'une ligue de MMA. C'était partout dans les journaux.

West m'avait dit qu'Appleton n'était pas réglo. Je hochai imperceptiblement la tête. Mon cœur en papier se froissa en boule de chagrin. Il me l'aurait dit, n'est-ce pas ? West me disait tout.

À l'exception de ce qui était important.

— Je lui poserai la question.

— Demande-lui de ne pas le faire. S'il se met à énerver les mauvaises personnes et que tu es associée à son nom, toi aussi tu pourrais avoir des problèmes.

— West n'est pas assez bête pour s'en prendre à des criminels, et jamais il ne me mettrait en danger.

— West est intrépide, et la stupidité est la maîtresse de la bravoure. L'imprudence est sa femme, et on ne peut pas dire qu'il en manque.

Elle avait raison, évidemment. Je le savais. J'ouvris la portière côté conducteur.

— Ne t'inquiète pas. West est une pomme saine.

Une pomme verte et sucrée.

Et peut-être aussi une pomme empoisonnée.

— Est-ce que tu as accepté de te battre une deuxième fois contre Kade Appleton ? demandai-je à West sur sa Ducati, alors que nous étions en route pour la fête de Reign.

Le vent chaud faisait voleter mes cheveux blonds. Je portais une autre minirobe à manches longues, blanche à pois roses, associée à des talons roses. J'avais pris un risque en portant des manches en dentelle. En y regardant de près, on pouvait voir certaines de mes cicatrices sur le bras gauche. Mais auprès de West, je me sentais belle et sauvage. Un phénix accompli, aux ailes déployées, qui volait vers le soleil, les plumes parsemées de petites taches de feu scintillantes.

West tourna la tête vers moi, mais avec son casque, je ne distinguais que son regard de braise qui brillait comme un phare dans la nuit.

— Où tu as entendu ça ?

— Peu importe. C'est vrai ou pas ? Je ne veux pas que tu t'attires des ennuis.

Il siffla tout bas pour dédramatiser la situation.

— On croirait entendre ma mère.

On croirait entendre ta petite amie, espèce de brute.

On fila entre les boutiques de Main Street. L'épicerie des Albertson, le petit café et la pizzéria. Il n'y avait pas une âme en vue. Tout le monde devait être à la fraternité de Reign. Karlie avait raison. Ce n'était vraiment pas notre truc.

— Réponds à la question, West.

— Et alors, qu'est-ce que ça ferait si c'était vrai ?

— Alors je te demanderais poliment d'annuler le combat parce qu'il a failli te tuer la dernière fois.

— C'est moi qui ai remporté le match.

— À moitié mort, rectifiai-je en essayant de me maîtriser. Comment veux-tu que je dorme la nuit en sachant que tu vas affronter une espèce d'enfoiré qui tabasse sa petite amie enceinte ?

— Je ne m'attends pas à ce que tu dormes du tout. Je préfère que tu m'attendes avec une bière et un petit nœud autour du cou jusqu'à ce que je lui règle son compte.

— Tu vas l'affronter oui ou non ? insistai-je sèchement, nullement amusée par l'image.

J'avais le sentiment que si Kade Appleton avait une nouvelle occasion de combattre West, il s'en servirait pour le tuer.

Je sentis ses muscles se raidir sous mes mains. Il était en colère. Pas de bol. Je n'allais pas le laisser risquer sa vie pour gagner quelques billets. C'était notre première vraie dispute en tant que couple. Même si ça me rendait malade, je campai sur mes positions. C'était peut-être pour ça que West refusait de tomber amoureux. Car quand on était amoureux et que l'être aimé vous blessait, c'était comme si notre âme se déchiquetait en minuscules lambeaux.

— Je dirai à Max d'annuler le combat, grommela-t-il en se garant devant un bâtiment georgien orné de colonnes blanches, puis il descendit de Christina. Maintenant lâche-moi les baskets, femme.

On traversa quelques groupes de fêtards pour gagner l'entrée. J'essayai de me rappeler ce qui avait pu me faire croire que c'était une bonne idée de venir ici. Je parcourus des yeux les gens qui nous entouraient. Et plus j'en voyais, plus mon sang se glaçait.

West avait omis un petit détail au sujet de la soirée – le thème était « *Tout sauf des vêtements* ».

Les filles éparpillées sur la pelouse portaient des bandes de papier bulle autour d'elles comme des minirobes bustiers attachées avec des ceintures à la mode. Toutes saluèrent West sur notre passage en lui envoyant des baisers de la main et en me jetant des regards inquisiteurs. Un groupe de mecs avec des peluches scotchées devant l'entrejambe tenait l'entrée. Ils tapèrent dans le poing de West à notre arrivée.

— Yo, St Claire, quoi de neuf ?

— Avance, grommela-t-il en me tirant par la main comme si j'étais un paquet dont il devait se débarrasser.

Un des types leva le bras.

— Désolé, mec. Tu sais comment ça se passe : pas de règles, pas de fête, dit l'un d'eux en pointant du doigt un panneau à l'entrée.

Déshabille-toi ou dégage.

Un grand blond m'examina des pieds à la tête en broyant une canette de bière vide dans sa main.

— Joli petit cul que t'as ramené là, St Claire. T'as besoin d'aide pour te déshabiller, bébé ?

West lui jeta un regard qui le refroidit instantanément.

— Pose encore un seul regard sur elle et je te fume, gronda West d'une voix glaciale et dangereuse.

Il resserra ma main dans la sienne, presque douloureusement, comme s'il détestait se retrouver dans cette position.

— Maintenant, dégage.

— Waouh. Désolé. Je ne savais pas que c'était ta meuf.

Le blond fit claquer sa langue. Ils s'écartèrent et on entra, avec tous nos vêtements sur le dos.

Une poignée de crétins se servaient d'un matelas pour dévaler la large cage d'escalier, avec des cartons en guise de couches-culottes.

West traversa les différentes pièces en me tirant par la main, et s'arrêta à la cuisine pour se servir à boire. Il me tendit une bière et en ouvrit une pour lui. J'avalai une gorgée et jetai un regard autour de moi.

— Tu t'amuses déjà ?

— Énormément, répondis-je avec le même sarcasme.

Je repérai Max dans un coin de la pièce. Une fille à l'apparence de pom-pom girl était calée sous son bras. Les haut-parleurs diffusaient « Sixteen Years » de Vandoliers et je me demandai qui était en charge de la playlist et si je pouvais l'épouser.

La fille à côté de Max le tira par le bras pour lui montrer West, cherchant manifestement à lui être présentée.

— Juste une seconde.

West me serra l'épaule et se dirigea vers eux en me plantant là. Je bus une nouvelle gorgée de bière en les observant, une sensation oppressante dans la poitrine.

Il allait annuler le combat pour moi.

Son geste me donnait l'impression d'être importante, belle et pas du tout détachée.

À son approche, la fille se mit à sautiller sur place en demandant un selfie à mon petit ami. Il la regarda comme on regarde une casse-pieds mais accepta et la congédia aussitôt que ce fut fait. Max et lui s'écartèrent dans un coin de la pièce et discutèrent, la tête baissée.

— Mince, Grace, jolie tenue. Je suppose que toi, dès que tu portes autre chose qu'un anorak, tu as l'impression d'être nue.

Tess s'approcha en roulant des hanches et trinqua avec moi. Elle portait une robe élaborée faite de véritables pétales de roses peintes en noir, ce qui laissait peu de place à l'imagination ou à la modestie. À en juger par son regard voilé et par son équilibre, je compris qu'elle était ivre.

— Salut Tess. Comment ça va ? Et la pièce, comment ça se passe ?

Ayant assisté à toutes les répétitions, je savais que ça se passait plutôt mal. Lauren et elle se chamaillaient tout le temps. Tess était clairement toujours blessée d'avoir perdu son rôle préféré. Quant à Lauren, je devais reconnaître qu'elle n'était pas le meilleur choix pour Blanche ; cela dit, il me semblait que personne dans mon cours n'aurait été à la hauteur de Vivien Leigh.

— Ça se passe super bien, bredouilla-t-elle difficilement. J'espère que des dénicheurs de talents assisteront à la première. Sinon, j'aurai gâché une bonne partie de ma vie pour rien.

Je souris, m'efforçant d'ignorer la pointe de jalousie qui me transperça la poitrine.

— Je suis sûre qu'il y en aura plein.

Elle s'appuya contre l'îlot de la cuisine. On tourna toutes les deux les yeux vers West et Max. Elle laissa échapper un hoquet qui n'était pas digne d'elle.

— C'est sympa que tu fréquentes un peu Westie. Qui aurait cru que vous deviendriez amis en travaillant ensemble, hein ?

Je ne la corrigeai pas concernant l'amitié que nous partagions. Je savais qu'elle l'aimait bien et ce n'était pas mon genre de remuer le couteau dans la plaie. En plus, elle était clairement bourrée.

J'appréciais Tess malgré ses défauts. Elle me rappelait l'ancienne moi, gentille avec tout le monde quel que soit le degré de popularité. Elle faisait aussi partie du Programme de Visites Amicales où les étudiants rendaient visite chaque semaine à des personnes âgées de la communauté. Je le savais car Mamie m'avait raconté que Tess rendait visite à son amie Doris depuis sa première année de fac.

— Il est super.

— Oui, vraiment. Et je ne les trouve pas sympas, les gens qui font toutes ces rumeurs comme quoi vous seriez en couple. Je te jure, les étudiants ne vivent que pour le drame. Les hommes et les femmes sont *parfaitement* capables d'être seulement amis. On n'est pas des animaux, quoi !

Tess laissa échapper un nouveau hoquet avant de boire une gorgée de sa bière.

Je savais qu'elle m'avait tendu un hameçon. Pendant ce temps, West semblait se disputer franchement avec Max dans le coin de la pièce.

Tess ne me laissa pas l'occasion de contribuer à son monologue. Elle prit mon silence pour une invitation à poursuivre.

— Quand j'ai entendu dire que tous les deux vous étiez ensemble, je me suis dit : pas moyen. Tu sais que je t'ai toujours soutenue, Grace. Il y a quelque chose chez toi qui m'a toujours parlé. Tu vis avec ta mamie, c'est ça ?

— Oui.

Elle hocha la tête.

— Mes grands-parents m'ont élevée, moi. Je continue d'aller les voir dès que je peux. Ils sont à Galveston. Bref, en tout cas, j'ai dit aux gens qu'ils feraient mieux de se mêler de leurs affaires. Que Westie et toi, vous êtes simplement là l'un pour l'autre. Enfin quoi, tu es trop intelligente pour ne pas savoir que s'il te met dans son lit, c'est juste parce qu'il ressent quelque chose à propos de… (Elle me jeta un regard en biais en tressaillant.) ton histoire.

— Mon histoire ? (Je décidai de faire l'innocente en souriant.)

Je ne vois pas trop ce que tu veux dire, Tess. J'ai eu une super enfance, ici à Sheridan.

Elle posa une main sur son cœur.

— Oh ! je comprends. Moi aussi parfois, je ne vois pas les choses comme elles sont, quand je suis directement concernée. Ce que je veux dire, c'est que Westie a eu une enfance un peu difficile. Il semblerait que quelque chose l'a bousillé. Il a besoin de quelqu'un qui lui fasse du bien. Qui l'aide. Je ne sais pas pour toi, mais je ne m'abaisserais jamais à être la petite amie de quelqu'un par pitié.

— Je suis sûre que tu t'abaisserais à n'importe quoi si c'était pour avoir West.

Je posai ma bière sur le comptoir derrière nous et ne me donnai plus la peine de prendre des pincettes.

West avait raison – il était grand temps que je remette les gens à leur place.

Je posai une main sur ma hanche et me tournai face à Tess. Son sourire flétrit comme les roses sur son corps. Mais j'étais lancée. Pour la première fois depuis des années, je me sentais sûre de moi.

— Je sais ce que tu te dis quand tu me regardes, Tess, et ce n'est pas que je prends bien soin de ma grand-mère. Tu te dis : *Heureusement que ça ne m'est pas arrivé à moi.* Tu attaches beaucoup d'importance à ton physique et tu y tiens. Meuf, laisse-moi te dire qu'un jour tu vas te réveiller et découvrir que tu n'es pas la plus jolie fille du campus. Ou de ton lieu de travail. Ou… tu sais quoi ? Même de ta maison. Ta beauté n'est qu'un petit chapitre du livre de ta vie. Rien qu'un mensonge agréable et insaisissable. Du joli papier cadeau autour d'un cadeau mystérieux. Et même s'il est vrai que les jolis cadeaux bien emballés sont plus agréables à l'œil – je penchai la tête sur le côté pour parcourir son corps d'un regard froid et rapide –, je suis sûre que ce que j'ai à offrir sous mon emballage est bien plus précieux que tes paroles horribles de ce soir.

Je redressai les épaules, levai le menton et m'éloignai. Dans le miroir en pied devant moi, je vis Tess dans mon dos, bouche bée, le visage pâle, le cœur brisé. Elle me regarda m'éloigner vers les toilettes. Je m'insérai dans la file d'attente, sortis mon téléphone et écrivis à Karlie.

Grace : Tess Davis vient de laisser lourdement entendre que West n'est avec moi que par pitié pour mes cicatrices.

Karlie : C'est ça. Parce que c'est connu, St Claire adore faire la charité. Quelle conne.

Ce n'était pas si mal, de s'affirmer.

Au bout de dix minutes, ce fut enfin mon tour. La porte finit par s'ouvrir et deux filles en sortirent en gloussant, reniflant et se frottant le nez. J'étais sur le point de refermer la porte lorsqu'un bras jaillit derrière moi.

— Ah non, tu vas faire la queue comme tout le…

Au moment où je tirai sur la poignée, une grande silhouette sombre me poussa à l'intérieur et referma la porte à clé derrière nous.

Je trébuchai en arrière et fis volte-face, heurtant le lavabo dans mon dos.

— Bon sang, West, tu ne peux pas frapper ?

— Te fesser, tu veux dire ?

Il me plaqua contre le lavabo, auquel je m'agrippai. Mon cœur faisait des acrobaties dans ma poitrine. Je sentais sa peau contre moi, il avait le regard voilé, sombre, rempli de désir.

— Je te cherchais.

Son souffle caressa mon visage. Une odeur de bonbon à la pomme, de bois et de l'homme qui pouvait me détruire sans poser un doigt sur moi.

— Je me suis dit que tu en avais encore pour un moment avec Max, alors je suis allée me repoudrer le nez.

J'étais persuadée que cette pièce était effectivement pleine de poudre, mais pas le genre que les dames utilisaient pour se maquiller.

— Tu lui as dit ? lui demandai-je, le souffle court.

Il hocha brièvement la tête avant d'attraper l'arrière de mes cuisses de ses mains rugueuses.

— Je lui ai brisé le cœur et j'ai probablement ruiné son compte en banque, mais c'est fait. Tess a l'air dans un sale état. (Ses lèvres frôlèrent les miennes et il hissa mes cuisses autour de sa taille étroite.) Elle a essayé de m'arrêter en chemin pour me demander si on couchait ensemble.

— Ah oui ? (Je sentis mes lèvres se pincer.) Qu'est-ce que tu lui as dit ?

— De s'occuper de ses affaires.

— Qu'est-ce qu'elle a répondu ?

— Je ne suis pas resté assez longtemps pour l'entendre.

Il fourra son nez dans mon cou et fit glisser ses lèvres sur ma peau.

— Elle a insinué que tu me sautais par pitié, expliquai-je en ignorant les vagues de plaisir que chacun de ses baisers provoquaient en moi. Elle a dit qu'elle ne s'abaisserait jamais à cette position. Je lui ai rétorqué que sa position préférée, c'était sûrement à genoux.

West rejeta la tête en arrière pour éclater de son rire grave et sauvage.

— Jolies griffes, bébé. J'ai hâte de les sentir dans mon dos.

— J'ai peut-être un visage que même une mère renierait, mais pour balancer, je n'ai rien à envier à Tess Davis.

Son rire résonna dans mes oreilles et entre les quatre murs qui nous entouraient.

— Tu es trop sexy, Tex, mais cette bouche-là… (Il prit mon visage à deux mains et me donna un petit baiser.) Un jour, elle va t'attirer des ennuis. Tu ferais mieux de t'en servir sur ma bite pour faire pénitence.

Il jeta ma casquette dans le lavabo et passa sa langue sur mon front, mon nez et mon menton. Je frissonnai en gloussant et essayai de le repousser.

— Attention au maquillage, St Claire. Et puis qu'est-ce que tu me fais, là ?

— Je te montre ce qu'on est, répondit-il d'une voix plus tendue.

Sa langue glissa dans mon cou, créant un délicieux frisson dans son sillage. Il continua de descendre, effleura mon décolleté du bout des dents puis s'agenouilla en me tenant par la taille pour me maintenir immobile. Je laissai échapper un petit gémissement lorsque son visage se retrouva au niveau de mon entrejambe. Il effleura du nez le bord de ma minirobe et la fit remonter sur mon ventre. Ma culotte en coton blanc était trempée et je pouvais sentir l'odeur de ma propre excitation flotter dans l'air. Il m'embrassa par-dessus le tissu, ferma les yeux et prit une longue inspiration avide. Il grogna contre mon sexe. Tous les os de mon corps grinçaient d'anticipation.

— Salut, la chatte de Grace. C'est moi. West. On se connaît.

J'écarquillai les yeux et regardai le sommet de son crâne.

— En fait, on ne s'est jamais rencontrés en face-à-lèvres.

D'habitude, j'envoie mon garçon de courses. Tu dois le connaître – grand, costaud, accompagné par deux boules ?

Je me mordis la lèvre pour ne pas rire. Il continua, non découragé.

— Mais il y a un sujet important dont on doit discuter. Ça t'embête si je tombe la culotte ?

Mes lèvres du bas ne pouvant lui répondre, il releva les yeux et haussa les sourcils.

Je hochai la tête.

— C'est bizarre, mais j'ai hâte de voir où tu comptes aller comme ça.

Il baissa ma culotte, posa sa bouche sur mes plis et les écarta d'un coup de langue humide. Une onde de plaisir brûlant remonta le long de ma colonne et j'agrippai ses cheveux ébouriffés dans mon poing tout en me maintenant plus fermement au lavabo de l'autre.

— *Oh, mon Dieu.*

— Bon, la chatte de Grace, voici ce que je te propose. Ta propriétaire ne sait pas trop ce qu'on représente l'un pour l'autre, et elle y a fait des allusions pas très subtiles ces derniers jours, alors je l'ai emmenée à une fête. Tu sais ce qu'il s'est passé ensuite ?

Plutôt que d'attendre que mon sexe lui réponde, il se servit du bout de sa langue pour entourer mon clitoris tout en écartant mes plis avec ses doigts avant d'en plonger un en moi. Mes hanches tressautèrent et un son indéfinissable s'échappa de mes lèvres.

Un coup fut frappé à la porte des toilettes.

— Hé, sortez de là, abrutis. J'ai envie de pisser !

West ignora la personne de l'autre côté de la porte en suçant mon clitoris tout en me doigtant. Mes genoux se mirent à trembler et il passa une de mes jambes par-dessus son épaule. Il donna un angle à mes hanches qui permit à ses doigts de toucher un point profond et sensible.

Le souffle court, je laissai tomber ma tête en arrière en ouvrant la bouche.

— Oh, mon Dieu.

Je me sentais basculer, approcher l'orgasme, quand il s'arrêta brusquement, retira son doigt et lécha nonchalamment mon sexe, comme s'il n'avait pas le moindre souci sur terre.

— Bref, reprit-il sur un ton détaché, comme je te disais, Grace n'est pas sûre qu'on soit bien ensemble. À ton avis, qu'est-ce que je devrais faire pour lui montrer que je suis sérieux avec elle ?

Je lui tirai les cheveux pour qu'il me regarde, et poussai un grognement.

— Fais-la jouir.

— On parle à la troisième personne maintenant. (Il haussa un sourcil.) Est-ce que le fait de te faire dévorer te fait perdre des points de QI, Texas ?

— Continue comme ça et c'est ta tête que tu vas perdre !

Je montrai les dents.

On tambourina de nouveau à la porte.

— Ouvrez, merde !

West se remit à sucer mon clitoris et agita son doigt plus vite à l'intérieur. J'explosai en criant, le corps secoué de spasmes, en feu.

West continua de lécher mes lèvres entre mes jambes jusqu'à ce que mon orgasme s'estompe. Il remonta ma culotte puis déposa de nouveau un baiser par-dessus le tissu, accompagnant son geste d'un sourire et d'une petite tape.

— Sympa, notre petite discussion. La prochaine fois que Grace et moi, on aura un problème, je m'adresserai directement à toi.

Il se redressa, me prit la main et m'attira contre lui. Je tremblai dans ses bras sans savoir pourquoi. Quelque chose dans ce qui venait de se passer m'émouvait. Peut-être parce que West m'avait dit qu'il ne pratiquait pas le cunnilingus habituellement. Ça signifiait quelque chose pour lui. J'enfouis ma tête contre son épaule.

— Tu sais ce que j'ai envie de me faire maintenant ? murmura-t-il contre mes cheveux.

— Quoi ?

— Ma petite amie. J'ai envie de me faire ma petite amie tout de suite. Prête à partir ?

— Plus que jamais.

West sortit en essuyant sa bouche luisante du revers de la main, et jeta au type stupéfait de l'autre côté de la porte un sourire indifférent qui disait : va te faire foutre.

— Désolé, chéri. Les tampons sont dans le tiroir du bas. La place est libre.

Il désigna la porte d'un geste moqueur.

Je lui emboîtai le pas et on se rua presque en dérapant jusqu'à Christina la Ducati.

16

West

Max : Désolé, mec. Shaun dit que le combat tient toujours. J'ai tout essayé. Je te jure.

Max : Il dit qu'il te laisse tranquille si tu assumes la perte financière et que tu le dédommages. Intéressé ?

Voilà qui donnait à l'expression « *se faire baiser* » un autre sens nettement moins agréable.

J'avais accepté le combat contre Appleton avant de sortir avec Grace. Maintenant que je voulais me retirer pour préserver sa tranquillité (et probablement ma vie), Appleton, qui avait consenti à toutes les règles que j'avais dictées à Max quelques semaines auparavant, me provoquait et revenait à la table des négociations avec un ultimatum : rembourser les pertes ou me battre.

Ses requêtes ne rimaient à rien : nous n'avions rien perdu étant donné que nous n'avions encore vendu aucun billet. Aucune annonce officielle n'avait même été faite. Cela dit, pour essayer de raisonner avec Appleton et son manager, autant essayer d'enseigner l'algèbre linéaire à un crapaud.

West : Dis-lui d'aller se faire foutre.

Je rangeai mon téléphone dans ma poche arrière. J'étais au *food truck*. Le jour du combat approchait et je ne voulais pas mentir à Grace, mais ce qui était certain, c'était que je n'allais pas payer cet enfoiré avec de l'argent que je n'avais pas non plus.

— Qu'est-ce qui t'arrive ? me demanda ma petite amie avec un sourire en coin en me frottant le bras.

Nous étions en train de fermer pour la nuit. Je déposai un baiser sur sa casquette.

— Rien. Max qui fait son Max, c'est tout. Est-ce que Marla peut rester encore un peu avec ta grand-mère ? Je voudrais manger quelque chose avant de rentrer à la maison.

À la maison. Je vivais à moitié avec Grace désormais. Heureusement, Easton était trop occupé à tremper sa queue dans toutes les autres filles du campus pour se soucier de mon absence. Je l'avais à peine vu à la fête de Reign. J'avais besoin de parler tranquillement avec Texas de ce qui se passait au sujet du combat, sans être interrompu.

— Je vais vérifier.

Elle rangea quelques récipients au frigo. Je me penchai pour fermer la vitre quand je distinguai du mouvement dans le noir. Deux paires d'yeux brillèrent derrière des masques de ski sombres, rivés sur moi.

Des hommes.

Costauds.

Et sacrément menaçants.

J'entendis le cliquetis d'un pistolet qu'on armait.

— Ouvre la porte. (Le canon froid appuya contre mon poignet nu.) Sauf si tu veux perdre ton précieux bras.

Le masque étouffait la voix, mais l'ordre était clair.

Je reculai d'un pas en levant les mains. L'envie de leur écraser la tête l'un contre l'autre était accablant.

— Je peux vous filer l'argent par la fenêtre, dis-je d'une voix calme.

Et vous démolir plus tard quand j'aurai découvert qui vous êtes.

Grace se raidit dans ma périphérie et cessa de respirer.

— On sait que tu n'es pas seul. Ouvre la porte, ordonna l'homme.

— Si vous voulez l'argent, pas de problème. Si vous voulez la fille, il va falloir me passer sur le corps. Et je vous préviens : ça ne va pas vous plaire.

Il était inutile de prétendre que Grace n'était pas là.

Le type leva son arme et tira. La balle effleura mon épaule et alla se logea dans le toit en métal du camion comme un chewing-gum. L'adrénaline fusa dans mes veines et je dus me contenir pour ne pas passer à l'action. Rester sans rien faire quand on m'agressait, ce n'était pas dans mon ADN.

J'allais les détruire à la première occasion.

— *Ouvre. Cette. Putain. De porte.*

En voyant le sang, Grace poussa un cri et se rua sur la porte pour la déverrouiller de ses doigts tremblants.

Putain, bébé, non.

Les hommes masqués ne perdirent pas de temps. Ils firent irruption dans le camion et renversèrent tout ce qu'ils purent. Je poussai Grace derrière moi. Elle sortit son téléphone de sa poche. Pendant que je m'occupais du connard numéro 1, connard numéro 2 le lui arracha des mains et le jeta sur le siège du conducteur. Puis il se rua sur moi. Aucun d'eux ne fit le moindre geste vers la caisse.

Mon assaillant essaya de me mettre un coup de poing. Je me baissai pour l'éviter et lui balançai un coup sec dans le torse. Ses côtes craquèrent. Il se plia en deux en crachant de la salive sur son masque de ski.

— Enfoiré !

J'attrapai son copain par le col et le projetai à l'autre bout du camion, à l'opposé de Grace. Il y avait trop de monde dans le camion. Mais je savais que c'était le type que j'avais jeté qui tenait l'arme. Je lui sautai dessus, la lui arrachai des mains et la jetai par la fenêtre. Je brandis le poing, prêt à le mettre KO, quand son copain m'attrapa par le dos de mon T-shirt et m'écrasa contre le frigo. Ils se remirent sur pied, me jetèrent à terre et se mirent à me rouer de coups, dans les côtes, les épaules et la tête.

Le cri de Texas me perça les oreilles. Je repensai au moment où elle m'avait dit que c'était le cri de sa grand-mère qui lui avait donné la force de se défendre.

Elle sauta sur l'un d'eux pour essayer de l'écarter de moi.

— Lâchez-le !

Pourquoi est-ce qu'ils ne se tiraient pas avec le liquide ? La réponse était claire : ils n'étaient pas là pour l'argent. Ils étaient là pour *moi.*

J'attrapai la jambe qu'un des types s'apprêtait à m'envoyer en plein visage et le fis tomber. Il essaya tant bien que mal de se relever et j'en profitai pour le prendre en crochet entre mes cuisses. J'attrapai une boîte de haricots frits et la lui abattis sur le visage. Son nez se cassa avec un bruit sec.

Crac.

Je visai ensuite son front en regardant son masque de ski s'imbiber de sang.

Crac.

J'écrasai ensuite la boîte de conserve contre sa bouche et j'entendis ses dents craquer. Puis je me retrouvai à lui fracasser le visage avec une telle fureur que j'étais pratiquement sûr qu'il ne restait rien qu'une mare de sang derrière ce masque. Je ne voyais plus que du rouge – et la menace de voir souffrir une personne que j'aimais.

Ça ne recommencera pas, enfoirés. Plus jamais.

Le type qui l'accompagnait essayait de se traîner hors du camion en gémissant de douleur. Quelque part au loin, j'entendais Texas hurler comme une hystérique. Au début, je croyais qu'elle était terrorisée de me voir blessé, mais sa voix devint plus nette.

— Tu es en train de le tuer ! Arrête, West ! Arrête ! Pitié, arrête tout de suite !

Je sentis ses bras s'enrouler autour de mon cou et m'écarter du type. Elle s'effondra sur moi en collant son front contre le mien. Nos cheveux se mêlèrent, imbibés de sueur. Elle sanglotait.

Je me relevai et la serrai dans mes bras en embrassant sa casquette.

Je savais qu'elle était effrayée, et que c'était en grande partie à cause de ma réaction. Le type sous moi avait perdu connaissance – peut-être même la vie –, étalé dans une flaque de son propre sang. L'autre était en train de gémir en cherchant son téléphone.

Je déposai un baiser sur le bout du nez de Grace.

— Juste une seconde.

Je pivotai et m'approchai de l'assaillant plaintif, et je lui broyai les doigts autour de son téléphone avec ma botte. Je les entendis craquer. Il hurla. Je lui arrachai son masque d'un coup sec. Deux yeux marron me fixèrent en clignant. Je le reconnaissais. Il était dans la bande d'Appleton le soir de notre combat.

Enlever le masque de l'autre type n'aurait fait qu'effrayer Grace davantage. Je savais déjà qui ils étaient et ce qu'ils étaient venus faire ici.

Le type tremblait et claquait des dents. Je me penchai pour murmurer à son oreille :

— Passe le bonjour à ton patron de ma part. Emmène ton putain de pote et ne revenez pas. Jamais.

Je lui jetai son masque au visage et me retournai vers Grace pour leur donner le temps de dégager. Il ne serait pas dans mon intérêt qu'ils soient encore là quand Grace appellerait la police – et c'était indéniablement ce qu'elle allait faire. La liste de mes actes totalement illégaux risquerait d'éclater au grand jour, y compris le combat pour lequel je me préparais.

Grace se débattit dans mes bras.

— Attends, je vais récupérer mon téléphone. Je dois…

Je la serrai plus fort.

— Calme-toi un peu d'abord.

Idiot numéro 1 transporta Idiot numéro 2 dans l'obscurité. À entendre leur claudication sur le gravier, j'étais prêt à parier qu'ils marcheraient tous les deux avec des béquilles le lendemain.

— On devrait appeler la police, fit Grace en essayant de se dégager.

— Tu es sûre ? (Je gagnais du temps pour leur laisser le temps de s'enfuir.) Ils n'ont pas pris un centime.

— Tu plaisantes ? On *doit* prévenir la police. Ou au moins le signaler à Mme Contreras et Karlie pour voir ce qu'elles veulent faire. Regarde-toi. Tu es dans un sale état.

— Bébé. (Je lui pris la main. Le sang rendait le sol glissant et le nettoyage allait être une vraie tannée.) Ce n'était que deux voyous qui cherchaient la bagarre.

— Ils avaient une *arme*, West.

— Ils ne s'en sont pas servis.

— Ils t'ont tiré dans l'épaule.

Je tournai les yeux vers mon épaule et écartai mon col pour voir les dégâts. L'endroit était rouge et enflammé, mais la balle n'avait même pas dû véritablement m'effleurer la peau. Ce n'était qu'une inflammation.

— Ce n'est rien.

— Tu ne prends pas ça au sérieux. Est-ce que tu serais au courant de quelque chose que je ne sais pas ?

Elle plissa les yeux.

Plus elle en saurait au sujet d'Appleton et de ses agissements, plus elle serait impliquée. Et il ne fallait pas qu'elle soit impliquée. C'était à moi de régler ce merdier. À partir de maintenant, j'allais tenir ma relation avec Grace encore plus secrète. À la fois pour ma tranquillité d'esprit et pour sa sécurité.

Il n'était plus question d'annuler le combat à présent, mais tant qu'Appleton ne se doutait pas de son existence, il ne pouvait pas lui faire de mal.

J'allais devoir y passer, démolir ce crétin, empocher l'argent et le faire sortir de ma vie pour de bon.

— Tu as raison. Prévenons Mme Contreras et Karlie. Il faut qu'elles soient au courant.

À ce moment-là, nos agresseurs avaient eu le temps de disparaître.

Ce n'était que de la sémantique.

Mais ça me faisait gagner du temps.

Deux heures plus tard, j'étais dans la chambre de Grace, tout juste sorti de la douche. La chaise que Texas y avait installée pour sa grand-mère s'était avérée bien utile. Le filet d'eau sur ma peau avait frappé mes muscles endoloris comme une pluie d'aiguilles brûlantes.

J'étais allongé à moitié nu sur son lit, qui sentait le miel, le shampooing et son parfum unique, en conversation de groupe avec Reign et East. Pas la peine d'y inclure Max. Ce con était aussi utile qu'un sachet de Skittles pendant l'apocalypse.

East : C'est Appleton. Évidemment qu'il est derrière tout ça. Ce genre d'opération porte sa signature. Je t'avais dit de ne pas accepter le premier combat, @West.

Reign : Tu ne peux pas ne pas riposter. Tu vas passer pour un faible.

East : @Reign t'es défoncé ?

Reign : Bien sûr que je suis défoncé. On est hors saison. Qu'est-ce que c'est que cette question ?

East : Pourquoi tenter le diable ?

Reign : Parce qu'il est déjà bien là et qu'il essaie de foutre sa queue dans la femme de West.

Reign : (C'est une métaphore, West. Personne n'essaie de foutre sa queue dans Grace. Je préfère préciser, étant donné que tu t'es transformé en grosse fiotte.)

Rien ne m'aurait fait plus plaisir que de me rendre tout droit chez Kade Appleton et de tout démolir sur mon passage, y compris sa tronche. Mais en l'occurrence, je ne pouvais même pas ravager son jardin. Je pouvais faire que dalle. Je devais faire profil bas et m'assurer que Grace reste dans l'ombre.

Parce que Grace, c'était mon point faible.

Et Appleton aimait exploiter les faiblesses des autres.

West : pas de représailles. Il subira les conséquences sur le ring. Ce qui me fait penser que Grace ne doit pas être au courant pour le combat contre Appleton.

Reign : Comment tu veux lui cacher ? Les places vont se vendre en une journée.

East : Notre ami n'a pas tort, Westie.

West : Je lui dirai au dernier moment. Elle a déjà beaucoup de choses à gérer. Pas besoin qu'elle s'inquiète pour ça aussi.

Entre ses recherches d'aide à domicile pour Savannah et l'échec potentiel de son semestre, Texas n'avait pas besoin en plus de se faire du souci pour moi. Mon plan, c'était de lui annoncer la veille du combat. Lui expliquer que je n'avais pas le choix, même si j'avais essayé d'annuler, et lui assurer que tout serait fini en moins de vingt-quatre heures. Comme ça, elle s'inquiéterait pendant une journée, pas pendant des semaines.

East : Je dirai à Max de rester discret avec la vente des places.

West : OK. Ça avance avec Tess, @Reign ?

Reign : Point mort. Elle n'a d'yeux que pour toi.

East : Elle finira par se laisser convaincre.

Reign : Et sauter.

East : Amen.

Je n'étais pas le premier fan de Tess, compte tenu de l'attitude qu'elle avait eue avec Tex, mais j'étais pour qu'elle sorte avec Reign. Plus vite elle tomberait dans les bras de cet idiot, moins elle ferait chier Tex.

East : T'as parlé à tes vieux récemment, West ?

West : Négatif.

East : T'es le pire.

West : Mais je suis le meilleur à être le pire.

Je venais de leur envoyer quelques photos de mes nouveaux bleus et mes nouvelles marques quand Grace entra dans la pièce en se séchant les cheveux avec une serviette après être sortie de la douche. Elle avait le visage couvert de maquillage, comme d'habitude. J'étais avec cette nana depuis un moment maintenant et je ne savais toujours pas à quoi elle ressemblait sous toutes ces couches de fond de teint.

Elle était toujours bouleversée, mais un peu apaisée depuis qu'on avait prévenu Mme Contreras de ce qui s'était passé. On avait dû attendre l'arrivée des flics pour faire une déclaration avant d'être promptement renvoyés chez nous. Mme Contreras aussi était venue. Elle était repartie au poste avec le shérif Jones pour rédiger un compte rendu officiel.

Texas s'effondra à côté de moi en embrassant mon épaule

blessée. Je la pris sous mon bras et mordis doucement la peau de son cou.

Elle ferma les yeux et son souffle me chatouilla la mâchoire. Elle traçait des cercles du bout du doigt autour du tatouage à l'intérieur de mon bras.

— À qui tu écrivais ?

— East et Reign.

Elle se racla la gorge.

— C'est tout ?

— Qui d'autre ?

Elle n'avait toujours pas capté que je n'étais pas un type très sociable ?

— Tess ? demanda-t-elle calmement.

Je ricanai en écartant des mèches de cheveux dorés de son visage. Elle ressemblait tellement à un ange que parfois j'avais envie de passer la main sur son dos nu pour vérifier qu'elle n'avait pas d'ailes.

— La jalousie te va bien, Tex.

— Tu te souviens de la première fois qu'on s'est rencontrés ?

Elle me gratta les cheveux avec ses doigts comme si j'étais un violon, la tête calée sous mon bras.

Évidemment que je m'en souvenais. C'était le soir où j'avais perdu mon pari contre Tess et payé une tournée générale de granités et de tacos. Tess et moi, on devait avoir l'air proches. Logique, c'était ce soir-là que je l'avais prise contre la Ducati (tout en faisant gaffe à la peinture de Christina) et sautée brutalement dans la décharge. C'était comme ça qu'on opérait, nous les mecs : on était sympas avec les nanas qu'on avait envie de se taper, jusqu'à ce qu'on se les soit tapées.

Le lendemain matin, je l'avais ramenée chez elle et j'avais effacé son numéro. J'avais eu l'aplomb de m'arrêter au *food truck* pour m'assurer que l'offre d'emploi était toujours valable.

— Vaguement, mentis-je, surtout parce qu'il était pathétique d'avouer que la plupart de mes souvenirs de ce soir-là concernaient Grace, et pas Tess. Pourquoi ?

— Tess t'a demandé ce que voulait dire ton tatouage pendant que je vous servais.

Mon cœur manqua un battement. Elle avançait avec précaution et détermination.

— Que signifie le tatouage, West ?

Je savais que je devais lui répondre, sans quoi elle s'imaginerait que je la rangeais dans la même catégorie que Tess. Ce n'était pas le cas. Tess, c'était un coup d'un soir, tandis que Grace… Grace était un coup de tous les soirs. Une petite amie. La première fille à vouloir dire quelque chose pour moi depuis longtemps. Elle aurait dû le savoir.

— C'est un A pour Aubrey. Ma petite sœur.

— Je croyais que tu étais fils unique.

Je sentis ses yeux s'ouvrir et ses cils papillonner sur le côté de mon torse.

Je pris une inspiration.

— Non. Je t'ai dit que je n'avais pas de frère et sœur. Et je n'en ai pas. Elle est morte quand elle avait six ans. J'en avais dix-sept à l'époque.

— Oh.

Le silence fut tellement accablant que j'avais envie d'arracher les murs à mains nues juste pour entendre les grillons à l'extérieur.

— Je suis désolée.

Qu'est-ce que je pouvais répondre ? *Merci* ? Je détestais

remercier les gens qui ne m'avaient pas aidé. Être désolé pour ma perte ne me ramenait pas Aubrey.

— Comment ? demanda-t-elle.

Je me mordis la lèvre et je sentis ma coupure se rouvrir.

— Accident de voiture.

— Tu étais dans…

— Non, l'interrompis-je. (La blessure était encore trop sensible pour que je puisse poursuivre sur le sujet.) Voilà, Tex. Tu sais quelque chose que Tess ne sait pas. Que personne ne sait. Enfin, personne à part East. On peut arrêter d'en parler maintenant ?

Elle garda le silence. À juste titre. Je faisais de nouveau mon enfoiré susceptible.

Le silence dura dix minutes. Je croisais les doigts pour qu'elle ne reparle jamais d'Aub, mais j'avais conscience que c'était peu probable.

— Ça va ? finis-je par demander quand je la sentis s'abandonner au sommeil.

— Oui.

Je savais que c'était un mensonge.

Je l'acceptai quand même.

Grace

A pour Aubrey.

Ça ne voulait pas dire anarchie ou abruti ou tous les autres mots qui m'étaient passés par la tête pendant toutes ces nuits à l'époque où on était seulement amis, quand j'essayais de déchiffrer le mystérieux West St Claire.

Aubrey. Quel joli prénom. Les pièces s'assemblaient enfin, pour créer un tableau délicieusement tragique.

West avait vécu l'un des pires deuils que l'on pouvait connaître. Ses parents devaient être brisés par la perte de leur fille ; ils se trouvaient probablement dans la voiture quand c'était arrivé, et ils étaient probablement même *la cause* de l'accident de voiture.

West essayait de les aider à se remettre sur pied financièrement, mais il ne leur avait toujours pas pardonné la mort d'Aubrey.

Oui. C'était sûrement ce qui s'était passé.

Cette nuit-là, je m'accrochai à lui plus fort que d'habitude.

Je l'aimais de tout mon cœur… et encore un peu plus.

17

Grace

— Le professeur McGraw veut te voir dans son bureau. *Pronto.*

Lauren, alias Blanche, m'accueillit à mon pick-up dès mon arrivée de bon matin. Elle avait la voix rauque, comme si elle avait fumé dix-sept paquets de cigarettes ce mois-ci. Elle portait une écharpe autour du cou alors que le béton sous nos pieds grésillait sous l'effet de la chaleur. Je descendis de ma Chevy et me rendis directement dans le bureau du professeur McGraw en songeant *Oh, mon Dieu, c'est mauvais signe.*

McGraw m'attendait, les mains jointes sur son bureau.

— Vous voulez la rédemption, Grace Shaw. Être un phénix. Tout va dans ce sens chez vous – votre sac, votre bague flamme, votre tragédie personnelle. Vous vous faites aussi petite que possible dans les couloirs en attendant une transformation. Mais si vous voulez vous transformer en phénix, vous devez vous battre. Prendre votre envol. Eh bien, c'est votre jour de chance.

Je haussai un sourcil, curieuse. Elle avait vu juste sur tout, mais je n'avais pas pris conscience que les gens faisaient attention à moi dans cette école.

Je n'avais arrêté de me voir comme un petit oiseau timide que récemment.

— On vient de découvrir à la pauvre Lauren des nodules aux cordes vocales et elle est KO. Il nous faut une nouvelle Blanche, et il vous faut un rôle pour sauver votre semestre. J'ai soumis officiellement votre nom et M. Finlay est entièrement d'accord pour que vous preniez le rôle.

J'ouvris la bouche, mais elle s'empressa de poursuivre en secouant la tête.

— Comme vous le savez probablement, Tess Davis convoite activement ce rôle. Elle est extrêmement disciplinée, mais je pense que, étant donné qu'elle se bat pour l'avoir depuis longtemps, si je le lui donne, les étudiants penseront qu'ici on peut obtenir les choses par la force, et c'est hors de question. La première a lieu dans moins d'un mois. Pitié, ne me dites pas que vous n'êtes pas prête. Vous connaissez les répliques par cœur – vous pourriez les réciter dans votre sommeil. Cruz vous a observée pendant les répétitions. Ça fait un moment maintenant qu'il a des doutes au sujet de Lauren. Comme vous le savez, elle a du mal avec le texte.

Les gens m'avaient remarquée. Cette pensée fit naître quelque chose dans ma poitrine.

— Je connais les répliques, confirmai-je calmement en essayant d'intégrer le tout.

Je me laissai tomber sur la chaise devant elle.

Blanche était le rôle principal.

L'opportunité de rêve.

La cerise sur le gâteau.

Je pourrais sauver mon semestre. Le cartonner, même. Ça ferait des merveilles sur ma note. La pensée de monter sur scène sans ma casquette me fit frissonner… mais pas paniquer.

Je l'avais déjà fait. J'avais déjà ôté ma casquette.

Grâce à West.

Des dizaines de fois, en réalité.

Je pouvais y arriver.

Cette prise de conscience faillit me couper le souffle. Je pourrais jouer Blanche sans problème. J'avais lu la pièce tant de fois que mon cerveau me récitait mes répliques préférées quand je m'endormais. Dans mes rêves, l'ancien moi – *moi* sans les cicatrices – donnait la réplique sur scène à Marlon Brando.

J'allais le faire.

J'allais sauver mon année et surmonter ma peur de la scène.

— Dites quelque chose, fit McGraw en penchant la tête. Je n'aime pas votre silence. Allez-vous oui ou non remplacer Mlle McCarthy ?

Je pressai les lèvres pour réprimer un immense sourire.

— J'en serais honorée, professeur McGraw.

— Ah, enfin ! (Elle esquissa un sourire maternel qui me donna un pincement au cœur.) Que le phénix déploie ses ailes !

Une heure après mon entretien avec le professeur McGraw, Cruz Finlay réunit tous les comédiens de la pièce dans la salle de répétition de Lawrence Hall pour faire une déclaration officielle. Lauren, à côté de moi, décortiquait les fils de son écharpe avec une moue. Le professeur McGraw m'avait assuré que le travail de Lauren accompli jusque-là compterait dans son résultat semestriel général et qu'elle serait reçue quoi qu'il arrive, ce qui était un soulagement. Je rêvais de cette opportunité, mais je n'avais pas envie de voir Lauren échouer.

— Zut ! Quel dommage pour ta gorge, Lo. Je suppose donc que le rôle de Blanche est de nouveau libre ?

Tess jeta à Lauren – qu'elle avait activement essayé de tuer à coup de poupées vaudoues et de regards meurtriers tout au long de l'année scolaire – un sourire navré.

— En fait, non. (Finlay repositionna le béret sur sa tête.) Quelqu'un d'autre a déjà obtenu le rôle. Votre attention tout le monde, je vous présente votre nouvelle Blanche – Grace Shaw !

Les étudiants applaudirent timidement en nous regardant tour à tour, Lauren et moi, en quête de la permission officielle de fêter cette annonce. Je baissai la tête en sentant mes joues rougir.

Lauren leva les yeux au ciel.

— Oh ! pour l'amour du ciel, un peu plus d'enthousiasme, les gars ! (Elle me serra dans ses bras et se pencha pour me murmurer à l'oreille :) Tu le mérites entièrement. J'ai vu à quel point tu étais passionnée par ce projet depuis le premier jour. Je suis contente que ce soit toi, Shaw.

— Merci.

— Génial, Grace ! Bienvenue à bord, me félicita Aiden, mon partenaire, en me serrant l'épaule.

Très vite, tout le monde s'aligna pour me féliciter et me serrer dans les bras. Tess n'en fit pas partie. Je n'étais pas vraiment surprise. Avant même la nouvelle concernant le rôle de Blanche, elle était déjà contrariée au sujet de West et moi.

West. J'avais hâte de lui apprendre. Il allait être fou de joie. Karlie aussi. Et Mamie Savvy…

Si seulement elle se souvient de qui je suis aujourd'hui.

— Bien, j'ai deux cours consécutifs et un rendez-vous chez l'esthéticienne. Je vous retrouve à 16 heures. Haut les cœurs !

Finlay salua ses comédiens, monta l'escalier de sa démarche arrogante et disparut.

Des groupes se formèrent parmi lesquels résonnèrent bientôt les rires et les conversations.

Je levai la tête et me retrouvai nez à nez avec Tess qui, comme moi, était restée en retrait.

Les lèvres pincées, le regard furieux, la déception se lisait sur son visage marqué de traces rouges.

— Waouh, souffla-t-elle.

Je souris poliment.

— Félicitations, il faut croire. Je ne sais pas trop où ça va te mener… ce n'est pas comme si tu allais remporter un Tony Awards avec ce… avec ce…

— Visage ? terminai-je à sa place avec douceur. Tu ne cesses de me le rappeler. Laisse-moi te donner un conseil, Tess. Si tu ne peux pas changer l'issue d'une situation donnée, fais avec et laisse tomber.

— Je trouve juste ça tellement injuste… Tellement… tellement égoïste ! (Tess jeta ses mains en l'air tandis que ses épaules s'affaissaient.) De tout temps, l'actrice qui interprète Blanche a toujours été propulsée dans la lumière. Des pièces off-Broadway et du West End, en passant par les pièces étudiantes et même les films. Tu as vu *Tout sur ma mère ?*

Elle pencha la tête en me jetant un regard dubitatif. Je ne pouvais pas dire que je l'avais vu, alors je haussai les épaules.

— C'est ce que je pensais. Le film commence avec la mère de l'histoire. Elle est passionnée par l'actrice qui joue Blanche et son amour pour Blanche mène à une terrible tragédie. Blanche est magique. Iconique. Je suis *née* pour l'interpréter. Et toi…

Elle prit une inspiration, saisit son visage entre ses mains et secoua la tête avec désespoir.

— Tu m'as déjà pris West. Écoute, j'ai compris. Tu as gagné.

Il est à toi. Je m'en fiche, désormais. Mais tu ne peux pas me prendre Blanche aussi. Je t'en prie, Grace. Ce rôle peut changer ma vie. Il pourrait m'ouvrir tellement de portes. Pour toi, ce sera le début… et la fin. Tu ne veux même pas monter sur scène. Tu l'évites depuis que je te connais. Tu ne feras jamais rien de ta carrière d'actrice et même si tu le voulais, tu n'as aucune chan…

Elle détourna les yeux, consciente qu'elle avait de nouveau dépassé les limites. Je connaissais la fin de la phrase. Elle se mit à faire les cent pas, tendue.

— Je te donne le rôle de Stella. Je te mettrai en relation avec mon agent. On pourrait s'entraider ! Oui ! (Elle fit claquer ses doigts en s'illuminant.) Ça va être génial. On va se hisser sur le trône mutuellement. Tu sais que j'ai toujours été de ton côté.

Tess pensait-elle vraiment qu'en n'étant pas directement méchante avec moi elle me rendait un immense service ? Je serrai les poings.

— Impossible, Tess. Dans la vie, il faut savoir laisser les autres savourer leurs victoires. Les échecs peuvent nous renforcer ou nous briser. C'est à chacun de choisir comment les gérer.

Je desserrai les poings et, le menton haut, j'observai son beau visage, pourtant douloureusement vide.

— Tu vas tout me prendre, hein ? Tu ne vas pas t'arrêter avant de m'avoir brisée ? murmura-t-elle.

— Tu te fiches de moi ? bouillonnai-je, perdant patience. Tu as le monde entier à tes pieds. Tout ce que j'ai – ce rôle, West, *la vie* – je l'ai obtenu après avoir fourni le double d'efforts par rapport à toi.

— Exactement ! gronda Tess, frustrée, en agitant les mains devant mon visage. C'est exactement ça, Grace. Tout ce que tu obtiendras dans ta carrière d'actrice, ce sera avec beaucoup de difficulté, si seulement tu obtiens quelque chose. C'est évident que le professeur McGraw t'a donné ce rôle pour te permettre de sauter les étapes et te faire passer. C'est moi qui me fais baiser dans tout ça. C'est moi qui perds le rôle de ma vie.

Le pire, c'était que Tess n'était pas quelqu'un de mauvais au fond, je le savais. Elle convoitait simplement toutes les choses que j'avais réussi à accomplir. Jusqu'à cette année, jusqu'à l'histoire avec West et avec Blanche, c'était elle, de tous mes camarades, qui était la plus sympa avec moi.

Jusqu'à ce que je ne sois plus invisible aux yeux de tous les autres.

Jusqu'à ce que je devienne sa rivale.

Jusqu'à ce que je l'*emporte.*

— Tess, murmurai-je en plissant les yeux. Je suis désolée que tu penses ça. Mais je ne vais pas refuser le rôle pour te faire plaisir. Je ne vais pas laisser tomber mon petit ami non plus. J'espère que tu retrouveras la raison et que tu te rendras compte que tu vaux mieux que ça. (Je fis un mouvement du menton dans sa direction.) Passe un bon après-midi. On se voit à 16 heures.

Je tournai les talons et m'éloignai en sentant son regard posé sur moi comme la pointe d'un fusil.

Personne ne m'avait prévenue de ce qui allait se passer lorsque le phénix finirait par renaître de ses cendres et débarrasser ses ailes à bout rouge de leur couche de poussière.

Personne ne m'avait prévenue qu'il y aurait d'autres monstres et créatures à affronter.

Que malgré la liberté retrouvée il restait des batailles à mener.

Et que chacune d'elles serait sanglante.

18

Grace

Après une répétition tendue, pendant laquelle Tess n'avait fait que se morfondre et manifester son désaccord avec Finlay sur le moindre détail – les lumières de la scène, l'heure tardive, la tache de café sur son manuscrit, et même la fichue température (« Il fait trop chaud, on peut continuer demain ? »), je retournai à mon pick-up, émotionnellement vidée.

J'étais tellement fatiguée que je dus me résoudre à apprendre la bonne nouvelle à West par message concernant mon rôle, rôle pour lequel mon exaltation ne cessait de croître. Et quand il m'appela, je n'eus pas le cœur à décrocher. Je n'arrivais pas à rassembler l'enthousiasme que méritait cette conversation. Je me promis de lui apporter un sandwich copieux le lendemain, fait entièrement de mes mains, et de lui raconter en détail ce qui s'était passé avec le professeur McGraw.

Je me garai devant chez moi et, une fois à l'intérieur, je fus accueillie par un vacarme à l'étage. Je me crispai. Marla criait, et le bruit d'une porte qu'on secouait résonnait à travers toute la maison.

— Ouvrez, espèce de vieille bique. Je ne vais pas le redemander.

Je vais appeler le shérif Jones pour qu'il l'enfonce. Vous êtes en train de vous mettre en danger !

Seigneur, quoi encore ?

Je lâchai mon sac sur le palier et me ruai à l'étage. Au bout du couloir, je vis Marla qui martelait la porte de la salle de bains de ses poings, le visage rouge, les cheveux en bataille. Elle avait les poings rouges et gonflés.

— Savannah ! (Son rugissement faisait presque trembler les murs.) Ouvrez immédiatement.

Je perçus le son de l'eau de l'autre côté de la porte.

— Non ! (La voix de Mamie résonnait comme une pièce dans une tirelire vide, creuse et perçante.) Vous ne m'aurez plus. Vous voulez refaire plonger ma douce Courtney dans la drogue. Je n'ouvrirai pas. Je ne vous connais pas, mademoiselle. D'ailleurs, je vais appeler le shérif Jones pour vous faire arrêter. Vous êtes dans ma propriété ! Je suis peut-être vieille, mais je connais mes droits.

Ce n'était pas la première fois, ni même la cinquième, que Mamie ne reconnaissait pas Marla, mais c'était la première fois qu'elle lui résistait véritablement.

— Que se passe-t-il ? demandai-je en posant la main sur son épaule.

Marla essuya la sueur sur son visage en secouant la tête. Quand elle se tourna vers moi, je vis qu'elle avait pleuré. Ses yeux étaient brillants et gonflés.

— Je n'en peux plus, ma chérie. Je suis vraiment désolée, mais je n'en peux plus. Ta grand-mère est… (Elle secoua de nouveau la tête et pinça les lèvres pour retenir ses larmes.) Elle ne va pas bien. Et tu ne lui rends vraiment pas service en la laissant ici sans diagnostic ni traitement. L'envoyer en maison de retraite, ce n'est pas pour t'arranger *toi*, ma chérie. Ce n'est pas un acte égoïste.

J'aurais aimé que tu le comprennes. Au point où elle en est, tu causes du tort à cette pauvre femme en la gardant ici. Elle n'est pas en mesure de prendre ses propres décisions. Elle n'est pas lucide et sa place est dans un endroit qui peut subvenir à ses besoins vingt-quatre heures sur vingt-quatre, sept jours sur sept. Grace…

Elle s'étrangla, le menton tremblant.

— Personne n'acceptera cette place. Et il faut que *toi*, tu l'acceptes.

Je serrai rapidement Marla dans mes bras, la libérai, puis remontai mes manches et me mis à frapper à la porte.

L'eau s'était mise à couler par-dessous la porte. Je regardai, paniquée, le filet d'eau glisser sous mes Fila et s'écouler dans le couloir. Est-ce qu'elle remplissait la baignoire ?

Je ne savais pas comment elle était parvenue à enfermer Marla dehors. Elle n'était pas censée se retrouver seule là-dedans. Jamais.

Tu étais censée changer les poignées des portes qui peuvent s'ouvrir de l'extérieur, gronda une petite voix en moi. *Tu n'arrêtais pas de te répéter que Mamie était incapable de se montrer aussi imprudente. De faire quelque chose d'aussi dangereux. Encore un mensonge que tu as toi-même alimenté à son sujet.*

— Mamie ! appelai-je de ma voix la plus douce. C'est moi, Gracie-Mae, ta petite-fille. Ouvre la porte, s'il te plaît, que je puisse t'aider.

— Gracie qui ? demanda-t-elle d'une voix méfiante. Je ne connais aucune Gracie-Mae. Ma seule famille, c'est Freddie et ma Courtney, et elle a des soucis à cause de la racaille comme vous qui essaie de lui vendre de la drogue. Mais je ne le permettrai plus. C'est terminé maintenant. N'est-ce pas ma Courtney chérie ?

À qui parlait-elle ?

Seigneur, quelle était la gravité réelle de son état ?

Je connaissais déjà la réponse à cette question. Je faisais semblant du contraire.

Je saisis la poignée pour la secouer. Puis, comme rien ne bougeait, je plaquai mes paumes à plat contre le montant, désespérée.

L'eau continuait de couler et commençait à dévaler les marches. Tout comme la nuit de l'incendie, mais dans le sens inverse. Elle allait se noyer. Je ne pouvais pas rester sans rien faire. Je craignais que même en appelant West ou le shérif Jones, ils n'arrivent trop tard.

— Je vais entrer ! m'écriai-je.

J'orientai mon épaule vers la porte et reculai d'un pas. Puis je pris autant d'élan que possible et me projetai contre le battant.

À part peut-être me disloquer l'épaule, je n'y arriverais pas.

Merde. Merde. Triple merde.

— Mamie !

Je donnai un coup de poing dans le battant. Aucune réponse.

J'essayai une nouvelle fois d'enfoncer la porte, de tirer sur la poignée. Les larmes me montèrent aux yeux. Je sortis mon téléphone d'une main tremblante et appelai West en faisant de nouvelles tentatives.

— Tex, répondit-il à la première sonnerie. Qu'est-ce qu'il y a ?

— J'ai besoin de toi. Mamie s'est enfermée dans la salle de bains avec les robinets ouverts. Il y a de l'eau partout, West.

— J'arrive tout de suite.

Je l'entendis se lever, le son de la chaîne de son portefeuille, le cliquetis de ses clés qu'il ramassait, et le gravier sous ses bottes.

— J'ai peur que tu arrives trop tard…

Je m'étranglai sur mes propres mots. Je n'aurais jamais dû la laisser. Marla ne pouvait pas s'en occuper toute seule.

Mais comment faire autrement ? Tu veux arrêter la fac et passer ta vie à t'occuper de quelqu'un que tu rends malheureuse et qui ne se souvient même pas de toi la plupart du temps ?

Je l'entendis démarrer sa Ducati, mais il ne raccrocha pas.

— Tu as ta carte de crédit à portée de main ?

— Euh, je n'ai pas de carte, bredouillai-je en rougissant.

— Une autre carte dans ton portefeuille ? Une carte de fidélité ? D'assurance maladie ?

— J'ai ma carte de bibliothèque.

Je déglutis.

— Elle est en plastique ?

— Oui.

— Je vais t'aider à déverrouiller la porte. Prends la carte.

— D'accord.

Je me ruai au rez-de-chaussée en mettant le téléphone sur haut-parleur, puis je récupérai mon portefeuille dans mon sac Jansport. Je dus m'y reprendre à trois fois avant de réussir à sortir ma carte de bibliothèque tant mes doigts tremblaient. Puis je remontai à l'étage et me plaçai devant la porte de la salle de bains. L'eau avait atteint le rez-de-chaussée et la panique m'envahit.

J'entendais West qui roulait et le vent qui soufflait. Il avait dû caler son téléphone sous son casque comme je l'avais vu faire des dizaines de fois.

— C'est bon ? demanda-t-il.

— Oui.

— Insère la carte entre la porte et le montant, juste au-dessus du pêne.

— D'accord.

Je manipulai la carte d'avant en arrière et sentis le pêne aller et venir, mais pas jusqu'au bout. Mes nerfs envoyèrent un signal au reste de mon corps, qui se mit à trembler. Le clapotis sonore de l'eau dans la baignoire de l'autre côté de la porte me donnait envie de vomir. Et alors...

La porte cliqueta et s'ouvrit de quelques centimètres. Je la poussai et me ruai à l'intérieur. Mamie était dans la baignoire, entièrement vêtue, de l'eau jusqu'au menton. Elle me toisa, bien consciente, le regard trouble.

On aurait dit qu'elle voulait m'assassiner.

— C'est ouvert ! m'écriai-je avec soulagement dans le téléphone avant de lâcher l'appareil dans le lavabo sec.

Je me précipitai vers ma grand-mère. Elle me repoussa de ses mains mouillées. Je coupai l'eau immédiatement.

— Sors d'ici, fille du diable ! Sors de chez moi ! Sors de ma vie !

Je m'arrêtai net.

— Regarde ton visage ! siffla-t-elle. *Monstre.*

Je me tapotai le visage et je me rendis compte qu'à un moment donné pendant que j'essayais d'ouvrir la porte, j'avais retiré ma casquette.

— Tu as la marque du diable sur la peau. Tu es laide et souillée, à l'intérieur comme à l'extérieur. Tu es là pour m'enlever ma Courtney, c'est ça ?

— Mamie, non. Tu ne sais pas...

— Si, je sais. (Sa voix était grave. Étrangement calme tout à coup.) Grace. *Gracie-Mae.* Quel parasite tu es, Gracie. C'est à cause de toi qu'elle s'est enfuie. Tu le savais ? Tu étais trop. Trop bruyante, trop pleurnicharde, trop difficile. Quand elle t'a confiée à moi, je t'ai regardée et tout ce que je me suis dit, c'est que c'était injuste. Une petite-fille en échange d'une fille. Je n'ai jamais voulu de toi. C'est toi qui me l'as enlevée. *Toi.*

Elle me pointa d'un doigt tremblant, les narines frémissantes, les lèvres bleuies. Sa peau était encore plus pâle dans l'eau froide.

Elle allait attraper une pneumonie et il fallait que je la sorte de là, mais je n'arrivais pas à stopper son flot de paroles.

— Tu n'es qu'une ratée, fille du diable ! Ma seule consolation, c'est que Dieu a déjà fait le travail pour moi. Il t'a punie avec ce visage. Il s'est vengé de tous tes péchés !

Elle leva la tête vers le plafond en souriant, comme si sa joue était caressée par un rayon de soleil invisible. Elle ferma les paupières en poussant un gloussement amer.

— Tout le monde pense que c'est toi qui l'as fait. Personne ne connaît notre petit secret, Gracie-Mae. Personne ne sait ce que j'ai fait cette nuit-là.

Un silence pesant s'installa avant qu'elle porte le coup final.

— Je l'ai fait délibérément. J'ai déposé la cigarette allumée à côté de mon bonnet de nuit et je l'ai laissée s'enflammer. Je ne voulais plus vivre. Et je ne voulais plus que tu vives non plus.

Un cri sauvage s'échappa de ma gorge. Je me jetai sur la vieille femme, l'attrapai par le bord de sa robe et la sortis de la baignoire. Je la traînai dans le couloir et l'emmenai dans sa chambre pour la sécher. Je la déposai sur la couette fleurie de son lit comme un sac de patates, jetai une serviette sur elle et la séchai. Elle se débattit, mais je continuai.

Moi et mon horrible visage.

Moi et ma défunte mère.

La bague flamme me brûlait la peau et j'avais envie de la jeter par terre et de la piétiner. Ma grand-mère se trompait. Elle ne m'avait jamais accordé aucun vœu. Elle ne faisait que me rappeler que j'étais un enfant non désiré.

Grand-mère Savannah me tenait pour responsable de tout. De la chute de Courtney. De celle du reste de la famille Shaw.

J'étais la responsabilité qu'on avait refourguée à Mamie, un poids mort, quelqu'un dont elle voulait se débarrasser.

Je me débattais avec elle sur le lit, la vue brouillée de larmes. J'avais presque fini de la sécher quand je sentis une main forte sur mon épaule.

— Laisse, Tex, je m'en occupe.

— Mais je…

— *Laisse.*

Je me retournai et je pris la fuite sans oser le regarder dans les yeux de peur de ce que j'allais y voir. Tout chez moi était compliqué, démoralisant, et je me demandai, pour la millième fois, pourquoi West était resté alors qu'il aurait pu avoir tellement mieux avec l'une des beautés qui vénéraient le sol qu'il foulait.

Égoïstement, tellement, tellement égoïstement, je m'enfermai dans la salle de bains et pris une douche sans m'occuper de la baignoire débordante à moins d'un mètre de moi. Il y avait des serviettes trempées par terre, des brosses à dents et du savon éparpillés partout.

Je frottai chaque centimètre de ma peau sous l'eau brûlante, pour débarrasser mon corps de cette journée atroce, mon horrible visage marqué inclus.

Puis je sortis dans le couloir sur la pointe des pieds. J'entendis West derrière la porte de Mamie, qui l'apaisait pour l'endormir et une pointe de jalousie totalement déplacée me transperça la poitrine.

C'est moi qui devrais être en train d'être réconfortée dans ses bras. Il est à moi.

Je me rendis furtivement dans ma chambre avant d'être submergée par l'envie de faire une scène à ma vieille grand-mère atteinte d'Alzheimer.

J'enfilai mon pyjama et m'effondrai sur mon lit, les yeux rivés au plafond. Les larmes se mirent à couler sur mes joues. Pour la première fois depuis des années, je n'essayai pas de les arrêter.

Une fois que les ronflements légers de ma grand-mère me parvinrent dans le couloir, j'entendis West sortir de sa chambre, puis nettoyer la salle de bains, éponger le couloir et l'escalier, et descendre à la cuisine préparer du café.

Je me sentais rassurée de l'écouter évoluer, *respirer*, exister dans mon univers. Il était une vraie bénédiction. J'aurais été incapable de gérer Mamie toute seule ce soir.

Au bout d'un moment, il me sembla l'entendre remonter, déposer deux tasses de café par terre à l'extérieur de ma chambre, et poser le front contre la porte de l'autre côté.

C'était effrayant à quel point je connaissais son langage corporel. La façon dont il se déplaçait dans ma maison. Je pouvais pratiquement le voir faire tout ça.

— Ouvre la porte, Texas.

Dans mon brouillard, j'avais oublié de me remaquiller. Je ne voulais pas l'affronter. Je savais qu'il avait entendu toutes les horreurs que m'avait dites ma grand-mère par le téléphone que je n'avais pas raccroché. C'était déjà assez horrible comme ça sans qu'il voie mon visage.

J'avais été détruite de nombreuses fois, mais jamais comme aujourd'hui.

Je ne lui répondis pas.

— Je veux voir ton visage.

L'urgence de son ton me surprit. Il avait une voix étranglée.

— D'accord. Donne-moi cinq minutes.

Je me redressai.

— *Au naturel.*

Je me figeai en plein mouvement.

La peur s'insinua en moi tel un serpent mortel qui s'enroulait autour de mon cou pour m'étrangler.

— Tu ne te rends pas compte de ce que tu me demandes, dis-je d'une voix étranglée, en lui jetant ses propres paroles au visage.

Je n'avais pas oublié quand il m'avait dit qu'il pensait que je serais incapable de lui pardonner si je savais ce qu'il avait fait pour devenir comme il était aujourd'hui.

— Essaie toujours.

— Tu l'as entendue. Je suis horrible. La fille du diable.

— Tu es belle. Tu es ma petite amie.

— Elle voulait nous tuer…

Je m'effondrai en sanglotant, toujours plantée au milieu de ma chambre.

Il lui fallut un moment pour me répondre.

— Non. Elle était désorientée et vindicative. Elle voulait te faire du mal. Elle n'a jamais voulu te tuer. L'incendie était un accident.

Mais il était impossible d'en être sûr. La vérité sur le sujet, c'était que je ne serais jamais capable de poser la question à ma grand-mère dans son état lucide. C'était trop douloureux pour toutes les personnes impliquées.

Je m'approchai du miroir sur mon bureau et clignai des yeux devant mon reflet, devant ce que West allait voir dans quelques secondes. Il n'y avait pas un gramme de maquillage sur mon visage. Mon histoire – ma tragédie – était écrite dessus, comme un hurlement.

Ma peau fondue du côté gauche. Mon œil gauche légèrement de travers, un peu plus petit que le droit à cause du tissu cicatriciel tiré tout autour après la chirurgie reconstructrice. Le sourcil manquant. Le pourpre… *tout.*

Je m'approchai de la porte avec précaution. Je posai la main sur la poignée et l'ouvris avant de perdre mon courage.

West et moi nous fîmes face en silence.

Je le regardai me regarder. Il assimila chaque centimètre de mon visage. Ses yeux parcoururent l'intégralité de mon côté gauche comme pour le graver dans sa mémoire.

Il ne pourra jamais oublier ce qu'il voit, me rappelai-je à moi-même. *À partir de maintenant, chaque fois qu'il te regardera, avec ou sans maquillage, voilà ce qu'il verra.*

L'expression de West ne trahissait rien de ses pensées. Je sentis mes tripes se tordre au fond de moi et je sus que s'il préférait me quitter mon phénix ne serait jamais capable de se relever de ces cendres-là.

Mais il ne me quitta pas.

Il fit un pas dans ma chambre en tendant la main. Il traça mes cicatrices du bout du doigt avec une douceur qui me donna envie de pleurer, les yeux dans les miens, pour effleurer mon âme à nu. Ses doigts tremblaient. Je lui pris la main et l'embrassai. L'une de mes larmes tomba entre son index et son majeur.

— Écoute-moi attentivement, Grace Shaw. Tu es la plus jolie fille que j'aie vue de toute ma vie. Quand je te regarde, je vois une battante. Je vois la résilience, la force et le courage. Tu me coupes le souffle et personne – *ni rien* – ne pourra y changer quoi que ce soit.

Je fermai les yeux et ouvris la bouche pour parler, mais rien ne vint. Je réessayai en cherchant ma voix. Je ne savais pas ce qui allait sortir de ma bouche.

La vérité, je suppose. Le secret le plus vulnérable que l'on puisse dire.

— Je t'aime. Je suis terrifiée de t'aimer, mais c'est comme ça, avouai-je d'une voix un peu rauque. Je t'aime depuis la terrible nuit où tu m'as aidée à chercher ma grand-mère en m'empêchant de refuser l'aide dont j'avais aussi clairement besoin. Mon cœur est entre tes mains.

Il referma la porte derrière lui d'un coup de pied et me donna le baiser de ma vie.

Le baiser qui réécrivait notre histoire.

Un baiser qui me donna l'impression d'être la plus jolie fille du monde.

Un baiser qui avait un goût de victoire.

— Je ne le briserai pas.

West

Ce baiser avait un goût de mensonge.

J'avais dit que je ne briserais pas le cœur de Grace, mais je pouvais déjà me voir en train de le faire.

Tandis que je la déshabillais.

Que je lui faisais l'amour.

Je devais mettre de la distance entre nous. Kade Appleton me faisait surveiller, je le savais. Et en vivant chez elle, je lui collais une cible sur le front.

À l'aube, je récupérai mes affaires et rentrai chez moi.

J'étais arrêté à un carrefour lorsqu'un type casqué sur une Harley déboula de nulle part et m'emboutit. Je fus projeté au milieu de la route. Heureusement, il n'y avait pas d'autre couillon que moi à cette heure-ci.

Je me tortillai sur le gravier, et me tins fermement les mains l'une contre l'autre. J'avais mal atterri et je savais déjà que je m'étais cassé au moins deux doigts. Le son des lourdes bottes sur le béton approcha dans ma direction et je relevai les yeux.

Une fois arrivé à ma hauteur, l'homme s'accroupit et posa les coudes sur ses genoux. Rien ne m'aurait plu davantage que de lui arracher son casque et de présenter mon poing à son nez, mais je ne pouvais pas bouger.

— Pas mal, ta petite copine. Ce serait dommage qu'il lui arrive quelque chose, hein ?

Il tourna les talons et remonta sur sa Harley.

Il fallait que je garde Grace en sécurité, quel qu'en soit le prix.

Même si ça signifiait que je devais la perdre.

19

Grace

Au bout d'une semaine de répétitions pour *Un tramway nommé Désir*, même si Marla était stressée et que West s'était montré mystérieusement distant (et avec des doigts dans un drôle d'état, sûrement à cause de son dernier combat), je pouvais compter un point positif pour moi : je m'épanouissais sur scène.

Certes, la dose de maquillage dont j'avais besoin pour arriver à monter sur scène allait causer ma ruine, mais je retirais ma casquette et je prenais du plaisir à interpréter Blanche. Je me disais qu'être enfermée dans sa tête revenait un peu à être enfermée dans celle de Mamie. Désorientée, mais intelligente. Douce, mais fougueuse. Perdue, mais retrouvée.

J'avais décidé de ne pas m'attarder sur les paroles de Mamie, ce jour-là, dans la baignoire. Une des phrases que j'avais balancées à Tess faisait écho en moi : si je ne pouvais pas changer l'issue d'une situation donnée, je devais laisser couler. Même si ma grand-mère pensait sincèrement que j'étais la source de tous ses maux, je ne pouvais rien y faire. Ni maintenant ni jamais, probablement.

Finlay paraissait toujours transporté par mes performances lors des répétitions, et Lauren était à chaque fois assise à quelques rangs de la scène pour m'applaudir et m'acclamer quand je réussissais un passage. Tess elle-même semblait s'être détendue. Nous n'étions pas vraiment en bons termes, mais elle était professionnelle et faisait un effort pour ne plus me lancer de remarques blessantes.

Nous étions au milieu d'une répétition matinale, si proche de la première que je pouvais presque en sentir le parfum, lorsqu'on prit une pause de dix minutes. Je filai en coulisses pour boire un peu d'eau et parler avec Finlay et Aiden après avoir joué la scène dans laquelle Stanley viole Blanche.

Tess approcha en roulant des hanches, plongée dans une conversation avec Kelly, la productrice.

— Sérieusement, je suis tellement heureuse de sortir avec Reign. Il est vraiment là pour moi, tu vois ? Je n'ai vraiment pas besoin de complications en ce moment.

Elle balança ses cheveux sur une de ses épaules.

Si cette remarque m'était destinée, elle perdait son temps. J'espérais bien que Reign et elle étaient heureux ensemble. En revanche, si elle pensait me déstabiliser en sortant avec quelqu'un qui s'était montré cruel avec moi, elle se trompait.

Finlay continuait de me parler tandis que Tess soupirait de façon théâtrale derrière moi.

— Je ne me voyais vraiment pas sortir avec quelqu'un d'aussi dangereux et d'aussi déséquilibré que West. Son petit numéro de rebelle devient vite fatigant au bout d'un moment, tu vois ?

Oui, j'étais sûre que sa décision n'avait rien à voir avec le fait que West l'ait royalement ignorée après leur première aventure.

— Enfin quoi, il suffit de le regarder : accepter un deuxième combat contre ce Kade Appleton vendredi prochain ! Qui ferait ça ? Il faut être suicidaire. Non merci. J'aime dormir tranquillement la nuit en sachant que mon petit ami est en un seul morceau. Même Reign lui a dit qu'il aurait dû annuler. Mais c'est bien connu que West s'intéresse plus à l'argent qu'aux personnes qui font partie de sa vie.

Un voile rouge me tomba sur les yeux tandis que ses mots, eux, me tombaient au fond de l'estomac comme des pierres.

Il avait accepté le combat, finalement.

Il m'avait menti.

Je lui avais demandé… Non, je l'avais *supplié* de me promettre de ne pas me baratiner comme les autres filles, et il l'avait fait.

Il m'avait fait une promesse, et il ne l'avait pas tenue.

— Je dois… je dois y aller…

Finlay, coupé en pleine phrase, referma la bouche en fronçant les sourcils, confus. Je récupérai mon sac et quittai l'auditorium en courant. Le spectacle devait faire plaisir à Tess, qui savait sûrement que je n'étais pas au courant. Enfin, si tout ça était bien vrai.

Peut-être qu'elle voulait seulement qu'on se dispute, West et moi.

Il n'existait qu'un seul moyen de le découvrir.

Je déboulai dans le hall et fouillai frénétiquement les lieux du regard en espérant repérer West dans la foule d'étudiants. C'était le bâtiment dans lequel il avait la plupart de ses cours. Mais je ne le vis nulle part. Je ne savais même pas s'il était sur le campus. L'université de Sheridan était immense et organisée en plusieurs facultés. Je sortis mon téléphone et l'appelai.

Je tombai directement sur sa boîte vocale. Je réessayai. Même chose. Je lui écrivis.

Grace : Appelle-moi. C'est urgent.

Je sortis le chercher à l'extérieur. Près de la fontaine. Au gymnase. Puis je me rendis à la cafétéria. J'avais envie de l'étrangler. Je comprenais maintenant ce qu'avaient dû ressentir ses parents. Je m'apprêtais à sortir de la cafétéria pour monter dans ma voiture et me rendre chez lui lorsque je repérai une crinière de boucles rousses dans un coin de la salle.

Max.

Mes jambes me portèrent jusqu'à lui, tandis que mon esprit était concentré sur une chose – empêcher West de monter sur le ring vendredi prochain. *Vendredi prochain.* Voilà pourquoi il était aussi stressé cette semaine. *Mon Dieu.*

Max était en train de draguer une jolie fille, appuyé au mur contre lequel elle se tenait. Je lui tapotai le dos. Il se retourna lentement et son sourire disparut quand il vit mon visage.

Le sentiment est réciproque, mec.

— Euh, salut ?

— Salut. Je m'appelle Grace Shaw.

— D'accord, dit-il en remontant ses lunettes de soleil sur sa tête. Je peux t'aider, Grace Shaw ?

Il fit bien exprès de répéter mon nom dans son intégralité, comme pour souligner que j'avais été débile de me présenter de cette manière. La fille à côté de lui ricana.

— C'est toi, le bookmaker de West, c'est bien ça ?

Il gonfla sa poitrine et afficha un sourire fier.

— Exact. Et toi, tu es son parfum de la semaine, c'est ça ?

J'ignorai la pique.

— Je suis là pour te demander d'empêcher le combat de vendredi.

— Excuse-moi ?

— Tu m'as bien entendue. (Je plissai les yeux.) Je ne veux pas qu'il affronte Appleton.

— West est un grand garçon.

— Oui, mais il fait une erreur, là, et on le sait tous les deux.

— Il va surtout gagner plus que ce qu'il a empoché en un an et demi, alors avec tout le respect que je te dois – et je ne t'en dois aucun parce que je ne te connais pas – disons qu'on va en rester là.

Je m'apprêtai à répondre mais il s'éloigna en heurtant mon épaule, laissant tomber la fille avec laquelle il discutait. Il voulait fuir cette conversation avant qu'elle empire, mais il était trop tard. Je le suivis.

— Maintenant, si tu as des problèmes avec ce combat, je te suggère de lui en parler personnellement. Je ne suis pas sa mère.

Je lui saisis le poignet fermement, bouillonnant de colère. Il s'arrêta.

— Si tu ne fais rien, grondai-je les dents serrées, en articulant chaque mot, je vais prévenir les autorités.

Aussitôt que les mots eurent quitté ma bouche, je compris que j'avais eu tort. Max se figea. Les bavardages cessèrent dans la cafétéria. La catastrophe flottait dans l'air, enflait, prête à m'exploser au visage.

Personne ne balançait Max et West.

Personne n'avait jamais informé les autorités des fêtes aux Sheridan Plaza. Depuis des années.

C'était la règle.

Et je venais de menacer de la briser.

Max se tourna lentement vers moi, mais ce fut West qui fit bondir mon cœur dans ma poitrine. Je le vis entrer au pas de course dans ma direction, flanqué d'Easton et de Reign. Il parcourut la foule des yeux et, quand il eut trouvé ce qu'il cherchait – moi –, il se dirigea droit dans ma direction.

C'était la première fois qu'il reconnaissait mon existence au sein du campus depuis qu'on sortait ensemble, et j'avais la sensation que ça n'allait pas me plaire.

Quelqu'un l'avait mis au courant de mon altercation publique avec Max.

West savait ce qui se passait.

Il savait que j'étais au courant pour le combat. Pour ses mensonges.

Mais ce n'était pas moi qui étais censée me sentir mal. Furieuse, trahie et effrayée. Il avait rompu sa promesse. Il avait des explications à me donner.

West s'arrêta brutalement devant moi, un bloc de muscles bronzés et de fureur à peine contenue. Je reculai d'un pas et me rappelai que c'était le même homme qui me vénérait chaque nuit entre les draps. Qui s'occupait de ma grand-mère quand je m'effondrais. Qui s'occupait de *moi.*

— Il y a un problème ici ? demanda-t-il d'une voix glaciale.

Il me toisait de nouveau comme si j'étais une parfaite inconnue. Dénué d'émotion. Je pris une profonde inspiration.

Vraiment ? C'est comme ça que tu me parles en public ?

— Oui, tu peux le dire.

Je relevai le menton. Je repérai Tess du coin de l'œil, dans le dos de West, à côté de Reign. Ils se poussaient du coude et échangeaient des murmures.

— Je t'ai dit de ne pas lui dire. Il ne voulait pas qu'elle soit au courant, grogna Reign, et Tess haussa les épaules d'un air touché, pour la première fois depuis que j'avais commencé à sortir avec celui pour qui elle craquait.

— Tu m'as menti, West. Je t'ai posé la question concernant ce combat avec Appleton, et tu m'as menti droit dans les yeux.

La foule qui nous entourait grossissait. Les gens murmuraient, se poussaient du coude. L'impérial et inébranlable West St Claire se faisait remettre à sa place – et par Pain-grillé, rien que ça. Encore un peu et les poules allaient avoir des dents.

— Personne d'autre que moi ne se mêle de mes affaires, lâcha-t-il en montrant les dents.

— Détrompe-toi. Moi, si. Je me sens concernée et je ne veux pas qu'il t'arrive quelque chose.

Ma colonne vertébrale était raide comme un piquet, ma voix stoïque. Promesse rompue ou pas, je ne pouvais pas le laisser se faire tuer pour de l'argent.

— Tu es mon petit ami. J'ai mon mot à dire.

La salle entière hoqueta et retint son souffle. J'avais révélé notre relation au grand jour sans lui demander la permission, mais au lieu de me sentir embarrassée ou intimidée, tout ce que je ressentais, c'était les flammes de la colère.

Je souris sereinement, en faisant comme si les bouches bées et les regards choqués ne me blessaient pas.

— Hé oui. C'est la vérité, les gars. West St Claire est mon petit ami. Qui l'aurait cru, hein ?

Je me tournai de nouveau vers West.

— J'ai dit à Max que tu ne pouvais pas faire ce combat.

— Si, je peux.

Il fit un autre pas vers moi, un horrible rictus sur son sublime visage.

— Et je vais le faire. Tu n'as aucune influence sur moi là-dessus, alors je te suggère de retourner à tes petits jeux, *Gracie-Mae.*

Venait-il de m'appeler Gracie-Mae ? Comme ma grand-mère ?

Je reculai d'un pas en sentant mon visage blêmir. Mais West, apparemment, n'avait pas fini de m'humilier. Pour une raison qui m'échappait, il était important pour lui de briser tout ce qu'on partageait et de ne laisser que des miettes.

— Et pour que ce soit bien clair : tu n'es pas ma petite amie, chérie. Tu n'es qu'un trophée de plus sur mon interminable liste. Ce n'est pas parce que j'ai couché avec toi plus d'une fois que je vais te mettre la bague au doigt. Le fait est que tu n'es rien pour moi. Je t'ai baisée parce que moi aussi je suis baisé, oui.

Il eut un petit haussement d'épaules, comme s'il se débarrassait de tout ce qu'on avait vécu ensemble. J'avais le souffle coupé. Easton, derrière lui, enfouit son visage entre ses mains, mais n'essaya pas non plus d'empêcher West de me dire toutes ces choses. J'avais le sentiment que s'il s'approchait trop près de lui, West lui arracherait la tête.

— Tu veux entendre la vérité ? Le grand secret ? (West mima des guillemets autour du dernier mot avec un gloussement.) Très bien. Je vais te faire plaisir. Quand j'avais dix-sept ans, ma sœur Aubrey est morte dans un incendie. Un incendie que j'ai provoqué. Elle est morte à cause de moi. Et pendant un moment, quand je te regardais, tout ce que je voyais, c'était la rédemption. Je pensais qu'en couchant avec toi ça te donnerait le petit coup de fouet dont ton amour-propre avait besoin. Mais ça n'a jamais été plus loin. Voilà, c'est dit. Maintenant fous-moi la paix, Shaw.

Il tourna les talons et me laissa en plan avec les flashs des téléphones, les gloussements et les rires.

Tous les yeux étaient rivés sur moi.

Sans casquette. Sans petit ami. Sans plus aucune fierté.

Easton et Reign lui coururent après. Dans mon état de choc, je vis Karlie fendre la foule en jouant des épaules pour me rejoindre.

— Dégagez ! Écartez-vous de mon chemin ! J'arrive, Shaw. Bouge pas. *Allez !* Poussez-vous !

J'étais trop assommée pour bouger.

Je restai figée sur place pensant que Karlie jouait des coudes pour approcher.

Tess fut la première à sortir de sa rêverie. Elle était toujours non loin de moi. Elle bondit en avant et se plaça devant moi pour cacher complètement mon corps avec le sien. Elle posa les mains sur ses hanches et souffla avec dédain.

— Seigneur, quelle bande d'abrutis ! Lâchez-la un peu. Qu'est-ce que vous regardez comme ça ? Vous n'avez jamais vu un couple se disputer ou quoi ? Allez, dégagez !

Je ne ressentais rien.

Ni gratitude.

Ni tristesse.

Ni colère.

Rien.

— Je vais fracasser tous vos jolis iPhone ou pire si vous ne foutez pas le camp ! tonna la voix de Tess.

La foule finit par se disperser. Karlie m'attrapa par le bras et me tira à l'écart.

— Il faut s'assurer que ces vidéos ne vont pas fuiter ! lança-t-elle à Tess, qui hocha la tête en se mordant la lèvre.

Elle paraissait coupable, elle avait les joues rouges. Elle pouvait. Elle avait voulu me blesser. Seulement, elle n'avait pas mesuré jusqu'où les choses iraient.

— Je vais parler à Reign et East. Ils me soutiendront si besoin.

Karlie hocha la tête.

— Tiens-moi au courant.

— Promis.

— Viens, fit Karlie en me prenant par les bras. Rentrons à la maison.

20

West

— Promets que tu me fais des gaufres demain matin ?

Aubrey faisait la moue sur le seuil de la cuisine. Je vidai un sachet de tortillas dans un bol. East déposait les gobelets sur le comptoir de la cuisine après avoir aligné les bouteilles d'alcool. Ma petite amie, Whitley, était en train d'accrocher une stupide banderole d'anniversaire au mur.

Joyeux dix-septième anniversaire, West !

Honnêtement, je trouvais ça complètement nul d'avoir une banderole alors que c'était moi qui organisais la fête, mais je la laissai faire. Je me disais que si je la jouais fine ce soir, je pourrais peut-être en retirer une petite pipe.

Un petit ami dont c'est l'anniversaire et qui, en plus, est agréable ? Ça devait me rapporter une nuit torride. Une pipe, ce n'était rien. Je devais avoir plus d'imagination. Demander de l'anal. Ou peut-être un plan à trois.

— Westie ?

Aubrey me tirait par le bas de mon T-shirt maintenant, interrompant mes pensées salaces et l'orgie que j'étais en train d'imaginer. Je baissai les yeux sur ma petite sœur de six ans. On avait un écart d'âge énorme, mais je l'aimais à mort. Elle cligna ses grands yeux verts et sourit de ses quelques dents. Ses deux dents de lait de devant étaient tombées – c'était moi qui les lui avais arrachées puisqu'elle avait eu trop peur de le faire elle-même – et elle était adorable. Aubrey était complexée à cause de ses dents. Quand je l'avais accompagnée au carnaval l'autre jour, j'avais dû noircir mes deux dents de devant par solidarité avec elle. Le sourire sur son visage valait toutes les conneries que l'équipe de foot m'avait balancées après m'avoir vu là-bas.

— Oui, Aub, je te l'ai déjà dit et je vais te le redire : si tu restes dans ta chambre ce soir, je te ferai des gaufres demain matin.

— Avec des pépites de socolat et des morceaux de pommes.

— Dacodac.

— Et un socolat.

— Compte là-dessus, sœurette. Mais ne sors pas de ta chambre.

Mes parents étaient allés rendre visite à notre tante Carrie, qui habitait à une quarantaine de minutes au sud. Ils étaient censés se faire une soirée poker détente, mais ils avaient un peu trop bu et m'avaient demandé si je pouvais garder Aub jusqu'au lendemain matin, quand ils seraient assez sobres pour conduire. C'était la première fois qu'ils nous laissaient seuls tous les deux. J'avais répondu OK et, bien sûr, j'avais immédiatement décroché le téléphone pour organiser une fête d'anniversaire de dernière minute.

East et Whitley faisaient des allers-retours dans le garage pour ouvrir des sachets de chips qu'ils répartissaient dans des bols, et débarrassaient le salon des gros meubles pour faire de l'espace pour les invités qui allaient arriver d'une minute à l'autre.

— Promesse du petit doigt ? demanda Aub en agitant son petit doigt en l'air.

Je posai le sachet de tortillas et me tournai vers elle, puis je m'accroupis pour me mettre à son niveau.

Je pris son petit doigt avec le mien et le serrai.

— Promis, Aub.

Elle jeta ses bras autour de mon cou et me serra contre elle. Elle sentait le bonbon à la pomme. Elle était accro à ces trucs au point que nos parents ne lui laissaient plus manger aucune autre sucrerie. Je savais qu'elle cachait une réserve de bâtons à la pomme sous son lit et qu'elle les grignotait en douce.

Je le savais parce que c'était moi qui les lui fournissais.

— On va avoir la meilleure matinée du monde ! s'exclama-t-elle.

C'était la dernière fois que j'avais vu ma petite sœur sourire.

C'était la dernière fois que j'avais vu ma petite sœur tout court.

— Westie ? Westie, réveille-toi.

Je grognai et roulai sur le ventre dans mon lit, les yeux fermés. J'étais torse nu sous ma couette, uniquement vêtu de mon caleçon. Ce n'était pas un problème, Aub m'avait déjà vu torse nu des centaines de fois. Mais je savais que Whit, qui dormait à côté de moi, était torse nu elle aussi. Et ça, Aubrey ne l'avait jamais vu avant. Je voulais ouvrir les yeux pour m'assurer du spectacle qui s'offrait à ma petite sœur, si Whit était au moins couverte avec la couette, mais j'étais incapable de soulever les paupières.

Je n'aurais pas dû boire autant la veille.

Les choses avaient vite dégénéré. Le strip poker s'était transformé en shots poker une fois que tous mes amis étaient complètement à poil, et après avoir avalé au moins dix-sept shots – un pour chaque année de vie – j'avais perdu connaissance. Heureusement, c'était après que Whit et moi on se soit envoyés en l'air vite fait dans ma chambre. Mais je ne me souvenais pas que l'un ou l'autre ait pris la peine de remettre ses vêtements.

— Westie ? S'il te plaîîîîît, entendis-je Aubrey couiner de sa petite voix.

— Pas maintenant, Aub, articulai-je péniblement.

— Mais tu as promis ! gémit-elle.

Je m'étirai dans mon lit en essayant d'ouvrir mes fichus yeux pour la regarder, en vain. J'avais l'impression d'avoir les paupières en plomb. Mon corps était douloureux comme si tous les enfoirés de la ville l'avaient piétiné.

— Oui, ben je te ferai des pancakes dans une heure.

— Des gaufres ! hurla-t-elle comme si j'avais blasphémé. Et il est déjà 10 heures ! Maman et papa vont arriver et tu sais qu'ils ne veulent pas que je mange des gaufres.

Je le savais bien. Aub avait des trous dans ses dents de lait à cause de tous ses bonbons alors ils prenaient toutes les précautions pour s'assurer que ses nouvelles dents ne pourrissent pas. Voilà pourquoi les gaufres, c'était si important pour elle. Et j'avais bien l'intention de lui préparer ses fichues gaufres aux pépites de chocolat accompagnées de quartiers de pommes sur le côté. Tout ce qu'il me fallait, c'était une petite heure supplémentaire pour reprendre forme humaine. Était-ce trop demander ?

— Donne-moi une demi-heure…, marmonnai-je sans rouvrir les yeux.

— Mais ils seront rentrés !

— Alors je t'emmènerai au diner demain. Promis. Et tu auras un milkshake aussi. On dira qu'on va faire du patin à glace.

— Je veux des gaufres maintenant. Pas demain. En plus, c'est quoi une promesse si tu ne la tiens pas ?

— Un mensonge ? grognai-je avec sarcasme.

J'étais mauvais quand j'avais la gueule de bois. Je ris de ma propre blague pourrie. J'avais un goût amer dans la bouche. Au cours de ses six années de vie, chaque fois qu'on avait fait une promesse du petit doigt, je l'avais toujours tenue. C'était un principe chez moi de tenir mes promesses. Mais il n'y avait rien à faire, je ne pouvais pas tenir celle-là. J'étais trop mal pour bouger.

— T'es… t'es… t'es qu'un gros caca pourri !

Sa voix se brisa. Je savais qu'elle allait se mettre à pleurer.

— Allez, Aub…

Je réessayai d'ouvrir les yeux. En vain, encore une fois. J'entendis ses petits pieds courir sur le tapis du couloir. Elle repartait probablement dans sa chambre pour me haïr en privé. Je tentai de me rassurer. Tout allait bien. Je l'emmènerais le lendemain – non, merde, cet après-midi – et je me rattraperais auprès d'elle. On irait à la patinoire, puis au Palais du Pancake et je la laisserais commander assez de gaufres pour se boucher toutes les artères.

— Bébé ? marmonna Whit à côté de moi en jetant un bras sur mes pecs. C'était Aubrey ? Tout va bien ?

— Très bien. Rendors-toi.

On sombra tous les deux.

Dans mes souvenirs, deux heures environ s'étaient écoulées avant que je me réveille, mais en réalité, il n'avait pas pu se passer plus de quarante minutes. Une odeur de brûlé m'emplit les narines. De nourriture brûlée.

Ou de plastique brûlé ?

De tissu brûlé.

De chaire brûlée, comme chez les bouchers.

Non, c'était tout ça à la fois.

Je clignai des yeux et essayai de me redresser. J'avais l'impression que ma tête pesait une tonne. J'avais envie de me frapper d'avoir autant bu. Whit dormait encore à côté de moi.

Je reniflai, jetai un œil autour de moi. Tout avait l'air normal. Enfin, en dehors de la fumée qui s'infiltrait dans ma chambre depuis le couloir.

Qu'est-ce que… ?

Le pic d'adrénaline suffit à me dégriser et à me faire revenir sur terre. Je bondis du lit comme si j'avais le feu aux fesses et me ruai dans l'escalier. Manifestement, quelque chose brûlait. Pas seulement mes fesses.

— Aub ? Aubrey ? Aubrey ! hurlai-je si fort que je n'attendais même pas de réponse.

La fumée montait les marches à mesure que je les descendais. Quand j'arrivai sur le palier, je me retrouvai dans un nuage épais de fumée noire. J'attrapai un T-shirt que j'avais jeté sur une lampe la veille au soir et l'appuyai contre mon nez. L'air était étouffant et je n'arrivais pas à respirer sans tousser.

Le cœur des flammes se trouvait dans la cuisine et ce fut dans cette direction que je me rendis.

— Aubrey ! ne cessai-je d'appeler en m'époumonant d'une voix suppliante.

Aucune réponse ne me parvenait. À l'entrée de la cuisine, je dus reculer. Les flammes atteignaient presque le salon, dont le tapis et le papier peint accéléraient la propagation.

— West ? Oh, mon Dieu ! West ! entendis-je Whit derrière moi.

Elle dévalait l'escalier.

— Sors. Tout de suite, Whit !

— West, je suis nue !

— Dehors !

Je me ruai dans les flammes sans me soucier de brûler vif si c'était pour sauver Aubrey.

— Où est Aubrey ? l'entendis-je demander.

Je ne répondis pas. J'éventai la fumée avec mon bras pour essayer de reconnaître quelque chose au-delà des rouleaux de flammes.

Et quand j'y parvins, j'aurais aimé être assez intelligent pour ne jamais penser que j'avais une chance de la sauver.

Il y avait un crochet apparent sur l'un des placards de la cuisine. C'était auparavant une poignée de porte, mais je l'avais arrachée par accident des semaines auparavant et n'avais jamais pris la peine de la réparer. Ma mère ne cessait de m'embêter avec ça en disant que c'était dangereux. Que quelqu'un pourrait se blesser.

« Mon pantalon s'accroche dessus chaque semaine, Westie. Fais quelque chose. Aubrey pourrait se couper. »

Je ne l'avais pas écoutée.

J'aurais dû.

Le grille-pain était placé juste au-dessus de ce placard avec le crochet.

Et cette fois, ce n'était pas le pantalon de ma mère qui s'y était accroché… c'était le T-shirt d'Aubrey.

Je vis le corps d'Aubrey sous le crochet, les restes de sa petite veste toujours enroulée autour.

Merde.

Merde.

Merde.

Je courus. Si je pouvais la sauver… tant mieux. Si je ne pouvais pas… alors je ne méritais pas de vivre non plus.

Je m'approchai si près des flammes que je sentis la chaleur me brûler la peau. J'attrapai sa veste, mais elle était légère, comme vide. Son petit corps était sans vie dans mes bras. J'essayai de la libérer du crochet, les yeux brûlants de fumée et de larmes. Putain. Putain. Putain.

— Aubrey, je t'en prie ! (Ma voix se brisa.) Je t'en prie, bébé. S'il te plaît !

On me tira en arrière. Je luttai contre la force qui me tirait. Je me débattis en hurlant et griffai les bras qui m'entouraient, aveuglé par la rage et la haine. La haine que j'éprouvais en moi me faisait délirer. J'avais fait une promesse à ma petite sœur et je ne l'avais pas tenue. J'étais tellement occupé à picoler la veille au soir que je n'avais même pas pensé à la prendre en considération. La première fois que mes parents me confiaient la responsabilité de m'occuper d'elle une nuit en leur absence, j'échouais.

J'échouais sur tous les tableaux.

Je hurlai jusqu'à ce que mes poumons me brûlent. Celui qui m'avait attrapé me jeta dans la neige et repartit en courant à l'intérieur. Depuis l'avant de la maison, je vis quelqu'un d'autre le suivre en criant.

Mon père. Il m'avait sauvé et retournait chercher Aubrey.

Ma mère. Elle le suivait pour essayer de sauver quelqu'un, lui ou Aubrey, je ne savais pas.

Un hurlement perçant retentit au-dessus de moi. Je savais que c'était Whitley, mais je n'arrivais pas à me retourner pour la regarder. En fait, mon corps ne pouvait plus bouger d'un pouce.

Je n'étais plus bourré.

J'étais complètement sobre.

Et je faisais face aux terribles conséquences de mes actes.

Pendant les jours suivant l'incendie, je découvris certaines choses.

Par exemple, j'appris que si le grille-pain avait pris feu, c'était parce que quelqu'un y avait jeté des bouchons de bouteille et que, Aubrey, ne le sachant pas, y avait mis à griller deux gaufres sorties du congélateur pour essayer de se les faire elle-même.

Par la suite, l'enquêteur de l'assurance (ou je ne sais qui) nous avait expliqué qu'elle avait essayé de s'enfuir, mais que sa veste Barbie était restée accrochée au crochet. Elle avait probablement appelé à l'aide, mais je me trouvais à l'autre bout de la maison, à l'étage, et je ronflais pour récupérer d'une putain de gueule de bois.

Pour faire court, notre maison n'était pas assurée contre les incendies provoqués par un connard d'adolescent qui n'était pas capable de maîtriser ses potes et de tenir une toute petite promesse qu'il avait faite à sa sœur. En d'autres mots, on était baisés. On n'avait plus de maison car, peu après que ma mère eut traîné mon père hors de la maison, le feu s'était propagé et la bâtisse s'était plus ou moins effondrée sur elle-même.

On était soudain brisés, fauchés et sans abri.

On s'était installés chez ma tante Carrie les premières semaines, le temps que mon père et ses collègues fassent leur possible pour rendre la maison de nouveau habitable. Mon père, propriétaire d'un champ de myrtilles et d'une petite ferme, avait dû abandonner son entreprise et trouver une solution pour mettre un toit au-dessus de nos têtes. Chaque soir, il se mettait au lit et fermait les yeux sans même avoir pris de douche.

J'aurais pu jurer qu'il avait passé des semaines sans prendre de douche.

Peut-être même des mois.

Ni ma mère ni mon père ne supportaient plus de me regarder. Ils ne m'avaient pas explicitement accusé, mais ce n'était pas la peine. J'avais tué Aubrey. Tout au moins, j'étais responsable de sa mort. Et pas de cette manière dont les gens s'en voulaient parfois pour la mort d'un proche car ils n'avaient pas suffisamment insisté pour qu'ils aillent passer une mammographie, ou je ne sais quoi. Moi, je l'avais directement provoquée.

Si seulement je m'étais sorti du lit et que j'avais tenu ma promesse, Aubrey serait encore là. Heureuse, partiellement édentée, et vivante.

Je rompis avec Whit une semaine après l'incendie. Elle pleura et me dit que je changerais d'avis, mais je savais que non. Je ne méritais pas le bonheur, et avoir une petite amie, c'était être heureux.

Quand on finit par retourner dans notre maison – ou ce qui en restait – mes parents se jetèrent à corps perdu dans la dépression et ne quittaient plus leur lit. Ils se noyaient dans leur chagrin, aucun d'eux ne travaillait plus et personne n'essayait de subvenir aux besoins de ce qu'il restait de la famille. Les champs de myrtilles étaient laissés à l'abandon, les fruits n'étaient plus ramassés. Je quittai l'équipe de football et je pris un job au Grill mexicain du coin pour payer les factures. Le Coach Rudy me supplia de changer d'avis, mais une fois que je lui eus expliqué les circonstances, il laissa tomber.

Je m'inquiétais que mes parents et moi finissions à la rue et je mis ma vie sociale entre parenthèses ; mais East restait à mes côtés, même après plusieurs mois passés sans que je sois capable de le regarder en face sans péter les plombs.

Puis ma dernière année de lycée arriva.

Mon père décida de sortir du lit pour mon premier jour de cours. Je me souvenais encore de ce matin-là. Il enfila sa tenue de travail – le manteau North Face et les bottes Blundstone – et alla voir l'étendue des dégâts à la ferme. Après plusieurs mois de négligence, il ne restait plus rien. Il avait laissé les fruits mourir et avait donné les animaux gratuitement.

Le même jour, il se rendit en ville et décrocha un boulot de pêcheur. Grand-père St Claire était pêcheur, alors il n'avait pas besoin d'apprendre le métier, mais bon sang, ça avait dû être humiliant de prendre un travail de débutant à son âge, surtout pour quelqu'un qui travaillait à son compte depuis qu'il était en âge de gagner sa vie, pour subvenir aux besoins de sa petite famille fondée très tôt.

Ma mère émergea de la chambre une semaine plus tard. Elle fut la première à m'adresser la parole et, à cette époque-là, ça faisait près d'un an qu'aucun d'eux ne m'avait regardé dans les yeux ou fait attention à moi.

J'étais invisible.

Ils ne me demandaient pas ce que je ressentais.

Comment je m'en remettais.

Ils ne me touchaient plus.

Ne m'achetaient plus de vêtements.

Ne me demandaient pas comment se passaient mes cours.

Merde, ils ne savaient même pas que j'avais arrêté le football. J'étais un fantôme, qui rôdait et qui croisait de temps en temps leur chemin dans la cuisine, rien de plus.

Ma mère me fit asseoir et me dit que ce n'était pas ma faute. Qu'elle appréciait que j'aie pris sur moi pour payer les factures, et qu'à partir de maintenant la situation allait changer.

Mais je savais que c'était ma faute et que plus vite je leur ficherais la paix, mieux ce serait.

Au cours des semaines précédant mes dix-huit ans, mes parents firent un effort pour échanger avec moi. Ma mère était sous traitement pour une dépression majeure. Mon père sentait constamment le poisson. Ils faisaient semblant d'aller bien. Je ne marchais pas. Ils passèrent près d'une année à pratiquement m'ignorer. Il était tout simplement impossible qu'ils se soient remis de ce que j'avais fait. Et même si c'était leur cas – ce n'était pas le mien.

Le jour de mes dix-huit ans, ils m'achetèrent un gâteau.

Je rentrai de mon service au Grill. Je passai devant le gâteau et les bougies allumées sans un regard, je montai à l'étage et m'enfermai dans ma chambre.

Ce jour-là, je fis le serment de ne plus jamais fêter mon anniversaire.

Peu après, je déménageai à Sheridan. East insistait pour aller où j'irais. Je ne le repoussai pas, surtout parce que je savais que sans lui j'aurais été seul au monde.

Au lieu de quoi, je choisis une université de D1, où je savais qu'il aurait une bourse d'étude et se sentirait bien.

Les combats au Sheridan Plaza marquèrent le début du rétablissement financier de mes parents, mais ça ne suffisait pas. Mon rêve était de me racheter auprès d'eux du mieux possible. Et ça voulait dire reconstruire leur maison en entier et remettre l'entreprise de mon père sur pied.

Mais dans cette quête pour trouver une réponse à tous leurs problèmes, j'oubliai de me demander à moi-même où je me situais dans l'équation.

J'oubliai comment respirer sans souffrir.

J'oubliai que la vie, ce n'était pas que gagner de l'argent et survivre.

J'oubliai que quand on jouait avec le feu, on finissait par se brûler.

21

West

En fait, la situation se résumait à une chose : je ne pouvais pas me permettre de faire savoir à Kade Appleton et ses pions que Grace était ma petite amie. Il avait des yeux partout, et confirmer qu'elle et moi, on était ensemble, c'était la mettre en ligne de mire.

Je ne pouvais pas faire ça.

Alors j'avais fait ce qui me semblait juste.

J'avais déballé mon horrible passé.

Aubrey n'était pas morte dans un accident de voiture.

Elle était morte à cause de moi.

J'aurais menti en prétendant que je n'avais pas pensé à Aub la première fois où j'avais posé les yeux sur Grace Shaw. Que ce n'était pas pour ça que j'avais pris le poste au *food truck*. D'accord, la rentrée d'argent était utile, mais je voulais surtout voir à quoi aurait ressemblé Aub si elle avait survécu à l'incendie. Quel genre de personne elle serait devenue.

J'avais conscience combien c'était détraqué de voir ma sœur quand je regardais cette nana. Mais justement, le truc, c'était que je ne voyais *pas* Aubrey chez Grace. Pas du tout.

Grace était Grace. Une personne absolument unique. Douce

et bien élevée, gentille et drôle, mais aussi sarcastique, fougueuse et intelligente. Elle était sublime – non, carrément éblouissante en dehors de ces cicatrices dont, d'ailleurs, je me foutais complètement – et plus je passais de temps avec elle, plus il m'était impossible de la considérer comme la remplaçante de la sœur que j'aimais aussi désespérément.

Texas pensait que j'avais pitié d'elle. Qu'elle était une lubie. Et j'avais confirmé ses soupçons les plus sombres pour m'assurer que Kade Appleton et ses rats pensent la même chose.

Mais je n'avais jamais eu pitié d'elle. Pas une seule seconde.

Au contraire, je lui *enviais* sa force. Je n'aurais jamais pu endurer la moitié de ce qu'elle avait traversé et survivre.

Je n'étais toujours pas capable de parler à mes propres parents sans faire une crise d'urticaire.

Et à présent, la culpabilité pour ce que je lui avais fait à la cafétéria me rongeait vivant, comme les flammes avaient consumé Aubrey.

— Tu es vraiment un idiot, fit East en secouant la tête.

Il roulait à travers la ville et s'agrippait au volant comme s'il était prêt à l'arracher et à le jeter par la fenêtre. Ça durait depuis une heure. J'étais à côté de lui dans sa Toyota Camry, apitoyé sur mon incroyable stupidité.

— Cette école est pleine d'ordures. Je ne pouvais pas courir le risque qu'Appleton apprenne pour Grace et s'en prenne à elle.

Je fixai des yeux les rues qui défilaient par la vitre en m'efforçant de me rappeler de respirer.

— Appleton ne veut pas faire de mal à ta copine, crétin. C'est à *toi*, qu'il en veut.

— Il s'en est déjà pris à des femmes avant.

— C'était sa propre copine, contra East.

— Et qu'est-ce qui te fait croire que Grace, qui est une

inconnue, est en sécurité alors que la mère de son propre bébé ne l'est pas ? Sans parler des menaces de son garçon de courses qui sait où habite Grace.

Je lui relatai l'incident au carrefour, où le type en Harley m'avait parlé de Tex.

— Alors pourquoi tu as accepté le combat ? grogna East.

— C'était avant que je sorte avec Grace.

— Pourquoi tu n'as pas annulé ?

— Il n'a pas accepté, putain ! T'étais où les cinq mille fois où je t'ai donné le topo ?

— Pourquoi tu ne lui as pas dit la vérité ? insista East, et c'est à ce moment que je pétai les plombs.

— Parce qu'elle avait déjà suffisamment de soucis comme ça et elle n'avait pas besoin que je lui en rajoute !

Ma voix gronda dans l'habitacle de la voiture. Je ne lui avais même pas dit toute la vérité. La vérité que je n'étais capable d'avouer qu'à moi-même. C'est-à-dire que je savais que Grace aurait rompu avec moi, et qu'elle avait le droit de savoir. Le droit de se débarrasser de moi avant que la situation devienne dix fois plus compliquée. Ce n'était pas noble de mentir à la personne qu'on aimait, mais j'avais compris depuis longtemps que l'amour faisait faire des choses tordues.

Easton se replongea dans son silence agaçant et je poussai un soupir en reprenant ma contemplation du paysage monotone de maison jaunes de style ranch, du château d'eau et de cactus.

Peut-être que si les choses avaient été différentes avec Aubrey, je n'aurais pas été aussi paranoïaque vis-à-vis des personnes que j'aimais. Mais Aubrey était morte et la sécurité de Grace était ma plus grande priorité, même si ça me torturait de l'intérieur.

Partir d'ici n'aurait rien changé. Au contraire, je l'aurais laissée sans protection, dans le même code postal que ce connard de Kade Appleton.

J'avais déjà accepté l'épouvantable vérité : j'étais amoureux d'elle. C'était le genre de sentiments qui me faisait lever les yeux au ciel dans les films. Leur intensité me faisait carrément flipper car je n'aurais jamais cru pouvoir éprouver ça pour quelqu'un d'autre qu'un membre de ma famille.

Je n'arrêtais pas de penser à elle.

J'étais obsédé par l'envie de la toucher.

Je me demandais constamment ce qu'elle pensait, où elle était, ce qu'elle faisait.

Ce n'était pas comme dans les contes de fées, car je savais que je *pouvais* vivre sans Grace Shaw. Je n'en mourrais pas. Pas physiquement, du moins. Je redeviendrais simplement le même crétin malheureux que j'étais avant de tomber amoureux d'elle.

Mais je ne serais pas vivant à proprement parler. J'utiliserais de l'oxygène, de l'espace et des ressources, convoitant de nouveau la mort sans trop de secret.

Ma prise de conscience me fit l'effet d'une douche froide.

Je n'avais pas envie de mourir quand j'étais avec Grace.

J'avais envie de vivre. De rire. D'aimer.

De sortir avec elle, de lui mordiller le cou et de l'écouter parler de ses pièces, de ses films des années quatre-vingt-dix et défendre les sacs bananes avec fougue.

J'avais pris plaisir à la vie – un plaisir actif, même – depuis des mois, et je ne m'en étais même pas rendu compte.

Je n'avais plus envie de mourir.

À un moment donné, l'idée d'envoyer ma moto dans le décor quand j'accélérais avait cessé de m'attirer. J'avais cessé de m'imaginer ce que ça ferait de me jeter du haut d'une falaise. J'avais cessé d'entrer sur le ring en espérant que l'abruti en face de moi m'asséneraít un coup qui me mettrait en arrêt cardiaque.

Et tout ça grâce à Grace « Texas » Shaw.

— Je ne comprends toujours pas pourquoi tu ne lui as pas simplement dit que le combat était annulé, souffla East. Comment Appleton pourrait te forcer à te battre ?

— Facilement, en jouant à la déloyale. Dès que j'en ai parlé avec Texas, je suis allé voir Max pour l'informer que j'annulais. Max m'a répondu qu'il essaierait, et à partir du moment où j'ai appris qu'Appleton voulait continuer et le maintenir, on m'a fait des menaces, on est venu m'agresser au *food truck* et on m'a renversé au carrefour quand je rentrais chez moi. Kade me surveille où que je sois. Il veut me voir sur ce ring – et pas en un seul morceau.

— Merde.

Easton gratta sa barbe.

— Ouais.

— Bon, même si tu ne retourneras pas avec Grace – ce qui, soit dit en passant, est la bonne décision selon moi, étant donné qu'elle ne te reprendra *jamais* après l'humiliation publique que tu lui as fait subir –, je pense quand même que tu devrais t'expliquer. Tu as mis les choses au clair. Toute la planète sait que vous n'êtes pas en couple. Maintenant, il est temps de t'excuser.

— Je le ferai, répondis-je avec conviction. Je vais lui baiser les pieds et me mettre à genoux quand tout ça sera fini. Mais je ne peux pas la contacter maintenant. Je ne lui ai même pas rendu visite de toute la semaine. Je dois garder tout ça sous contrôle. Si je fais une erreur, ça ne ferait que confirmer que tout ce qu'elle a dit est vrai. Qu'on est en couple.

— Vous n'êtes *pas* en couple.

C'était inutile de me le rappeler.

Le vide dans mon cœur s'en chargeait très bien tout seul.

La semaine jusqu'au vendredi fut la pire de toute ma vie.

Enfin, peut-être la deuxième pire.

La semaine après avoir perdu Aubrey, je savais, sans l'ombre d'un doute, que je ne reverrais plus jamais ma petite sœur en chair et en os. Elle ne pouvait m'obséder que dans mes rêves. Mais Grace… elle était partout. Sur le campus. À la cafétéria. À l'auditorium provisoire. Elle me croisait, toujours accompagnée de Karlie et de sa nouvelle alliée improbable, Tess.

C'était à la fois rassurant et un pied de nez.

Nous faisions tous deux comme si l'autre n'existait pas.

Je ne pouvais pas montrer qu'elle me manquait, et ça me tuait.

Je ne pouvais plus la voir au travail puisque je m'étais fait virer après la scène de la cafétéria. Moins d'une heure après avoir rompu avec Texas, j'avais reçu un message de Mme Contreras qui me signifiait que mon contrat était terminé. Je recevais un chèque et une lettre officielle le lendemain dans ma boîte aux lettres. Je n'avais même pas eu droit à l'habituel « Bonne chance pour la suite ». Viré sans un regard en arrière.

Pour bien exploser mon pathéticomètre, je me retrouvais régulièrement à faire le tour de son quartier en voiture. Chaque matin et chaque soir, à l'heure que je consacrais habituellement au sport. J'étais incapable de penser à autre chose qu'à elle. J'en avais même oublié d'envoyer la somme hebdomadaire à mes parents.

J'avais vu Grace deux fois pendant mes errements.

La première, elle rentrait du *food truck*. Elle avait dû sentir qu'on la regardait, s'était retournée et avait planté son regard noir sur moi.

J'avais fait semblant de ne pas la voir et je m'étais éloigné.

La deuxième, elle organisait une fête d'adieu pour Marla. J'avais vu Mme Contreras, Karlie et quelques autres personnes par la fenêtre. Grace avait préparé des cupcakes et fait un super discours (oui, j'avais rôdé suffisamment longtemps pour l'entendre presque en entier).

Au bout d'un moment, Marla était sortie de la maison et s'était dirigée vers moi après m'avoir repéré de l'autre côté de la rue. La vieille dame m'avait saisi par le bras de sa main grasse et l'avait secoué de toutes ses forces.

— J'ai appris ce que vous aviez fait à Grace, et je vous le dis, ce n'est pas parce que je déménage en Floride que je ne la surveillerai pas pour m'assurer qu'elle va bien. Vous feriez mieux de retourner dans le taudis d'où vous venez, parce que si j'apprends que vous la suivez, je vous jure que je le dirai au shérif Jones et il vous virera de cette ville à coups de pied au derrière. Et si ça ne suffit pas, n'oubliez pas : *j'ai un fusil.* Et je n'ai pas peur de m'en servir.

Il était clair que mon envie de voir Grace n'était pas réciproque.

Le temps semblait ralentir à mesure que le vendredi approchait. J'avais hâte que ce soit passé pour pouvoir enfin parler à Tex, m'expliquer et la supplier de me pardonner. Je n'étais pas suffisamment con pour imaginer avoir une deuxième chance. Tout ce que je voulais, c'était qu'elle sache qu'elle n'avait rien d'un putain de pansement.

East et Reign me répétaient que j'étais stupide de monter sur le ring. Je n'avais pas la tête à ça. J'étais trop obnubilé par Grace.

Max lui-même disait que si j'avais un peu de jugeote, je quitterais la ville.

Mais j'étais resté, ne serait-ce que pour voir Tex encore un peu avant la fin de l'année scolaire.

La voir porter ce petit négligé dans le rôle de Blanche.

S'épanouir pendant que moi, je tombais en morceaux.

22

Grace

J'étais retournée travailler au *food truck* deux jours après l'incident.

Je ne pouvais pas me permettre de prendre des congés, même si c'était exactement ce que je voulais faire. Heureusement, Karlie s'était occupée du cas de West et l'avait fait virer en moins de temps qu'il ne fallait pour le dire.

Le mercredi, j'organisai une soirée d'adieu pour Marla. C'était le moins que je pouvais faire. Le même jour, j'avais fini par lui demander d'aller dire à West de me lâcher et de garder ses distances. Je ne comprenais pas à quel jeu cruel il jouait. Non seulement il m'avait transpercé le cœur devant tout le monde, mais il rôdait en voiture dans mon quartier tous les jours, comme pour s'assurer de me rappeler ce que j'avais perdu.

Il avait effectivement pris un peu de distance après les menaces de Marla, mais ça ne l'empêchait pas de me lancer des regards chaque fois qu'on se croisait à l'université.

Je ne comprenais pas ce qu'il attendait de moi. Si ça ne lui plaisait pas d'être mon ennemi, alors pourquoi avait-il tout fait pour le devenir ?

— La façon dont il te regarde… (Karlie lâcha un sourire vindicatif ; nous étions à la cafétéria, la veille du combat. Elle ouvrit un sachet de sauce piquante qu'elle versa sur son panier de Doritos.) Qu'est-ce que ça fait d'avoir l'homme le plus inaccessible de Sheridan à ses pieds ?

— Pas grand-chose d'agréable, avouai-je.

Ce que je ne voulais pas admettre, c'était que j'avais l'impression tenace que West n'était pas la seule personne à me regarder.

J'avais l'impression d'être suivie. Je n'arrivais pas à savoir exactement ce qui me donnait cette impression, mais un sentiment de danger persistant flottait dans l'air. Comme si quelqu'un me voulait du mal.

Mais bien sûr, je ne pouvais pas en parler à Karlie sans avoir de preuve au risque de passer pour une folle.

— Eh bien, vois le côté positif : avec les regards qu'il te lance, on sait tout de suite *qui* a largué qui, en réalité.

Mais la détresse de West ne me réconfortait pas une seule seconde. Je ne le détestais que davantage de nous avoir fait ça sans raison.

Comme si la situation n'avait pas atteint le comble de l'étrangeté, Tess avait commencé à traîner avec Karlie et moi. Je ne l'en avais pas empêchée. J'étais trop épuisée émotionnellement pour la repousser. Et elle semblait sincère. Comme si elle était redevenue la fille que j'appréciais avant que West pose les yeux sur moi.

Peut-être qu'elle mûrissait.

Peut-être qu'on mûrissait tous.

Je savais, avec la décision que je pris ensuite, que c'était définitivement mon cas.

— Allez Mamie, c'est le grand moment. Tu es prête ?

Ce samedi matin, j'ouvris la porte de la Chevy. J'avais dû annuler ma répétition de vendredi pour passer la soirée à emballer toutes les affaires de Mamie, avec l'aide de Karlie et Marla.

C'était précipité, mais quand nous avions reçu l'appel pour la place libre, nous n'avions plus de temps à perdre.

La maison de retraite Les Jardins du Centre était située juste à l'extérieur d'Austin. J'avais trouvé leur brochure dans l'un des tas que West avait laissés sur mon bureau. Elle était remplie de belles photos de jardins botaniques, de grands espaces et d'activités sympas, et proposait des cours de danse et des soirées bingo. Il y avait même une petite église. Elle était classée parmi les meilleures de l'État pour les personnes atteintes de problèmes de santé, démence et autres troubles cognitifs.

En fait, c'était un endroit spécialisé dans le soin des personnes souffrant d'Alzheimer. Et le vrai bonus, c'était que je n'avais jamais pris la peine de fouiller dans ces brochures, mais non seulement West avait trouvé des maisons de retraite potentielles, mais il avait également appelé chacune d'elles pour leur faire un compte rendu de la situation. Un mot était attaché à la brochure.

T,

J'ai fait quelques recherches. J'ai appelé, j'ai pris ta carte d'assurance dans le sac de Mme S. et fait une vérification. Ton assurance prend en charge presque la totalité des frais pour celle-là. Si Mme S. finit par passer ses examens et que le résultat détermine qu'elle a besoin d'une assistance médicalisée, c'est le gros lot.

W.

Je savais malheureusement que les examens seraient positifs. J'avais donc passé un coup de téléphone aux Jardins du Centre. Le directeur m'avait fait faire une visite virtuelle, après quoi j'étais allée sur place pour me rendre compte. Mamie avait été presque tout le temps à l'ouest cette semaine, mais pendant ses moments de lucidité, elle avait demandé des nouvelles de West.

Je n'avais pas le cœur de lui annoncer qu'elle ne le reverrait plus jamais.

— Alors. Qu'est-ce que tu en penses ?

Je m'efforçai de paraître enjouée, heureuse, maintenant que nous nous trouvions en face de son nouveau lieu de vie. Je n'arrivais toujours pas à en croire ma chance d'avoir trouvé si vite.

Mamie descendit de voiture pendant que je sortais ses sacs et valises du coffre, et observa la majestueuse façade en albâtre.

On aurait dit un petit château. Bien entretenu, avec des pelouses bien vertes, un court de tennis, une piscine et des fleurs parfaitement soignées.

Des chalets individuels et luxueux entouraient le bâtiment principal, mais étant donné que ma grand-mère avait besoin d'une assistance médicalisée, elle résiderait dans la propriété principale, dans une chambre digne d'une suite d'hôtel cinq étoiles.

— J'en pense…

Elle regarda autour d'elle, bouche bée. Je priai pour qu'elle soit suffisamment cohérente pour comprendre ce qui se passait, et qu'elle ne me détesterait pas d'avoir pris la décision finale.

— J'en pense qu'on n'a absolument pas les moyens, Gracie-Mae.

Ma tête vola dans sa direction.

Gracie-Mae ?

Je trouvai miraculeusement ma voix.

— Si, tout ce qu'il faut, c'est passer quelques examens. Et si on a la confirmation que tu… (Je m'interrompis pour prendre une profonde inspiration.) réponds aux critères, ce dont on est pratiquement sûrs, le directeur et moi, tu auras une subvention pour cet établissement. Je leur ai déjà parlé. Ne t'inquiète pas pour les détails, Mamie.

Ça ne me coûterait probablement que la moitié de ce que je versais à Marla, qui faisait sans cesse des heures supplémentaires et, de toute façon, c'était exactement pour ça qu'on avait de l'argent de côté.

Mamie avisa les lieux avec une admiration enfantine, sa main ridée pressée contre son cœur. J'aurais voulu qu'elle dise quelque chose, *n'importe quoi*, pour me donner un aperçu de ce qui se passait dans sa tête. Je savais que je ne pouvais plus m'occuper d'elle à la maison. Pas seulement pour moi, mais pour elle aussi.

Elle avait besoin de soins professionnels.

Et elle avait besoin de compagnie.

Elle avait besoin d'interagir avec des personnes de son âge et de s'éloigner de Sheridan – une ville hantée par des souvenirs qui avaient brisé son cœur et son âme.

Ma mère.

Mon défunt grand-père.

L'incendie.

Et peut-être même moi.

— Oh ! Gracie-Mae…

Elle agrippa le devant de sa robe en baissant la tête. À ma grande surprise, des larmes apparurent au coin de ses yeux, prêtes à couler.

— C'est magnifique. Je ne sais pas si je mérite tout ça. C'est trop luxueux. Ils vont me prendre pour une péquenaude.

— Mamie ! m'exclamai-je en riant.

J'avais l'impression d'être retournée au bon vieux temps et, pour la première fois, je pris conscience que ça n'arriverait plus jamais, et je me faisais à cette idée.

— Quoi ?

— Ils auront de la chance de t'avoir.

— Pas sûre qu'ils vont survivre à ta grand-mère, ma puce, mais ce n'est pas mon problème.

Une jolie infirmière d'âge moyen, vêtue d'une tenue bleu pâle, passa les portes automatiques et se dirigea vers nous pour récupérer nos valises.

— Bonjour ! Madame Shaw ? (Elle adressa un sourire radieux à Mamie ; le balancement de sa queue-de-cheval châtaine était en parfaite harmonie avec son accueil chaleureux.) Je suis Aimée, l'infirmière, et c'est moi qui vais vous aider à vous installer. Nous sommes *si* heureux de pouvoir enfin vous rencontrer. Votre colocataire, Ethel, vous attend. C'est une sacrée boute-en-train, mais votre petite-fille m'a dit que vous aussi. J'ai comme l'impression que vous allez très bien vous entendre.

Quelque chose s'anima sur le visage de Mamie.

Un mélange d'excitation et de timidité que je ne lui avais jamais vu auparavant.

J'entrai en lui tenant la main. Elle jeta un regard timide autour d'elle, comme si elle n'était pas la bienvenue. Je pris conscience que dans notre ville elle ne l'était pas. Et à force, c'était ce qu'elle attendait des gens. La condamnation d'être la mère de Courtney Shaw et la grand-mère du monstre qui avait mis le feu à sa propre maison.

C'était sa chance à elle de renaître. De se transformer en phénix. De recommencer, de déployer ses ailes et de s'envoler.

Pourquoi avais-je attendu aussi longtemps ? De quoi j'avais eu peur ? Pourquoi je n'avais pas été capable de lui permettre d'être traitée comme elle le méritait ?

Parce que je me sentais coupable. Et la culpabilité pouvait vous pousser à faire des choses dingues, comme me l'avait prouvé West.

L'infirmière Aimée nous emmena à la réception, où elle s'occupa de Mamie pendant que je remplissais la paperasse avec le directeur une dernière fois dans son bureau.

Chaque fois que je jetais un coup d'œil à Mamie et Aimée à travers la baie vitrée, mon cœur se gonflait au point d'exploser.

C'est alors que je fus sûre d'avoir fait le bon choix.

Je passai six heures au Jardins du Centre à aider Mamie à s'installer dans sa nouvelle chambre. Sa colocataire Ethel était bien là, mais elle ne resta pas plus de dix minutes ; elle lui souhaita rapidement la bienvenue, lui demanda si elle avait besoin d'aide, et quand ma grand-mère lui répondit que sa merveilleuse petite-fille s'en occupait, Ethel prit congé pour ne pas manquer son cours de yoga.

— Je n'ai pas honte de dire que je suis totalement éprise d'un certain gentleman.

Elle lança un clin d'œil à ma grand-mère, qui haussa les sourcils.

— Je ne savais pas qu'on pouvait fréquenter des hommes, ici.

— Oh ! ça arrive parfois. Mais je parle de notre professeur de fitness qui a trente ans ! On bave toutes devant lui.

L'infirmière Aimée, Mamie et Ethel éclatèrent de rire. Je souris pour moi-même en rangeant ses vêtements dans son armoire et en disposant ses affaires de toilette sur sa table de nuit comme à son habitude.

Le plus difficile, ce furent les adieux. Je savais qu'il était temps de partir, mais je ne voulais pas m'en aller avant de connaître sa réaction quand elle serait *l'autre* Mamie. Celle qui me prenait pour Courtney ou pour l'enfant du diable.

— Allez-y. Ce sera plus difficile si vous restez et que vous assistez à l'effondrement. Et ce moment arrivera, sachez-le. C'est toujours comme ça. En plus, dès qu'on aura reçu les résultats de ses examens, nous pourrons adapter son traitement en conséquence, et ses sautes d'humeur diminueront, m'assura Aimée.

J'avais envie de lui répondre que Mamie ne prenait pas le moindre traitement, mais je me contentai de hocher la tête. Elle avait raison. Je ne pouvais pas protéger Mamie de la réalité pour l'éternité.

Malgré tout, une fois de retour dans le pick-up, je restai dix minutes à fixer des yeux l'établissement en laissant la culpabilité me consumer. Mamie Savvy m'avait élevée. Elle avait été la seule mère que j'avais jamais connue. Et à présent, je n'allais plus la voir que les week-ends et pour de brèves visites. Je ne vivrais plus avec elle. C'était la fin d'une époque.

J'ouvris la boîte à gants et en sortis quelque chose que Karlie m'avait écrit. Une lettre qu'elle m'avait demandé de ne lire qu'après avoir accompli cette journée. Je pense qu'elle voulait s'assurer que je l'avais menée à bien.

Je sortis la lettre de l'enveloppe.

Shaw,

Tu as fait ce qu'il fallait, je suis fière de toi. Maintenant, retire cette bague flamme cassée. Tu vaux mieux que de t'accrocher aux cendres de ta mère.

#LePhénixPourLaGagne.

Karlie.

Mes yeux s'emplirent de larmes. Je lui obéis et retirai la bague, que je déposai dans l'enveloppe. Le papier était humidifié par mes larmes. Je posai l'enveloppe sur le siège passager en reniflant, puis je récupérai mon téléphone que je n'avais pas regardé depuis plusieurs heures.

Je passai le doigt sur l'écran et mon souffle se bloqua dans ma gorge.

Vingt-cinq appels en absence.

Easton Braun.

Peut-être : Tess Davis.

Karlie Contreras.

Numéro Inconnu.

Il y avait aussi des messages :

Easton Braun : C'est Easton. J'ai essayé de t'appeler.

Easton Braun : Rappelle-moi stp.

Easton Braun : C'est urgent. S'il te plaît.

Tess Davis : Tu as appris pour West ? ? ?

Tess Davis : Tu comptes faire quelque chose ?

Karlie : Faut que tu me rappelles quand tu auras ce message.

Easton Braun : DÉCROCHE TON PUTAIN DE TÉLÉPHONE GRACE.

Tess Davis : Dis-moi si tu as besoin de parler 3

Karlie : Sérieux, le monde est en train d'imploser et toi tu dois être en train de jouer au bingo avec Agnes et Elmer, Shaw.

J'avais délibérément mis mon téléphone de côté aujourd'hui pour ne pas être interrompue, et parce que je ne voulais pas connaître le résultat du combat West contre Appleton.

Je finis par sortir de ma stupeur et décidai d'appeler Easton. Je savais que c'était lui le plus susceptible d'être aux côtés de West, et ça me paraissait logique de l'appeler en premier.

Il décrocha avant même la première sonnerie. Je me demandai si on n'était pas en train de s'appeler en même temps.

— Allô ? Easton ? C'est Grace.

— Grace ! s'écria-t-il, hors d'haleine. (J'entendis ses pas grincer sur le lino.) Putain, le monde entier te cherche.

— Est-ce qu'il va bien ? demandai-je d'une voix que je ne pus empêcher de trembler malgré tous mes efforts.

Je ne voulais pas m'en préoccuper.

Puis Easton me posa la question que personne ne voulait entendre.

— Tu es assise ?

23

West

— Putain, mec ! Tu as quarante minutes de retard !

Max m'accueillit en me prenant dans ses bras comme si on était en couple ou un truc du genre. Je le repoussai sèchement et il trébucha avant de tomber sur le cul. Tandis que je me frayais un chemin à l'intérieur de Sheridan Plaza, j'entendis, par-dessus les battements sourds dans mes oreilles, ma Ducati tomber sur le côté.

Au temps pour moi. J'avais oublié de la garer correctement.

Adieu ma putain de précieuse peinture. *Désolé, Christina.*

Je trébuchai tout seul et continuai d'avancer. Plus vite je serais débarrassé, mieux ce serait. Max se releva et parvint à me rattraper en maugréant. East, Reign et Tess apparurent à ses côtés.

— Oh ! waouh. On a enfin trouvé un West plus timbré que Kanye, lança Easton d'un ton pince-sans-rire.

Tess fit la moue en secouant la tête avec un regard mécontent.

— *Oh, mon Dieu, Westie.*

— Oh, mec, il est bourré.

East fit passer l'un de mes bras par-dessus ses épaules, et Reign se chargea de l'autre côté. Tess galopait derrière nous, comme une petite souris curieuse que j'avais envie de jeter aux lions.

— Il faut annuler le combat, Max, insista East. C'est impossible, il ne tient même pas debout.

— *Zijepeux*, bredouillai-je en les repoussant pour essayer de prouver quelque chose.

East et Reign me lâchèrent et, bien évidemment, je parvins à me tenir droit.

Voyez ? Aucun problème. Parfaitement capable de…

Paf !

Il me fallut plusieurs longues secondes pour prendre conscience que la chaleur qui se répandait sur mon visage n'était pas ma propre pisse.

— J'suis tombé sur la gueule, c'est ça ?

Ma voix était étouffée par le gravier qui me collait à la langue. Depuis quand le béton était aussi agréable et confortable ? C'était merveilleusement siestable.

— Ça existe comme mot, siestable ? demandai-je.

J'entendis Easton grogner.

Max, lui, soupira.

— Je vais aller parler à Shaun. Voir si on peut repousser de quelques heures. Mais on ne peut pas annuler. Ils ont été très clairs, et je veux garder mes couilles intactes.

— Le combat tient toujours, m'entendis-je dire en m'époussetant, avant de me relever lentement.

J'avais le mal de mer. C'était un effet secondaire parfaitement raisonnable après avoir descendu une bouteille entière du whisky le moins cher que j'avais trouvé à l'épicerie.

— Je vais monter sur le ring et démolir ce truc.

— Tu es fou ? s'exclama Tess derrière moi.

Je me tournai vers elle. J'avais un compte à régler avec Mlle Davis. Quand elle apparut devant moi, elle était accompagnée de multiples répliques d'elle-même. Elles se fondaient en une seule, comme un accordéon de Tess en morceaux.

— Quel genre de crime odieux j'ai dû commettre dans une vie précédente pour mériter de voir six Tess ? me demandai-je tout fort. (L'envie de gerber me prit soudain aux tripes.) Et dire qu'il a suffi de la baiser une fois pour tout faire foirer entre ma copine et moi.

Je me penchai en avant pour lui tapoter le nez. Je me loupai de quelques centimètres et lui mis le doigt dans l'œil. *Oups.*

Reign s'interposa entre nous, dégagea ma main et fronça les sourcils.

— *Ex*-petite copine, maintenant, et ne rejette pas la faute sur Tess. Ce n'est pas sa faute si tu as décidé de cacher le combat à Grace. Tu pensais vraiment que personne ne lui dirait ?

— J'espérais l'en informer le plus tard possible avant le combat. Tu as dit à Tess que je le cachais à Grace, et c'est elle qui lui a dit parce que ma queue lui manquait trop.

Mon grognement fut accompagné d'un rot. La grande classe.

— Je suis désolée, d'accord ? fit Tess avec une grimace. Vraiment désolée. Je ne pensais pas que les choses iraient aussi loin. Je ne voulais pas tout gâcher entre vous. Seulement… vous compliquer un peu les choses.

Mon téléphone sonna dans ma poche. Sans prêter plus attention aux excuses de Tess, je sortis tant bien que mal l'appareil. Max faisait les cent pas, en conversation téléphonique, sûrement en train de s'expliquer avec Appleton et son équipe.

Je vérifiai l'écran.

Maman.

Je devais vraiment être sacrément bourré pour avoir pensé que c'était peut-être Grace.

J'avais eu ma chance. Même plusieurs, pour être honnête. Et je les avais toutes gâchées. Heureusement, j'avais de nouveau les idées claires. Je savais ce que je devais faire pour être sûr que Grace soit en sécurité.

— On dirait qu'il prépare quelque chose, ce qui n'est pas bon signe vu l'état dans lequel il est, perça la voix d'Easton au milieu des justifications mielleuses de Tess et Reign.

Ils annoncèrent qu'ils allaient me chercher quelque chose à boire et à manger. Il me fallut quelques minutes pour rassembler mes idées avant que quelqu'un me pose contre le mur comme si j'étais un meuble. À l'étage, j'entendais la foule rugir et siffler.

L'événement se faisait à guichets fermés et tout le bazar.

Et j'étais en retard.

Quelques minutes plus tard, Max raccrocha. Un intello de quatrième année trottina vers nous avec un sandwich emballé et une bouteille d'eau.

Il les passa à Easton, qui me les fourra sous le nez.

— Tiens. Avale ça. En entier.

— Tu veux que je me pisse dessus au deuxième round ? murmurai-je en mordant dans le sandwich.

Qui l'avait préparé ? Il était immonde. Le pain était pourri, le fromage trop mou et le jambon devait avoir mon âge.

Merde, la bouffe de That Taco Truck me manquait.

— Ça ne me dérangerait pas que tu te fasses dessus si ça pouvait mettre fin au combat, fit Easton.

— Rien ne mettra fin à ce combat, déclarai-je d'un ton catégorique. Et ne t'avise pas d'essayer.

— Pourquoi c'est aussi important pour toi ? me demanda

Reign en s'accroupissant à côté de moi. Je ne sais pas comment te le dire, mais tu ne gagneras pas, pas dans l'état dans lequel tu es. Merde, tu pourrais affronter une pom-pom girl là maintenant, que tu perdrais.

— Une pom-pom girl morte, renchérit Max.

— Je ne lève pas la main sur les filles, murmurai-je.

Contrairement à cet idiot d'Appleton.

— Tu n'en arriverais jamais là. Tu la confondrais avec un carton avant qu'elle te mette le premier coup.

Reign me mit une tape sur l'épaule d'un geste rassurant.

Un moment après – une heure, une semaine, une putain de minute, aucune idée – Max frappa dans ses mains et annonça :

— Bon, le moment de vérité est arrivé. Je ne peux pas repousser plus longtemps. Je suis organisateur d'événements, pas magicien.

— Tu es un con de première classe, et tu paieras le fait de l'avoir coincé à faire un combat dont il ne peut pas se retirer, gronda Easton en me tendant la main.

Max fit la moue. Je laissai Easton me hisser à contrecœur. À l'approche de bruits de pas, je jetai un coup d'œil aux marches qui menaient au ring.

— Hé, fit Tess en posant une main sur ma poitrine.

Je la chassai d'une tape. Je n'étais pas d'humeur à parler à la personne qui avait transformé une boule de neige en avalanche.

— Dégage, Tess.

— Je suis désolée, d'accord ? Regarde-moi.

Elle me prit les joues entre les mains.

Malgré mon état d'ivresse – qui atteignait des sommets – j'arrivais à distinguer le regret qui dansait dans ses yeux.

— Je n'aurais jamais cru que la situation irait aussi loin. J'étais amère et jalouse, et je ne comprenais pas pourquoi Grace arrivait à avoir tout ce dont je rêvais. Je voulais provoquer une petite crise, pas une si grosse catastrophe.

Je lui saisis les poignets pour retirer ses mains.

— Désolé que ma tragédie ne soit pas taillée sur mesure pour toi.

Je tournai les talons pour prendre l'escalier et en finir avec ce combat, quand j'entrai en collision avec quelqu'un.

Je baissai les yeux.

Appleton.

Il était luisant de transpiration et torse nu, et il s'était tartiné le visage avec suffisamment de vaseline pour recouvrir la Statue de la Liberté.

— St Claire. J'ai appris que t'avais une petite copine et qu'elle ressemble à… du pain grillé.

Il éructa un rire aigre qui dévoila ses dents pourries et me poussa. Il était flanqué de Shaun et d'un autre clown de son clan, qui pouffaient méchamment.

Je n'en attendais pas mieux de la part de personnes qui, à elles trois, ne dépassaient pas les douze de QI, mais je fus incapable de résister à l'envie de lui mettre une patate en plein dans le nez. Il vacilla en arrière tandis que deux flots de sang jaillissaient de ses narines.

— Putain ! gémit Appleton en se pinçant l'arête du nez. (Il agita une main vers mon visage.) Il recommence ! Il met des coups avant que la cloche sonne.

— Tu as envoyé des types sur mon lieu de travail, connard.

— Tu ne peux pas le prouver.

— Je peux prouver que je peux te tuer, répliquai-je en montrant les dents.

— Tout ça pour une nana. (Il fit claquer sa langue, le sang dégoulinant sur son menton.) Tu parles d'une mauviette.

Je m'apprêtai à le corriger en disant que Grace n'était pas ma copine – plus maintenant, en tout cas – mais je me retins. C'était l'une des raisons pour lesquelles Grace avait toujours eu des doutes. Je n'avais jamais avoué notre relation au grand jour. Je ne lui avais jamais tenu la main en public. Je ne l'avais jamais embrassée en présence d'autres personnes. Je n'avais jamais montré au monde ce que je ressentais pour cette fille.

Je savais aussi que Kade Appleton ne la laisserait pas tranquille. Que tôt ou tard il allait s'en prendre à elle parce qu'elle était liée à moi, et pour lui, j'étais un sujet sensible.

À moins…

À moins que je perde. En beauté. À moins que je me fasse démolir sur le ring. À moins que je me couche. C'était très clair à présent.

Tout le monde avait un moment « phénix ».

Celui-ci, c'était le mien.

Je dépassai Appleton et me dirigeai vers l'escalier.

— Viens. Finissons-en.

Il me suivit en laissant une traînée de gouttes de sang dans son sillage. Je me frayai un chemin à travers la foule dense et déchaînée et déboulai sur le ring improvisé. Appleton me talonnait. Derrière nous, Shaun, Max, East, Reign et Tess essayaient de suivre.

Je pivotai vers lui.

— Allez vas-y.

Je savais que je n'allais pas gagner.

Que je n'allais pas m'*autoriser* à gagner.

Je n'avais jamais truqué de combat de ma vie, mais pour Grace Shaw, j'étais prêt à encaisser.

Max nous regarda tour à tour, l'air incertain. J'étais toujours loin d'être sobre, mais je n'en étais pas moins dangereux.

— Prêts ? demanda Max.

— Putain, oui.

Je me concentrai sur Appleton, en faisant mine de m'intéresser à ce qui allait arriver ensuite.

Le spectacle pouvait commencer.

Je ne me souvins que de bribes du combat.

Appleton qui m'envoyait un crochet en pleine mâchoire, moi qui volais pour aller m'écraser sur une pile de cartons.

Faire semblant d'esquiver quand il me balança un coup de pied circulaire en plein dans le ventre.

Appleton qui m'enfonçait son coude dans les côtes. L'explosion de douleur soudaine lorsque je pris conscience qu'il avait réussi à me briser une côte ou deux.

Moi en train de me tortiller par terre en gargouillant avec mon sang comme avec un bain de bouche.

Je continuais de me répéter que si je perdais, je n'aurais pas à me coucher chaque soir en craignant qu'ils s'en prennent à Grace. C'était mon talon d'Achille. Je pouvais tourner ça comme je voulais, mais Kade avait besoin de retrouver sa fierté, et moi ? Mon ego ne valait pas la moitié de ce que Grace représentait pour moi.

Tout s'était passé au ralenti. Les cris enthousiastes des spectateurs autour de nous s'étaient transformés en cris de panique implorant Max de sonner la fin du combat. Mais j'eus beau prier un Dieu dont j'ignorais l'existence pour que Kade m'assène le coup qui abrégerait mes souffrances, ce coup final ne vint jamais.

À un moment donné, j'envisageai de feindre le KO, sauf que je n'étais pas sûr de savoir faire semblant d'être évanoui. Mais je ne répliquais pas. Je ne faisais même pas semblant d'essayer. Ce n'était pas un combat. Je laissais Appleton gagner en guise de punition pour l'avoir battu.

Kade me poussa sur le matelas et décida de passer au corps à corps en tentant des prises de jujitsu qui donnaient l'impression qu'il voulait me bouffer le cul. À ce moment-là, quand on était écrasés l'un contre l'autre, je finis par lui dire, la bouche en sang :

— Allez, finis le travail. Tu sais que j'ai truqué le match avant de monter sur le ring, pourquoi tu fais traîner ?

— J'en ai bien conscience, St Claire. (Il me renvoya un sourire partiellement édenté.) Mais gagner ne me suffit pas, tu vois. D'abord, je vais t'humilier.

Je me réveillai aux soins intensifs le lendemain.

Je regardai alentour tout en revenant lentement à moi, et je découvris que j'avais un goutte-à-goutte en intraveineuse, un oxymètre au bout du doigt, que j'étais couvert de bandages et une main dans le plâtre…

Je baissai les yeux. Je portais une blouse d'hôpital. Ça ne m'était jamais arrivé. Disons simplement que je trouvais que le bleu pastel ne m'allait pas au teint.

— Salut, beauté !

La voix d'Easton semblait bien trop forte et trop enjouée pour l'occasion. La porte s'ouvrit et il entra en sautillant. Je fermai les yeux, refusant d'entendre ses conneries avant d'avaler un café fort.

— Sympa de te voir réveillé. Tu nous as fait une peur bleue hier soir.

— Pourquoi tu parles comme si t'avais quatre-vingts ans ? fis-je d'une voix rauque en essayant d'avaler ma salive.

Mauvaise idée. Je n'avais pas la moindre salive. J'avais la gorge plus sèche que les plans cul de Max. Je grognai.

East s'assit sur un tabouret à côté de moi et je perçus d'autres bruissements dans la pièce. Il n'était pas seul, mais je n'avais pas l'intention de rouvrir les yeux pour voir qui entrait dans la pièce.

— Tu as failli mourir hier soir, fit remarquer East.

— Merci, Einstein. Tu n'as pas autre chose à faire ? Aller prévenir des touristes que l'Hudson est mouillé ou aller en Alaska prévenir tout le monde qu'il fait froid ?

— Oh, mon Dieu, il n'a pas perdu qu'une dent. Son sens de l'humour est mort aussi, souffla Reign d'un air théâtral de l'autre côté de la pièce.

Mon cœur se serra en entendant sa voix. Qui d'autre je m'attendais à entendre, bordel ?

Grace. C'était Grace que j'avais espéré entendre.

— Tes parents sont en chemin, et je ne veux entendre aucune remarque, me prévint East. Ils ont lâché leur kebab dès qu'ils ont appris ce qui t'était arrivé.

Ma première réaction fut de vouloir lui arracher la tête de les avoir prévenus. Mais bon, il n'avait pas trop le choix. Comment aurait-il pu expliquer mon long séjour à l'hôpital ?

Ce qui amena ma question suivante.

— Qu'est-ce que tu as raconté au personnel de l'hôpital ?

— Accident de moto. (Reign s'assit sur le lit à côté de moi.) Ce qui était facile à croire étant donné que Christina a été démolie par Kade et ses pions juste après le combat. (Il fit claquer sa langue.) J'espère que tu n'avais pas prévu de faire une petite virée, parce que ta moto n'est pas vraiment d'humeur.

Je grognai, les yeux toujours fermés.

— D'après Max, Appleton est tout content maintenant, au moins on sait qu'il n'essaiera plus de te chercher des embrouilles.

East voulait me faire voir le verre à moitié plein. De pisse.

— Au poil.

— C'est qui le vieux de quatre-vingts ans maintenant, hein ?

East ouvrit une canette de Coca et la posa sur mes lèvres sans s'embêter avec une paille. *Connard.* Je bus une petite gorgée et laissai le liquide me brûler la gorge. C'était agréable.

— Alors, quel est le verdict ?

Je finis par rouvrir les yeux en désignant mon visage.

— Nez cassé, trois doigts cassés avant le combat, deux côtes cassées et une quantité de bleus indéfinie, énuméra East en comptant sur ses doigts.

— Ce n'est pas interdit de donner des infos personnelles aux personnes étrangères à la famille ? demandai-je en fronçant les sourcils.

— Oh ! ce n'est pas l'équipe médicale qui nous a donné les infos. Mais j'ai deux yeux en état de marche, répondit East, pince-sans-rire.

— Ça ne nous suffisait pas pour te traîner aux urgences, avoua Reign. Mais tu as décidé de faire une putain de longue sieste par terre après le combat et on a mis dix minutes à te réveiller. Easton était sûr que tu avais une commotion cérébrale. Finalement, c'est Tess, alias ma petite amie, avec qui tu as été un connard, qui a pris la décision d'appeler une ambulance. Heureusement d'ailleurs, parce qu'apparemment certains de tes organes internes étaient hyper gonflés. T'en veux toujours à ma meuf ?

— Toujours, je parvins à articuler.

Il rit en me donnant une tape sur les côtes. Je poussai un juron.

— Tu n'as aucune limite ? Je viens de me casser les côtes.

— C'est pour avoir couché avec ma nana.

— Dans ce cas… (Je me tournai vers lui, lui saisis le poignet et le tordis violemment. Reign poussa un cri.) C'est pour avoir insulté ma nana.

On se comportait comme des gamins de douze ans, mais s'il y avait bien un moment pour le faire, c'était maintenant, quand je pouvais faire porter le chapeau aux analgésiques.

— Pour la dernière fois, St Claire, ce n'est plus ta petite amie.

— C'est ce qu'on verra.

Je tournai les yeux vers Easton. Je n'avais pas besoin de formuler la question. Il savait très bien ce que je voulais savoir.

Où est-elle ?

Allait-elle venir me voir ?

Était-elle au courant de ce que j'avais fait ?

Pourquoi je l'avais fait ?

East déglutit. Il détourna les yeux et entreprit de sortir les snacks qu'il avait achetés de leur sac plastique et de les poser sur ma table de nuit.

— On essaie de la joindre. Je suis sûr qu'elle répondra bientôt.

— Ouais, approuva Reign d'un air enjoué, c'est le week-end. Les gens ne sont pas assis à côté de leur téléphone à attendre qu'ils sonnent.

— Elle viendra, ajouta Easton en me tapotant la main.

— Et elle saura te réconforter. Sûrement en se déshabillant. Tu verras. Les filles adorent quand on prend des coups pour elle. Tu as failli mourir pour elle, fit remarquer Reign. Ça vaut bien une pipe ou deux, non ?

Je fermai les yeux pour m'endormir en espérant ne jamais me réveiller.

24

West

Quand je me réveillai ensuite, la soirée était bien entamée.

Mes parents étaient là, leurs silhouettes collées l'une contre l'autre, englouties par les ténèbres. Ils se tenaient près de la fenêtre et s'enlaçaient, exactement comme je les avais vus dans la neige le matin où Aubrey était morte.

La boule dans ma gorge grossit. Pendant un instant, je fus tenté de faire encore semblant de dormir. Mais s'il y avait bien une chose que Grace Shaw m'avait apprise dans ce monde, c'était qu'il fallait arrêter de fuir ses problèmes sinon, ils finissaient par vous revenir en pleine gueule.

Je me redressai sur mon lit d'hôpital et je fis exprès de me racler la gorge.

Ils se retournèrent simultanément. Ma mère garda le silence. Elle caressa doucement mon visage des yeux. Mon père, qui semblait avoir pris dix ans depuis la dernière fois que je l'avais vu près de cinq ans plus tôt, tressaillit, comme si c'était lui qui avait encaissé les coups d'Appleton.

— Fils.

Un seul mot, mais qui me semblait provenir du fond de l'océan et résonnait partout dans mon corps.

Mes parents avaient l'air épuisé – et ils avaient perdu près de dix kilos chacun. Je les reconnaissais à peine, pourtant je savais que j'étais en grande partie responsable de l'état dans lequel ils se trouvaient aujourd'hui.

Mon père fut le premier à se précipiter vers moi. Il se pencha sur le lit et son corps tout entier effleura le mien, et me fit le câlin le plus doux et le plus délicat que j'avais jamais reçu. On ne s'était pas enlacés depuis cinq ans.

— Profites-en, papa. C'est ta seule et unique chance de me serrer sans que je puisse m'échapper, murmurai-je.

Je sentis son corps chaud frémir contre le mien et il resserra son étreinte. Il riait et pleurait en même temps. Lorsqu'il se releva et s'écarta, ce fut le tour de ma mère.

Je les examinai tour à tour et leur adressai un sourire en biais.

— Vous vous êtes inquiétés quand vous n'avez pas reçu l'argent cette semaine, hein ?

C'était tellement minable et pourtant tellement typique de ma part de sortir un truc pareil. Aucun d'eux ne fit la grimace ou ne présenta ses excuses. Ma mère avait un regard dur. Quelque chose avait changé depuis la dernière fois que je l'avais vue. Dans son expression, je revoyais un peu de la mère qu'elle avait été avant la mort d'Aubrey. Une lueur de détermination brillait dans ses yeux, assortie de la promesse de me faire ma fête si je me conduisais mal.

— On est ici pour te dire qu'on ne va pas te laisser te tuer pour ce qui est arrivé à Aubrey. On comprend que tu sois bouleversé. *Nous* sommes bouleversés aussi. On le sera toujours. On a perdu notre fille chérie. Mais pour l'amour du ciel, West Camden St Claire, on ne perdra pas d'autre enfant. Ni de chagrin ni de culpabilité.

De *rien du tout*. Plus jamais. Tu nous enterreras et tu as intérêt à être heureux.

Elle se redressa et me regarda avec une intensité qui me donna des putain de frissons.

— Je me déteste. (L'aveu quitta mes lèvres avec un grincement.) Et je ne comprends pas que ce ne soit pas pareil pour vous.

— Ce n'est pas ta faute.

Mon père me prit la main. Je détournai les yeux. La possibilité de pleurer devenait trop réelle pour risquer un contact visuel.

— Et même si c'était ta faute, on t'aimerait quand même, on te pardonnerait quand même. Aurais-tu pu faire les choses différemment ? Oui. Mais tu ne l'as pas fait. Tu n'as pas commis de crime, West. Les conséquences de tes mauvaises décisions se sont simplement avérées exceptionnellement tragiques.

— Je n'ai pas tenu la promesse que j'avais faite à Aub.

— Ça nous arrive à tous de ne pas tenir une promesse de temps en temps.

Ma mère me prit l'autre main et maintenant, je n'avais plus nulle part où regarder car mes parents étaient partout. Je ne pouvais plus les éviter. Les ignorer. Leur échapper. Faire semblant de les réduire au silence avec un chèque.

— Ça n'a jamais été une question d'argent. (Une larme chaude roula sur la joue de mon père et atterrit sur mon bras.) On n'a jamais voulu que tu te sortes de là avec de l'argent. Au début, on pensait que c'était peut-être ta manière à toi de gérer le deuil, de faire taire tes démons. Mais quand on a compris, il était trop tard. Tu étais très loin et on ne savait plus comment t'atteindre.

— On était dans un état lamentable, intervint maman. (Je me tournai vers elle. Elle pleurait aussi.) La période qu'on a traversée juste après la mort d'Aubrey…

— Vous aviez tous les droits, la coupai-je, la gorge nouée par l'émotion.

Ne pleure pas. Ne t'avise pas de pleurer, putain.

Ça faisait si longtemps que je m'étais interdit de ressentir des choses que je ne savais même pas si j'en étais encore capable, même si j'en avais envie.

— Non. On n'en avait pas le droit, Westie. Nous devions encore penser à notre fils, prendre soin de lui. Au lieu de réfléchir aux conséquences, on s'est laissés tomber dans la dépression.

— Vous n'êtes pas tombés dans la dépression. C'est elle qui vous a chopés par le pied et vous a entraînés dans des égouts profonds, sombres et remplis de merde. La dépression, ce n'est jamais volontaire. Alors ne vous excusez pas pour ça.

Je ne pouvais plus me retenir. Mes yeux et mon nez me brûlaient et une larme chaude coula sur ma joue. Je l'essuyai promptement de la paume de la main.

— On t'aime, Westie. (Ma mère pencha la tête pour l'enfouir dans mon cou.) On t'aime tellement, tellement. On n'a jamais voulu de cet argent. Tout ce qu'on voulait, c'était te parler. On veut récupérer notre fils et on refuse d'accepter un centime de plus de ta part à partir de maintenant. Quand East nous a raconté ce que tu faisais pour nous aider à payer nos dettes, tu sais ce que j'ai fait ? demanda-t-elle.

Tu as vite renié ton fils pour avoir été un si gros idiot ?

— Je lui ai mis une gifle pour ne nous l'avoir jamais dit. Pour ne nous avoir jamais prévenus. Tu risques ta vie chaque vendredi pour nous aider. Je t'en prie, pardonne-moi de n'avoir pas su ce que tu as traversé ces cinq dernières années. (Elle me prit le visage en coupe. Elle me faisait un mal de chien, mais le moment semblait mal choisi pour lui faire remarquer.) Je sais que c'est beaucoup demander, mais je suis décidée à travailler dur pour te montrer ce que ça signifie pour moi.

Une nouvelle larme perfide roula sur ma joue.

J'ouvris la bouche pour prononcer les trois mots les plus libérateurs au monde :

— Je te pardonne.

Grace

Au moment où je me garai sur le parking de l'hôpital, le soleil avait plongé derrière les grands arbres, et il faisait presque complètement nuit. J'avais été ralentie par une circulation de dingue, puis deux accidents sur mon chemin et la plupart des routes étaient bloquées à cause des festivals. Chaque minute passée loin de West était une torture et j'étais tellement malade d'inquiétude que toute l'angoisse liée au premier jour de Mamie Savvy aux Jardins du Centre s'était envolée comme par magie.

Quand j'arrivai sur place, West était réveillé.

Tess fut la première à m'accueillir et jeta ses bras autour de mes épaules.

— Grace ! Je suis tellement contente que tu sois là. Il vient de se réveiller.

Je lui tapotai maladroitement le dos, sous le choc. C'était étrange d'être à nouveau en bons termes avec elle après ce qu'on avait traversé, mais si j'avais bien appris une chose depuis l'instant où j'avais rencontré West, c'était que le pardon aurait toujours dû l'emporter.

Easton et Reign étaient affalés sur une banquette étroite devant la chambre de West et somnolaient dans des positions qui ne pouvaient pas être confortables. Tess recula d'un pas pour m'observer.

— Easton a dit qu'il avait demandé de tes nouvelles.

Une vague d'euphorie déferla en moi, que je m'efforçai de dominer.

— Il souffre beaucoup ?

Tess hocha lentement la tête.

— Je ne suis pas encore entrée. Je ne pense pas qu'il apprécierait de voir ma tête après tout ce qui s'est passé. Mais Reign et Easton disent qu'il a l'air d'aller mieux. Vas-y. Il t'attend.

Je poussai la porte au moment précis où ses parents sortaient. Je reconnus immédiatement sa mère. Une petite femme aux traits sombres et saisissants. Elle me serra dans ses bras.

— Grace. Merci d'être venue voir Westie.

— C'est normal. (Je lui frottai le bras en souriant nerveusement.) Je suis venue aussi vite que possible.

— J'ai prié chaque soir pour que ça puisse fonctionner entre vous. Je suis heureuse que ce soit le cas, répondit Caroline.

Je fis la grimace. Elle ne pouvait pas être plus éloignée de la vérité.

Dans sa chambre, West poussa un gémissement grave. Ses parents me bloquaient la vue sur son lit.

— Ça suffit, maman.

Caroline leva exagérément les yeux au ciel, et mon cœur se gonfla d'espoir ; si elle était capable de plaisanter, peut-être que l'état de West n'était pas si grave que ça.

— Prenez soin de mon fils.

Elle me déposa un baiser sur la joue et s'éloigna.

Je refermai la porte derrière moi et pivotai vers lui. Je sentis une rougeur se propager dans mon cou.

Il avait une mine affreuse.

Son nez était déplacé, ses yeux gonflés et violets, et on aurait dit qu'il avait été recousu plusieurs fois pour reformer un West que je reconnaissais à peine et qui était bien loin de l'Adonis parfait que j'avais connu.

Je fus saisie d'une envie impérieuse de détourner les yeux, mais je tins bon et m'efforçai d'analyser les dégâts.

Il t'a aimée quand tu as montré le pire de toi-même, en sachant à quoi tu ressemblais. Il est l'heure de lui prouver que tu l'aimes comme il est. Avec ses cicatrices et le reste.

— De quoi j'ai l'air ?

Il fit un geste de sa main plâtrée avec un clin d'œil dénué d'humour.

— Vivant, répondis-je et ma voix se brisa, ce qui est mieux que ce dont j'aurais pu rêver, tout bien considéré. East m'a dit au téléphone que tu étais arrivé complètement bourré et que tu n'avais même pas essayé de te battre. Qu'est-ce qui t'a pris ?

À chaque pas que je faisais dans la chambre, mes muscles se détendaient. Ses amis lui avaient déjà apporté du Coca, des snacks, des fleurs et un iPad. Je n'avais pas eu le temps de lui acheter quoi que ce soit. J'étais venue directement de la maison de retraite à l'hôpital du comté, qui était encore plus loin d'Austin que Sheridan. Bon sang, il ne savait même pas que Mamie Savvy était aux Jardins du Centre. Il s'était passé tellement de choses pendant le peu de temps où on avait été séparés !

— Il m'a pris que je voulais te protéger à tout prix. (Sa mâchoire se crispa.) Même si une partie du prix à payer, c'était d'avoir le cœur brisé.

Je m'installai devant son lit sans jamais quitter son visage des yeux.

— Après l'attaque des gars d'Appleton au *food truck*, je savais que s'il apprenait que tu étais ma petite amie, tu deviendrais une cible, expliqua West.

— Pourquoi tu ne me l'as pas dit ? demandai-je d'une voix étranglée en faisant attention à ne pas le toucher.

Si je commençais, je serais incapable de m'arrêter. Je le serrerais, je l'embrasserais et je me noierais en lui sans jamais reprendre mon souffle.

— Il était hors de question de prévenir la police. On aurait pu découvrir l'arène de combats illégaux et tout le monde aurait été baisé. Je n'aurais pas été le seul à être jeté en prison, mais aussi Max, East et Reign. (Il sondait mon visage des yeux, comme pour chercher des indices de ce que je pouvais penser.) J'ai décidé de faire ce qu'il fallait pour assurer ta sécurité. Au début, j'ai essayé d'annuler le combat, comme tu me l'as demandé. J'ai dit à Max que je me retirais à la fête de Reign. Max a appelé Shaun, mais il ne voulait rien entendre. Tu vois, pour Kade, c'était une histoire de fierté. Alors je me suis dit que je truquerais le combat, que je laisserais ce connard avoir son moment de gloire, et que ce cauchemar serait terminé.

» Mais j'ai sous-estimé à quel point Kade Appleton est cinglé. Il a failli me tuer avant le combat. Il a commandité l'agression au *food truck* et m'a renversé à moto un soir où je rentrais de chez toi. Il ne s'agissait plus d'argent. Je voulais perdre pour ne pas qu'il s'en prenne à mes proches. Mais je ne pouvais pas te balancer tout ça. Tu devais t'occuper de ta grand-mère, trouver une aide à domicile, et tu avais la menace du professeur McGraw qui planait au-dessus de ta tête. Je n'ai jamais eu l'intention de ne pas t'en parler, Grace. Je voulais seulement le faire selon mes propres conditions.

Je lui pris la main. Sa peau était bizarre. Froide et sèche, comme de l'argile. Sa vulnérabilité me heurta de plein fouet.

Il aurait pu mourir.

Il avait d'ailleurs *failli* mourir.

— Eh bien, disons simplement que les choses ne se sont pas passées comme tu l'avais prévu. (Je reniflai, puis caressai ses doigts avec mon pouce.) Tu m'as humiliée au-delà de ce que j'aurais pu imaginer, West. Tu as piétiné devant tout le monde la promesse que tu m'avais faite.

Il ferma les yeux et prit une inspiration. Les cicatrices de ce jour-là étaient plus sensibles pour moi que toutes celles que j'avais sur le visage et le bras. Parce que c'était la personne que j'aimais le plus qui me les avait faites.

— Tu as dit que tu étais ma petite amie, et tu l'*étais*. Merde, d'un côté, je suis tellement pathétique que j'espère que tu l'es encore, et tout ce que je voyais, c'était les petits rats de Kade Appleton qui couraient lui parler de la jolie blonde qui me tenait par les couilles. Je savais que tu serais devenue une cible. Il fallait que je le mette sur une mauvaise piste. Pour m'assurer qu'il ne t'approcherait jamais. Et le seul moyen d'y parvenir, c'était de faire en sorte que tu me détestes carrément cette semaine et m'assurer que tu restes à l'écart.

— Mission accomplie. Mais tu es quand même venu chez moi. Tu m'as espionnée.

Il haussa les épaules, l'ombre d'un sourire triste aux lèvres.

— Je n'ai jamais prétendu arriver à me maîtriser quand il s'agit de toi, Texas Shaw. D'où le merdier dans lequel on est. Si seulement j'arrivais à garder mes distances avec toi.

— Tu en serais quand même là. Il voulait te nuire parce que tu étais meilleur que lui. Et tu l'as laissé faire.

Un silence s'abattit sur la chambre. Il finit par tourner son visage vers moi.

— Bébé, fit-il avec un sourire triomphant. Tu n'es pas maquillée du tout.

Ma mâchoire tomba. Je posai la main sur mon côté blessé en plissant les yeux. *Seigneur.* Mon visage était complètement nu. J'avais passé la journée entière à la maison de retraite sans un gramme de maquillage et je n'avais même pas remarqué les réactions des gens. Pas de regards étranges. Pas de moues de dégoût. Pas d'enfants qui me pointaient du doigt en riant. Pas de murmures étouffés ou de ricanement moqueurs.

Ah.

— Je suis fier de toi, Texas.

— Tu le seras encore plus quand tu entendras ça : tu sais où j'étais aujourd'hui ?

Il ferma les yeux, faisant mine de dire une petite prière.

— Où que ce soit, j'espère qu'il n'y avait pas de mecs attirants dans l'histoire.

Je gloussai en levant les yeux au ciel.

— J'ai aidé ma grand-mère à déballer ses affaires. Elle s'est installée dans une maison de retraite juste à côté d'Austin. Celle de la brochure que tu m'avais laissée – Les Jardins du Centre. Elle s'adapte bien et elle a une camarade de chambre à peu près aussi excentrique qu'elle pour lui tenir compagnie.

— Bordel de merde ! s'exclama-t-il.

Il avait parlé si fort que Mme St Claire surgit dans la chambre pour s'assurer que tout allait bien.

— Westie ? Ça va ?

— Oui, maman. Je suis blessé, j'ai pas six ans. Referme la porte.

Elle rit en voyant le sourire sur mon visage, secoua la tête et referma la porte pour nous laisser de l'intimité.

— Je suis tellement fier de toi, putain, c'est incroyable. Tu joues dans la pièce. Tu prends la bonne décision pour ta grand-mère. Tu es mon héros, Tex. Je peux avoir un autographe ?

— Bien sûr, répondis-je en riant.

— N'importe où sur mon corps ?

Il haussa les sourcils. Je pris sa main plâtrée dans la mienne et embrassai le bout de ses doigts.

Il était tard et je devais rentrer. Pas parce que j'en avais envie, mais parce qu'il le *fallait*. C'était tentant de rester avec West, mais affronter les conséquences faisait partie de mon processus de guérison. Je devais passer l'épreuve de cette soirée. C'était ma première nuit seule à la maison, sans Mamie. Ma première nuit seule, *tout court*. Il fallait que je m'y habitue.

— Je suis heureuse que tu ailles bien, West. Je suis sûre que tu as besoin de te reposer alors je vais y aller.

Je me levai en retirant ma main. Il la resserra. Je vis sa pomme d'Adam bouger lorsqu'il dit :

— *Ne pars pas.*

Je l'observai en silence.

— Ne me quitte pas. Je suis devenu très doué pour reconnaître les adieux, et une fois que tu auras passé cette porte, tu ne reviendras pas.

Il n'avait pas tort. Je ne pouvais plus continuer comme ça. Mettre mon cœur en jeu et espérer qu'il l'épargnerait. Il l'avait manipulé avec une telle négligence jusque-là…

— Tu survivras sans moi, murmurai-je, une larme roulant sur ma joue.

Elle glissa dans ma bouche et le goût salé se répandit sur ma langue.

— La survie ne suffira plus. J'ai survécu pendant cinq ans avant de te rencontrer. Ce n'était pas suffisant.

Il prit une profonde inspiration en grognant. Chaque respiration semblait le faire souffrir, et c'était pour moi qu'il avait subi cette violence.

— Je ne peux pas oublier les sensations, les rires, tout ce qui s'est passé entre nous. (Il secoua la tête.) Je ne peux pas ne plus t'aimer, Grace Shaw. Tu es gravée dans mon putain d'ADN, au point que je ne peux plus réfléchir correctement. Une seconde je te malmène, celle d'après je te repousse pour ne pas t'embarquer dans mes histoires. Je te pousse, je t'attire, je te poursuis, je te fais du mal et je t'adule, tout ça à la fois et dans tous les sens, parce que je n'ai pas réussi à sortir ces putain de mots la première fois qu'ils me sont venus à l'esprit. Je t'aime.

J'en eus le souffle coupé.

— Tu m'aimes ?

— Merde, Tex. Il n'existe même pas de mot pour ce que je ressens pour toi. La première fois qu'on a passé du temps ensemble, quand ta grand-mère avait disparu ? C'était la première fois que je me sentais redevenir moi-même, celui que j'étais avant la mort d'Aubrey. J'éprouvais quelque chose de léger, de marrant… de réel. (Il poussa un soupir.) Tu étais stressée, et inquiète et, tout à coup, il fallait que je sois à la hauteur. C'était la première fois que je revoyais des miettes de l'ancien moi. Je pense que c'est parce que tu m'as tellement envoyé chier… (Il rit en se couvrant les yeux de son avant-bras.) Tu n'en avais rien à foutre de qui j'étais. De ce que mon nom signifiait dans cette ville. C'est ce qui m'a attiré. Et depuis ce soir-là, je n'arrivais plus à me passer de toi. Je t'ai pratiquée à toutes les sauces – amie, amante, coloc, collègue, camarade. J'avais besoin de toi dans mon entourage. En permanence. J'ai essayé de lutter. J'ai essayé de me convaincre que c'était rien. Mais chaque fois que je prenais de la distance, toi, ou Easton, ou Reign – *absolument tout le monde dans ma vie* – me remettaient à ma place et me montraient que tout tournait autour de la vie de cette Grace Shaw.

Je penchai la tête et me mordis la lèvre pour me retenir de pleurer comme un bébé. J'avais rêvé de ce moment toutes les nuits pendant des semaines. Des mois, même. Pourtant, maintenant qu'il finissait par m'avouer son amour, ses mots me faisaient l'effet de douilles de balle vides ; belles mais vides.

Il m'avait fait du mal.

Pas une fois.

Pas deux fois.

Je n'étais pas assez bête pour m'infliger ça une quatrième fois sans aucune forme d'engagement. Un signe qu'il essaierait au moins de m'épargner la prochaine fois que les choses ne marcheraient pas.

— Je t'aime aussi, West. C'est pour ça que tu dois me laisser partir. Ce que tu as à m'offrir ne me suffit pas. Je veux tout. Le conte de fée. La romance. Je veux un homme qui me fera parader à son bras comme si j'étais la plus belle fille du monde – précisément parce qu'à mes yeux, maquillée ou pas, je ne serai *jamais* jolie. J'ai besoin de quelqu'un de bon pour moi. (Je retirai ma main de la sienne et le vis prendre une inspiration qui sembla presque lui déchirer la poitrine.) Et j'ai peur que cette personne ne soit pas toi.

Il ferma les paupières. Il abandonnait. Je pouvais presque voir la lutte quitter son corps.

J'avais envie de me laisser tomber à genoux et de le supplier de ne pas abandonner.

De le convaincre de me donner tout ce dont j'avais besoin afin qu'on puisse être ensemble.

Mais ça n'était pas de mon ressort.

C'était à West de s'engager.

C'était son combat à mener.

Je tournai les talons et m'éloignai.

Cette fois, je ne me retournai pas. Je quittais à la fois l'amour de ma vie et l'ancienne Grace qui manquait d'assurance.

Ce soir-là, le moment de me mettre au lit me parut irréel.

L'absence des bruits habituels de Mamie dans la maison était discordante. Les objets qu'on déplace, les ronflements, les bavardages, les *respirations* – tout ça avait disparu et le lourd silence s'infiltrait dans mes os comme du poison.

Karlie m'avait écrit plus tôt pour me demander si je voulais qu'elle passe pour une soirée pyjama improvisée. Des films des années quatre-vingt-dix, du vin bon marché, et des jeux *ceci ou cela.* Aussi tentant que ce fût, et même si j'avais envie d'échapper au chaos qui bouillonnait dans ma tête, je savais que le nouveau moi n'était plus digne de fuir la réalité.

Je devais passer cette soirée seule – et en sortir grandie.

Toujours brisée.

Instable.

Asymétrique.

Mais aussi entière.

Et indépendante.

Plus forte que jamais.

Tandis que je me tournais et me retournais dans mon lit,

qui me paraissait vide sans West, après avoir vérifié que toutes les portes étaient fermées à clé, et la télé allumée pour avoir la lumière dansant sur mon visage et me sentir moins seule, j'eus la sensation que j'étais sur la bonne voie.

Elle serait cahoteuse, c'était certain, mais où que cette voie me mènerait, j'étais prête.

25

Grace

La semaine suivante, je me jetai à corps perdu dans le travail et les cours.

La première d'*Un tramway nommé Désir* approchait dangereusement et jetait son ombre sur tout le reste de ma vie.

West était sorti de l'hôpital trois jours après ma visite. Je lui avais envoyé de la nourriture et des cartes de rétablissement pendant qu'il était encore là-bas, mais je n'avais pas trouvé le courage de lui rendre visite une nouvelle fois. La balle était dans son camp à présent.

Deux jours après son retour à Sheridan, West se montra au milieu d'une répétition. Il était toujours amoché, le visage gonflé, avec quelques kilos en moins, mais son apparition devant les doubles portes de l'auditorium, avec son sourire habituel et un bâton de sucre calé au coin des lèvres, me coupa le souffle malgré tout.

J'étais sur scène lorsque je l'aperçus. Aiden arriva sur scène avec un faux paquet de viande. La scène représentait la première rencontre de Stanley et Blanche. Je savais que je devais me concentrer sur la scène, mais je ne pouvais m'empêcher de suivre les mouvements de West du coin de l'œil. Il s'installa sur un siège au premier rang, et m'observa de son regard froid et attentif.

— B'jour. Où est la petite dame ? demanda Aiden en bombant le torse.

Je finis par comprendre ce qu'avait dû ressentir West quand j'étais venue le voir se battre, plusieurs semaines auparavant. Nous ne pouvions pas nous trouver dans la même pièce sans être consumés par la présence de l'autre.

Tout en faisant mine d'allumer une cigarette et de tirer une bouffée, j'arrachai mon regard de West et me plongeai dans le rôle.

— Dans la salle de bains.

Aiden lança ses répliques et je lui répondis. Le courant passait bien entre nous. À mesure que les minutes défilaient, je commençai à oublier la présence de West et me laissai absorber par la magie de la scène.

Ce fut Tess qui clôtura la scène avec ses répliques, et Finlay applaudit depuis sa place au premier rang, à côté de West, en bondissant de son siège.

— Je n'arrive pas à le croire, mais c'était absolument parfait. Prenez une petite pause. Grace… ne t'éloigne pas trop, s'il te plaît.

Je hochai la tête et quittai la scène. West s'approcha d'un pas léger. Mon pouls s'accéléra et palpita dans le côté de mon cou. Nous nous faisions face. J'attendis qu'il dise quelque chose, n'importe quoi, pour me soulager de l'atroce souffrance qui me submergeait chaque fois que je pensais à lui.

Il était déjà en train de redevenir aussi beau qu'avant.

— Tex.

— Maine.

Il sourit. Je l'appelais rarement comme ça, mais chaque fois, ce mot semblait avoir un impact impressionnant et me donnait la sensation d'être une sirène qui retirait ses vêtements pour la première fois.

— Regarde-toi, murmura-t-il avec admiration.

Je baissai la tête en rougissant.

— On a travaillé dur. Merci.

— On ? Je n'ai vu que toi. Il y avait quelqu'un d'autre ? dit-il d'un air détaché, une touche de possessivité dans la voix.

Propose-moi de sortir.

Dis-moi que tu ne peux pas vivre sans moi.

Que je ne suis pas la seule à avoir l'impression qu'il lui manque une partie de son cœur.

Il fourra les poings dans ses poches en passant d'un pied sur l'autre.

— Ça te dit de prendre un café plus tard ? En tant qu'amis, s'empressa-t-il de préciser.

Mon cœur se serra. *Amis.* Bien sûr. Je lui avais dit que c'était tout ou rien, et il avait pensé que je n'en valais pas la peine. C'était honnête. Il fallait que je m'y fasse. Je ne pouvais pas lui demander une chose qu'il était incapable de me donner.

— Bien sûr, murmurai-je avec un sourire. Un café, avec plaisir.

— Je viens te chercher dans deux heures.

Il tourna les talons et s'éloigna. Je remontai sur scène et croisai le regard de Tess. Elle avait l'air triste. Je me mis à rougir lorsque je compris qu'elle avait entendu notre échange.

On dit que plus on s'élève, plus dure est la chute.

J'attendais avec anxiété d'entendre le bruit sourd que ferait l'amour de West pour moi quand il finirait par vaincre son entêtement.

West

La vengeance et le karma avaient une chose en commun : ils étaient tous les deux cruels.

Aujourd'hui, je devais les transmettre à Kade Appleton, emballés dans un papier cadeau empoisonné.

J'avais essayé de tenir compte de son complexe de petite bite. Vraiment, j'avais essayé. Je m'étais donné beaucoup de peine pour minimiser les dégâts dans cette situation. J'avais tenu ma langue et je l'avais laissé vivre son moment de gloire, mais à présent, les jeux étaient faits.

Je voulais m'assurer qu'il ne s'en prendrait plus jamais à moi ni aux miens.

Non seulement parce que je n'avais pas l'intention de supporter ses conneries, mais aussi parce que je voulais récupérer ma petite amie.

Cette fois-ci, elle serait protégée.

De lui, de *moi*.

De tous ceux qui lui voudraient du mal.

Je garai ma Ducati défoncée devant chez Max. Christina avait passé plusieurs jours chez le mécanicien et était toujours en piteux état.

Je n'étais jamais allé chez Max. D'ailleurs, maintenant que j'y pensais, je ne savais même pas avec qui il vivait. À en juger par la belle maison de style Craftsman et la pelouse bien entretenue, j'étais prêt à parier qu'il habitait chez ses parents. Dommage, c'était un obstacle supplémentaire dans sa quête de dépucelage.

Les feuilles brûlées par le soleil craquèrent sous mes pieds. Max ouvrit la porte avec une mine sombre et jeta un regard derrière moi pour voir si j'avais amené des renforts.

— Il est là ?

J'entrai chez lui sans y avoir expressément été invité.

Max hocha rapidement la tête.

— Je t'avais dit que j'organiserais ça.

— *Seul ?* insistai-je.

Il tira son T-shirt sur son ventre rond.

— Je ne suis pas bête. Je n'ai pas envie que tu me tues.

— Tu n'es peut-être pas bête, mais pour le reste, ne sois pas trop sûr de toi.

Je pénétrai dans le salon bien ordonné, rempli de motifs floraux et de photos de famille qui confirmaient que Max n'était pas le seul tue-l'amour de la famille.

Je trouvai Kade affalé sur le canapé, en train de fumer un joint et de regarder la rediffusion d'un match de football sur une télévision à écran plat, une canette de bière posée sur ses genoux.

— Y a quelque chose qui pue, fit-il en reniflant l'air, refusant de décoller ses yeux de l'écran.

Je m'installai dans un fauteuil situé sur sa droite et l'observai. Il était nerveux. Ses doigts s'agitaient autour de sa bière et je remarquai un tic dans son œil droit.

— J'ai appris que tu avais fait un tour à l'hôpital. (Il fit bien exprès d'étirer ses muscles en se réinstallant.) Tu m'as l'air en pleine forme.

— Merci pour le diagnostic, docteur Ducon.

Il but une gorgée de sa bière en s'efforçant de garder son calme. Mais son genou tressautait et sa lèvre inférieure tremblait. Il savait aussi bien que moi que j'étais capable de le démolir ici et maintenant, et mettre un terme à l'histoire de la façon dont elle était censée se terminer si je l'avais voulu. J'étais sans conteste le meilleur boxeur de nous deux. J'avais truqué le combat en sa faveur et il s'était empressé d'essayer de me tuer, pour me punir d'être meilleur que lui.

Je le regardai se décomposer sans mot dire.

— Pourquoi tu m'as fait venir ici, alors ? (Il souffla.) Pour me présenter des excuses ?

Max s'affala à côté de lui et cacha son visage entre ses genoux.

— Pour info, mes parents devraient rentrer dans une heure, donc si vous pouviez éviter de mettre du sang sur le tapis…

— Alors crache le morceau, St Claire. (Kade arracha enfin les yeux de l'écran pour me toiser.) Tu voulais qu'on se voie sans nos gars. Ça veut dire que ce que tu vas me sortir va devoir rester entre nous. Dis-moi ce que je fais là.

Peut-être qu'il n'était pas con comme un balai, seulement bête comme ses pieds.

— Je veux la moitié de l'argent du combat – et la promesse que tu ne t'en prendras jamais à moi, mes amis, mes parents et, *surtout*… (Je montai d'une octave, d'une voix tranchante comme une lame.) ma petite amie.

On n'était plus ensemble, Grace et moi, mais on avait le droit de rêver.

Kade posa sa tête en arrière sur le canapé et éclata d'un rire métallique.

— Tu n'auras pas un centime de mon argent. J'ai gagné dans les règles, et même si je te donne ma parole que je ne ferai rien à ta nana, je ne peux pas te promettre que je ne la draguerai pas. Joli petit cul que tu te paies, là. Et j'ai entendu dire qu'elle était célibataire maintenant. Enfin, qu'est-ce que tu en saurais ? En fait, j'ai perdu mon contrat à Vegas et je me suis installé ici pour de bon. Je ne vois pas de meilleur divertissement que de me taper ton ex sexy.

— Bon, Kade, essayons de ne pas..., commença Max, mais Appleton projeta sa canette à moitié pleine en direction de la télévision.

Le liquide blanc et épais se renversa dessus et dégoulina par terre.

— Ferme-la, Riviera, laisse les adultes parler.

— Je..., bredouilla Max.

— Va nettoyer, aboya Kade. Je suis sûr que M. et Mme Mocheté ne veulent pas plus de bière sur leur tapis que de sang.

Je m'agrippai aux accoudoirs de mon fauteuil en serrant les dents. Je devais me contenir, même si ma première réaction était de tuer cet enfoiré. Ce ne serait pas constructif pour mon but final et ce serait digne d'un amateur de me laisser avoir par son numéro.

— Tu vas peut-être vouloir reconsidérer les choses, Appleton, déclarai-je sereinement.

— Ah ouais ? Et pourquoi ça ?

Il me jeta un regard de pierre.

Je sortis mon téléphone de ma poche, trouvai ce que je cherchais, et tendis l'écran vers lui. Il se pencha en avant à contrecœur, attentif.

C'était une vidéo de Shaun et lui qui lançaient deux pitbulls l'un contre l'autre. Les chiens se déchiquetèrent mutuellement avec sauvagerie, pendant que Kade et son manager les acclamaient, riaient et faisaient des grimaces. Un groupe de personnes encerclaient les chiens ensanglantés. On distinguait clairement leurs visages et il était évident qu'aucun de ces connards n'avait conscience d'être filmé.

L'un des chiens planta ses dents dans le cou de l'autre et fit jaillir un flot de sang. Le chien blessé gémit et tomba sur le côté, secoué de violents spasmes et se vidant de son sang. Le chien vainqueur ne s'arrêta pas pour autant de s'acharner sur lui.

L'un des pitbulls dévora l'autre vivant pendant que ce dernier appelait à l'aide.

C'était tellement brutal que même moi, le plus grand des insensibles, je ne pouvais pas regarder. Quand l'ex-petite amie de Kade avait accepté de m'envoyer ces vidéos, je m'étais promis de mettre un terme à sa carrière de combats de chiens. Et ce n'était pas une promesse en l'air. En fait, j'allais m'assurer qu'à partir de maintenant chaque fois que je promettrais quelque chose à quelqu'un, je m'y tiendrais.

— Tu as eu ça où ?

Il se redressa instantanément, en alerte. Il essaya de m'arracher le téléphone des mains, mais je le rangeai promptement dans ma poche.

— Ça ne te regarde pas. Maintenant, histoire que ce soit bien clair, l'organisation de combats de chiens avec cette brute aussi connue sous le nom de Shaun, en plus de ta liberté conditionnelle pour avoir frappé ton ex-petite amie ? Ouais, ça fait un bon gros tas de délits, ça. Je pense que tes compétences de combat te seront utiles en prison, à moins que ça te plaise d'être la petite pute de tout le monde.

— Je n'en fais plus main…

— Épargne-moi tes conneries. J'ai des copies de ces vidéos partout sur mon cloud. Elles sont récentes. C'est ton nouveau truc, maintenant que tu ne peux plus monter sur le ring. Si tu ne m'écoutes pas très attentivement, elles se retrouveront sur YouTube et sur le bureau du shérif avant minuit. Alors je vais te reposer la question : la moitié de la somme du combat, plus la promesse de ne jamais approcher mes proches. Jamais. Ça s'applique tout particulièrement à Grace Shaw. Si je t'entends seulement péter dans sa direction, je te tue de mes propres mains vingt-six fois, une mort pour chaque année de vie. C'est clair ?

Sa pomme d'Adam monta et descendit et sa mâchoire bougea d'avant en arrière. Le truc qui le faisait planer jusque-là s'était complètement évaporé de son système. Il était parfaitement lucide et bien conscient de la grosse pile de merde que je venais de déposer à ses pieds.

— Je suis sérieux, ajoutai-je. Je me suis couché une fois face à toi. Ma gentillesse s'arrêtera là. Je te *tue* si tu touches à un seul de ses cheveux.

— Si j'accepte, je veux récupérer ces vidéos, fit-il en enfonçant son doigt sur la table.

Ce couillon ne devait pas savoir comment fonctionnait Internet.

— Je garde ces vidéos comme garantie, répliquai-je sans détour.

— Comment je sais que tu ne vas pas te retourner contre moi ?

— Premièrement, parce que je suis un homme de parole.

Du moins, j'allais l'être à partir de maintenant. Je n'avais pas su tenir mes promesses, mais c'était sur le point de changer.

— Deuxièmement, parce que je n'ai pas envie que ta petite fille grandisse avec un père en taule, même si c'est ta place. Donc si je pars d'ici après avoir eu la garantie que tu vas te trouver un boulot légal, que tu vas arrêter les combats de chiens, que tu vas subvenir aux besoins de ton ex, et laisser la mienne tranquille, considère que l'affaire est conclue.

On aurait dit la police de la moralité, mais la vérité, c'était que dévoiler au grand jour tout ce qu'il s'était passé ces dernières années au Plaza allait tous nous foutre dans la merde et, au fond de moi, je croyais aux secondes chances.

Je ne faisais pas confiance à Kade Appleton à cent pour cent.

C'était pour ça que j'avais Max. Il le garderait à l'œil. S'assurer qu'il respecterait sa part du marché.

Il détourna les yeux.

— D'accord. *Putain.*

— J'attends l'argent dans ma boîte aux lettres dans les douze prochaines heures. Et Kade ?

Je me levai. Il tourna la tête à contrecœur pour me regarder. J'affichai un rictus.

— Je suis sérieux. Si j'apprends la tenue d'un combat de chiens associé à ton nom, ou que tu t'es approché d'un de mes proches, je te tue, et c'est une promesse que j'ai bien l'intention de tenir.

Grace

Je bus un café avec West chaque jour de cette semaine. Toujours au même endroit, le petit *diner* en périphérie de la ville, où Mamie s'était rendue le soir où il m'avait aidée.

Ils ne servaient même pas le café que j'aimais, le capuccino. Je remarquai que West non plus ne touchait pas à son café filtre. On se contentait de tenir nos tasses à deux mains en discutant.

Nous parlions de tout sauf de nous.

De ses parents, qui lui avaient fait promettre de ne plus jamais se battre, ce qu'il avait accepté et, cette fois-ci, il avait l'intention de tenir parole.

De ma prochaine visite à ma grand-mère le samedi suivant. De son adaptation dans sa maison de retraite, de ses hauts et de ses bas. Ça n'avait pas été facile de lui faire passer un scanner, mais Aimée m'avait appelée pour me dire qu'à la fin de la journée Mamie était tellement fatiguée qu'elle s'était couchée à 19 heures et s'était réveillée le lendemain matin comme neuve, et qu'elle chantait avec Ethel dans la salle du petit déjeuner.

Elle suivait désormais un traitement et, même s'il allait falloir un peu de temps pour trouver les bons médicaments et les doses adaptées, c'était un bon début.

J'adorais passer du temps avec West. Rien que parler et rire, reconstruire ce qui avait été brisé ce fameux jour à la cafétéria. Et ce n'était pas seulement notre café quotidien qui recollait les morceaux éparpillés de mon cœur. West mettait un point d'honneur à venir me chercher chez moi tous les jours pour aller en cours – même quand nos horaires ne coïncidaient pas – et il m'attendait après mes cours.

Le nouveau théâtre fut enfin prêt et on fit notre dernière répétition dans la nouvelle et immense salle.

West portait mon sac et riait à mes blagues, même quand elles n'étaient pas drôles. Lorsque j'arrivais à la cafétéria pour m'asseoir à côté de Karlie, il se matérialisait comme par magie pour s'installer avec nous. Il ne semblait même pas gêné par nos conversations exclusivement constituées de séries télé des années quatre-vingt-dix. Il était heureux de passer simplement du temps avec moi.

C'était adorable.

Et romantique.

Ça me donnait envie de le tuer.

— J'ai envie de l'étrangler, avouai-je à Karlie la veille de la première d'*Un tramway nommé Désir*.

J'étais on ne peut plus sincère. Quelle ironie, quand on pensait combien j'avais paniqué quand c'était Kade Appleton qui avait voulu s'en charger.

— Sois plus précise. Même si je ne suis pas sa plus grande fan, il n'a rien fait de travers récemment. En tout cas, rien qui puisse pousser au meurtre.

Karlie parcourait un épais manuel de cours dont elle surlignait des passages interminables.

Je me laissai tomber à côté d'elle sur son lit en soufflant sur une mèche de cheveux pour l'écarter de mon visage. Je ne portais plus de casquette de base-ball. Et rien qu'une quantité raisonnable de maquillage. C'était une sensation extrêmement libératrice, à la fois pour ma température corporelle et crânienne.

— Il se comporte comme le parfait petit ami, grognai-je.

— Beurk ! (Karlie fit semblant d'avoir un haut-le-cœur.) Comment ose-t-il ! L'enfoiré.

— Mais il n'est *pas* mon petit ami. Il ne m'a rien proposé. On n'a pas discuté de notre relation depuis sa sortie de l'hôpital. C'est simplement… platonique.

Ce mot avait un goût acide dans ma bouche. Je ne regrettais pas notre rupture. Mais je ne comprenais pas pourquoi il insistait pour passer du temps avec moi et ne faisait rien pour faire évoluer les choses. La balle était dans son camp à présent. C'était à lui de décider s'il était prêt à s'engager, et j'avais été claire avec lui à l'hôpital.

— Peut-être qu'il veut prendre son temps. Il a vraiment foiré en beauté quand vous étiez ensemble, suggéra Karlie en refermant son marqueur jaune pour échanger contre un vert.

Elle avait un système de surlignage qui transformait ses livres en arcs-en-ciel.

— Peut-être qu'il essaie juste de se racheter auprès de moi. Peut-être qu'il veut simplement être sympa avec moi avant d'obtenir enfin son diplôme et de déménager.

C'était le dernier semestre de West avant son diplôme.

Techniquement, il pouvait même quitter Sheridan dès le mois prochain. Plus rien ne le retenait ici.

Cette pensée me donna des sueurs froides.

Karlie le remarqua et referma son manuel. Elle se rapprocha et passa un bras autour de mes épaules.

— Mince, tu l'aimes vraiment, hein, Shaw ?

Je fermai les yeux en acquiesçant.

— Je ne sais pas quoi faire, Karl, murmurai-je. Je ne peux pas m'éloigner d'Austin, à cause de Mamie. Mais le voir partir… (J'essayai de prendre une inspiration, mais l'air me manquait.) Le voir partir, ça va m'achever.

Karlie me frotta le bras et posa son menton sur mon épaule.

— Désolée, Gracie-Mae. C'est ce qui arrive quand on joue avec le feu.

26

Grace

Le matin de la grande première, je me réveillai avec un message de West.

West : Regarde devant ta porte. À ce soir (j'ai pris une place au premier rang).

Grisée, j'allai ouvrir ma porte d'entrée pieds nus. Sur le seuil se trouvait un panier rempli de pâtisseries, de café tout chaud et de fleurs. Je me demandais bien où il avait pu acheter un truc pareil. Certainement pas ici, à Sheridan. Soit il l'avait fait livrer d'une ville voisine, soit il l'avait confectionné de ses propres mains. Je le déposai sur la table de la cuisine et remarquai qu'il y avait plusieurs cartes à l'intérieur.

Je récupérai la première.

Je suis tellement fière de toi, ma puce.

À l'époque, aujourd'hui, pour toujours.

Ta fan numéro un,

Marla

Je retournai la carte. C'était rédigé au dos d'une photo de Marla, tout sourire, ses petits-enfants assis sur ses genoux, sur fond de palmiers et d'océan. Je souris. Elle se plaisait tellement en Floride !

Je récupérai la deuxième carte.

Tu as retiré la bague flamme et tu es devenue ta propre flamme.

Merci de m'apprendre ce qu'est la force.

Karlie

Je retournai la carte. C'était une photo de nous deux en train de nous enlacer, nos sourires dirigés vers l'objectif. Ce que j'adorais dans cette photo, c'était qu'elle avait été prise *après* l'incendie. En fait, c'était la seule photo que j'avais acceptée de prendre avec Karlie depuis mes cicatrices. Je portais ma vieille casquette grise. Je savais pourquoi Karlie avait choisi cette photo. C'était le nouveau moi, avant que je passe à la version supérieure de moi-même, la version actuelle.

Oui, j'avais des cicatrices, et je paraissais un peu différente, mais je ne valais pas moins pour autant.

Je pris une autre carte.

Vivien Leigh n'a qu'à bien se tenir.

Déchire tout ce soir !

Tess

Puis une autre.

Bonne chance pour ce soir, Grace.

Votre petit ami sait s'y prendre !

La réalité est surfaite. Embrassez la magie.

Pr McGraw

Mes larmes se mêlèrent à mon hilarité et je m'essuyai le nez et le visage en riant de manière incontrôlée.

Fier de toi, Shaw.

(Pour info, j'ai su que tu avais un vrai talent d'actrice le jour où tu as fait semblant de t'intéresser à moi pour te venger de ce con de St Claire.)

Easton

Puis cette carte surprenante :

Grace,

Désolé d'avoir été con.

Merci de ne pas avoir été conne en retour.

Reign

Il restait une carte. C'était celle que j'attendais. Je la retirai au milieu des croissants, muffins et cookies.

Je traverserai les flammes pour toi.

Je t'aime.

Ton ancienne flamme

Je retournai la carte. C'était une photo de moi que je ne reconnaissais pas. Peut-être parce que je n'avais jamais vu West la prendre. Nous étions dans le *food truck*. Je portais ma casquette grise, je riais, les yeux fermés, et je mordillais le bout de la paille du granité que je tenais à la main.

Je me souvenais de ce moment. Il était allongé par terre et me regardait comme dans un rêve éveillé. Je m'étais sentie belle, vibrante. Vivante.

Pourquoi tu as rompu avec lui ? Qu'est-ce que tu as fait ?

Je me lavai le visage dans l'évier de la cuisine, me dépêchai d'enfiler quelque chose de confortable et sautai dans mon pick-up. C'était la dernière répétition avant le grand soir. Nous jouions à guichets fermés et le professeur McGraw et Finlay étaient au bord de la crise de nerfs.

La répétition se déroula sans fausse note et, le moment venu de rentrer à la maison pour me laver et me préparer, je trouvai un autre panier devant ma porte, cette fois rempli de plats qui sentaient atrocement mauvais ; j'en conclus que West avait essayé de les préparer lui-même. Cette fois, il n'y avait qu'une seule carte.

J'ai essayé un nouveau truc.

Ce n'est pas très réussi.

Du coup, je t'ai commandé une pizza.

Je t'aime,

West

— Ne regarde pas. Ça porte malheur, lança Tess en me donnant une tape sur les fesses dans les coulisses.

Je fis la sourde oreille. Je glissai mon visage entre les rideaux et jetai un regard alentour. L'auditorium était littéralement bondé. Quatre-vingts pour cent des visages m'étaient inconnus. Probablement des gens des villes voisines venus assister au spectacle. Mais le premier rang était occupé par les professeurs de l'université de Sheridan, y compris le professeur McGraw, ainsi que par des personnes avec qui j'étais allée au lycée et au collège. Dans quelques minutes, ils allaient tous voir mon nouveau visage.

Mon vrai visage.

Mon visage balafré.

Curieusement, je me sentais prête.

Ce à quoi je n'étais pas préparée, c'était à l'absence notable de West. Il n'était nulle part en vue.

Tess approcha son visage du mien derrière les rideaux rouges avec une moue.

— Sérieux, Grace, qu'est-ce que tu regardes ?

— West n'est pas là.

Elle me tira en arrière par ma robe d'époque.

— Je suis sûre qu'il va bientôt arriver. Reign m'a dit qu'il avait acheté des places.

— Des places ? Au pluriel ?

— Oui, répondit-elle avec un haussement d'épaules. Un bon paquet, même. Il va sûrement amener son éternel rencard, East Braun, et je sais que Reign vient aussi.

Je ris avant de dégriser aussitôt.

— Il n'achèterait pas des places juste pour aider la pièce, hein ?

Tess me dévisagea comme si j'avais perdu la tête.

— Cette pièce défonce tout. On n'a absolument pas besoin d'aide. Il a acheté des places parce qu'il veut te montrer à ses amis, idiote.

Alors que j'étais à deux doigts de péter les plombs à cause de l'absence de West, la représentation commença et je dus mettre mon inquiétude de côté pour me concentrer sur Blanche. C'était étonnamment facile. J'avais oublié à quel point j'aimais que tous les yeux soient posés sur moi. À quel point les réactions des gens face à ce qui se passait sur scène étaient addictives.

Je me nourrissais de chaque rire, chaque hoquet de surprise, chaque applaudissement du public.

J'étais au milieu de ma deuxième scène lorsque les portes de l'auditorium s'ouvrirent et que West entra, vêtu d'un smoking, rien que ça, son rencard accroché à son bras plâtré.

Ce n'était pas Easton Braun.

C'était Mamie Savvy.

Dans leur sillage, l'infirmière Aimée, le bras passé sous celui d'Easton Braun. Voilà qui était son rencard.

Suivis par Marla, qui avait fait le voyage depuis la Floride et était accompagnée de Reign.

Je continuai à déclamer mes répliques, la gorge serrée. Je les vis du coin de l'œil prendre place au premier rang. Mamie Savvy portait sa robe à sequins préférée. Elle m'adressa un signe de la main accompagné d'un sourire radieux.

Elle me reconnaît.

West me lança un clin d'œil, un léger sourire aux lèvres, et parcourut ma silhouette d'un air approbateur pour me signifier que ma robe lui plaisait. Au moment de terminer la scène, je frôlais l'explosion de joie. Je n'avais jamais été aussi enchantée de toute ma vie.

Le reste de la représentation se déroula sans accroc.

J'étais un phénix fendant les cieux, qui s'éloignait des cendres dans lesquelles j'avais été enfouie pendant des années.

Pourtant je m'élève.

West

À la fin de la pièce, la foule applaudit pendant dix minutes sans interruption.

Chaque fois que je pensais que les applaudissements et les sifflets s'estompaient, une nouvelle vague recommençait. D'un côté, j'avais l'impression que ma poitrine était sur le point d'exploser de fierté ; Grace avait tout déchiré, laissant Aiden et Tess dans un tas de poussière derrière elle. De l'autre, je voulais en terminer avec la partie suivante, parce que j'y travaillais depuis le moment où j'avais quitté l'hôpital.

— C'est ma petite-fille là-bas, Gracie-Mae ! hurla Mamie Savvy à l'oreille d'Aimée en interrompant brièvement ses applaudissements pour pointer Grace du doigt.

Aimée continua d'applaudir.

— Je sais. Elle était merveilleuse.

— Surdouée et belle comme un ange. Elle a été touchée par la grâce, celle-là.

Les comédiens finirent par quitter la scène.

Le professeur McGraw monta avec un micro, tapota l'épaule de Grace et lui fit signe de rester.

Quand faut y aller… prêt pour l'humiliation publique !

Elles échangèrent quelques paroles à voix basse. Puis McGraw s'adressa à la foule.

— Merci à tous d'être venus assister à notre représentation d'*Un tramway nommé Désir*, le classique américain de Tennessee Williams.

Elle entreprit de citer le metteur en scène, la productrice et les comédiens principaux avant d'en venir au but.

— Bien que la représentation soit terminée, l'un de nos étudiants m'a demandé de passer un message que j'estime important pour tout le monde à notre époque. Je pense que l'amphithéâtre est un lieu de stimulation émotionnelle qui invite à la réflexion ; et après avoir écouté ce que cet étudiant a à dire, j'ai le sentiment qu'il va provoquer exactement les mêmes sentiments en vous. Une démonstration de courage, de bravoure et de cœur est un spectacle au même titre que celui auquel vous venez d'assister. Ainsi, sans plus attendre, je suis ravie d'appeler West St Claire sur scène.

Je me mis en marche tout en étouffant les applaudissements autour de moi. Je jetai un regard à Grace et perçus la confusion dans ses yeux. Le doute pointa le bout de son nez. Étais-je un crétin fini de faire une chose pareille ?

Elle avait demandé un petit ami parfait. De grandes démonstrations. De se sentir belle dans ses yeux. Si ça, ça ne fonctionne pas, je jette l'éponge.

Dix secondes plus tard, je me tenais sur scène. Le professeur McGraw me tendit le micro et me serra l'épaule.

— Épate-les, mon grand.

Je me plaçai devant Texas. Elle cligna des yeux, dans l'attente d'une explication à cette scène étrange. Mais je me tournai vers le public et m'adressai à lui.

— Je ne connaissais pas la pièce *Un tramway nommé Désir* avant le début de ce semestre. Honnêtement ? Je ne pense pas connaître grand-chose aux œuvres d'art qui n'incluent pas d'explosions ou Megan Fox.

Je récoltai quelques ricanements et sifflets des hommes dans le public. La foule n'était pas véritablement distinguée. Ça jouait en ma faveur.

— Mais cette fille, Grace Shaw, travaillait comme assistante à la mise en scène sur la pièce, et elle m'intéressait, et puisqu'elle s'y intéressait, j'ai décidé de la lire. Je voulais savoir ce qui lui plaisait tellement dans *Un tramway nommé Désir.* Et j'ai compris. Vraiment. Ce que Tennessee Williams essayait de transmettre. Le désir brûlant de pouvoir revendiquer un endroit – *n'importe lequel* – comme son chez-soi. Je ne suis pas un expert en littérature, mais ce que j'ai aimé, c'est l'idée qu'il nous arrive à tous, de temps en temps, de nous retrouver dans un tunnel tellement sombre qu'on ne sait même plus si nos yeux sont fermés. Jusqu'à ce qu'un rai de lumière nous parvienne.

Je pris une profonde inspiration pour arriver à ma conclusion.

— J'ai passé les dernières années à fuir de chez moi dans le noir. Pas littéralement – ma pomme était bien ici, à Sheridan. Mais je ne voulais plus appartenir à un endroit que j'avais détruit à cause d'une de mes stupides erreurs. C'est là que j'ai rencontré Grace Shaw. Elle a chamboulé ma vie. Et ceux qui disent que c'est une bonne chose, c'est que personne n'a jamais chamboulé *leur* vie. C'était brutal.

Je secouai la tête.

Tout le monde rit, y compris Texas. Elle serra son bras autour de sa taille en gloussant dans son poing fermé. C'était bien. Encourageant. Peut-être que ce discours n'était finalement pas un fiasco total.

— Je pense que ce qui m'a fait tomber amoureux d'elle, c'est qu'à chaque fois qu'on se retrouvait ensemble, on fracassait les murs de l'autre à coups de marteau. On s'est vus au meilleur de nous-mêmes comme dans le pire. On se poussait l'un l'autre à affronter nos peurs, nos doutes et notre solitude. Et au bout du compte, je suis tombé si entièrement, ridiculement, si pitoyablement amoureux d'elle que je n'arrivais plus à avoir les idées claires. Et j'ai tout fait foirer. En beauté.

C'était la partie la plus difficile. La partie des aveux. La partie à laquelle je répugnais. Je me tournai vers elle. Elle avait une expression interrogative, une posture détendue.

— Je suis désolé de ne pas avoir été à la hauteur de ce que tu méritais, Tex, mais j'ai bien peur de ne pas pouvoir te laisser partir. C'est trop bon, trop rare pour que je laisse tomber, tu vois. À la cafétéria, j'ai dit que tu n'étais pas ma petite amie, et tu ne l'étais pas. (Je fis une pause et vis son visage exprimer de nouveau la stupeur.) Tu étais *tout* pour moi. Tu l'es toujours, bébé. Tu voulais te sentir belle grâce à moi, mais il n'y a pas une seule fille qui soit à moitié aussi jolie que toi dans le monde. S'il te plaît…

Ma voix se brisa et je mis un genou à terre, comme j'en avais toujours eu l'intention.

— Ne me brise pas le cœur si vite après en avoir recollé les morceaux.

Un silence de plomb régnait dans l'auditorium. Tout le monde retenait son souffle. J'avais l'impression qu'à chaque seconde qui passait sans qu'elle réagisse je perdais une année entière de ma vie. Pour le côté positif, si une minute entière s'écoulait, je tomberais raide mort et je n'aurais pas à assister à ma propre disgrâce publique.

Grace finit par retrouver l'usage de sa voix.

— Debout, St Claire, murmura-t-elle. Un roi ne s'incline pas devant les autres.

Je me relevai et la pris dans mes bras, offrant matière à parler pour les années à venir dans cette ville paumée, et le baiser enflammé que je lui donnai faillit lui briser la mâchoire.

— Il s'incline pour sa reine.

Épilogue

Grace
Trois ans plus tard

— Mesdames et messieurs, un tonnerre d'applaudissements pour les comédiens du *Roi Lear* !

Je fais un pas en avant, main dans la main avec mes compagnons de scène, et j'incline la tête. Le halo jaune vif des projecteurs braqués sur moi découpe ma silhouette. Il ne fait aucun doute que le public a remarqué les cicatrices pendant la représentation.

Je m'en fiche. Je suis uniquement concentrée sur la célébration de mon tout premier rôle d'actrice professionnelle au Paramount Theater d'Austin. C'est un petit rôle, mais il va payer les factures et plus encore.

Je suis une actrice professionnelle.

Je fais ce que j'aime.

Ce que j'étais *destinée* à faire de ma vie. Même si j'avais essayé de me convaincre l'espace d'une seconde que ce n'était pas le cas. Que je ne m'en sortirais pas.

À la troisième inclinaison de la tête, je le repère au troisième rang, en train d'applaudir et de siffler.

L'amour de ma vie. L'homme qui n'a jamais fait une croix sur moi, longtemps après que je me sois moi-même laissée tomber. Easton est assis à côté de lui avec sa petite amie Lilian. Et… c'est bien Karlie ? Qu'est-ce qu'elle fait là ? Elle est censée être à Washington, où elle a décroché un stage prestigieux dans un journal local.

Je ne peux retenir le grand sourire qui se dessine sur mon visage. Je leur envoie un rapide baiser et je penche la tête, consciente d'être écarlate sous mon maquillage.

Les applaudissements diminuent et tous les acteurs rejoignent les coulisses, où ils s'enlacent et se félicitent les uns les autres. Je me glisse dans les loges pour remettre ma tenue civile – terminé, les sweats à capuche. Un jean et un T-shirt à manches courtes font l'affaire. Nous allons boire un verre tous ensemble au bout de la rue, mais j'espère pouvoir boire la première tournée uniquement avec mon petit ami, Easton, Karlie et Lilian.

Depuis mon installation à Austin après avoir obtenu mon diplôme, West et moi avons passé beaucoup de temps avec Lilian et Easton. West a été le premier à déménager, étant donné qu'il a décroché son diplôme avant moi. Easton et lui ont ouvert une salle de sport. C'est une vraie réussite et ils ont trouvé leur rythme. Lilian est leur directrice adjointe, et ça a tout de suite collé avec Easton.

J'ai toujours du mal à croire que tout se soit aussi bien goupillé.

West est resté au Texas, où il louait un appartement à moins de quinze minutes de la maison de retraite de Mamie. J'ai passé la fin de mes études à étudier la semaine à Sheridan et à passer mes week-ends avec lui. J'ai emménagé avec lui au début de cette année, précisément le lendemain de ma remise de diplôme.

Je ne perds pas une minute en loge. Mes amis m'attendent

juste à la sortie des coulisses, au plus près des acteurs avant la barrière de la sécurité.

— Karlie !

On se saute dans les bras en tournoyant et en pouffant. Il nous faut une bonne minute pour nous reprendre, même si Karlie est partie depuis moins de quatre mois.

— Alors, il est où mon « merci » ? C'est moi qui ai mis ses fesses dans le premier vol de Washington pour Austin, grommelle West dans son dos, et j'écourte mes interminables embrassades avec Karlie pour lui sauter au cou et le couvrir de baisers.

— Désolée ! Merci, merci, merci !

— La reconnaissance est plus appréciée quand elle est prouvée par des actes.

Je lève les yeux au ciel et lui tapote le torse.

— Tu seras récompensé plus tard ce soir.

— Je préfère ça.

East et West échangent un *check*.

Lilian et moi nous lançons des regards exaspérés avant d'éclater de rire. Mon petit ami me prend la main et nous sortons tous dans cette belle soirée d'été pour prendre la direction d'un bar situé non loin. Je remarque que West marche particulièrement lentement. Karlie, elle, trottine aux côtés d'Easton et Lilian, à quelques mètres devant nous.

— Qu'est-ce qu'ils ont ? je demande avec un rire nerveux. Ils courent et nous on se traîne.

— Ça s'appelle laisser de l'espace aux gens.

West a une voix tendue. Ce n'est pas le West que je fréquente depuis trois ans. Le garçon insouciant auquel je me suis habituée. L'homme qu'il était avant ce qui est arrivé à Aubrey. Ce mec est réapparu aussitôt qu'on s'est remis ensemble – pour de vrai cette fois-ci – et je suis tombée encore plus amoureuse de lui.

— On a besoin d'espace ? je demande. C'est à propos de Noël prochain ? Je te l'ai dit, c'est d'accord pour passer Noël avec ta famille et le nouvel an avec Mamie.

C'est ce qu'on a fait les deux années précédentes. L'état de Mamie s'est dégradé au fil du temps, au point qu'elle ne me reconnaît plus du tout. Mais elle est aussi bien installée que possible et je mets toujours un point d'honneur à aller la voir chaque semaine. Ce n'est pas l'idéal, mais c'est une chose avec laquelle j'ai appris à vivre – faire de mon mieux, même si la situation est tout sauf parfaite.

Malheureusement, l'endroit où je passe Noël ne fait aucune différence pour Mamie, pourtant je m'efforce toujours de lui tenir compagnie, lui parler, lui tenir la main.

— Ça ne concerne pas Noël. (West secoue la tête.) J'ai quelque chose à te dire.

— D'accord.

— Je vois quelqu'un d'autre.

Je m'arrête net et le regarde droit dans les yeux. Je n'y crois pas. Ce n'est pas que je *refuse* d'y croire, je n'y crois simplement pas. Malgré tous ses défauts, c'est l'homme le plus fidèle que j'aie rencontré de ma vie. Je penche la tête sur le côté pour l'observer.

— C'est vrai ?

— J'en ai bien peur.

— Elle est comment ? je demande pour me prêter au jeu.

J'aime que la jalousie n'ait plus sa place entre nous. J'ai passé les six premiers mois de notre relation à redouter comme une hystérique qu'il s'enfuie avec Tess ou Melanie, alors qu'en réalité la seule femme qui le rendait fou, c'était moi. Nos amis ont maintenant tourné au coin de la rue et ne sont plus à portée d'oreille.

— Elle est super. Très attentive, intelligente…, poursuit-il en scrutant mon visage en quête d'un signe d'agacement. (Il n'en trouve aucun.) Mais j'ai tout arrêté une fois que j'ai obtenu ce que je voulais d'elle.

— C'est-à-dire ? je demande en haussant un sourcil.

Il se met à genou et sort quelque chose de sa poche. Un petit écrin carré, qu'il ouvre devant moi. J'ai conscience des gens autour de nous qui s'arrêtent pour nous regarder avec curiosité.

— C'est une joaillière, et elle m'a aidé à faire ça. J'espère qu'elle te plaît.

Je baisse les yeux sur la boîte. C'est une bague.

Mais pas n'importe quelle bague.

Une bague flamme.

Une bague flamme complètement différente de celle que ma mère m'avait laissée. Celle-ci est en or blanc pur et sertie en son centre d'un rubis scintillant. Je l'effleure, le souffle coupé. Elle est magnifique. Elle me *ressemble.*

— Je… c'est…

West la sort de l'écrin et la glisse à mon annulaire.

— Il y a trois ans, je suis entré dans un théâtre d'université et je t'ai vue briller dans ton premier rôle. Maintenant, tu joues dans la cour des grands et tu sais quoi ? Je n'en ai jamais douté. Je veux passer le restant de mes jours avec toi, parce que tout ce qui est arrivé avant toi a été un putain de gâchis. Tu ne me complètes pas, Grace Shaw. Tu as *créé* quelqu'un de meilleur. (Il prend une brève inspiration en secouant la tête.) Putain de merde, j'ai atteint mon quota de clichés pour le siècle. Si ça peut améliorer les choses, je pense absolument tout ce que j'ai dit. Et je n'ai pas été sur Pinterest *une seule fois* pour chercher l'inspiration comme me l'a conseillé East.

— Fous-toi de ma gueule, St Claire. Y a des idées d'enfer sur Pinterest ! j'entends East s'écrier au coin de la rue, derrière un bâtiment en brique rouge.

Je pouffe de rire. Ils sont tous agglutinés au coin, dans l'attente de ma réponse.

— Qu'est-ce que t'en dis, Tex ? Tu veux traverser les flammes avec moi ?

Je hoche la tête en le tirant par la main pour le remettre debout.

— Je ne vois personne de mieux avec qui passer le restant de mes jours.

Nous concluons l'affaire par un baiser, et je le serre dans mes bras pour m'abandonner à cet instant. Son baiser est intense, doux, exigeant, mais avant que ça ne devienne trop chaud pour une rue bondée, West s'écarte et me caresse le dos.

— Bordel, Tex. (Il me sourit.) Et dire que tout a commencé quand j'ai déposé une paire de chaussons de danse sur les marches du *food truck* juste pour te faire chier !

— Et dire que je lui ai balancé qu'elle serait assez stupide pour tomber amoureuse de toi ! lance Karlie en réapparaissant avec un sourire jusqu'aux oreilles.

Elle me saute dessus en couinant d'excitation.

— Et dire que j'ai dû emmener Grace au ciné pour que West passe à l'action !

Easton bondit sur le dos de West en riant.

— Et dire…, commence Lilian, avant de s'arrêter en fronçant les sourcils. Bon d'accord, je n'ai rien. Je ne vous connaissais pas il y a trois ans.

Tout le monde éclate de rire et, très vite, la rue tout entière se met à nous applaudir.

Je m'empêche de laisser l'absence de ma grand-mère gâcher ce moment.

Je le savoure. Je me jette la tête la première dans le bonheur. Je me donne la permission de vivre cet instant. Parce qu'un jour un garçon qui m'a fait faire un tour sur sa moto m'a dit qu'on pouvait prendre soin de quelqu'un sans se reprocher tous ses problèmes.

Il ne croyait pas à ses propres paroles à l'époque, mais à présent, si.

Et moi aussi.

West

J'attends l'arrivée de mes parents à l'aéroport international Austin-Bergstrom. Tess et Reign sont à mes côtés. Leur avion en provenance de l'Indiana vient d'atterrir. Ils vivent près des parents de Reign à présent. Il est devenu courtier en assurances et Tess est mère au foyer. Ils ont laissé leur petite fille, Ramona, aux parents de Reign.

Ils me donnent des petits coups de coude, flanqués de chaque côté de moi, tandis que j'essaie de repérer mes parents. Texas entre dans mon champ de vision, deux tasses de café à la main.

Tess la serre rapidement dans ses bras.

— Tu as bonne mine, Grace !

— Toi aussi, Tess. Comment va Ramona ?

— Elle fait ses dents. Ce qui est vraiment une période exquise. (Tess ricane.) Sérieux, merci de vous marier. Le timing n'aurait pas pu être plus parfait pour prendre un long week-end et laisser la petite aux beaux-parents.

— Juste le temps pour te remettre en cloque !

Reign lance un clin d'œil à sa femme et passe son bras autour de ses épaules. Elle lève les yeux au ciel en gloussant.

— Ça prend trois minutes. Qu'est-ce que tu feras le *reste* du week-end ? je le raille.

Tout le monde rit. J'ai hâte que mes parents arrivent, qu'on puisse tous s'en aller d'ici. L'aéroport est bondé.

Je ne déteste plus les grosses foules. Plus depuis que j'ai commencé une thérapie pour ce qui était, à l'évidence, une dépression et des pensées suicidaires. Le Dr Riskin dit que je suis un introverti-extraverti. Moi, je dis que je suis simplement un homme qui apprécie la présence d'une poignée de personnes. En gros, ma fiancée et mon meilleur ami.

— Oh ! mec, regarde qui est là, fit Reign en pointant son pouce sur le côté.

Je suis la direction de son doigt en me demandant si mes parents seraient déjà arrivés sans m'avoir envoyé de message. Mais non. C'est Kade Appleton. La grande brute lève les yeux et nos regards se croisent. Il a l'air surpris.

N'approche pas.

Évidemment, il s'approche de nous.

Ces trois dernières années, j'ai fait de gros efforts pour m'assurer que Kade Appleton reste sur le droit chemin. Je sais qu'il a laissé tomber son minable manager peu après notre conversation chez Max, étant donné qu'ils n'avaient plus rien à faire ensemble sans les opérations illégales qu'ils cogéraient.

Appleton s'arrête devant moi. Texas est à mes côtés. Elle entrelace nos doigts et me jette un regard que je ne peux interpréter que comme *« Pitié, essaie de ne tuer personne »*.

C'est noté, bébé.

— Merde, St Claire, c'est bien toi ! Tu as bonne mine.

Pourquoi tout le monde n'a que ça à la bouche ? « Tu as bonne mine » ? Qu'est-ce que ça peut leur faire, d'ailleurs ? Ce n'est pas comme si on allait tous à une orgie !

— Ça va ? je lui demande en passant un bras protecteur autour des épaules de ma fiancée.

C'est un geste instinctif dont je ne me débarrasserai jamais.

— Super, mec. Tout va bien pour moi. Je fais profil bas. Ma liberté conditionnelle est terminée, alors je suis de retour dans la ligue d'arts martiaux. C'est mon premier mois. Je suis là pour des vacances en famille.

Il ne m'apprend rien de nouveau. Je l'ai surveillé de près. Je veillais à ce qu'il traite correctement la mère de son bébé. Son regard dévie vers Grace et je me sens me crisper. Il lui adresse un sourire cordial ; jusque-là, son comportement est exemplaire.

— Ton petit ami…

— Fiancé, rectifie-t-elle doucement.

Il glousse.

— Quel que soit votre statut, il est fou de toi. J'espère que tu le sais.

— Je le sais.

— Westie ! Gracie !

J'oublie Kade instantanément, et Grace et moi allons accueillir mes parents. Je soulève ma mère dans mes bras et la fais tournoyer en l'air. Elle a pris un peu de poids et n'est enfin plus aussi légère qu'Aubrey l'était. Mon père aussi ne paraît plus aussi minable. Rasé de près, le regard clair. Ils paraissent plus jeunes que lorsque j'ai quitté le Maine à dix-huit ans.

— Heureuse que vous soyez venus, déclare Texas en enlaçant

brièvement mon père. Je sais que votre entreprise vous occupe beaucoup en ce moment.

— Pour rien au monde on n'aurait raté votre mariage, fait remarquer ma mère, et je sais que c'est vrai.

Ça ne l'a peut-être pas toujours été – pas pendant les années qui ont suivi la mort d'Aubrey – mais mes parents méritent une seconde chance.

Je l'ai bien obtenue, moi.

Et Grace aussi a obtenu une seconde chance.

On était loin d'être parfaits, tous autant qu'on est.

Au bout du compte, on est tous des phénix, qui renaissent de leurs propres cendres, prennent leur envol pour une destination inconnue, le bout des ailes forgé par les flammes.

Fin.

Remerciements

J'aimerais pouvoir m'attribuer le mérite de *Playing with Fire*, mais la vérité, c'est que j'ai simplement écrit le livre. West et Grace me sont apparus dans un rêve et l'histoire leur appartient, pas à moi.

Grace, plus particulièrement, est née de mon besoin d'écrire sur une femme qui est loin de la perfection dans un genre où… eh bien, la plupart des héroïnes frôlent la perfection physique. Je l'aime passionnément et je voulais la protéger à tout prix ; ce livre était donc une aventure difficile mais épatante.

Je voudrais remercier les personnes qui m'ont soutenue et aidée. Mes éditeurs : Angela Marshall Smith, Tamara Mataya, Max Dodson et Paige Maroney Smith. Merci d'avoir donné à West et Grace l'amour et l'attention qu'ils méritaient !

À mon assistante, Tijuana Turner, qui a lu ce livre un nombre incalculable de fois, et qui me connaît, moi et mes méthodes, sur le bout des doigts. Tu es ma « momager » préférée (et la seule !).

À mes premières lectrices, Vanessa Villegas, Amy Halter et Lana Kart. Des millions de mercis sont de rigueur !

À mes MEILLEURES AMIES, Charleigh Rose, Ava Harrison et Parker S. Huntington qui m'ont encouragée depuis la ligne de touche, et à mon équipe de terrain et mon groupe de lecture, L.J. Sassy Sparrow.

Un immense merci à mon agent, Kimberly Brower, et aux graphistes de mes couvertures, Letitia Hasser et Bailey McGinn, et à la maquettiste, Stacey Ryan Blake, pour votre créativité et votre talent !

Un grand merci à Social Butterfly et leur équipe complète pour les relations publiques. Comme toujours, vous êtes grandement appréciées.

Une dédicace toute particulière aux bloggeurs et aux lecteurs qui m'ont soutenue pendant cette aventure. Je vous suis éternellement redevable !

Si vous avez aimé *Playing with Fire* (ou même si vous n'avez pas aimé, mais qu'il vous a fait une forte impression), je vous serais infiniment reconnaissante de laisser un avis honnête.

Merci du fond du cœur,

L.J.Shen xoxo

Vous avez aimé *Playing With Fire* ?
Découvrez la série ALL SAINTS HIGH
de L. J. Shen

Tournez vite la page pour découvrir un extrait
du tome 1 *Dirty Devil* !

1

La nuit précédant la rentrée de Terminale,
Je t'ai repérée dans les gradins
Tu avais l'air adorable
Ton cœur en pinçait pour un type
Qui aurait rêvé pouvoir le piétiner.

Daria – bientôt dix-huit ans

Le Snake Pit est bondé ce soir.

Il l'est toujours quand Vaughn a un match, et Vaughn a toujours un match. Il brise les nez aussi bien que les cœurs. Et briser les cœurs, au cas où vous vous poseriez la question, c'est son deuxième art martial préféré. Je connais au moins six filles qui ont été transférées dans d'autres écoles privées seulement pour échapper au cauchemar de le croiser dans les couloirs depuis qu'il est à All Saints High. Il lui reste trois ans à passer ici, et les parents de toute la ville en tremblent au point d'avoir enfermé leurs filles à double tour.

Chaque mec populaire d'All Saints High et du lycée rival, Las Juntas, à San Diego, se soumet à un rite de passage en combattant au Snake Pit. Je ne fréquente pas cet endroit d'habitude, mais

Blythe, Alisha et Esme m'y ont traînée pour la dernière soirée avant la rentrée. Ce sont d'avides fans de Vaughn. L'enfoiré est de retour depuis deux jours après avoir passé tout l'été à faire de la sculpture dans un studio en Italie, alors les filles ont besoin de leur dose de ce visage si beau et si parfait.

La vérité, c'est que Vaughn est bien trop cruel pour tomber amoureux, ou même pour convoiter ou apprécier qui que ce soit. Mais ça, c'est une leçon qu'elles devront apprendre à la dure pendant que moi, je profiterai du spectacle, tout en jouant évidemment mon rôle de consolatrice, en mode : « Oh, mon Dieu, ma chérie, il ne te mérite pas. »

Pour info, il est carrément à la hauteur.

— Comment quelqu'un de si violent peut-il faire un art si délicat ? Il est tellement baisable.

Blythe mordille ses cheveux roux style la Petite Sirène en observant Vaughn qui fait les cent pas sur le terrain, ses vêtements noirs destroy moulant ses muscles définis.

La légende raconte que sur les gradins bleus et délabrés du Snake Pit, ce terrain de football désert situé en banlieue de San Diego, les mecs se soûlent à la bière. Nous, les filles, restons assises en tailleur en sirotant du vin hors de prix à la bouteille, nos cigarettes électroniques à la main. Le camp de Las Juntas, lui, s'assoit du côté opposé. Ils ne portent pas de luxueuses marques suisses, ne conduisent pas de voitures allemandes. Ils se font tourner des bouteilles de tequila à moitié vides et se roulent des cigarettes.

— C'est dégueu, Blythe, il est en Seconde.

Alisha, une métisse afro-américaine et hollandaise de toute beauté, fait des bruits de gorge à côté de moi.

— La ferme ! Tu accepterais un travail à temps plein comme

préservatif réutilisable s'il te le proposait. Tu n'es pas venue ici pour regarder des inconnus transpirants se battre.

— Qui combat, d'ailleurs ?

Je fais une bulle avec mon chewing-gum aux fruits en réajustant ma robe de velours vert sur mes cuisses. Mes dix nuances de blond sont lâchement attachées par un nœud en soie noire – totalement prête pour Pinterest. Mon trait d'eye-liner est au top, et mes lèvres sont peintes d'un rouge mat, créant ainsi le parfait effet « film noir ».

Je suis Daria Followhill.

La capitaine des pom-pom girls.

Une salope richissime.

Et Miss Popularité.

T'as un problème avec ça ? Dommage. Les gamins ne m'intéressent pas. Les hommes, en revanche…

— Aucune idée, mais je le plains. Les combats ont été violents aujourd'hui, et Vaughn est le meilleur, c'est pour ça qu'ils le gardent toujours pour la fin, explique Alisha en examinant sa manucure.

— Et voici la viande fraîche, crie quelqu'un trois rangées plus bas.

Nous nous levons tous et tendons le cou pour découvrir le malheureux qui affrontera LE Vaughn Spencer. Je me dresse sur la pointe des pieds tandis que la foule des deux côtés explose en cris de triomphe, les poings levés. Une odeur de transpiration, d'alcool et de sang séché des combats précédents flotte encore dans l'air tel un nuage. Je peux sentir vibrer le désespoir humain sur le bout de ma langue.

J'aperçois une silhouette grande et bien bâtie zigzaguer jusqu'à Vaughn sur le terrain vague. Le type traîne une bouteille de quelque chose qui ressemble à de l'alcool, et ses cheveux blonds – ou châtains ? – qui lui arrivent aux oreilles tombent sur son front. Je ne distingue pas son visage, mais je n'en ai pas besoin. Il y a un trou dans son T-shirt rouge, juste à l'endroit du cœur. À cette vue, je touche automatiquement le verre de mer accroché à mon cou.

Ne t'évanouis pas, meuf. Tu portes une robe super sexy.

Au cours des quatre dernières années, je suis devenue maître dans l'art d'éviter Penn Scully. Un miracle, étant donné qu'il est une star de football et que je suis la capitaine des pom-pom girls d'une école de la même taille que la sienne, et du même comté. Jusqu'à présent, nous avons joué l'un contre l'autre deux fois par ans. Nos équipes se sont toujours qualifiées pour les play-off, mais All Saints en est toujours sorti perdant.

Je ne pouvais pas l'affronter après que tout a foiré avec Via. À chaque match contre Las Juntas, je prétendais avoir des douleurs de règles ou filais à ma voiture avant la fin du jeu.

— Pincez-moi, les filles.

Blythe frappe des mains avec excitation. Elle porte un T-shirt court couleur chair assorti à ses ongles pointus.

— Le receveur de Las Juntas, Penn Scully, est le mec le plus sexy de SoCal. Ça fait un moment que je rêve de m'asseoir sur son visage. Ce soir, c'est ma chance.

— Il paraît que tu es du genre à garer ton cul sur tous les sièges à ta taille. Pour info, Vaughn n'est pas branché fast-food.

J'entends Knight pouffer derrière moi et je me retourne en haussant un sourcil. J'essaie seulement d'ignorer mon cœur qui se contracte dans ma poitrine pour tenter de se libérer de ses artères à la vue de Penn.

Une fille que je ne connais pas est assise sur les genoux de Knight ; elle essaie d'avaler son oreille, les bras autour de son large torse. Ses jambes à lui sont négligemment étendues. Il porte une veste Gucci vintage et des Jordan blanches, avec un jean sur mesure et une coupe de cheveux qui coûte plus cher que mon sac à main haut de gamme.

Knight est très beau, et non seulement il le sait, mais en plus, il serait du genre à l'afficher sur des panneaux publicitaires, si c'était possible. Des yeux verts sexy, des fossettes aussi profondes que son regard de Casanova, des lèvres pleines et rosées, et une mâchoire qui pourrait couper une meule de fromage. Ses cheveux noisette sont plus doux qu'un porno médiéval, et tout à son sujet crie l'hédonisme.

Nous vivons tous dans la même impasse du même quartier, et nos parents sont meilleurs amis. Knight et Vaughn sont très proches, comme des frères, ce qui peut paraître étrange puisqu'ils sont aussi différents que le feu et la glace. Vaughn est un artiste déjanté à tendances psychotiques, tandis que Knight est la définition même du sportif populaire.

L'un est Edward aux mains d'argent ; l'autre, le frère caché de Zac Efron, en beaucoup plus beau.

— Tu ne penses pas que ta petite amie va s'énerver quand elle prendra conscience que tu as ramené des microbes à la maison ? Ce genre d'animaux domestiques est plutôt inutile.

Je bats des cils d'un air faussement doux. Luna n'est pas sa copine, quand bien même il serait prêt à mourir pour qu'elle le devienne. C'est pour cette raison que je n'ai jamais apprécié Luna Rexroth. C'est la Via originelle. La fille qui a créé le Hulk en moi. La fille à qui Vaughn sourit tout le temps et que Knight suit aveuglément. Un jour, papa a dit en blaguant que Luna était comme les nonnes siciliennes. Une fois par an, elles apparaissent derrière des stores relevés afin que leurs familles puissent les voir et les adorer tant elles leur manquent.

Extrait

C'est Luna. Quand elle apparaît, le monde s'arrête de tourner.

Ouais. Et moi, je cesse d'exister.

— Va sucer une queue molle, Dar.

Il coince son joint entre ses dents, et l'abrite d'une main pour l'allumer avant de souffler un long nuage de fumée grise en plein sur mon visage.

— Est-ce une proposition ? Parce qu'il existe un médicament pour ta queue tombante, je rétorque le menton haut.

— Bébé, ma queue est trop dure pour toi. Les seuls médicaments dont tu auras besoin, ce sera trois Advil pour supporter la douleur une fois que je t'aurai pénétrée.

— Me pénétrer ? Dans tes rêves, Knight Cole.

— Alors ça, non. Dans mes rêves, ce sont les jambes de Luna qui entourent ma taille, et le reste c'est du NC-17. Sans vouloir te vexer, Tiffanie, ajoute-t-il en tapotant le cul de la fille qui tient son Zippo.

— Stephanie.

— Complique pas les choses, bébé. J'avais déjà oublié que tu étais là jusqu'à ce qu'Elsa me le fasse remarquer.

Knight se tourne vers moi et explose de rire.

— Dommage que tu sois une classe en dessous d'elle. Luna ne sortira jamais avec toi.

Je le provoque. En fait, Luna ne sortirait probablement jamais avec lui, mais pas à cause de son âge. Elle est coincée dans son petit univers à elle. Elle est le Soleil et lui, la Terre, tournant autour d'elle et se rapprochant d'un centimètre à chaque existence, alors même que sa chaleur pourrait le détruire.

Il penche la tête, avec son sourire si ravageur qui fait paraître ses dents plus pointues que d'habitude.

— Oh, mon pote, si tu savais le nombre de Terminale qui ont

fait du bouche-à-bouche à ma queue alors qu'elles n'étaient qu'en Première, tu aurais une crise cardiaque.

Un « waouh » fort et retentissant interrompt notre joute.

La foule tressaille à l'unisson et toutes les têtes pivotent vers le terrain pour apercevoir Penn tomber en avançant vers le centre. Mon Marx. Ils n'ont même pas encore commencé à se battre et il a déjà le cul à terre. Il a l'air super ivre. Vaughn va le tuer avant qu'il ait le temps de comprendre où il se trouve.

Je tourne de nouveau mon attention vers Knight.

— Il faut que tu dises à Vaughn que le combat est annulé.

— Regardez qui a craqué son string. Pourquoi ? T'as parié avec Gus ce soir ?

Knight caresse le cul de la fille, mais il n'est pas concentré. Il ne l'est jamais. Je rougis violemment, j'ai si chaud que j'ai l'impression que ma tête va exploser. Je serre les poings le long de mon corps. Je ne veux pas que Penn finisse à l'hôpital ce soir, même s'il me déteste et qu'il ne voudrait probablement pas que je me soucie de lui. Je sens la culpabilité s'épanouir dans mon estomac en le revoyant déchirer la lettre d'admission de sa sœur.

— N'importe quoi. Comme si j'allais volontairement adresser la parole à Gus. Mais il est évident que ce type est ivre. Vaughn va le massacrer.

— C'est un gros joueur d'une équipe de football essentiellement composée de gangsters. Il peut gérer tout seul, rétorque Knigth sombrement.

En tant que quarterback principal d'All Saints High, Knight a eu le discutable plaisir de jouer contre Scully. D'après la rumeur, Penn est le meilleur du comté. Peut-être même de l'État. Le proviseur du lycée, Prichard, a essayé de lui offrir une bourse à plusieurs occasions pour qu'il rejoigne notre équipe, mais heureusement pour moi, Penn est du genre loyal.

— Knight.

Ma voix se brise contre des falaises d'indifférence. Je suis en train de le supplier. La fille sur ses genoux me fusille du regard.

— Vaughn pourrait vraiment se retrouver dans la merde s'il déconne.

Son visage change d'expression et passe de l'ennui à l'agacement. Il écarte la fille de ses genoux en lui laissant le reste de son joint.

— Je ne vais pas tout annuler parce que tu te comportes comme un vagin, mais je vais descendre et m'assurer que ces deux cons respectent les règles.

Il s'humecte les lèvres avec sa langue, dévoilant son piercing.

Quand je m'intéresse de nouveau à ce qui se passe sur le terrain, les deux adversaires ont enlevé leur T-shirt. Knight a raison. Penn est aujourd'hui très différent du garçon qui m'a offert son bien le plus précieux quatre ans plus tôt. Musclé, tendineux et impérieux, son corps n'a pas un gramme de graisse. Un V proéminent trace un sillon vers son Saint-Graal, et vu comment les pom-pom girls assises à côté de moi soupirent, elles aussi l'ont remarqué. À côté, Vaughn paraît plus maigre. Pas que ce soit important. Il a une patience féline qu'on ne peut qu'admirer, et quand il est dans son élément, je l'ai vu battre des mecs qui faisaient trois fois sa taille sans le moindre effort.

Ils se font face et avancent en cercle, silencieux, menaçants et sérieux. Vaughn est indéchiffrable, comme d'habitude. Stoïque et calme. Penn, l'air décontracté, affiche un sourire bizarre. La bouteille en verre lui glisse des mains et roule sur le sol, faisant éclater la foule d'un rire qui résonne dans mon cœur.

Extrait

— Est-ce qu'il se bat ici souvent ? je demande, à personne en particulier.

— Non.

Gus, le capitaine de notre équipe de foot assis deux rangs plus bas, avale une gorgée de bière tandis que ses amis se font passer une feuille avec une liste de noms. Ils ont pris des paris sur les matchs toute la soirée, et celui-ci représente le plus gros enjeu. Gus saisit la liste et la range dans son sac avant de fourrer son blouson d'université en boule par-dessus. Apparemment, il croit que son réseau de paris est toujours secret. D'après ce qu'on dit, il se fait une petite fortune, et Vaughn – le mec qui déteste l'argent et tout ce qu'il représente – perçoit un pourcentage. Tout le monde sait ce qu'il en fait. Il économise pour pouvoir ouvrir son propre atelier sans toucher un centime de la fortune de ses parents.

— Penn n'est pas du genre à s'enivrer avant de se battre, je le sais parce que je suis allé à de nombreuses fêtes de son lycée. Il y a quelque chose qui cloche.

Il termine sa bouteille et se frotte les mains.

Quelque chose qui cloche.

Il faut que j'arrête immédiatement ce festival de culpabilité. Je ne suis pas responsable de ses problèmes. Une fille différente – une fille courageuse – l'aurait déjà confronté depuis longtemps. Pas moi. Il sait ce qu'on a fait ce jour-là et que sa sœur a disparu à cause de ça. Je ne lui ai jamais demandé son pardon – parce que, ne nous mentons pas : je ne le mérite pas.

Le spectacle des deux combattants qui se jaugent au milieu du terrain vague, chacun mimant le langage corporel de l'autre, me coupe le souffle. Vaughn est le premier à lancer son poing contre le visage de Penn. C'est un coup violent, et du sang gicle du nez de Penn. La foule crie en chœur et retient son souffle. Penn trébuche vers l'avant, riant et secouant la tête comme s'il avait esquivé l'attaque. Il lèche le sang sur le coin de sa lèvre supérieure, et se jette sur Vaughn d'une manière que je n'ai jamais vue.

Un tigre du Bengale.

J'avais presque oublié à quel point il pouvait être rapide et plein de grâce. À quel point il peut l'être. Exactement comme sa sœur.

Penn projette Vaughn au sol, et l'immobilise en plaçant ses genoux de chaque côté de son torse avant d'abattre une pluie de coups de poing sur son visage. Il rate parfois sa cible. J'ai envie de vomir. C'est la première fois que ça arrive. Vaughn s'est déjà pris de sacrées raclées, mais il n'a jamais fini à terre. Il sait qu'il vaut mieux éviter de crier et de gaspiller inutilement de l'énergie. Il faisait du jujitsu avant de se faire virer de trois cours différents pour désobéissance.

— Spencer ! Spencer ! Spencer ! Spencer !

Tous les élèves d'All Saints High de notre côté des gradins scandent son nom, jetant des canettes de bière vides sur la touche. Les élèves de Las Juntas, eux, gardent le silence et n'en sont pas moins intimidants. Ils sont moins sujets aux démonstrations publiques, mais je sais très bien que cela ne témoigne pas d'un manque de loyauté envers leur star du football, au contraire.

Vaughn récolte une coupure à la lèvre et un œil au beurre noir puis parvient à se dégager et à prendre l'avantage sur Penn, agenouillé. Penn repousse maladroitement Vaughn, et avant que je comprenne comment, ils se retrouvent de nouveau face à face. Vaughn s'amuse avec un Penn complètement torché, ses coups sont précis et efficaces. Je remarque Knight, qui fait les cent pas sur la touche en se passant les doigts dans les cheveux, avant de crier :

— Finissons-en, V. L'enfoiré est plus défoncé qu'un père abusif dans un film d'ados, et toi, tu saignes comme une meuf le premier jour de ses règles.

— C'est pour ça que je ne vais pas le tuer, simplement lui donner une précieuse leçon. Il me remerciera.

Vaughn fait un clin d'œil et crache du sang avant de bloquer Penn de nouveau. Il est caractériel en combat.

Vaughn lui envoie un coup de pied circulaire sur le menton. Du sang gicle de sa bouche comme un arc-en-ciel avant d'atterrir par terre. Penn tombe – dans un chaos sanglant – et ne bouge plus.

Une seconde.

Cinq secondes.

Dix secondes.

Relève-toi. Relève-toi. Relève-toi.

Un cri s'échappe de mes lèvres et résonne à mes oreilles. Blythe, Alisha et Esme m'évacuent des gradins et rapidement, Knight pénètre mon champ de vision et m'enveloppe de ses bras.

Knight se fraie un chemin parmi la foule à coups d'épaule alors qu'un affrontement entre les deux écoles éclate. Il m'emmène sur le parking et me glisse dans son Aston Martin Vanquish Volante bleu poudré. Sa banquette arrière est étroite et je n'ai pas d'autre choix que de me tenir bien droite, prenant soin de couvrir ma bouche d'une main pour me retenir de vomir. Il ouvre une bouteille d'eau et me la tend. Je la prends, mais mes mains tremblent tellement qu'il m'est impossible d'en boire une gorgée sans en renverser partout.

— Vomis sur ma banquette et c'est terminé pour toi, Followhill.

Il fait le tour de la décapotable et saute sur le siège conducteur sans prendre la peine d'ouvrir la portière. Comme un démon qu'on aurait invoqué, Vaughn sort de l'entrée du terrain bloquée par des chaînes, s'essuyant le visage avec son T-shirt noir. Son jean est déchiré, et il s'est fabriqué une ceinture de fortune avec les lacets de ses boots. Knight fait un doigt à Vaughn par-dessus le rugissement de son engin.

— Tu es à l'ouest si tu crois que tu vas monter dans ma voiture alors que tu ressembles à Carrie qui s'est pris un sceau de sang.

Vaughn lui lance un regard assassin.

— Calme ta joie, Cole. Je vais me faire déposer par les Las Juntas.

Knight écarquille les yeux, et ses sourcils font un bond jusqu'à ses cheveux.

— Tu es carrément à l'ouest. Monte, crétin.

— C'est eux qui nous ont emmenés ce soir, explique Vaughn comme si cela pouvait justifier sa décision.

L'odeur d'herbe et de sang me fait tourner la tête.

— Et ils vont te botter le cul sans l'équipe de foot à tes côtés. Ne fais rien avant que je sois revenu. Je vais juste déposer Princesse Vagin à son château.

Vaughn lève une jambe pour remettre le bout de scotch qui maintient sa boot complètement destroy.

— Le combat de ce soir n'aurait jamais dû avoir lieu, dit-il en crachant du sang sur le bitume.

— Pitié, dis-moi que Scully n'a rien brisé d'autre à part le cœur sombre de Daria. On dirait bien qu'elle a des sentiments.

Je donne un coup de pied dans le siège de Vaughn. J'ai toujours du mal à respirer, mais je ne rate pas une miette d'information au sujet de Penn.

— Sa mère est morte ce matin.

Il y a une seconde de silence, durant laquelle je hurle si fort dans ma tête que mes oreilles bourdonnent. Je lève les yeux vers Knight, pour qui ce scénario a quelque chose de très concret, et je ne suis pas surprise le voir figé sur place.

— C'est pour ça qu'ils ont provoqué la rixe, soupire Vaughn. Quand Daria était occupée à avoir une crise de nerfs nucléaire – magnifique, au fait (Vaughn me fusille du regard) –, un type est accouru sur le terrain et a tiré Scully en criant qu'elle avait fait une overdose ce matin. Le jour de ses dix-huit ans, donc.

— Tu déconnes.

Knight serre les dents et frappe si fort le volant que le son perçant du klaxon se prolonge dans le ciel pendant quelques secondes.

Vaughn baisse la tête.

— Son deuxième cadeau d'anniversaire de la journée, c'est son beau-père qui le lui a offert en le foutant à la porte. Les joueurs de Las Juntas ne me toucheront pas. Je vais juste m'assurer qu'il va bien.

— Je te rejoindrai, dit Knight, en sachant pertinemment quels risques il prend.

Son premier match de football est dans une semaine, contre les Bulldogs de Las Juntas. Ils n'y réfléchiront pas à deux fois avant de lui casser les jambes. Mais évidemment, je ne peux pas le lui rappeler. L'année dernière, les Terminale d'All Saints High se sont pointés au lycée Las Juntas en plein milieu de la nuit ; ils ont remplacé leur drapeau par un drapeau de pirate et recouvert le piquet de vaseline en guise de farce de fin d'année. S'y rendre sans sa clique, même accompagné de Vaughn, ce n'est pas seulement chercher les embrouilles, c'est les provoquer. Mais c'est ça le truc avec Knight : prendre des risques est son passe-temps favori.

— Je dépose seulement Dar chez elle.

— OK, c'est bon, je viens avec vous, dis-je.

Je sais que je ne peux pas revoir Penn, surtout pas dans des circonstances pareilles. Je suis certainement la dernière personne sur qui il a envie de poser les yeux, puisque mon visage lui rappellera tout ce qu'il a perdu. Sans compter que si mes amis prétentieux apprennent que je suis partie traîner avec Las Juntas après avoir hurlé comme si c'était la fin du monde, ils ne me lâcheront jamais avec ça.

Pour autant, je veux m'assurer qu'il va bien. Personnellement, je crois.

— La ferme, me répondent en chœur Vaughn et Knight.

Vaughn fait un pas en avant de façon à se placer sous la lumière du réverbère, et le halo d'or révèle les dégâts que Penn a infligés à son visage. Des hématomes noirs entourent ses deux yeux, des coupures strient son sourcil et sa lèvre, et son front laisse apparaître un hématome qui empirera certainement d'ici demain matin. Il n'a jamais été aussi abîmé.

— Ne te prends pas la tête, Mère Teresa. Notre nouveau pote ne va pas s'attarder, me rassure Vaughn.

— Ah ouais ? interroge Knight.

— Blythe Ortiz l'a convaincu de sortir avec elle. Je ne suis pas sûr de savoir comment il peut baiser dans cet État, mais c'est leur problème.

Knight et Vaughn pouffent tous les deux d'un rire sombre. *Blythe*. Pourquoi ne suis-je pas surprise ? Elle adore *tellement* les mecs. En mode *Vie volée*. Par une queue. Ça ne me dérange pas d'habitude qu'elle soit comme ça, parce que son comportement me valorise. Mais qu'elle s'approche de Penn est tout simplement dégueu pour de nombreuses raisons : (A) il est clairement gravement blessé et (B), c'est mon premier baiser. Ce qui, dans mon esprit tordu, implique que personne d'All Saints n'a le droit de le toucher.

— Il a dix-huit ans. Il peut baiser dans n'importe quel État du pays – les cinquante – même en étant dans le coma, commente Knight.

Il s'interrompt pendant quelques secondes avant d'ajouter en se grattant le menton :

— Gus est probablement en train de péter les plombs. Il a misé un paquet de fric sur ce combat, et techniquement, il n'y a pas de vainqueur.

— Gus a besoin d'une vie et d'un cou. Mais pas dans cet ordre. C'est un connard, et j'ai vu des chaussettes beaucoup plus sophistiquées que cet enfoiré, rétorque Vaughn sèchement. Il survivra.

— Tu t'entends bien avec lui, d'un point de vue business.

— D'un point de vue business, je m'entends avec tous ceux que je peux baiser à mon avantage, répond calmement Vaughn.

Je baisse les yeux sur mes mains, posées sur mes cuisses. Pourquoi je me sens si coupable ? Vaughn se penche vers moi et me caresse le dos comme un grand frère, bien qu'il ait deux ans de moins que moi.

— Ne t'en fais pas. Scully est un enfoiré solide.

Ils ignorent tout.

Au sujet de Via, de Penn.

De mon collier avec le verre de mer, et du Hulk qui vit en moi.

J'arrange mes cheveux en souriant, mais je suis à des kilomètres d'ici. Absente. Même quand Knight me ramène à la maison sous un magnifique ciel étoilé, d'un bleu si pur que mes yeux me brûlent. La lune semble si solitaire et séduisante, et Penn se trouve quelque part sous son éclat, à digérer sa nouvelle situation.

Knight coupe le moteur et désigne l'entrée de chez moi du menton. Une maison de style toscan de huit chambres, avec une entrée sur deux niveaux, un cellier, un studio de danse, et une piscine qui semble se déverser sur la falaise de la montagne de notre lotissement sécurisé – El Dorado. Mon père est un investisseur et ma mère… eh bien, elle a investi dans le fait de se taper le bon mec, j'imagine.

Son ancien élève de lycée. Mais c'est une autre histoire.

Knight m'accompagne jusqu'à l'entrée et plonge la main dans mon sac en crochet pour en sortir mes clés. Il ouvre la porte d'un coup de pied et désactive notre alarme.

— Tu as l'air épuisé et moi, profondément coupable. S'il te plaît, sors de cette crise de nerfs de merde le temps qu'on monte l'escalier, me supplie-t-il en me portant jusqu'à l'étage en passant par le hall sombre.

Une immense photo en noir et blanc de ma mère en train de faire une arabesque dans son attirail de danseuse est accrochée. Son élégance jette un voile majestueux sur toute la demeure.

Il n'est pas si tard, alors il y a de fortes chances que mes parents soient encore debout. Si ce n'est pas le cas, Melody se réveillera quand son réveil sonnera, à minuit. Elle le programme toujours pour s'assurer que je respecte le couvre-feu.

Je ne me souviens pas que Knight m'ait mise au lit, et pourtant il l'a fait. Je porte toujours ma robe et mon maquillage. Le temps n'avance pas. Il est figé dans la pièce comme un meuble massif.

Penn Scully a des ennuis.

De gros ennuis. Il vient de perdre sa mère et il va se retrouver à la rue. À quelques kilomètres de là, moi, je suis au chaud dans mon lit queen-size, bordée dans des draps d'un designer égyptien, une vitrine entière de champagne rosé face à moi.

Ce sont mes actes qui lui ont attiré des ennuis.

Sans moi, sa sœur serait toujours avec lui. Peut-être même que sa mère ne serait pas devenue accro au crack ou je ne sais quoi. Je ferme les yeux et retiens un cri. Il m'a donné la chose la plus rare au monde, et en retour, je lui ai brisé le cœur. Sa mère est morte le jour de son anniversaire. Pourtant, je ressens un profond soulagement, car cette douleur est la preuve que, malgré mes airs de salope, je suis encore capable d'avoir mal pour quelqu'un d'autre.

Je perçois le bruit de pieds nus qui martèlent le sol, c'est l'allure douce et gracieuse de Mel. Elle ouvre la porte de ma chambre et y pénètre sur la pointe des pieds. D'habitude, je feins d'être endormie pour éviter toute conversation. J'ai arrêté de l'appeler « maman » peu après la disparition de Via, mais je ne me souviens pas pourquoi. Depuis, on ne cesse de s'éloigner l'une de l'autre, et avoir une conversation toutes les deux est devenu une sorte de torture. Mais à cet instant, je ne crois pas être capable de faire semblant de dormir.

Melody se penche vers moi et dépose un baiser sur mon front, une attention qu'elle m'accorde tous les soirs depuis ma naissance. Dernièrement, elle s'est attardée quelques secondes de plus au-dessus de mon visage pour sentir mon haleine. Mais ce soir, je suis sobre, alors que j'aurais souhaité ne pas l'être.

— Bonne nuit, ma puce. Tu t'es bien amusée au cinéma ?

J'avais oublié le mensonge que je lui avais servi avant de sortir.

Je m'éclaircis la gorge, dans l'intention de répondre que oui, mais la vérité m'échappe comme un cri.

— J'ai vu Penn Scully.

Son corps se raidit, et elle se redresse pour s'installer sur le bord de mon lit. Elle essaie de ne pas perdre la face, mais sa lèvre inférieure tremble et je m'en aperçois même dans la pénombre.

— Comment… Comment va-t-il ?

— Sa mère est morte aujourd'hui.

Ces mots me choquent moi-même. Je n'ai pas parlé de lui

depuis… jamais, en fait. Personne ne sait ce qui leur est arrivé, à Via et lui. Je ne l'ai jamais avoué. Quand Melody m'a interrogée à ce sujet, j'ai violemment nié savoir quoi que ce soit. Et je crois que, dans un sens, je me suis convaincue moi-même que rien ne s'était passé finalement. Jusqu'à ce soir.

Elle fait la moue en baissant la tête, et ses épaules commencent à trembler. Je m'assois, adossée à ma tête de lit en satin blanc.

— C'est son anniversaire, déclare-t-elle.

Et bien sûr, elle se souvient aussi de la date d'anniversaire de Via.

— Il s'est battu ce soir.

Elle me regarde et je discerne l'agonie dans ses yeux.

— Au Peet's ?

— Au Snake Pit. (Je ne peux m'empêcher de lever les yeux au ciel). Ouais.

— Il va bien ?

Elle ne me réprimande même pas d'y être allée.

— Je ne sais pas. Ce n'est pas vraiment mon genre de fréquentations.

Je fais confiance à Vaughn pour ne pas laisser Penn sans s'être assuré qu'il va bien. *Physiquement* bien. Vaughn ne fait pas dans les sentiments. Et Blythe ? Même si Penn lui laissait entendre qu'il avait besoin de parler, il ne pourrait pas. Elle chevaucherait son visage avant même que Scully ait le temps de lui dire ce qu'il ressent.

— Qu'est-il arrivé à sa mère ? interroge Mel.

— Une overdose, il paraît.

Je rassemble mes cheveux sur une épaule et commence à les nater.

Ses narines frémissent, pourtant ses lèvres remuent à peine quand elle parle :

Extrait

— C'est terrible.

Scully n'est-il pas censé être blindé ? Généralement, les gens riches ne meurent pas à cause de la drogue. Ils vont câliner des arbres dans des centres de désintox de luxe à Palm Springs et reviennent avec trente kilos en plus et trente mille dollars en moins. J'ai toujours cru que Penn portait des vêtements déchirés pour la même raison que Vaughn : afin de montrer au monde que l'argent ne l'intéresse pas.

— Bref, j'ai pensé que je devais te le dire, puisque tu étais si proche de Via.

Même après toutes ces années, j'ai encore l'impression de mourir en prononçant son nom.

Melody se lève et balaie ma chambre du regard, à la recherche de quelque chose en particulier. Peut-être qu'elle s'attend à trouver Penn. Recueillir les chiens errants, ce n'est pas vraiment mon truc. C'est Luna, ma voisine, qui sauve généralement les oiseaux blessés, les grenouilles, les chiens, et même une biche, une fois. Si quelqu'un avait introduit Penn en douce par la fenêtre de sa chambre, ça aurait été elle. Et avec la chance que j'ai, il aurait fini par tomber amoureux d'elle, lui aussi.

— Est-ce que tu vas, genre, lui parler ou tenter quelque chose ? je demande.

Mon cœur bat à tout rompre dans ma poitrine. Penn sait ce que j'ai fait. Il pourrait lui raconter et elle pourrait me détester. Elle ne l'admettrait jamais, mais elle me détesterait. Bon sang, peut-être est-ce déjà le cas. Quand était-ce la dernière fois que nous nous sommes parlé ? *Vraiment* parlé, comme maintenant ?

Ma mère s'arrête sur le seuil de ma chambre, les mains sur l'encadrement, la tête baissée.

— Je vais faire ce que *j'aurais dû* faire quand Via était encore là.

Extrait

Je me réveille tard le lendemain matin avec l'impression qu'une calamité imminente va s'agripper à ma peau avec ses pattes crochues. Je saute du lit et me précipite en bas pour boire un verre d'eau. Quand je passe devant la chambre de mes parents en remontant, je les entends se disputer en chuchotant.

Mes parents sont fous amoureux, au point que c'en est parfois dégoûtant. Il n'y a rien de plus embarrassant que de voir ses parents se rouler des pelles dans les gradins alors qu'ils sont venus vous encourager. Surtout quand tout le monde sait que votre père est un ancien élève d'All Saints High, et votre mère, sa prof de littérature.

Je me rends compte que le sujet dont ils parlent est grave, alors évidemment, je colle mon oreille à leur porte sans me soucier de leur intimité parce que – *hello*, c'est moi.

— Dis-moi pourquoi, grogne Mel.

— Parce que j'ai été un ado un jour, alors je sais d'expérience pourquoi je n'en veux pas un sous mon putain de toit, surtout avec deux *filles* adolescentes dans les parages.

— Il se comportera correctement.

— Comme hier soir, en éclatant le visage de Vaughn au Snake Pit ? Nan, je passe mon tour. Vic m'a briefé.

Vicious est le père de Vaughn et l'enfoiré le plus dangereux du quartier. J'étais amoureuse de lui quand j'avais cinq ans. Baron « Vicious » Spencer est toujours canon, alors #DésoléeMaisPasDésolée.

Je n'ai aucune idée de ce dont ils parlent. Penn ? Vivre ici ? Pourquoi ?

— Jackie Chan junior n'est pas la victime de l'histoire. En plus, tu te battais toi aussi à son âge, souligne ma mère.

— *Exactement*, Mel. Je ne veux pas d'un ado près de mes *filles*. Pas dans la même maison, et franchement, même pas sur le même continent. Ce gamin a sûrement de la famille quelque part. Où est sa sœur ? On lui paiera le billet d'avion. En business. Je paierai ses frais de scolarité pour un établissement privé si c'est le prix pour que tu te sortes cette idée de la tête.

— On a payé anonymement les dépenses liées à son entraînement de foot pendant des années, Jaime. J'ai même été jusqu'à essayer de parler à son beau-père une fois, mais Penn n'a pas besoin d'argent. Il a besoin d'amour et d'être entouré de personnes qui se soucient de lui. Si des gens pareils existaient, il ne se retrouverait pas dans cette situation. J'ai eu son beau-père au téléphone, il y a à peine quelques minutes.

— Bon sang, murmure mon père.

— Devine quoi ? Ce mec n'est même pas cohérent quand il parle, et les affaires de Penn sont déjà emballées dans des cartons.

Au nom du Saint-Esprit et de la fée du Botox de Kylie Jenner ! Je croyais que Penn était riche ? Pourquoi aurait-il besoin que mes parents paient pour son foot ? Et pourquoi Melody veut-elle qu'il vive avec nous ? Je serre mon verre d'eau plus fort.

— S'il touche Daria…

Il n'a pas besoin de terminer sa phrase. Il y a une batte de baseball dans le garage baptisée « Kiosque à baisers ». Il prévoit de l'utiliser pour botter le cul des mecs qui essaieraient d'embrasser Bailey et moi.

— Trop de choses sont en jeu. En plus, ce n'est pas parce qu'ils ont le même âge qu'ils vont coucher ensemble. Je n'ai jamais rencontré deux personnes aussi différentes.

Silence. Je sais que Mel a gagné, mais je veux être sûre de ce que ça implique. Je crois que je me suis mise dans une merde profonde sans même m'en rendre compte. Penn Scully ne peut pas emménager ici parce qu'on risque de s'entretuer avant même qu'il franchisse la porte d'entrée.

De qui je me moque ? C'est lui qui me tuera.

— Il n'arrivera rien, répète Mel. Mais il faut qu'on contacte un avocat du droit de la famille à la première heure demain matin. Je viens de recevoir son dossier de la part de Jim, son éducateur. Il n'est plus mineur, mais il y a quand même de la paperasse.

La garce n'a pas perdu de temps à tirer les ficelles et à tout organiser. Je parie qu'elle nous a tous acheté des pulls de Noël assortis et qu'elle planifie déjà la photo de famille annuelle avec son fils adoptif sexy serrant dans ses bras ses deux nouvelles sœurs, un chiot labrador sur le canapé.

— J'envoie un message à Vic. Cet enfoiré a probablement une demi-douzaine de contacts favoris, étant donné le nombre d'ennemis qu'il s'est fait rien que dans sa famille éloignée, soupire papa.

Le verre m'échappe des mains, presque au ralenti, et je le vois atterrir pile sur le dessus de mon pied. Je retiens de toutes mes forces le cri qui veut s'échapper de mes lèvres alors que le verre frappe mes os et que mon pied atténue le bruit de la chute. L'eau se renverse sur la moquette tandis que le verre roule sur le côté.

Je me mords si violemment la lèvre que je sens le goût métallique du sang se répandre dans ma bouche. Des larmes me brouillent la vue et m'aident à ravaler mon cri.

— Tu as entendu quelque chose ? demande papa de l'autre côté de la porte.

— Ce n'est rien.

Yep. C'est bien moi, ça.

Retrouvez les romances de L. J. Shen
disponibles en poche

Composé et édité par HarperCollins France.

Achevé d'imprimer en octobre 2021.

FIRMIN-DIDOT

à Mesnil-sur-l'Estrée (Eure)

Dépôt légal : novembre 2021.

Pour limiter l'empreinte environnementale de ses livres, HarperCollins France s'engage à n'utiliser que du papier fabriqué à partir de bois provenant de forêts gérées durablement et de manière responsable.

Imprimé en France